BVT

W0464682

Lena Gräfin von Mahlenberg lebt seit Ende der dreißiger Jahre mit ihrer unehelichen Tochter in Berlin. Als ihr Vater erkrankt, kehrt sie 1944 auf das Gut ihrer Eltern zurück und übernimmt die Verwaltung des Hofes. Die Familie drängt sie zu einer Vernunftehe mit Heinrich von Gernstorff. Lenas Liebe gilt aber François, einem französischen Kriegsgefangenen. Als die Rote Armee im Januar 1945 immer weiter nach Ostpreußen vorrückt, versucht Lena zusammen mit den Gutsleuten zu fliehen. Doch nur der Weg über das gefrorene Haff führt gen Westen.

Tatjana Gräfin Dönhoff arbeitet als freie Journalistin für verschiedene deutsch- und englischsprachige Zeitungen und Magazine. Zuletzt veröffentlichte sie *Weit ist der Weg nach Westen* (2004), *Camilla* (2006) sowie *Die Gustloff* (2008) über den Untergang des Passagierschiffs *Wilhelm Gustloff* im Januar 1945.

Gabriela Sperl ist promovierte Historikerin und arbeitet als Produzentin und Autorin, unter anderem von Filmen wie *Stauffenberg*, *Nicht alle waren Mörder* und *Helen, Fred und Ted.*

Tatjana Gräfin Dönhoff
und Gabriela Sperl

Die Flucht

Roman

Berliner Taschenbuch Verlag

Für Alexandra und alle alten Ostpreußen

FSC
Mix
Produktgruppe aus vorbildlich
bewirtschafteten Wäldern und
anderen kontrollierten Herkünften

Zert.-Nr. GFA-COC-1223
www.fsc.org

Oktober 2008
BvT Berliner Taschenbuch Verlags GmbH, Berlin

Umschlaggestaltung: Rothfos & Gabler, Hamburg,
unter Verwendung eines Ausschnittes
aus der ARD-Serie *Die Flucht* von © ARD Degeto/Conny Klein
Druck und Bindung: CPI – Clausen & Bosse, Leck
Printed in Germany
978-3-8333-0553-5

www.berlinverlage.de

Inhalt

Zugfahrt nach Ostpreußen

Mit einem Ruck setzt sich der Zug in Bewegung und rollt langsam aus dem Schlesischen Bahnhof. Er fährt pünktlich wie jeden Tag um 9 Uhr 04 von Berlin nach Königsberg. Jetzt, mitten im Krieg, genau wie im Frieden.

Das ist wirklich erstaunlich, denkt Lena verwundert. Wie machen die das bloß? Wie können sie die Schienen so schnell reparieren? Erst gestern Nacht haben die britischen Bomber erneut ihre alles zerstörende Fracht über Berlin abgeworfen, das dritte Mal in vier Tagen hat Lena die Nacht im Luftschutzkeller verbracht. Dieses Mal waren wieder Charlottenburg und die westlichen Stadtteile betroffen. Was glauben die Bomberpiloten, hier noch zerstören zu können? Sie haben doch schon im vergangenen Jahr fast alles bombardiert. Der pompöse Gloria-Kino-Palast ist verschwunden, das Kaffee Kranzler und auch der berühmte Intellektuellen-Treffpunkt Romanisches Café existieren nicht mehr. Alles liegt in Schutt und Asche. Nie wieder werden hier die berühmten Kapellen von Georges Boulanger, Dagos Béla oder Bernard Etté zum Tanzkaffee aufspielen, eine der wenigen Freuden im grauen Kriegsalltag. Freilich darf schon lange nicht mehr getanzt werden, aber ein Stück Kriegskuchen und eine Tasse Ersatzkaffee ohne Milch und Zucker hat es auf Marken immer noch gegeben. Doch auch damit ist es jetzt vorbei.

Die Kaiser-Wilhelm-Gedächtnis-Kirche am Auguste-Viktoria-Platz hatte bereits einen schweren Treffer abbekommen, tot schauten die Fensterhöhlen seitdem aus dem Kirchenschiff, und der Turm sah aus wie ein abgebrochener Lippenstift. Und jetzt schon wieder Bomben. Noch einmal hatten sie das Trümmermeer durchgepflügt. Die Platanen am Kurfürstendamm standen schwarz verkohlt, wie abgefackelte Zündhölzer, gegen den strahlend blauen Augusthimmel.

Absurd!, denkt Lena. Da oben das schönste Wetter und hier unten nur Zerstörung und Verzweiflung. Überall rauchender Schutt und Leute, die in den Steinhaufen stochern oder in verschütteten Kellern nach Überlebenden suchen. Auf ihrem Weg zum Bahnhof hat Lena im Zickzack einen Riesenumweg machen müssen, denn die Schienen der Elektrischen sind unterbrochen und viele Straßen unpassierbar.

Doch nun sitzt sie im Zug, zweiter Klasse. Sie hat sogar ein Abteil für sich ganz allein. Es geht nach Hause, heim nach Mahlenberg in Ostpreußen. Wie es da wohl jetzt aussieht.

»Im Osten herrscht tiefste Ruhe«, sagen die Berliner. »Feuer, das vom Himmel fällt, Tod, Zerstörung und Nächte in feuchten Schutzkellern kennen die nicht. Und zu essen haben sie auf dem Land auch genug.«

Wegen der verheerenden Lage in Berlin hat sie sich von ihrer achtjährigen Tochter Vicky trennen müssen, das Mädchen musste in die Kinderlandverschickung nach Bayern mitfahren. Wäre das Telegramm von Babette doch nur einen Tag eher da gewesen. Dann säße Vicky jetzt neben ihr und führe mit ihr nach Ostpreußen. Das hätte sie schon irgendwie hingebogen.

Lena kramt in der Tasche ihres Reisekostüms. *Graf Berthold geht's schlecht. Stopp. Lungenentzündung! Stopp. Sollst sofort kommen. Babette* steht da auf dem Papier. Zum x-ten Mal liest sie die Zeilen. Es muss schlecht, sehr schlecht stehen um ihren

Vater, wenn er nach acht Jahren Stillschweigen nun plötzlich nach ihr verlangt. Angst steigt in ihr auf. Was ist, wenn …

Schnell schiebt sie den Gedanken beiseite und konzentriert sich auf die Landschaft, die draußen vorbeizieht. »Brandenburg ist des Kaisers Sandkasten«, hat ihr Vater früher immer gesagt. Er hat den letzten deutschen Monarchen noch gekannt, war als junger Marineoffizier sogar ab und an zu den kaiserlichen Jagden in der Schorfheide geladen. Dafür hat seine Patentante gesorgt, die der Kaiserin als Palastdame diente. Längst vergangene Zeiten, untergegangene Welten. Jetzt lädt Reichsmarschall Göring seine Goldfasane und die NS-Prominenz zum fröhlichen Jagen in dieselben Wälder ein.

Was Vicky jetzt wohl gerade macht? Lena wird es ganz schwer ums Herz, als sie an ihre kleine Tochter denkt. Noch nie waren sie seit ihrer Geburt vor acht Jahren voneinander getrennt. Die sogenannte Landverschickung ist wohl eher eine getarnte Evakuierung! Doch dem Befehl der Partei konnte sie sich nicht entgegenstellen. Als Lehrerin schon gar nicht. Im Gegenteil. Sie musste stark sein, ein Vorbild für die verzweifelten Mütter, die sich weinend von ihren Kleinen verabschiedeten. Keine von ihnen wusste, wann sie sie wieder in den Armen halten würde. Alle Kinder aus der Schule mussten »freiwillig« nach Bayern mitfahren. Keine Widerrede! Die Frau vom NS-Lehrerbund hatte die Liste mit den Namen abgezeichnet. »Freut euch, da gibt es nur gute frische Landluft und keinen Fliegeralarm«, sagte die BDM-Frau zu den Kindern. »Der Führer hat das für euch beschlossen. Er sorgt in diesen schweren Zeiten auch und vor allem für seine Kleinsten.«

Tapfer stieg Vicky mit Hermännchen, ihrem besten Freund, und Gerda, der Nachbarstochter mit den langen Zöpfen, in den bereitgestellten Bus. Der Führer hatte entschieden. Da half das Geheul der Mütter gar nichts. Die gesamte Schule wurde geräumt und in eine Notunterkunft für Ausgebombte umgewandelt. Kaum dass die Busse vom Hof gefahren waren, standen schon die ersten Wohnungslosen am Tor, mit der wenigen Habe, die sie hatten retten können.

Der Zug stampft über die Oderbrücke. Ein kurzer Halt in Küstrin und hinein ins hintere Pommernland: Landsberg, Schneidemühl. Alleen fliegen vorbei, Backsteinhöfe mit mehrstöckigen Storchennestern auf den Scheunen und ab und an ein Herrenhaus mit Gutsgebäuden und See.

Auf den Feldern beginnt gerade die Getreideernte, Wäsche flattert auf den Leinen. Pferde und Kühe stehen unter ausladenden Bäumen und suchen dort Schutz gegen die sommerliche Hitze. Ein Bild tiefsten Friedens. Lena fühlt, wie die Anspannung von ihr abfällt. Müde döst sie ein. Die Sonne, die durch das Abteilfenster scheint, schmilzt die Margarine auf ihrem Proviantbrot. Fettflecken dringen in das bräunliche Wachspapier und weichen es auf.

Kurz vor Dirschau wird die Fahrt langsamer. Hier liegt das Drehkreuz des Ostens, an dem sich Bahnlinien aus allen Himmelsrichtungen treffen. Überall ist Militär zu sehen. Auf den Gleisen stehen Lastzüge mit Panzern und Granatwerfern. Pferde schauen aus den geöffneten Viehwagons. Soldaten patrouillieren am Bahnsteig und unten auf dem Schotter, mit entsichertem Sturmgewehr bewachen sie ihre todbringende Fracht. Alle Loks sind gen Osten ausgerichtet. Ein Banner am Bahnhof beschwört: *Räder müssen rollen für den Sieg*. Lena schaut auf ihre Uhr. Dreizehn Minuten nach zwei. Jetzt ist es nur noch ein bisschen mehr als eine Stunde bis Elbing.

Es ist neun Jahre her, seit sie zum letzten Mal auf diesem Bahnhof auf die Weiterfahrt wartete. Damals fuhr sie in die Gegenrichtung. In die Schweiz, nach Genf. Eine Woche zuvor, nach dem großen Sommerfest, hatte sie dem Vater gestanden, dass sie schwanger war.

»Wer war es?«, hatte er sie wütend gefragt. »Du wirst ihn heiraten.«

Lena schwieg, denn sie hatte beschlossen, dieses Geheimnis nie zu lüften. Sie liebte Christian zwar, aber er war verheiratet, hatte drei Kinder und ein Gut in Schlesien. Sie wollte nicht der Grund sein, dass seine Familie auseinanderbrach. Deshalb erzählte sie Christian auch nichts von dem »Malheur«.

»Das geht nicht, Vater« war alles, was sie herausbrachte.

Ihr Vater kannte ihren Dickkopf, wusste, dass er keine Information aus ihr herausbekam, wenn sie es nicht wollte. Er schwieg eine Weile, und dann sagte er:

»Du wirst in die Schweiz zu Tante Christina fahren, sofort. Offiziell werden wir hier erzählen, dass du eine Haushaltsschule besuchst. Das Kind wirst du natürlich zur Adoption freigeben, und in einem Jahr kommst du zurück. Und dann heiratest du wie geplant den ältesten Gernstorff.«

»Aber Vater –«, versuchte sie einzuwenden, doch er unterbrach sie:

»Durch dein Handeln bringst du dich und die Familie in Verruf, deshalb entscheide jetzt ich, wie es weitergeht. Du fährst in die Schweiz, und damit basta!«

Und so geschah es. Kaum fünf Tage später saß sie im Zug nach Genf. Nicht ahnend, dass dies ein langer Abschied von Mahlenberg werden würde. Vom Bahnhof fuhr sie zu Tante Christina, der jüngeren Schwester ihres Vaters, die einen erfolgreichen Schweizer Rechtsanwalt geheiratet hatte. Sie lebte mit ihrem zwanzig Jahre älteren Mann in einer schönen Villa am See. Da sie selbst keine Kinder hatte, freute sie sich auf den Besuch ihrer Nichte. Lena verbrachte eine herrliche Zeit in Genf, und der Unterricht in der renommierten Haushaltsschule machte ihr sogar Spaß. Sie lernte, was adlige Damen können mussten: Soufflés zu backen, Servietten kunstvoll zu falten und Küchenbudgets zu erstellen. Die Tante verwöhnte und umsorgte Lena bis zum Ende ihrer Schwangerschaft. Als die Wehen einsetzten, fuhr Christina mit Lena zum Krankenhaus und wartete so lange auf dem Flur, bis Victoria endlich das Licht der Welt erblickt hatte.

Und dann kam alles anders als geplant. Als Lena das kleine Bündel zum ersten Mal in den Armen hielt, war eines ganz klar: »Dieses süße kleine Mädchen werde ich nie, niemals weggeben.« Tante Christina versuchte zu helfen, telefonierte mit ihrem Bruder in Ostpreußen und schrieb an ihn. Doch er ließ sich nicht erweichen.

»Mit einem Kind braucht Magdalena hier nicht wieder aufzutauchen.«

Das bedeutete, sie war von zu Hause verstoßen, hatte Hausverbot, ja Heimatverbot. Doch Lena hatte das schon erwartet und Pläne geschmiedet. Sie wollte nach Berlin, dort Deutsch und Geschichte studieren und dann als Lehrerin an einer Schule arbeiten. So würde sie für sich und die kleine Victoria sorgen können. Und wieder half Tante Christina. »Ich werde meiner Cousine Vera schreiben. Sie wird dich erst mal bei sich aufnehmen, und dann sehen wir weiter.«

Lena findet es noch heute heldenhaft von ihrer zierlichen, kleinen und recht konservativen Tante Christina, dass sie sich gegen den Bruder gestellt und ihrer Nichte geholfen hat, sich seinem Befehl zu widersetzen. Das bedeutete auch für sie, von Bertholds Bannstrahl getroffen zu werden.

In Berlin konnte sie zunächst bei Tante Vera in deren wunderbarer Wohnung am Brandenburger Tor wohnen. Aufregend ging es dort zu. Lena traf interessante und berühmte Leute, Künstler, Schriftsteller, Schauspieler und Bohemiens aus der Berliner Gesellschaft. Tante Vera war eine höchst ungewöhnliche Person. Ihr Mann, früh verstorben, hatte ihr die schöne Wohnung und ein herrliches finanzielles Polster hinterlassen. Vera, belesen und als Malerin nicht unbegabt, versammelte interessante Leute um sich, gab jeden Monat einen Jour fixe, amüsierte sich auf ausgefallenen Bällen und Festen und kannte so gut wie alle Intellektuellen in der Stadt. Sie rauchte ihre Zigaretten mit einer langen Spitze aus Elfenbein und war modisch immer auf der Höhe. Ihre Hutkreationen erregten beim Pferderennen in Hoppegarten regelmäßig Aufsehen, und jedes Jahr wurde sie in der *Berliner Illustrirten* als eine der bestangezogenen Damen der Gesellschaft gekürt.

»Als Erstes besorgen wir mal ein Kindermädchen«, sagte sie gleich, als Lena sich mit ihrem vier Monate alten Baby in einem der Gästezimmer eingerichtet hatte. »Du willst ja studieren, hat Christina mir erzählt, und dafür brauchst du Zeit, und jemand muss sich um die Kleine kümmern, wenn du nicht da bist.«

Vera war neben aller Intellektualität äußerst praktisch veranlagt, mit Sicherheit ein Erbe ihrer ostpreußischen Vorfahren. Lena war der Tante unendlich dankbar. Während ihres Studiums blieb sie bei ihr wohnen. An den vielen Verlockungen der Reichshauptstadt nahm Lena kaum teil. Wenn sie von der Universität nach Hause kam, spielte sie mit ihrer kleinen Tochter, und abends arbeitete sie für ihre Seminare. Danach war sie viel zu müde, um noch auszugehen. Ohne Tante Vera und ihre großzügige Hilfe hätte sie ihr Studium nicht geschafft und sich kein neues Leben aufbauen können. Veras positive, fröhliche Art heiterte Lena in so manchen melancholischen Momenten auf.

Der Vater ließ in seinem Starrsinn nicht nach. Keinen ihrer Briefe hatte er je beantwortet. Ob er sie wenigstens gelesen und sich das Foto seiner Enkeltochter angesehen hatte, das Lena ihm geschickt hatte? Lena wusste es nicht. Aus Mahlenberg kam nie eine offizielle Nachricht.

»Wäre deine Mutter noch am Leben, hätte sie bestimmt dafür gesorgt, dass dein Vater seine Meinung ändert. Sie war die Einzige, die mit seinem Dickkopf umgehen konnte«, hatte Tante Vera gesagt. Lena war sich da nicht so sicher.

Nachdem Lena das Lehrerexamen in der Hand hielt und ihre erste Anstellung an der Fürstin-Bismarck-Schule in Charlottenburg gefunden hatte, zog sie bei der Tante aus. In der Mommsenstraße in Charlottenburg hatte sie eine kleine gemütliche Wohnung unterm Dach gefunden, die wenig Miete kostete. Sie wollte Tante Vera nicht länger auf der Tasche liegen, außerdem wollte sie ihr Leben von nun an selbst in die Hand nehmen. Aus Mahlenberg hatte sie schließlich keinerlei Unterstützung zu erwarten.

Nur Babette, ihre Jugendfreundin, die jetzt Hausdame bei ihrem Vater war, schrieb ab und an und hielt sie auf dem Laufenden. Und natürlich Ferdinand Gernstorff, der Nachbarssohn und Freund aus Kindertagen. Er lag mit seiner Kompanie jetzt irgendwo bei Minsk. Von ihm fand Lena regelmäßig Feldpost im Briefkasten, und sie schrieb ihm auch zurück.

Eines Tages, im Mai vor vier Jahren, hatte er sogar plötzlich vor der Tür gestanden, um ihr persönlich zu sagen, dass ihr Bruder Ludwig in Frankreich gefallen war. Sie sollte nicht von Fremden erfahren, dass ihr Bruder nicht mehr nach Hause kommen würde. Es war ein großer Schmerz für Lena gewesen. Sie liebte ihren großen Bruder. Und es kränkte sie tief, dass der Vater ihr nicht einmal diese Nachricht zukommen ließ. Und im vergangenen Jahr hatte er einen Umweg über Berlin gemacht, um mit ihr gemeinsam um seinen ältesten Bruder Constantin zu trauern, der nicht mehr aus Stalingrad herausgekommen war. Zusammen waren sie in den Dom gegangen, hatten still der Brüder und Freunde gedacht und für sie gebetet.

Ferdinand fand es engstirnig und dumm von Lenas Vater, dass er nie etwas von sich hören ließ.

»Nicht einmal mein Vater, sein alter Freund, hat es bisher geschafft, deinen Vater von dieser harten Tour abzubringen.«

Mit der kleinen Vicky ging Ferdinand sehr freundlich um. Er liebte das kleine Mädchen auf den ersten Blick, und Vicky war immer ganz begeistert, wenn der gut aussehende Onkel in Uniform zu Besuch kam. Sie himmelte ihn an und lauschte andächtig seinen Geschichten. Jedes Mal, wenn er sie verließ, machte sie sich Sorgen um ihren Freund, der an der Ostfront kämpfen musste. Hoffentlich passierte ihm nichts!

Traurig lässt Lena die vergangenen Jahre Revue passieren. Mein Gott, was haben der Führer und seine fanatischen Handlanger mit ihrer abwegigen Lebensraumpolitik und ihrem Herrenmenschentum nur ausgelöst! Unsicher sieht Lena sich um. Kritik am Führer ist verboten, und nur selten erlaubt sie sich überhaupt über Politik nachzudenken, darüber zu sprechen, hat sie sich schon lange abgewöhnt. Zu gefährlich! »Feind hört mit!« Wenn die wüssten, wie sie die ermahnenden Plakate gegen ausländische Spione, die überall kleben, wirklich interpretiert.

In der frühen Nachmittagssonne leuchten die gigantischen Mauern der alten Marienburg orangerot am Ufer der blauen Nogat. Vom Zug aus kann man sie gut erkennen. Von den Zinnen hängen meterlange NS-Fahnen herab, ein scheußlicher Anblick. Klar, dass die Nazis die alte Ordensburg, Sinnbild für die deutsche Besiedelung des Ostens vor rund sechshundert Jahren, für ihre Propaganda besetzt haben.

Jetzt sind es nur noch zehn Minuten bis Elbing. Von der Brücke über die Nogat rollt der Zug endlich auf ostpreußischen Boden. Jeder Ostpreuße empfindet spätestens hier das wärmende Gefühl von Heimat, von Zu-Hause-Sein. Plötzlich kommt Lena das Ostpreußenlied in den Sinn, schon als Fünfjährige konnte sie es auswendig aufsagen, alle fünf Strophen.

Mal sehen, ob ich die noch kann, denkt sie und beginnt leise zu singen:

Land der dunklen Wälder
Und kristallnen Seen,
Über weite Felder
Lichte Wunder gehn.

Starke Bauern schreiten
Hinter Pferd und Pflug;
Über Ackerbreiten
Streicht der Vogelzug.

Tag ist aufgegangen
Über Haff und Moor.
Licht hat angefangen
Steigt im Ost empor.

Heimat, wohlgeborgen
Zwischen Strand und Strom,
Blühe heut und morgen
Unterm Friedensdom.

Und die Meere rauschen
Den Choral der Zeit.
Elche stehn und lauschen
In die Ewigkeit.

»Elbing Hauptbahnhof«, schreit der Bahnhofsvorsteher. Lena springt aus dem Abteil auf den Bahnsteig. Mit ihrem alten, etwas abgestoßenen Lederkoffer in der Hand spurtet sie los. Sie hat nicht viel Zeit. In nur vier Minuten geht der D-Zug nach Preußisch Holland, Mohrungen und Allenstein. Den muss sie unbedingt erwischen, sonst heißt es vier Stunden warten. Doch sie hat Glück. Wegen eines Truppentransports nach Rastenburg hat der Allensteiner Verspätung. Leicht pustend sitzt sie im Abteil, und als es dann losgeht, beginnt ihr Herz wild zu schlagen. Jetzt ist es nicht mehr weit. Hinter Preußisch Holland hält sie nichts mehr auf dem Sitz. Nur noch elf Kilometer bis Mohrode. Lena betrachtet sich im Fenster. Müde schaut ihr Gesicht ihr entgegen. Sie reibt sich die Wangen, zwickt die Haut unter den blauen Augen. Mit den Fingern, die sie wie einen Kamm benutzt, fährt sie sich durch die schulterlangen, blonden Locken. Ihr beigefarbenes Kostüm, das einzige, das sie besitzt, ist ziemlich zerknittert.

Na, macht nichts. Ich werde mich zu Hause frisch machen. Zu Hause! Zwei Worte, die sie im Zusammenhang mit Mahlenberg so lange nicht gedacht oder gesagt hat.

Ankunft in Mohrode

Mohrode! Der Zug hält. Lena steigt aus. Sie schaut sich um, doch da ist niemand, den sie kennt. Nur fremde Soldaten in Uniform, die meisten fast noch Kinder, mit Stahlhelmen und Rucksäcken unterm Arm, die sich von ihren Müttern und Schwestern verabschieden.

»Pass auf dich auf«, hört Lena eine Mutter sagen. Der Frau laufen die Tränen über die Wangen. »Geh mit Gott, mein Jungchen.« Andere Mütter wollen ihre Söhne gar nicht aus der letzten Umarmung loslassen. Diese armen Kinder werden in den Krieg geschickt! Wer weiß, ob sie je wiederkommen werden. Lena muss an ihren gefallenen Bruder denken und ist tieftraurig.

Ein Feldwebel drängt zur Eile, klopft seinen Rekruten beruhigend auf die Schultern. »Los, Jungs, macht hinne!«

»Alles einsteigen!« Der Bahnhofsvorsteher pfeift, hebt seine grünweiße Kelle. Die schwarze Lok zieht dampfend an, und der Zug verschwindet nach hundert Metern hinter der Kurve aus dem Blickfeld. Ein paar Stare fliegen auf, um gleich wieder, um irgendeinen Brotkanten streitend, zwischen den Schienen zu landen. Die Nachmittagshitze bringt die Luft über dem staubigen Bahnhofsvorplatz zum Flimmern. Die Grillen zirpen. Verdorrte Grashalme stehen zwischen den Fugen der Steinplatten, ein paar gelbe Butterblumen haben am Rande eines Sandhaufens überlebt. Es herrscht schwüle Stille.

Lena setzt sich auf die alte Holzbank unter dem Vordach, das die Reisenden vor Regen und Sonne schützen soll. Noch immer ist niemand zu sehen. Wie ausgestorben liegen die Häuser im Dorf, ein rot getigerter Kater schleicht am Bahnwärterhaus entlang und verschwindet in einer offenen Tür.

Da endlich sind Hufe und das Rumpeln von Rädern auf Kopfsteinpflaster zu hören. Das werden sie sein, denkt Lena. Sie steht auf, nimmt ihren Koffer und geht hinaus in die Sonne. Zwei Kaltblüter ziehen einen Leiterwagen gemächlich die Chaussee hinauf. Auf dem Bock sitzt ein dunkelhaariger Mann, sehr aufrecht, in Landarbeiterhosen und weißem Hemd, neben ihm ein blonder Junge in HJ-Uniform. Schwarze Hose, braunes Hemd, Koppel und die obligatorische rote Armbinde am linken Oberarm. Enttäuscht und etwas ungehalten will Lena gerade wieder unter das schützende Vordach zurückgehen, als die Kaltblüter neben ihr zum Stehen kommen und der blonde Junge zackig vom Kutschbock springt.

»Heil Hitler, Frau Gräfin. Willkommen zu Hause.«

Erst jetzt erkennt Lena den Jungen. »Fritz. Bist du das?« Sie schaut ihn verwundert von unten bis oben an. »Hast du dich extra für mich so fein gemacht?« Sie kann eine leichte Ironie nicht ganz unterdrücken. Doch Fritz bemerkt das gar nicht, stolz hält er sich noch ein bisschen mehr in Habtachtstellung. Inzwischen ist auch der dunkelhaarige Mann abgestiegen.

»François Beauvais, Madame la Comtesse«, sagt er mit einer leichten Verbeugung. Sein Gesicht und die Haut unter den hochgekrempelten Hemdsärmeln sind braun gebrannt, seine blaugrauen Augen von Lachfältchen umgeben, das lockige Haar hat der Fahrtwind zerzaust. Er schaut Lena geradeheraus an, hält ihrem Blick sekundenlang stand. Ein Lächeln umspielt seine Mundwinkel. Lena gerät durch seinen direkten Blick und seine ungezwungene Art in Verlegenheit. Es ist lange her, dass ein Mann sie so angesehen hat.

»Sie kommen reichlich spät«, sagt sie und merkt im selben Moment, wie schroff das klingt.

»Das Wetter wird schlecht, wir mussten das Heu vorher einbringen.«

Er redet mit nur leichtem französischem Akzent. Es ist eher die Art, wie er die Worte betont, als die Grammatik. Die ist perfekt, stellt Lena fest und muss unwillkürlich schmunzeln. Die Lehrerin in mir. Fritz steht da und schaut missmutig drein. Er will nach Lenas Koffer greifen, doch François ist schneller.

»Sonst haben Sie kein Gepäck?«

»Ich besitze sonst nichts.« Sie steigt auf den Kutschbock. François' spöttischen Blick sieht sie nicht.

»Leider kein Auto. Es gibt nicht mehr genug Benzin.«

François stellt Lenas Koffer auf die Ladefläche.

»Wo ist Emil?«

François sieht fragend von Lena zu Fritz.

»Emil, unser Kutscher. Der ist im Krieg«, antwortet Fritz wichtigtuerisch.

»*Comme tout le monde*«, meint François und schwingt sich mit einer pantherhaften Bewegung neben Lena auf den Kutschbock. Fritz bleibt nichts anderes übrig, als sich hinten neben den Koffer zu setzen. Beleidigt brennt sich sein Blick in den breiten Rücken von François. Er hatte doch neben der Gräfin sitzen wollen.

Lena und François greifen gleichzeitig nach den Zügeln. Ihre Hände berühren sich. Lena durchfährt ein Schlag. Schnell entreißt sie François die Lederriemen.

»Ich kann das, ich bin hier groß geworden«, sagt sie trotzig, und mit einem leichten Klatschen der Zügel auf die Pferdehintern setzt sie den Wagen in Bewegung. Ohne ein weiteres Wort fahren sie die Chaussee entlang. Die Alleebäume bilden einen grünen Schirm über ihnen, der die stechenden Sonnenstrahlen filtert. Lena lenkt den Wagen vom Kopfsteinpflaster auf den sandigen Sommerweg und bringt mit einem Schnalzen die Pferde auf Trab.

Rechts und links auf den Feldern ist die Heuernte in vollem Gang. Tief atmet Lena den wunderbar süßlichen Geruch ein. Frauen, alte Männer und ein paar Jugendliche türmen das getrocknete Gras zu Haufen oder verladen es mit Forken auf die bereitstehenden Wagen. Eine schweißtreibende Arbeit, erinnert sich Lena. Auch sie hat früher bei der Heuernte geholfen und konnte abends kaum mehr stehen vom vielen Hochhieven. Juchzend toben die Kleinsten um die Fuhrwerke herum und springen von oben in die Haufen, was von den Müttern mit lautem Schimpfen quittiert wird.

François schaut Lena neugierig von der Seite an. Eine Expertin ist sie beim Kutschieren. Und hübsch ist sie, die junge Gräfin. Aber auch unheimlich kühl. Was diese deutschen adligen Damen nur haben. Immer nur Contenance und Rückgrat. Lena bemerkt seinen Blick, sieht absichtlich geradeaus und nimmt die Zügel kürzer. Sie fahren eine Anhöhe hinauf und um eine Kurve, dann geht es am Bahndamm entlang.

Männer tauchen auf, die oben an den Schienen arbeiten. Beim Näherkommen erkennt Lena, dass sie von Soldaten mit Gewehren bewacht werden. Abgerissene, arme, hungrig aussehende Gestalten. Zwangsarbeiter, auch hier! »Weitermachen. Los, los!« Die Bewacher sehen in ihre Richtung, als sie den Wagen kommen hören. Diesen Moment nutzen zwei Arbeiter, springen den Bahndamm herunter und laufen geduckt auf ein kleines Birkenwäldchen zu. Sie haben die ersten Bäume fast erreicht, da entdeckt sie eine der Wachen.

»Halt! Stehen bleiben. Sofort stehen bleiben!«, schreit der Soldat und schießt in die Luft. Vier Soldaten laufen den Männern mit gezogener Pistole hinterher. Schüsse, Kugeln peitschen durch die Luft. Ein Flüchtender fällt, rappelt sich wieder auf, rennt weiter.

Die Pferde steigen, schnauben. Fritz klammert sich erschreckt an die Seitenstreben. Lena hat alle Hände voll zu tun, um den Wagen unter Kontrolle zu bringen. Sie gibt den Pferden Luft, und im Galopp rasen sie an der Arbeitskolonne vorbei in Richtung Birkenwäldchen. »Wir müssen ihnen helfen, François. Schnell, vielleicht können wir sie retten.«

François greift Lena in die Zügel und bringt die Pferde zum Stehen.

»Was erlauben Sie sich, Herr Beauvais.« Lena kocht vor Wut. »Diese Männer ...«

»... sind schon so gut wie tot.« François' Stimme ist eisig. »Denen können Sie nicht mehr helfen.«

Im selben Moment sind drei Pistolenschüsse aus dem Wäldchen zu hören. Und dann Stille. Nichts mehr. Lena ist außer sich, will vom Wagen springen, doch François hält sie mit eisernem Griff am Arm und zwingt sie zurück auf ihren Sitz.

»Drehen Sie sich nicht um. Nicht umdrehen, wir sind gleich weg.« Er treibt mit der einen Hand die Pferde an, mit der anderen hält er immer noch Lenas Arm.

»Lassen Sie mich sofort los!«

»Ich werde Sie sicher nach Hause bringen. Nicht wahr, Fritz? Das ist doch unsere gemeinsame Aufgabe, die Herrin sicher zu Hause abzuliefern.«

Fritz atmet keuchend, seine Wangen sind hochrot, die Augen weit aufgerissen.

Lena befreit sich mit einem Ruck aus François' hartem Griff und reibt sich den Arm. Sie fühlt tiefe Abscheu, und der Schrecken hat ihren Puls hochgetrieben. Ihr ist ganz übel geworden. Sie ist kreidebleich, und vor Wut steigen ihr Tränen in die Augen. Jetzt bloß nicht heulen. Zusammenreißen. Das würde dem so passen. Was erlaubt der sich. Wie kann er es wagen. Sie drückt ihren Rücken durch, holt tief Luft und starrt wortlos auf die Ohren der Pferde.

François hat seine Lippen zu einem Strich zusammengepresst. Seine Gesichtszüge sind versteinert. Auch er schaut stur geradeaus.

Kurz darauf taucht links die Straße nach Mahlenberg auf. Die Pferde spüren Stalldrang, verfallen in leichten Galopp. Kurz vor dem Dorf zügelt François sie zum Schritt. Vorbei geht es an den kleinen einstöckigen Backsteinhäusern, dem Gasthaus und der Feuerwehr. Auf dem Weiher paddeln die Gänse. Hinter den großen Scheunen links liegt die Auffahrt zum Schloss. Sie führt durch die alte Lindenallee und über die Brücke. Und da liegt es vor ihnen. Lena ist aufgeregt wie ein kleines Mädchen kurz vor der Bescherung. Da steht es, wie es immer stand: Schloss Mahlenberg. Nichts hat sich verändert. Die unverputzten Backsteinmauern mit den großen zweiflügeligen, weiß gestrichenen Holzfenstern. Das rote Pfannendach mit den Ochsenaugen-Gauben. Die graurosa Sandsteintreppe und die alte schwere Haustür aus den Mahlenberg'schen Eichen. Über dem Portikus das Familienwappen. Ein Monument der Standfestigkeit, großartig und doch bescheiden, nicht pompös, aber beeindruckend. Ostpreußisch eben. Elf Generationen von Mahlenbergs haben hier an diesem Ort gelebt. Seit der Urgroßvater 1785 dieses Haus baute, hat es ihr und den Vorfahren Schutz und Geborgenheit gegeben. Lena spürt unbändige Freude, wie beim Wiedersehen eines lang vermissten Freundes. Sie hatte ganz vergessen, wie sehr sie dieses Haus, diesen Platz liebte.

François schaut Lena an und lächelt.

»Comtesse. Willkommen zu Hause.« Lena würdigt François keiner Antwort. Ohne ihn anzusehen, steigt sie vom Kutschbock, schlägt seine helfende Hand aus. Ihre Knie fühlen sich wie Pudding an, aber nach zwei, drei Schritten hat sie sich wieder gefangen.

»Ich brauch Sie nicht mehr.«

François nickt und verbeugt sich, übertrieben unterwürfig.

»À votre service, Madame la Comtesse.«

Fritz springt vom Wagen und nimmt den Koffer herunter. Er wartet, bis François mit dem Fuhrwerk außer Hörweite ist. »Wenn der Herr François, ich meine, wenn der Sie aufregt, ich bin da und Sie müssen sich keine Sorgen machen.«

Lena dreht sich amüsiert zu ihm um. So viel ritterliche Fürsorglichkeit!

»Du meinst, weil die Partei den direkten Kontakt mit Kriegsgefangenen verbietet? Da hab ich gar keine Sorge, Fritz. Wir sind hier auf dem Land, und da herrscht eine klare Ordnung. Das machen wir schon.«

Fritz ist ganz beglückt. Zufrieden, dass die Gräfin ihn endlich wahrgenommen, ja, und verstanden hat. Beschwingten Schritts trägt er Lena den Koffer hinterher. Dass aus Babettes Sohn ein strammer Hitlerjunge geworden ist, beunruhigt Lena ein wenig. Ganz so heil ist die Welt in Ostpreußen eben auch nicht, denkt sie. Hoffentlich sind nicht noch mehr Nazis in Mahlenberg. Andererseits, warum sollten von den Millionen NSDAP-Wählern nicht auch hier einige leben.

Auf der Freitreppe steht das gesamte Hauspersonal zu ihrer Begrüßung Spalier. Gerührt gibt Lena jedem die Hand, nennt alle beim Namen: die Köchin Luise mit dem Dutt, ein bisschen grauer das Haar, als sie es in Erinnerung hat. Aber wie damals umweht von einem leichten Duft nach frisch Gebackenem. Die gestrenge Frau Meister, die Kastellanin, Herrin aller Schlüssel und der Wäschekammer. Mit gestärktem weißem Kragen, hochgeschlossen, und dem immer gleichen grau-schwarz gestreiften Kleid. An der Leine hält sie Asta, den Dackel, der aufgeregt versucht, an Lenas Beinen hochzuspringen. Anneliese, Vaters Sekretärin, mit feiner Wasserwelle und geblümtem Kleid. Und die Küchenmädchen Hannelore, Helga und Waltraud mit ihren schneeweißen Schürzen. Zimmermädchen Susanne trägt wie vorgeschrieben ihr Häubchen und knickst artig. Oma Herta, die Großmutter von Fritz, ist noch ein bisschen faltiger als damals. Sie trägt den rechten Arm in Gips und strahlt. »Mein Lenchen, welche Freude.«

»Oma Herta, was ist denn mit dem Arm passiert?«, fragt Lena freundlich.

Die alte Frau antwortet in reinstem Ostpreußisch, mit dem gemütlichen rollenden R. »Ach, Kindchen, jebrochen auf der Kellertreppe. Alt, verstehst du, alt, wie alles an mir. Nicht mal mehr zum Heumachen nehmen se' mich mit.«

Und dann am Kopf der Treppe der alte Diener Dietrich in Livree, mit gestreifter Weste, blank geputzten Schuhen und weißen Handschuhen. Makellos wie immer. Lächelnd verbeugt er sich vor Lena.

»Willkommen, Gräfin Lena.« Und leise setzt er hinzu: »Gut, dass Sie da sind!«

»Wie geht es ihm denn?«

Statt einer Antwort schüttelt Dietrich nur traurig den Kopf.

Lena hat schon einen Fuß auf der Türschwelle, da kommt Babette herausgestürmt. Mit Tränen in den Augen fällt sie Lena um den Hals.

»Lenchen, mein Lenchen, endlich, du hast mir so gefehlt.«

»Ach, Babette, du hast mir, ihr alle habt mir auch so gefehlt.«

Lena umarmt ihre alte Vertraute aus den lang vergangenen Kindertagen, glücklich hakt sie sie unter und geht mit ihr ins Haus.

Wiedersehen mit dem Vater

In der kühlen Halle mit dem alten Marmorboden bleibt Lena stehen. Es riecht nach frischem Bohnerwachs, feuchten Hunden und kaltem Kaminfeuer. Das Sonnenlicht fällt durch die hohen Fenster mit den gelb-blauen Vorhängen und zeichnet Vierecke aus Licht auf den Boden. Auf dem mächtigen schwarzen Eichentisch steht eine Vase mit Rosen und Rittersporn und Levkojen.

»Du hast es nicht vergessen, Babette. Meine Lieblingsblumen. Die sind doch bestimmt von dir, oder?«

»Ist dein Willkommensstrauß«, sagt Babette hinter ihr, glücklich, dass sie es bemerkt hat. »Wo hast du deine Kleine gelassen? Ich habe mich so auf Victoria gefreut.«

»In der Kinderlandverschickung. Sie musste vor drei Tagen abreisen, nach Bayern. Ich vermisse sie jetzt schon.«

»Was musst du auch in Berlin leben, wo ständig die Bomben fallen. Du kannst sie doch jetzt hierherholen, ist doch auch Land.«

Zusammen gehen die alten Freundinnen die Treppe hinauf, und es ist, als wären sie nie getrennt gewesen. Lenas Ahnen schauen aus ihren Goldrahmen herab. Dicht an dicht hängen die Ölgemälde an den Wänden der großen Halle, man sieht kaum die Farbe der Tapete dahinter.

»Wie geht es ihm denn nun wirklich, Babette?«, fragt Lena.

»Der Doktor sagt, es sei eine Lungenentzündung. Vor vier Wochen hat er sich ins Bett gelegt und ist seitdem nicht wieder aufgestanden. Ich habe mir wirklich Sorgen gemacht. Das Fieber war so hoch und wollte und wollte nicht sinken. Wir hatten ja keine vernünftige Medizin.«

»Wieso das denn nicht?«

»Geht alles an die Lazarette für unsere Soldaten. Aber jetzt hat Graf Rüdiger, der war übrigens fast jeden Tag mal kurz da, um nach deinem Vater zu sehen. Na, der hat mit seinen guten Beziehungen irgendeine amerikanische Medizin, Penicillin oder so, besorgt. Und seit heute geht es deinem Vater schon viel besser. Er kann zwar schon wieder streiten, dein Herr Vater, aber die Medizin, die nimmt er einfach nicht.«

Oben auf dem Treppenabsatz überlegt Lena, ob sie sich erst frisch machen soll. Doch dann entscheidet sie sich dagegen und geht rechts den Flur entlang zum Trakt ihres Vaters. Es sind Stimmen zu hören. Beklommen schaut Lena Babette an.

»Graf Rüdiger ist bei ihm, das macht es vielleicht einfacher.«

»Dass er mich überhaupt sehen wollte, hat mich überrascht.« Lena hat schon fast die Klinke in der Hand.

»Er, äh … er weiß nicht … Ich hab ihm nicht gesagt …«

Lena dreht sich erschrocken um. »Was? Er weiss gar nicht, dass ich komme?«

Ihr wird fast schwarz vor Augen. Sie schwankt leicht, hat sich aber schnell wieder im Griff. Hörbar zieht sie die Luft ein und öffnet leise die Schlafzimmertür.

Rüdiger Graf Gernstorff, bester Freund und Nachbar der Mahlenbergs, sitzt mit dem Rücken zur Tür und merkt nicht, dass Lena eingetreten ist. Der Vater liegt mit seinem gestreiften Morgenmantel im Bett. Er hat die Augen geschlossen, seine Züge wirken eingefallen. Er ist bleich und wirkt ziemlich ungehalten.

»Weißt du, was ich an mir selbst feststelle? Alte Männer sind halsstarrig, unbelehrbare Misanthropen. Das Einzige, was uns rettet, ist unsere Familie«, sagt Rüdiger im Plauderton.

»Ich habe keine Familie«, antwortet der Vater mürrisch. Seine Stimme ist leise, aber was er sagt, sagt er mit Nachdruck. »Man kann nicht gegen die Regeln verstoßen, wann immer es einem gerade in den Kram passt.«

»Red keinen Blödsinn, Berthold. Du hast eine schöne Tochter und eine Enkelin, das, was ich mir immer gewünscht habe.«

In diesem Moment dreht Rüdiger Gernstorff sich um und sieht Lena in der Tür stehen. Er steht leise auf und kommt ihr entgegen, mit weit geöffneten Armen.

»Schön, dass du endlich da bist, mein geliebtes Patenkind. Babette hat mich eingeweiht«, flüstert er Lena ins Ohr.

Berthold Mahlenberg liegt immer noch mit geschlossenen Augen im Bett. Er hat noch nicht bemerkt, dass seine Tochter da ist.

»Willst du nicht endlich gehen, Rüdiger?«

»Nicht, bevor du wieder deine Medizin genommen hast.«

»Du langweilst mich. Ich werde doch nicht noch mehr von dem amerikanischen Teufelszeug nehmen.«

Graf Gernstorff legt den Finger auf die Lippen und grinst verschmitzt.

»Das Teufelszeug heißt Penicillin und macht dich gesund. Vielleicht nimmst du es ja von jemand anderem an.«

Der Vater öffnet die Augen, sieht zu seinem Freund hinüber und erkennt Lena. Ruckartig setzt er sich im Bett auf.

»Guten Tag, Vater.« Lena merkt, wie ihr fast die Stimme versagt. Dankbar spürt sie den starken Arm von Rüdiger Gernstorff.

»Lena?!« Die Spannung im Raum ist spürbar. Rüdiger, der sich über die gelungene Überraschung freut, versucht das Eis zu brechen. Leichthin sagt er:

»Ich lass euch beide jetzt allein. Und Lena, wenn du Lust

hast, Sophie hat morgen Geburtstag, Heinrich ist auch da, wir freuen uns, wenn du zu uns rüberkommst.«

Er lächelt sie aufmunternd an. »Und nimm weiter deine Pillen, Berthold!« Er sagt's und ist verschwunden.

Jetzt ist Lena allein mit ihrem Vater, den sie so lange nicht gesehen hat. Schmal ist er geworden und grau. Sie lächelt ihn an.

»Was tust du hier. Hat er dich hinter meinem Rücken herbestellt?«

»Babette hat ein Telegramm geschickt.«

»So. Hat sie das? Na, auch wenn sie mich totsagt, ich bin noch lange nicht hinüber. Hier geht alles seinen gewohnten Gang, wie immer.«

Das Sprechen fällt ihm sichtlich schwer. Erschöpft lässt er sich wieder in die Kissen sinken. Lena weiß nicht, ob sie sich setzen oder fliehen soll. Unsicher verlagert sie ihr Gewicht von einem Fuß auf den anderen. So was Blödes, denkt sie. Ich bin eine erwachsene Frau und Mutter, und jetzt komme ich mir vor wie mit zwölf, als ich mir mal wieder für irgendwas eine Standpauke abholen musste.

Der Gesichtsausdruck ihres Vaters ist streng, genau wie damals.

»Wie kannst du mitten im Krieg einfach deinen Posten verlassen, Lena. Ich denke, du bist Lehrerin?«

Sie hatte mit einem kühlen Empfang gerechnet, doch diese ausgesprochene Abweisung ihres Vaters macht Lena unglücklich und unsicher. Nach so langer Zeit hat er ihr immer noch nicht verziehen.

»Die Schulen werden alle geschlossen, Vater. Mein Posten ist jetzt hier, bei dir und in Mahlenberg.«

»Unsinn, Lena. Du musst dich jetzt nicht plötzlich um mich kümmern. Du hast dich doch schon lange gegen deine Familie entschieden.«

»Aber Vater, du hast das doch entschieden damals, nicht ich.«

Lena setzt sich auf den Stuhl, auf dem eben noch Rüdiger gesessen hatte. Sie sieht das Foto auf Vaters Nachttisch. Es versetzt ihr einen Stich. Die Mutter, noch gesund und lachend im Arm von Bruder Ludwig. Auf der anderen Seite steht sie. Die Hunde zu ihren Füßen. Sie erinnert sich daran, wie der Vater es damals aufnahm. Ein glücklicher Sommer war das – so viele Sommer her. Und jetzt ist die Mutter tot, Ludwig gefallen. Lena spürt, wie ihre Unterlippe zu zittern beginnt. Sie steht auf und sagt trotzig:

»Jeder hat das Recht, sich frei zu entscheiden, das hast du immer gesagt. Ich hab mich entschieden. Ich bin zurückgekommen!«

»Leb dein eigenes Leben, Lena. So wie du immer dein Leben gelebt hast. Geh zurück nach Berlin. Kein Mensch braucht dich hier. Ich komme allein zurecht.«

Rasselnd fängt der Vater an zu husten. Seine Hände verkrampfen sich in der Bettdecke. Lena springt hinzu, greift zum Wasserglas auf dem Nachttisch.

Zögernd nimmt er es, trinkt ein paar Schlucke, dann wendet er sich ab. Unsicher bleibt Lena ein paar Sekunden stehen, schaut auf ihren Vater hinab, der früher so ein stattlicher, gut aussehender Grandseigneur war. Jetzt sieht sie nur einen gebrechlichen, verbitterten alten Mann, der ihre Hilfe braucht. Lena ist verunsichert, enttäuscht und verletzt. So hatte sie sich den Empfang nicht vorgestellt. Sie hatte so auf eine Versöhnung gehofft. Leise verlässt sie das Zimmer. Was soll sie jetzt tun? In Mahlenberg bleiben und sich um alles und alle kümmern? Oder gleich wieder abreisen? Eigentlich ist ihr Platz doch jetzt hier.

Mit ausgreifenden Schritten geht sie durch die Räume, durch den grünen Salon, das Kaminzimmer, vorbei an Vaters Arbeitszimmer, hinüber in den anderen Flügel des Schlosses. Alles wirkt eigenartig unberührt und ein bisschen verwohnt: die Kommoden, die Bilder, die Teppiche, lange, zu lange ist im Haus nichts mehr erneuert worden. Dann steht Lena plötzlich in ihrem alten Jugendzimmer. Babette ist da und packt ihren Koffer aus. Die Schranktüren stehen offen, Kleider, Blusen und Hosen liegen auf dem Bett verstreut.

»Ich werde das alles waschen und neu einräumen«, sagt Babette fröhlich, geht zum Schrank und nimmt ein schulterfreies, blauweißes Abendkleid heraus. Der Tüll ist platt gedrückt. Babette schüttelt das Kleid aus. »Sieh mal, was hier ist, das hast du damals auf dem Sommerfest getragen.«

»Und am nächsten Morgen hab ich Vater gestanden, dass ich schwanger bin, und er hat mich in die Schweiz fortgeschickt.«

Lena schiebt die Kleiderberge auf ihrem Bett zur Seite und setzt sich. Alles beim Alten. Hier hat sich wirklich nichts verändert. Sogar die Teddybären sitzen noch auf der Kommode. Der kleine Schreibtisch steht vor dem Fenster. Nur die Vorhänge, passend zur rosa Streifentapete, sind von der Sonne ein wenig verblichen. Ihre Fotos, das Gemälde der Urgroßmutter mit dem kleinen weißen Spitz im Arm – alles noch da.

»Erzähl mir von Victoria«, fordert Babette sie auf. »Wie ist sie denn so?«

Lena kramt in ihrer Handtasche und reicht ihr ein Foto. Babette betrachtet es und lächelt Lena an.

»Sieht genau aus wie du früher. Ich hab immer zu meinem Georg gesagt: Du hast so recht. Man kann sein Kind nicht zur Adoption weggeben, ich versteh dich so gut, das ist einfach undenkbar.«

»Nach dem Mahlenberg'schen Familienkodex aber schon. Vater will, dass ich gehe.«

Lena spürt Tränen der Wut und Verzweiflung aufsteigen. Babette legt ihr den Arm um die Schulter und streicht ihr übers Haar.

»Der Graf, glaub mir, in seinem Innersten ist er stolz auf dich. Du darfst jetzt auf keinen Fall wieder gehen. Ich brauch dich hier, wir brauchen dich. Wie soll denn das hier weitergehen, nur Kriegsgefangene und wir Frauen. Sei kein solcher Dickkopf wie er. Komm, ich lass dir ein Bad ein, du entspannst dich, und danach sieht die Welt schon anders aus.«

Lena lacht und beginnt sich auszuziehen. »Wie früher, als wir noch Kinder waren. Du warst schon damals die praktische Optimistin.«

»Und du die Badenixe.« Babette bringt lachend ein rosa Badelaken und betrachtet die nackte Lena.

»Du bist so schön wie immer. Aber dünn bist du geworden. Nur ich werd immer dicker.« Sie schlägt sich mit der flachen Hand auf den wohlgerundeten Hintern. »Na, ich werd dich schon aufpäppeln. Wirst schon sehen.«

Lena geht auf Zehenspitzen über den kalten Parkettboden ins Badezimmer und steigt in die Wanne.

»Komm, Babette, setz dich her und erzähl mir ein bisschen.« Sie räkelt sich genüsslich im warmen Wasser. Babette hockt sich auf einen Stuhl.

»Weißt du eigentlich, wie sehr du mir gefehlt hast? Wie oft ich mir gewünscht hab, wieder hier neben dir zu sitzen. Wie wir hier beide rumgeplanscht haben. Da waren wir zwölf, dreizehn?« Und mit einem Seufzer: »Wo soll ich anfangen. Es ist so viel passiert.«

»Stimmt. Dein Fritzchen hab ich kaum wiedererkannt.«

»Ach, der ist doch noch grün hinter den Ohren. Aber er hat richtig gute Chancen in der Partei. Wenn er sich da bewährt, kann er Karriere machen. Abitur oder vielleicht studieren. Die Partei, die tut wirklich was für uns.« Babette ist stolz und ganz begeistert. Aber Lena dreht ihren Kopf zur Seite, beginnt sich einzuseifen.

»Ja, ich weiß«, sagt Babette. »Du kannst sie nicht leiden, die Partei. Aber du wirst schon sehen.«

»Und was ist mit Georg? Ich hab deinen Mann noch gar nicht gesehen.«

»Meinen Georg haben sie eingezogen. Vor zwei Wochen. Dabei sind doch Verwalter UK gestellt.«

Und dann erzählt Babette. Von dem Freitag, als der Stellungsbefehl kam. Nicht nur für Georg; auch Herr Stuber, der Mann von Frau Meister, Inspektor Richard Neumann und Kutscher Emil Stolze wurden eingezogen. Dabei war die Ernte in vollem Gang. Wegen Benzinmangels, wie anno dazumal, mit Pferden und Leiterwagen. Sie hatten die letzte gemeinsame Nacht nicht schlafen können. Babette hatte sein Marschgepäck gepackt.

»Warum hast du mir denn meine Sonntagsjacke eingepackt, Babette, die brauch ich nicht. Und auch keine Krawatte.«

»Du kannst nicht gehen. Wer passt denn jetzt auf uns auf?«

»Ihr passt jetzt selber auf euch auf, ihr Frauen, bis wir zurückkommen. Ihr habt François und die Männer.«

»Aber das sind doch Kriegsgefangene«, hatte Babette ihn unterbrochen.

»Das sind gute Männer, die hart arbeiten. Ohne die bricht hier alles zusammen, hörst du, Babette. Hör auf das, was François sagt.«

»Und was mach ich mit deinem Sohn?«

Georg hatte Fritz vor der Haustür gefunden, er hockte missmutig zusammengekauert auf der Treppe.

»Nimm mich mit, Vater«, sagte er verzweifelt.

»Fritz, du hast jetzt eine wichtige Aufgabe, du passt auf die Frauen auf. Auf Mutter, auf deine Oma. Und auf die Herrschaft. Du bist mir verantwortlich, hörst du? Versprich mir das!«

Fritz richtete sich auf, stand stramm vor seinem Vater und sagte:

»Ich werde kämpfen, Papa. Für uns hier in Mahlenberg und für den Führer. Ich verspreche es.«

»Lass den Führer man aus dem Spiel, Fritz. Der ist weit weg. Hier geht es um uns.«

Danach umarmten sie sich, und Fritzchen liefen die Tränen über das Gesicht, und er schämte sich dafür. Aber er war auch stolz, dass der Vater ihm vertraute.

Dann ging Georg und verabschiedete sich von Oma Herta und von seinem Vater.

»Und am Montagmorgen ist der Militärlaster gekommen und hat unsere Männer abgeholt«, erzählt Babette weiter. »Ich hab ihm noch einen Marmorkuchen gebacken, den wollte er zuerst gar nicht mitnehmen.« Babette zieht ein zerknülltes Taschentuch aus dem Ärmel ihrer Bluse und schnäuzt sich leise. »Oma Herta hat seither schlechte Laune, vor allem mir gegenüber. Und Fritz ist nur noch aufmüpfig, weiß alles besser und würde lieber heute als morgen seinem Vater an die Front folgen.«

Lena schaut Babette mitleidig an. Ihr fällt nichts ein, was sie ihr zum Trost sagen könnte. Stattdessen lehnt sie sich zurück, und das Wasser schlägt über ihr zusammen. Prustend taucht sie wieder auf.

»Und wer hat jetzt die Verantwortung für die Ernte und alles?«

»Die hat Georg dem François übertragen. Mit dem hat er vorher gut zusammengearbeitet, der hat alles im Griff.«

»Was heißt, er hat hier alles im Griff, das kann doch nicht sein, Georg kann doch nicht die gesamte Leitung einem Kriegsgefangenen und noch dazu einem Franzosen übertragen.«

Lena hat sich empört in der Wanne aufgesetzt.

»Wieso, der Franzos ist kein Franzos, sondern aus dem Elsass, die Mutter ist Deutsche. Er hat studiert und war Ingenieur oder so was in Paris. Seine Eltern und Brüder, die sind alle tot. Da ist irgendwas passiert beim Einmarsch. Ich weiß es nicht, vielleicht ist er ja Kommunist oder so was. François erzählt nie was, er ist sehr verschlossen. Und ich glaube, er hasst uns Deutsche. Aber mein Georg, der hat ihm voll vertraut. Ich selbst weiß ja nicht so genau.«

Lena ist betroffen, geht aber nicht weiter darauf ein. »Und wie viele von diesen Menschen ernähren wir hier zurzeit?«

»Fünfundzwanzig. Zehn französische Kriegsgefangene und acht russische und sieben polnische Zwangsarbeiter.«

»Die fressen uns doch die Haare vom Kopf.«

Lena steigt aus der Wanne und wickelt sich in das bereitgehaltene Badelaken. Sie greift nach einem Handtuch, beugt sich nach vorn und dreht ihre nassen Haare zu einem Turban ein.

»Das sagt Frau Meister auch immer. Als sie ankamen, mussten wir sie erst mal aufpäppeln und ihnen die Sträflingskleidung wegnehmen. Wie die aussahen, halb verhungert und verlaust und mit ihrem großen Buchstaben auf der Brust.«

Babette hantiert am Spiegel, wischt den Nebel weg und sagt mit einem gewissen Stolz in der Stimme:

»Georg sagt, sie parieren richtig gut. Nicht so wie heute Nachmittag am Bahndamm.«

Lena sieht sie fragend von der Seite an.

»Es war so furchtbar. Die Soldaten haben die armen Männer gehetzt wie die Hasen.«

»Man hat sie erschossen. Aber wenn sie nicht parieren und weglaufen, muss man sie erschießen.«

»Sag mal, wie redest du denn, Babette.«

»Sagt doch der Kreisleiter Schulz auch.« Babette ist sich keiner Schuld bewusst. »So ist das hier. Wenn sie nicht parieren und einfach weglaufen, erwischt es sie eben. Man darf sich da nie einmischen. Sonst ist man selber tot.«

Lena ist ungehalten, sie spürt, wie die Wut von vorhin wieder in ihr aufsteigt, als sie zusehen musste, wie auf die Fremdarbeiter geschossen wurde und François sie daran gehindert hat, ihnen zu helfen.

»So ein Quatsch. Sie hätten vorhin nicht gewagt, diese Männer zu erschießen oder uns auch nur ein Haar zu krümmen, wenn wir uns eingemischt hätten. Ich hätte es verhindert.«

Babette ist über Lenas heftige Reaktion verwundert. Sie versucht, die angespannte Stimmung zu durchbrechen.

»Ja, Frau Lehrerin, Sie haben recht, Frau Lehrerin, oder soll ich lieber Frau Gräfin zu dir sagen.«

Lena wirft Babette lachend ihr Handtuch zu, Babette wirft es giggelnd zurück und geht die Wäsche sortieren. Mit einem Kleiderbügel über dem Arm kommt sie noch einmal ins Badezimmer, bevor sie geht.

»Lena, es ist so, wie es ist. Wir brauchen dich! Verstehst du? Dein Platz ist hier.«

Lena schaut sich im Spiegel an und wird ernst. Dass es nicht leicht werden würde, hatte sie ja geahnt. Man kann die Zeit halt nicht zurückdrehen. Aber jetzt ist ihr eines klar, die nächsten Wochen werden ein hartes Stück Arbeit. »Ich bleibe«, sagt sie laut zu ihrem feuchten Konterfei. »Vater muss erst einmal wieder auf die Beine kommen, und dann sehen wir weiter.«

Wieder zu Hause

Schon früh am nächsten Tag schlägt Lena die Augen auf. Sie hat geschlafen wie ein Stein. Sie räkelt sich zwischen den Laken, will die gemütliche Wärme in ihrem Bett noch nicht verlassen. Laue Sommerluft strömt durch das geöffnete Fenster ins Schlafzimmer, Lena hört die Bienen summen. Die Geräusche vom frühen Treiben auf dem Hof versetzen sie zurück in die unbeschwerte Zeit ihrer Kindheit. Das Rattern der Räder auf dem Kopfsteinpflaster, Männer, die sich etwas zurufen, das Schnauben der Pferde und das typische leise Quietschen, wenn sich die Zugtiere in die ledernen Leinen legen und die Deichseln in ihre Scharniere einrasten. Es ist wirklich wie im tiefsten Frieden, denkt sie. Fliegeralarm haben sie hier noch nie gehört. Doch jetzt sind andere Zeiten, sagt sich Lena. Es ist nicht mehr wie früher. Es gibt viel zu tun, vor allem wo die Männer im Krieg sind. Sie springt aus dem Bett, zieht sich Pullover und Reithosen an und kramt ihre alten Stiefel hinter der Kommode hervor. Immer zwei Stufen auf einmal nehmend, läuft sie die Treppe hinunter. Im Esszimmer stürzt sie schnell eine Tasse Kaffee herunter, schmiert sich ein Brot und ist schon unterwegs. Auf dem Hof trifft sie Silvester und Nestor, die Jagdhunde des Vaters. Schwanzwedelnd kommen sie, um Lena zu begrüßen. »Ihr habt mich nicht vergessen, was, ihr beiden. Brave Hundchen.« Lena streichelt die kräftigen Tiere und muss lachen, als auch Asta, der

Rauhaardackel, aus der Stalltür hervorgeschossen kommt und aufgeregt kläffend an ihr hochspringt. »Na, meine Alte. Immer noch so eifersüchtig?«

Am anderen Ende des Hofes fährt ein Pferdefuhrwerk mit frischem Heu in Richtung Scheune. Drei Männer mit Forken gehen nebenher, schauen zu ihr herüber. Lena erkennt François, der ihr freundlich zulächelt und eine kleine Verbeugung andeutet. Lena ist das ein bisschen unangenehm, und sie weiß nicht, wie und ob sie darauf reagieren soll. Schnell dreht sie sich um und geht mit großen Schritten quer über den Platz zum Stall der Reitpferde.

Als sich ihre Augen an das schummrige Licht gewöhnt haben, sieht sie, dass viele Boxen leer stehen. Ein unbekannter junger Mann fegt den Stallgang.

»Wer sind Sie? Warum sind die Boxen leer? Wo sind die Pferde?«

Der junge Mann schaut sie an und sagt mit deutlich russischem Akzent:

»Pferde wegholen für Krieg. Mein Name Dimitri.«

Lena blickt suchend durch den Stall. In der letzten Box sieht sie eine Bewegung. Da ist sie. Ihre Schimmelstute Linda. Gott sei Dank! Sie ist noch da. Und Tassilo, wo ist Tassilo? Lenas Herz klopfte bis zum Hals.

In der Box gegenüber richtet sich ein Junge von ungefähr achtzehn Jahren mit dunklen Augen und kurzem schwarzem Haarschopf auf. Er trägt eine graue Steppjacke mit den Buchstaben SU auf einem Stoffkennzeichen und Militärhosen. Aus einer Schubkarre verteilt er frischen Klee in die Tröge. Hinter ihm hebt Tassilo den Kopf und schnaubt. »Ich Mikolai«, sagt er und lächelt Lena fröhlich an.

»Die Pferde fressen Hafer, nicht dieses Zeug da, davon kriegen sie Blähungen oder Schlimmeres.« Lena ist bewusst, wie barsch das eben geklungen hat, und es tut ihr gleich darauf leid. Der junge Russe kann ja nichts dafür, dass der ehemals so penibel geführte Pferdestall jetzt fast verwaist ist. Aber sie sagt nichts weiter, geht zu ihrem Hengst und streichelt sein warmes, weiches Maul.

»Tassilo, du hast mir so gefehlt«, flüstert Lena, und es kommen ihr ein bisschen die Tränen. Schnell holt sie Sattel und Trense, und einen kurzen Augenblick später reitet sie vom Hof, über die Landstraße und hinein in das Laubwäldchen.

Tassilo tänzelt voller Energie. Beim Galopp auf dem Rücken ihres geliebten Trakehners entspannt Lena sich. Alle beunruhigenden Gedanken und Sorgen fallen von ihr ab. Sie spürt die kräftigen Sprünge, passt sich der Bewegung des schönen Tieres an. Der würzige Geruch des Waldbodens, gemischt mit dem Schweiß des Pferdes: der Geruch von Freiheit. Das ist Heimat, denkt sie beglückt. Ich bin wieder zu Hause.

An einer Lichtung plötzlich Schüsse. Tassilo scheut, bleibt abrupt stehen, bäumt sich auf. Lena kann sich gerade noch an seinen Hals klammern, um nicht herunterzufallen. Tassilo schnaubt nervös, zeigt das Weiße in seinen Augen. Lena nimmt die Zügel kürzer, schiebt sich zurück in den Sattel, legt die Schenkel an. »Schon gut, mein Alter, alles fein«, beruhigt sie den Hengst. Schräg vor ihnen kommt eine Jagdgesellschaft über die Lichtung galoppiert. Die Männer tragen rote Jacken, einige auch Wehrmachtsuniform, vor ihnen hetzt die Hundemeute. Schwungvoll springen die Pferde über einen Graben, und schon sind alle wieder im Wald verschwunden. Mitten im Krieg eine schöne klassische Reitjagd, denkt Lena verwundert. Aber warum nicht? Die brauchen sicher auch mal eine Auszeit von der Front.

Lena klopft Tassilos Hals, bis alles wieder still ist, dann trabt sie querfeldein weiter. Auf einem abgeernteten Stoppelfeld lässt sie die Zügel frei. Im Renngalopp fliegen die beiden dahin.

Lena hat sich tief über den Hals gebeugt. Schon als junges Mädchen liebte sie das. Die Geschwindigkeit versetzt sie in eine Art Rausch, das Wasser wird vom Wind aus den Augen gepresst, so dass sie kaum noch etwas sieht und sich ganz der Führung des Pferdes überlässt. Schneller, immer schneller. Die kräftigen Muskeln des Tieres, der Rhythmus der Hufe auf sandigem Grund. In diesem Moment fühlt Lena sich unbesiegbar.

Erschöpft machen sich Pferd und Reiterin nach zwei Stunden auf den Weg zurück nach Mahlenberg. Von einer Anhöhe beobachtet Lena verwundert einen Treck, der unten über die Landstraße zieht. Leiterwagen mit wackligen Aufbauten, klobige Holzwagen mit müden Kaltblütern davor. Frauen und Kinder im Stroh auf der Ladefläche und ein paar alte Männer, die eine Viehherde vor sich hertreiben. Wo wollen die bloß hin?, denkt sie und wendet Tassilo, der nun ungeduldig zu seinem Stall drängt.

Lena hat einen Plan gefasst. Am Nachmittag beginnt sie, ihn umzusetzen. Sie will sich ein Bild von den Zuständen auf Mahlenberg verschaffen. Diesmal reitet sie Linda, damit auch die Stute mal wieder Bewegung bekommt. Die Heuernte ist fast beendet, die Männer von François verladen die letzten Hocken. Auf den Kartoffel- und Rübenfeldern fangen die Blätter an zu welken, es dauert nicht mehr lange und auch dort muss die Ernte beginnen. Ein bisschen zu viel Unkraut ist zwischen den Reihen zu sehen. Lena nimmt sich vor, François anzuweisen, sich in den nächsten Tagen darum zu kümmern. Auch die Wege müssen im Herbst dringend glatt gezogen werden. Die Räder der Wagen haben während des Sommers tiefe Rinnen gegraben, die sich nach jedem Regen mit Wasser füllen und im Winter dann zu spiegelglatten Fallen werden. Das ist noch nicht alles. Auf der Getreidescheune auf dem südlichen Vorwerk entdeckt sie fehlende Schindeln, und die Zäune müssen kontrolliert und repariert werden. Im Kopf macht sich Lena eine Liste der dringendsten Arbeiten. Sie wird dem Vater berichten und dann die nötigen Schritte in die Wege leiten. Es tut Lena gut, sich im Freien durchpusten zu lassen. Und es macht ihr Spaß, über den Betrieb zu reiten. Hier und da hält sie ein Schwätzchen mit einem der Landarbeiter oder einer Dorfbewohnerin, die sie auf den Feldern trifft. Sie berichten davon, dass die Verpflegung auf Lebensmittelkarten nicht ausreicht, der Arzt keine Medizin mehr für das schwache Herz vom Opa verschreiben kann oder die Wehrmacht ihnen das Pferd und die Ernte genommen hat. Einige berichten unter Tränen vom Bruder, Vater oder Ehemann, der gefallen ist, oder von der Angst, die sie um ihre Männer an der Front haben. Lena hat für alle ein beruhigendes oder tröstendes Wort. Sie gibt sich Mühe, Zuversicht auszustrahlen. Und als sie endlich wieder vor dem Schloss ankommt, dämmert es schon.

Das Abendessen nimmt Lena ganz allein im Esszimmer ein. Der Platz vom Vater am anderen Ende des langen Tisches ist leer. Daneben hatte ihre Mutter immer gegessen. Fröhlich, gut gelaunt, freundlich. Und Ludwig, der nie still saß. Der Vater liegt oben in seinem Bett. Dank dem amerikanischen Penicillin scheint das Fieber zu sinken, das jedenfalls hat Babette gesagt, die ihm Hühnersuppe gebracht hat. Seine Laune sei schlecht, berichtet sie, und Lena beschließt, ihm ein anderes Mal über die Lage des Gutsbetriebs zu berichten. Dietrich serviert wie immer mit makellosen weißen Handschuhen und zieht sich dann diskret neben die Anrichte zurück. Er, der loyale, treue Diener, ist hier wirklich der Fels in der Brandung, denkt Lena. Ohne ihn wäre der Haushalt sicher längst im Chaos versunken. Na ja, und Babette, die sorgt natürlich auch für Zucht und Ordnung unter dem Personal. Lena löffelt langsam ihre Suppe und versucht, sich einen Plan für die nächsten Tage zu machen.

Vor allem muss ich Vicky herholen, denkt sie. Gleich morgen früh werde ich in dem bayerischen Kinderlager anrufen. Und für den Geburtstag von Sophie muss ich mir ein Kleid besorgen. Hoffentlich passt eines von den alten. Babette kann es aufbügeln. Mit ihrem Dessertteller voll Blaubeeren mit Milch macht sie sich auf in das Arbeitszimmer des Vaters.

Hier riecht es nach seinen Zigarren. Die Holztäfelung an den Wänden erscheint ihr noch dunkler, als sie es in Erinnerung hatte. An der Wand hängt eine Flurkarte des Besitzes. Alle Felder, Vorwerke und auch der Wald sind mit farbigen Stiften markiert. In der Ecke des Zimmers steht der Stahlschrank mit den weggeschlossenen Jagdwaffen. Und im Bücherregal reihen sich Aktenordner dicht an dicht. Die Rückenschilder zeigen, was drin ist: *Rechtsanwalt*, *Kalkulation 1944/45*, *Vorwerk Marienwalde* und so weiter. Auf dem Schreibtisch türmen sich Wirtschaftsbücher, Aktenordner, Papiere, darunter ungeöffnete Briefe. Auf einem Zettelspieß stecken unbezahlte Rechnungen.

Lena knipst die Schreibtischlampe an und versucht, Ordnung in das Chaos zu bringen. Zuerst sortiert sie die Papiere nach Datum. Dann vertieft sie sich in die Auftragsbücher. Draußen ist es Nacht geworden, und als die Kaminuhr halb elf schlägt, kommt Babette herein. Sie stellt ein Tablett mit einem Glas heißer Milch auf den Schreibtisch und setzt sich ihrer alten Freundin gegenüber auf den Besucherstuhl.

»Und, hast du schon einen ungefähren Durchblick?«

»Warum habt ihr das Vieh nicht zur Versteigerung gebracht? Und die Zuchtbullen sind auch nicht verkauft worden? Das haben wir doch jedes Jahr gemacht.«

Babette zuckt mit den Schultern, stützt ihr Kinn in die Hand und beobachtet, wie Lena mit dem Bleistift Zeichen an die eine oder andere Zeile im Wirtschaftsbuch macht.

»Weiß ich auch nicht, in diesem Jahr ist alles anders.«

»Ja, aber man kann doch nicht alles schleifen lassen. Der

Mähdrescher, die Traktoren, alles steht herum. Vater war immer stolz, dass wir ein moderner Großbetrieb sind.«

Lena hat eine steile Falte zwischen den Brauen. Konzentriert blättert sie mal in dem einen, dann in dem anderen Ordner. »Sieh dir das an. Vater hat sogar vergessen, neues Saatgut zu bestellen.«

Sie schaut hoch und sieht, dass Fritz hereingekommen ist. Er trägt immer noch seine HJ-Uniform.

»Weil der Herr Graf nicht auf den Graf Rüdiger hört. Der macht das so, wie die Kreisleitung sagt«, beantwortet Fritz die Frage an seine Mutter.

Lena ist amüsiert über seine Ernsthaftigkeit. Er hat wirklich etwas von seinem Vater, denkt sie. Nur fehlt dem Sprössling sein Humor.

»Und du meinst, das ist die Lösung, Fritz?«

»Wir sind die Außenfestung des Reiches. Das Bollwerk gegen den Bolschewismus, sagt die Kreisleitung.«

Babette ist aufgestanden und räumt einige Ordner ins Regal hinter dem Schreibtisch.

»Und der Führer. Ich geh jetzt schlafen. Gute Nacht, ihr Lieben«, sagt Babette.

»Gute Nacht, Mama.«

Fritz wartet, bis seine Mutter gegangen ist. Dann stellt er ein Weckglas mit eingemachten Erdbeeren vor Lena auf den Tisch.

»Sie klauen, was nicht niet- und nagelfest ist.«

»Wer?« Lena ist erstaunt und versteht nicht, was Fritzchen meint.

»Na, die Sträflinge … Hühner, Schweine, Gemüse, Eier, alles. Hab ich mit eigenen Augen gesehen.«

Lena spürt, wie der Ärger in ihr hochsteigt. Petzen kann sie nicht leiden, das war schon in ihren Kindertagen eine verachtenswerte Sache. Wer das tat, dem wurde erst eine ordentliche Abreibung verpasst und im Wiederholungsfall die Freundschaft gekündigt.

»Das sind keine Sträflinge, Fritz, das sind Kriegsgefangene und Polen, die für uns hart arbeiten. Die sägen sich doch nicht den Ast ab, auf dem sie sitzen.«

Energisch schlägt sie das Wirtschaftsbuch zu, steht auf und knipst die Schreibtischlampe aus.

»Ich rede morgen mit François und Frau Meister. Komm, Fritz, wir gehen jetzt schlafen.«

Noch vor dem Frühstück am nächsten Morgen ruft Lena die Zentrale der Kinderlandverschickung in Berlin an. So schnell wie nur möglich will sie Victoria zurückhaben. Es dauert lange, bis sie zu der zuständigen Leiterin durchgestellt wird, der sie erklärt, warum Victoria aus Bayern zurückkommen soll. Die Leiterin verlangt einen schriftlichen Antrag.

»Was heißt hier Antrag? Ich hätte sie doch nie nach Bayern gehen lassen, wenn ich gewusst hätte, dass ich selbst kurz danach zu meinem Vater nach Ostpreußen gerufen werde.«

Die Leiterin lehnt Lenas Wunsch glattweg ab, sie habe sich an die Vorschriften zu halten. Und das Kind sei doch in Bayern bestens aufgehoben. Lena ist hilflos. »Nein, das geht so nicht. Das kann ich nicht hinnehmen. Sie hören von mir.«

Lena hängt enttäuscht ein, bleibt sitzen und starrt auf das Gemälde der Urgroßmutter, das über dem Schreibtisch hängt. »Es ist aber auch alles kompliziert dieser Tage. Bei dir war das noch alles anders. Da hatten wir das Sagen.« Lena hat keine Ahnung, was sie nun noch tun soll, um Vicky zurückzubekommen. Vielleicht kann Rüdiger Gernstorff helfen, der hatte früher immer die besten Verbindungen. Sie wird ihn bei Sophies Geburtstagsfeier um Hilfe bitten.

In der Küche herrscht Hochbetrieb. Luise, die Köchin, wandelt zwischen den dampfenden Töpfen hin und her, schmeckt mal hier ab und rührt mal dort um. Die Küchenmädchen sitzen an einem Tisch in der Ecke und schälen Kartoffeln.

»Die Bohnen sind als Nächstes dran, Mädels. Träumt nicht rum. Die Suppe kocht sich nicht von allein.«

Im Volksempfänger wird eine Rede des Reichspropagandaministers Goebbels übertragen. Der Führer »erfüllt sein Werk unter dem Schutz der Vorsehung«, heißt es da, das »waltende göttliche Schicksal« müsse vollendet werden, vom Kampf und Krieg und Sieg als »Gebot der Stunde« ist die Rede.

Die Mädchen lauschen konzentriert. Fritz lehnt am Türrahmen, und Babette sitzt aufmerksam am Tisch.

Die Kastellanin, Frau Meister, streitet mit dem Küchenmädchen Waltraud über ein paar Eier, die im Korb auf der Anrichte vor ihnen liegen.

»Es kann überhaupt nicht sein, dass neunundsechzig Hühner nur achtzehn Eier legen«, sagt Frau Meister empört.

»Zweiundzwanzig Eier, nur zweiundzwanzig Eier. Und vierundsechzig Hühner, Frau Meister«, verbessert Waltraud sie ungeduldig.

»Gestern waren es noch neunundsechzig. Die klauen wie die Raben, unsere Polacken«, ereifert sich die Kastellanin und schreibt die Zahlen in ihr Haushaltsbuch.

»Es sind die Franzmänner, nicht die Polacken«, meldet sich Fritz zu Wort, steht auf und schleicht zum Herd.

»Gib ihnen den kleinen Finger, und sie reißen dir den Arm aus«, sagt Frau Meister.

Goebbels hat seine Rede beendet, Marschmusik setzt ein. Babette streckt sich zufrieden.

»Ihr werdet sehen. Mit den Wunderwaffen wird er sie alle zurücktreiben, der Führer, dass keiner sich mehr traut ...«

Frau Meister und Waltraud sortieren die Eier in den Eierschrank mit dem Maschendraht. Da geht die Tür auf, und François erscheint in der Küche. Ohne einen Gruß legt er Bezugsscheine auf den Tisch.

»Das sind zu wenig, die Männer arbeiten hart, sie haben Hunger. Wir verlangen mehr Scheine, mehr Essen. Wir brauchen mehr Essen!«

Frau Meister baut sich vor François auf, der sie um mehrere Köpfe überragt.

»Ich hab Ihnen schon mehrfach gesagt, es gibt nicht mehr Scheine.« Ihre Stimme ist eiskalt. »Die Verpflegung ist ausreichend bemessen.«

»Wir brauchen mehr Essen …« Hilflos lässt François die Arme hängen.

Die anderen kümmern sich nicht um den Streit. Luise haut Fritz auf die Finger, der am Pudding nascht.

»Finger weg, Fritz, für dich gibt's Knödel und Kraut.«

Draußen auf dem Hof ist plötzlich Lärm zu hören, Motoren, Bremsen quietschen, aufgeregte Stimmen ertönen. Babette schaut aus dem Küchenfenster.

»Das hat uns gerade noch gefehlt«, sagt sie und setzt sich in Bewegung. Fritz läuft ihr hinterher. Lena kommt aus der Haustür gerannt. Auch sie hat das laute Treiben gehört.

Auf dem Hof stehen Militärlaster mit heruntergelassenen Ladeklappen. Soldaten von der Wehrmacht führen die Mahlenberg'schen Pferde am kurzen Halfter aus den Ställen und beginnen mit dem Verladen. Auch Tassilo und Linda sind dabei und alle Arbeitspferde. François und ein paar Russen und Polen beobachten die Szene aus sicherem Abstand. Keiner sagt etwas. Dorfbewohner stehen herum. Das Küchenpersonal ist Lena nach draußen gefolgt. »Können die das machen? Wie soll es denn ohne Pferde weitergehen …«

Lena rennt zu einem der Soldaten, einem Unteroffizier, der Papiere in der Hand hält und sich mit einem Stift Notizen macht.

»Gräfin Mahlenberg! Was ist hier los? Was fällt Ihnen ein? Laden Sie sofort unsere Pferde wieder ab.«

Lena ist empört über so viel dreiste Eigenmächtigkeit. Der Unteroffizier grinst sie nur unverschämt an.

»Krieg ist Krieg, das ist nun mal so. Der macht auch vor Ihren Toren nicht halt. Ich habe meine Befehle. Die Pferde sind requiriert, und jetzt Schnauze.«

Lena beachtet ihn gar nicht, geht zu dem Hänger und reißt einem Soldaten die Zügel von Tassilo aus der Hand.

»Moment mal. Wie kommen Sie dazu, einfach unsere Pferde mitzunehmen. Wer ist Ihr Vorgesetzter? Ich werde mich bei Ihrem Vorgesetzten beschweren. Sie werden kein einziges Pferd von diesem Gut entfernen. Das sind Arbeitstiere, die wir brauchen, weil wir kein Benzin mehr haben.«

Der Unteroffizier wird etwas unsicher, hält Lena die Papiere vor die Nase.

»Die Pferde sind wichtiges Kriegsgut. Ich habe eine weitere Liste von Arbeitstieren, die als wichtiges Kriegsgut –«

Lenas wütender Blick bringt ihn zum Schweigen. In der Verzweiflung kommt ihr ein Gedankenblitz.

»Glauben Sie an den Endsieg!«, fährt sie den Unteroffizier an. »Sie glauben doch an den Endsieg?«

»Ganz ohne Zweifel«, antwortet der Soldat und steht stramm.

»Dann können Sie doch nicht wollen, dass die Ertragskraft dieses Gutes geschwächt wird. Es ist die Grundlage für die Ernährung unserer Bevölkerung, und der Führer würde keinesfalls wollen, dass die nicht mehr gewährleistet ist.«

Babette, die inzwischen hinter Lena steht, kommt ihr zu Hilfe.

»Genau! Das kann der Führer nicht wollen.«

»Ich werde mich mit Ihrem Vorgesetzten ins Benehmen setzen«, sagt Lena kühl. »Und sorgen Sie dafür, dass die Pferde morgen wohlbehalten zurückkommen. Guten Tag.«

Sie dreht dem Mann den Rücken zu, nimmt Tassilo und führt

ihn zurück in seinen Stall. Dort angekommen, lehnt sie sich gegen den warmen Körper ihres Hengstes. Jetzt erst merkt sie, wie ihre Knie zittern. »Das ist ja noch mal gut gegangen«, sagt sie leise. »Hätte auch schiefgehen können. Wenn der mich wegen Gehorsamsverweigerung festgenommen hätte ...«

Die ersten Trecks

Ein paar Tage später, die Sonne schickt gerade noch ihre letzten Strahlen über den Horizont, der prachtvoll orange und purpurn erglüht, als die Dorfkinder Wilhelm und Benno Stuber und die Neumann-Mädchen angelaufen kommen.

»Schon wieder sind welche da, diesmal sind es ganz viele!«, rufen sie aufgeregt.

François ruft seine Männer und rennt los. Auf der Dorfstraße finden sie einen Treck von ungefähr fünfzig erschöpften Menschen mit drei Treckwagen und mehreren Pferden. Einer der Wagen steht schief, ein Rad ist gebrochen. Die Menschen können nicht mehr weiter. Ein Baby schreit, eine Alte liegt matt auf dem Stroh eines Leiterwagens. Zwei junge Frauen ziehen einen Kinderwagen hinter sich her, voll bepackt mit lauter Bündeln. Ein alter Mann sitzt im Straßengraben. François, Louis und Mikolai heben den Wagen an und versuchen, das Rad von der Nabe zu lösen. Dimitri spannt das Pferd aus. Babette und die Küchenmädchen sind inzwischen eingetroffen und heben die alte Frau aus dem Wagen. Janek, Wladimir und Jean laden den zusammengebrochenen Wagen ab. Die Hunde bellen aufgeregt.

Lena kommt gerade von einem ihrer Inspektionsritte zurück. Sie kann das Geschehen erst nicht einordnen, doch sie begreift sofort. Hier ist Hilfe vonnöten. Sie springt aus dem Sattel und wirft Fritz die Zügel hin.

François richtet sich auf und sieht Lena an. Es scheint ihr, als wolle er sagen: Gut, dass du da bist. Lena lächelt und übernimmt die Regie. Sie greift sich die Stuber-Jungen.

»Der Säugling hat Hunger. Geht zu eurer Mutter und holt einen Krug Milch.«

Sie nimmt das schreiende Bündel und reicht es an Oma Herta weiter. Dann ist sie den Dörflern dabei behilflich, die Menschen von den Wagen zu holen, sie greift hier zu und dort, stützt einen Opa und reicht Frau Neumann den zerbeulten Koffer, den der Mann nur widerstrebend aus der Hand gibt.

»Wo kommen Sie her?« Der alte Mann antwortet nicht.

»Aus dem Memelland und Litauen«, hört Lena Fritz eilfertig sagen. »Seit Juni kommen die, und es werden immer mehr.«

»Irgendwann werden sie täglich über uns herfallen«, sagt Oma Herta.

Opa Stuber fuchtelt mit seinem Stock herum.

»Wie die Heuschrecken, wie die Heuschrecken.«

Lena bahnt sich ihren Weg zu François, der mit den anderen den zusammengebrochenen Wagen auf die Seite gehoben hat und nun mit einem Holzbalken abstützt. Der Weg ist wieder frei. Lena gibt das Kommando.

»Alle werden im Hof verköstigt und können in der Scheune übernachten. Fritz, kümmer dich drum. Hol Decken und Matratzen.«

Die Treckwagen setzen sich langsam in Bewegung. Fritz geht vorneweg, stolz ob dieser wichtigen Aufgabe, und zeigt den Flüchtlingen den Weg zur Scheune. François schaut Lena anerkennend hinterher. Er hätte nicht gedacht, dass die feine Comtesse die Lage so schnell erfasst und ohne Zaudern ihre Entscheidungen trifft.

Während die Kriegsgefangenen die Pferde und Kühe der Flüchtlinge versorgen, sie abreiben und füttern, organisieren die

Frauen oben auf der Tenne die Unterbringung der Menschen. Noch herrscht ein heilloses Durcheinander. Oma Herta, die junge Frau Stuber, die alte Frau Stuber und andere Frauen vom Mahlenberg'schen Anwesen bringen erst mal die Kinder auf Matratzenlagern unter.

Lena hilft mal hier, mal da und gibt Anweisungen. Waltraud und Köchin Luise schleppen Brot und Suppentöpfe heran. François zeigt Mikolai und Dimitri, wo die besonders Geschwächten liegen. Denen bringen sie das Essen an ihr Lager, die anderen werden an einen langen Tisch geholt, der immer hier oben auf der Tenne steht. Denn einmal im Jahr wird Erntedank gefeiert. Die geflochtenen Kränze der vergangenen Jahre hängen an den Firstbalken, wie es Brauch ist.

Babette kommandiert die Männer und verteilt Decken und Laken. Waltraud und Louis schmieren Butterbrote und flirten dabei heimlich miteinander. Frau Meister bringt Milch in großen Krügen und Becher, dabei schaut sie ungnädig auf die beiden jungen Leute. Lena erkennt, dass sich hier gleich ein Streit anbahnt.

»Frau Meister, helfen Sie doch Oma Herta bitte, die Becher zu verteilen.« Oma Herta strotzt vor Kraft und Freude, endlich wieder gebraucht zu werden.

»Ich bin ja so froh, dass du wieder da bist, mein Lenchen, oder muss ich jetzt nach so vielen Jahren ›Frau Gräfin‹ zu dir sagen?«

Lena lacht. »Oma Herta, ich bitte dich, da würde ich mir ganz komisch vorkommen.«

François trägt Kinder zu einem Matratzenlager, er hilft einer alten Frau von der Bank hoch und führt sie zu einer Ecke. Lena kommt hinzu und steckt ihr ein Kissen hinter den Rücken. François wischt ihr mit einem feuchten Tuch zart über die Stirn. Als er sich aufsetzt, berührt er Lenas Schulter. Beide zucken zurück, François steht auf und geht ohne ein Wort. Lena hält kurz inne, dann nimmt sie eine Decke und breitet sie über die Frau, die unzusammenhängend zu reden beginnt:

»Wilde Horden fallen über uns her ... Bolschewisten ... Sie kommen mit Feuer und Tod. Mit Feuer und Tod.« Ihre Stimme bricht, und sie fängt an zu schluchzen.

»Wir haben niemand was Böses getan, also wird uns auch nichts Böses geschehen«, sagt Babette, die mit einem Becher Milch in der Hand dazugekommen ist.

Lena reicht der alten Frau den Becher.

Von hinten meint Oma Herta:

»Im letzten Krieg sind die Russen auch gekommen, und was ist passiert? Jarnüscht. Sie sind wieder jejangen. Warum soll das dieses Mal anders sein.«

Wie aus einer anderen Welt taucht plötzlich Dietrich in Livree, mit Schlips und weißen Handschuhen und glatt gekämmtem Haar am Kopf der Treppe auf.

»Der Herr Graf lässt sagen, er will die Leute nicht ...«

Er spricht den Satz nicht zu Ende. Lena glaubt ihren Ohren nicht zu trauen. Ohne Zögern rennt sie hinter Dietrich her, die Treppen hinauf und betritt, ohne anzuklopfen, das Schlafzimmer ihres Vaters.

Der sitzt hustend im gestreiften Wollbademantel im Bett.

»Vater, das geht nicht.«

»Doch, das ist jetzt der dritte Treck. Es reicht. Sie hätten erst gar nicht losziehen sollen mit ihren lächerlichen kleinen Wägelchen. Wie wollen sie denn überleben?«

»Aber Vater, diese Menschen gehen doch nicht freiwillig, sie fliehen vor den Russen.«

Lena kann ihre Empörung und Enttäuschung über das Ansinnen des Vaters nicht unterdrücken. Doch der bleibt hart.

»Glaubst du, irgendeiner hier oder sonstwo wird sie auf Dauer aufnehmen?«

»Du hast uns beigebracht, dass wir Familien eine Verpflichtung haben, Vater. Du hast doch sonst Menschen in Not immer geholfen. Solange ich mich erinnern kann –«

Berthold Mahlenberg unterbricht seine Tochter, richtet sich im Bett auf und sagt mit fester Stimme:

»Ich will es nicht, Lena. Punkt.«

Doch so lässt sich Lena nicht abspeisen.

»Für eine Nacht, Vater, es geht um eine Nacht … Solange du so krank bist, entscheide ich das in deinem Sinne. Und jetzt schlaf schön, Vater. Gute Nacht.«

Ohne eine Antwort abzuwarten, dreht sie sich um und verlässt das Zimmer. Mit einem lauten Knall fällt die Tür ins Schloss. Lena steht auf dem Flur und atmet heftig. Er muss fiebern, denkt sie. Das sieht ihm doch überhaupt nicht ähnlich …

Berthold richtet sich zum ersten Mal in seinem Bett richtig auf. »Die tanzen mir hier alle auf der Nase herum«, murmelt er wütend. Dann zieht er an der Schublade seines Nachttischs, sucht darin herum und findet die Tabletten, die Rüdiger ihm mitgebracht hat. Energisch nimmt er eine und spült mit einem Schluck Wasser nach.

In der Werkstatt haben sich die Männer von François darangemacht, das gebrochene Wagenrad zu reparieren. Dimitri und Louis bessern die angebrochenen Verstrebungen vom Leiterwagen der Treckleute aus. Angestrengt und konzentriert arbeiten die Männer, messen die Achse aus, hämmern am Stahlring des Rades. François gibt Anweisungen, rechnet und schreibt Zahlen auf, macht eine Skizze auf einem Stück Holz.

»Wir brauchen lange Bretter. Und ein kurzes Stück«, fordert Mikolai.

François geht mit Wladimir in den hinteren Teil des Raumes. Sie schieben ein paar Strohballen zur Seite und dann eine Stellwand. Wladimir verschwindet in den dahinterliegenden Raum. François schaut sich nervös um. Nach ein paar Sekunden erscheint Wladimir wieder mit Brettern unterm Arm, die er an François weiterreicht. Gerade hat er die Stellwand wieder verschlossen, als Lena in der Tür erscheint.

»Ich möchte, dass bis morgen früh die Wagen repariert und fertig sind. Schaffen Sie das?« Lena rüttelt an dem Wagen.

»Ganz schön instabil. Wenn man damit bis nach Pommern oder noch weiter will.«

»Sehr instabil«, bestätigt François, der sich neben Lena stellt, so dass ihre Sicht auf die Stellwand versperrt ist.

»Sehr instabil, die Räder sind falsch aufgehängt. Das Holz wird faul. Besser wären Gummiräder. Und eine leichtere Konstruktion, mit Querverstrebungen, dann hält das mehr Gewicht aus.«

Er zeigt Lena, wie er das meint, und hilft Mikolai, eine Kreuzverstrebung zu befestigen. Aufmerksam beobachtet er Lena aus dem Augenwinkel, er will ihre Reaktion testen, als er sagt: »Wir könnten einen Prototyp bauen!«, und setzt nach einer Pause hinzu. »Für uns!«

Lena unterbricht ihn streng, sieht zur Tür.

»Schon für den Vorschlag könnte man Sie hängen, Herr Beauvais. Es muss keiner fliehen, niemand«, sagt sie mit fester Stimme. »Weil die Russen nie hierherkommen werden. Nicht nach Ostpreußen. Wir sind hier sicher.«

Die Männer werden unruhig.

»Wenn Russen kommen, wir alle tot. Vor allem Russen tot, weil sie denken, wir Verräter. Verstehen, Kollaboration mit euch Deutsche«, ruft Dimitri ganz aufgeregt und fuchtelt mit dem Hammer in der Luft herum.

»Kein Russe kommt hierher. Weil nämlich der Krieg vorher in Berlin zu Ende sein wird.«

»Und wenn der Krieg verloren geht? Haben Sie keine Angst?«

Als die Männer schlagartig ruhig sind und sich Totenstille ausbreitet, merkt Lena erst, was sie gesagt haben. Dafür können sie uns hängen, wenn das einer hört. Schnell geht sie zur Tür und versucht, an François vorbeizukommen. Doch der verstellt ihr den Weg und ergreift ihre Hand. Überrascht bleibt sie stehen und sieht auf ihre Hände. Warm ist die Handfläche und kräftig und lang die Finger, die sich um die ihren geschlossen haben.

»Sie haben richtig gehandelt. Mit den Flüchtlingen, meine ich«, sagt François sanft.

Lena hebt den Blick, schaut ihn an. Er lächelt und gibt ihre Hand frei. Es ist ihr peinlich.

»Geht Sie das wirklich etwas an, François?«

»Es geht uns alle an. *Bonne nuit, Comtesse.*«

Die Kriegsgefangenen und die SS

Am nächsten Morgen geht Lena zuallererst in die Scheune zu den Flüchtlingen. Babette kommt ihr mit einem Korb voller Tassen und schmutziger Teller entgegen.

»Sie haben Frühstück bekommen und wollen wieder los.«

Im Hof wuselt alles durcheinander. Die Männer spannen die Pferde ein, Dimitri und Jean helfen, das Gepäck aufzuladen. François kontrolliert die neuen Streben und das reparierte Rad des Wagens und fettet die Nabe.

»Ist alles bestens«, sagt er, als Lena an ihm und der langen Schlange aus wartenden Menschen und Wagen vorbeigeht. Fritz kommt mit dem Fahrrad angeradelt, steigt ab und grüßt: »Heil Hitler, Frau Gräfin.«

»Mach dich nützlich«, antwortet Lena trocken und ohne seinen Gruß zu erwidern.

»Oma Herta, bitte sorg dafür, dass alle genügend Wasser und Proviant haben. Und Futter für die Pferde. Wer weiß, wann sie das nächste Mal wieder was bekommen. Und gebt der Mutter mit dem Säugling noch eine Decke mit. Die Nächte werden schon empfindlich kalt.«

Eine junge Flüchtlingsfrau geht aufgeregt von Wagen zu Wagen und schaut sich suchend um. Sie sieht völlig verzweifelt aus.

»Was ist los?«

»Mein Gepäck ist verschwunden. Eine Katastrophe. Gestern war alles noch da. Dort habe ich es hingelegt«, sagt sie, den Tränen nah, und zeigt auf eine Ecke in der Scheune. Aber da liegt nichts.

»Und Sie sind sicher, dass Sie das Kleiderbündel hier hingetan haben?«

Lena durchstöbert den hinteren Teil der Scheune.

»Ja, ganz bestimmt. Es lag alles auf dem zusammengebrochenen Wagen, ich habe es hier auf die Strohballen gelegt.«

»Dann lassen Sie uns mal in der Werkstatt nachsehen, wo die Männer den Wagen repariert haben.«

Die beiden Frauen gehen zur Werkstatt, räumen Decken zur Seite, schauen hinter Kisten und aufgestapelte Säcke. Da sieht Lena plötzlich eine Stellwand, die ihr gestern Abend nicht aufgefallen ist. Sie steht einen Spaltbreit auf, und sie erkennt, dass dahinter etwas verborgen ist. Schnell schiebt sie die Wand zur Seite. Im schummrigen Licht sieht sie ein großes Gebilde, das mit einer grauen Plane abgedeckt ist. Sie hebt die Plane hoch, schlägt sie zur Seite. Ein neuer, leichter Leiterwagen mit offenen Querverstrebungen kommt zum Vorschein. Der sieht genauso aus wie der, den François gestern beschrieben hat, denkt Lena. Er hat mich doch glatt angelogen und seine Idee schon längst ausgeführt. Erschrocken schaut Lena sich um. Das also ist es, was die hier abends treiben. Ihren Fluchtwagen bauen. Und die Gummireifen haben sie auch schon irgendwo geklaut. Ja sind die denn völlig verrückt geworden? Lenas Herz schlägt aufgeregt. Wenn das einer entdeckt, sind wir alle dran. Schnell zieht sie die Plane wieder über den Leiterwagen. Jetzt fällt ihr Blick auf einen alten Schrank, der hinten an der Wand steht, halb von einem Stapel Bretter verdeckt. Als sie die Türen öffnet, traut sie ihren Augen nicht. Sie sieht Regale voller Weckgläser und Dosen mit eingemachten Lebensmitteln: eingelegtes Hühnerfleisch, Schweinefleisch, Gurken, Apfelkompott, Pflaumen und Dosen mit Leberwurst. Sie fühlte eine Mischung aus Enttäuschung, Wut und Angst.

Lena schließt die Schranktüren und verlässt den geheimen Raum. Sie zieht die Stellwand wieder hinter sich zu. Dabei merkt sie nicht, dass sie von zwei braunen Augen beobachtet wird. Fritz hockt hinter einem Holzstapel und wartet, bis Lena und die Flüchtlingsfrau die Werkstatt verlassen haben. Dann geht auch er zur Stellwand, schiebt sie zur Seite und beginnt, den Raum zu inspizieren.

Draußen vor der Scheune stehen Janek und Mikolai voll bepackt und stolz. »Meine Sachen!«, ruft die Frau glücklich.

»Wo waren die?«, fragt Lena die beiden jungen Kriegsgefangenen und versucht, sich nichts anmerken zu lassen.

»Waren Sachen noch alle neben Scheune. Das Janek. Wir beide helfen finden«, antwortet Mikolai, und beide lachen.

»Danke, Janek, danke, Mikolai.«

Lena folgt der jungen Frau und hilft ihr, das Gepäck auf dem Treckwagen zu verstauen. Da saust plötzlich Fritz auf seinem Fahrrad an ihnen vorbei in Richtung Dorf. Wohin der wohl so schnell will, fragt sich Lena und packt weiter das Gepäck auf den Wagen.

Als der Treck endlich den Mahlenberg'schen Hof verlassen hat, machen sich alle ans Aufräumen. François und seine Männer stapeln die Matratzen in eine Ecke der Tenne, ein paar Frauen sortieren die Decken und legen sie zusammen. Andere Kriegsgefangene und Zwangsarbeiter schleppen Tische und Bänke aus der Scheune, klappen sie zusammen und schichten sie unter dem Vordach übereinander.

Lena macht sich in den Schlosskeller auf. Sie sucht und findet die Kastellanin, die gerade im Bügelzimmer die Wäsche in den Schrank räumt. Exakt auf Eck liegen die Tücher und Laken auf den mit Wachspapier ausgelegten Regalen. Es riecht nach Lavendel. Ohne Umschweife kommt Lena zum Thema.

»Frau Meister, zeigen Sie mir bitte das Haushaltsbuch.« Erstaunt über Lenas kühlen Ton, geht Frau Meister zum Tisch unter dem Fenster und holt das Buch mit dem schwarzen Einband aus der Schublade. Lena setzt sich und blättert darin.

»Wo sind die Lebensmittelkarten und die Bezugsscheine?«

Frau Meister gibt ihr einen Umschlag, und Lena beginnt zu zählen.

»Nach meiner Rechnung haben Sie den vierzig Männern immer nur fünfundzwanzig Bezugsscheine gegeben, stimmt das?«, fragt Lena scharf. Frau Meister nickt und sieht verwundert aus.

»Es muss doch Unterschiede geben zwischen denen und uns, oder? Die haben ausreichend bekommen.«

Lena steht auf und steckt die Bezugsscheine in die Tasche.

»Die Männer arbeiten hart für uns hier in Mahlenberg, also auch für Sie, Frau Meister. In Zukunft kriegen die Leute genau das zu essen, was alle bekommen. Haben Sie verstanden. Ich werde das in Zukunft persönlich kontrollieren.«

Die Kastellanin sieht ihr empört hinterher und rollt mit den Augen.

Die Aufräumarbeiten im Hof sind gerade abgeschlossen, als ein schwarzes Auto und ein Lastwagen die Auffahrt herunterkommen. SS-Leute steigen aus und nehmen wortlos mit vorgehaltener Maschinenpistole Wladimir, Dimitri, Janek, Mikolai und Jean fest. »Los, ein bisschen dalli!«, brüllt einer der Wachen und zwingt die Männer, auf die Ladefläche des Lasters zu steigen. Sie wehren sich, schimpfen und fluchen, jeder in seiner Sprache. In dem Moment kommt François aus dem Stall gerannt, versucht, Mikolai vom Wagen zu ziehen. Er wird von zwei SS-Männern festgehalten, die ihm brutal die Arme auf den Rücken drehen. Er spürt den Schmerz nicht. »Nein, nein, nicht Mikolai, nicht

Mikolai. Der ist doch noch ein Kind. Nehmt mich stattdessen. Nehmt mich für ihn!«, schreit er verzweifelt. Aber es hilft nichts.

Ein SS-Rottenführer, groß, blond und blauäugig, steht lässig neben seinem Wagen und überwacht die Aktion. »Ein Iwanfreund, der Franzos«, sagt er überheblich grinsend. Dann geht er hinüber zu Fritz, der die Szene aus sicherer Entfernung beobachtet. Der Rottenführer klopft Fritz freundschaftlich auf die Schulter.

»Gut gemacht, Junge. Aus dir wird noch was. Solche wie dich können wir brauchen. Heil Hitler.«

»Heil Hitler«, antwortet Fritz und hebt die Rechte zum deutschen Gruß.

Der SS-Mann geht zum Laster, zählt die Gefangenen und sagt: »Vier reichen, einer kann gehen.« Daraufhin wird Dimitri wieder von der Ladefläche gestoßen und landet im Dreck. Der Laster verlässt den Hof, gefolgt von dem schwarzen Auto des SS-Rottenführers. Die ganze Aktion hat nur wenige Minuten gedauert. François rennt noch ein paar Meter hinterher, bis ihm klar wird, dass es völlig sinnlos ist. Er kann nichts tun. Hilflos bleibt er stehen.

Lena hat von alldem im Keller nichts mitbekommen. Erst das Geräusch der abfahrenden Wagen hat sie wahrgenommen und kommt auf den Hof, um zu erfahren, was geschehen ist. Als sie den verzweifelten und hilflosen Blick von François sieht, der immer noch mitten in der Auffahrt steht, ahnt sie nichts Gutes. Sie rennt zu der Gruppe von Dorfleuten, die zusammenstehen und aufgeregt miteinander diskutieren.

»Was ist los, was ist passiert?«, fragt sie außer Atem.

»Sie sind zu spät«, hört sie François hinter sich leise sagen.

»Die SS hat vier von den Kriegsgefangenen abgeholt«, erklärt der Melker.

»Dürfen die das denn einfach so?«

Lena versteht nicht. Plötzlich spurtet François los und packt Fritz am Kragen. »Was hast du getan? Warum hast du das gemacht?«, schreit er den Jungen an und packt ihn, hebt ihn hoch und schüttelt ihn. Fritz versucht, sich von dem Griff um seinen Hals zu befreien. Er schnappt nach Luft. Angst steht in seinen weit aufgerissenen Augen.

»Was machen Sie? Lassen Sie ihn los.« Lena fällt François in den Arm und versucht, Fritz zu befreien.

»Fragen Sie ihn, wer die Gestapo-Schweine geholt hat. Los, fragen Sie ihn.«

François keucht, und sein Gesicht ist rot vor Zorn. Fritz schüttelt sich, macht sich von François' Griff los und läuft weg. Lena schaut François ungläubig an.

»Fritz? Reden Sie keinen Unsinn.«

François schweigt.

»Wenn es Fritz war, dann ist es meine und Ihre Schuld. Nicht seine. Er ist doch noch ein halbes Kind. Sie sind Ingenieur, Sie sind ein kluger Mann. Und trotzdem stehlen Sie und tun Dinge hinter unserem Rücken. Haben Sie das nötig?«

Lena ist außer sich. Jetzt erst erfasst sie die Situation und die mögliche Tragweite. Deswegen ist er vorhin so schnell an ihr vorbeigerast. Fritz hat die Vorräte gefunden! Und den Diebstahl gleich an die SS verraten. Das ist das Todesurteil für die Männer. François hat sich aufgerichtet, hat seine Fassung wiedergewonnen.

»Die Männer arbeiten hart, weil die Maschinen kein Benzin haben, die Männer haben Hunger. Und wenn man nicht genug zu essen bekommt, muss man sich selber helfen.«

»Und heimlich Wagen bauen? Die uns alle an den Galgen bringen? Sie gefährden nicht nur Ihr Leben, sondern uns alle hier!«

Um seine Lippen spielt jetzt ein verächtlicher Zug.

»Ihr Leben, Comtesse, ist sicher. Mein Leben, unser Leben? Spielt doch keine Rolle. Wir sind nur Material, Abfall. Austauschbar.«

Lena ist betroffen, will etwas erwidern. Aber François fällt ihr ins Wort:

»Der kleine Mikolai kann nichts dafür. Mein Leben für sein Leben. Bringen Sie mich hin, ich werde mich stellen.«

Lena spürt seine tiefe Verzweiflung. Sie zwingt sich, sachlich zu bleiben.

»Wenn Sie sich jetzt zum Märtyrer machen, ist damit keinem geholfen. Niemandem, verstehen Sie. Ich werde das machen. Und Sie bleiben hier, haben Sie mich verstanden? Sie tun gar nichts.«

Schnell ist Tassilo gesattelt, und Lena galoppiert ohne Rücksicht auf ihren Hengst die zwanzig Kilometer nach Preußisch Holland. In der Kreisleitung lässt sie sich vom wachhabenden Offizier nicht aufhalten und stürmt in das Büro von Kreisleiter Schulz.

»Wo sind meine Männer? Mit wem muss ich hier reden, um meine Männer wiederzubekommen!«

Der ehemalige Bürgermeister, jetzt NSDAP-Kreisleiter in brauner Parteiuniform, springt auf und will Lena begrüßen.

»Gräfin Mahlenberg, wie kann ich Ihnen behilflich sein?«

»Meine Männer, wo sind sie?« Lena steht in ihren verdreckten Reithosen vor ihm und versucht sich zu sammeln. Jetzt nur nicht hysterisch werden.

»Sie wurden einfach ohne jede Erklärung vom Hof geholt und abtransportiert!«

»Ich kann Ihnen da nicht helfen, Gräfin. Das ist Sache der SS. Der stellvertretende Gauleiter Herrmann hat die Angelegenheit befohlen.«

»Ich will sofort mit Herrn Herrmann sprechen.«

Lena stürmt aus dem Büro. Kreisleiter Schulz kann gar nicht so schnell hinter seinem Schreibtisch hervorkommen, wie Lena schon aus der Tür ist. Hurtig läuft er hinter ihr den Gang entlang, überholt sie und versucht, als Erster das Büro seines Vorgesetzten zu erreichen. Doch Lena drängt ihn zur Seite und stürmt, ohne anzuhalten, an ihm vorbei.

An einem riesigen Mahagonischreibtisch sitzt der stellvertretende Gauleiter Herrmann im Gespräch mit zwei seiner Adlaten, die erschrocken aufspringen, als Lena hereinstürmt. Herrmann bleibt ruhig sitzen, schaut sie mit seinen braunen Augen an und lächelt. Glatt rasiert, mit perfekt sitzender schwarzer SS-Uniform und blendend weißen Zähnen. Er scheint äußerst amüsiert zu sein über Lenas stürmische Art.

»Sie haben keinerlei Recht. Sie kommen ungefragt und erdreisten sich, meine Männer, die ich dringend für die Ernte brauche … Wo sind sie? Ich verlange, dass sie sofort wieder freigelassen werden.«

Kreisleiter Schulz versucht Lena zu besänftigen.

»Liebe Frau Gräfin, Sie können doch nicht so mit unserem stellvertretenden Gauleiter …«

»Sind Sie hier Bürgermeister, Herr Schulz, oder sind Sie nicht Bürgermeister? Oder sind Sie, seit Sie Kreisleiter sind, nur noch gegen die Menschen hier?«

Herrmann bleibt sitzen, lehnt sich entspannt zurück und schlägt die Beine übereinander.

»Beruhigen Sie sich doch, Gräfin Mahlenberg.«

Der Rottenführer, der die Männer aus Mahlenberg abgeholt hat, kommt herein, salutiert: »Heil Hitler«, und zu Lena gewandt, sagt er: »Holger Brandt, zu Ihren Diensten, Gräfin Mahlenberg.«

Lena blitzt den SS-Mann böse an. Am liebsten würde sie ihm ins Gesicht springen.

»Sie waren das also. Ich will meine Leute zurück. Und zwar augenblicklich. Wer hat Ihnen erlaubt ... Was fällt Ihnen ein, auf unserem Gut ...?«

Holger Brandt verbeugt sich.

»Wir sind gerufen worden.«

»Wer hat Sie gerufen? Kein Mensch hat Sie gerufen.«

Jetzt schaltet sich der stellvertretende Gauleiter ein. Süffisant grinsend sagt er:

»Gräfin Mahlenberg, Sie werden bestohlen, regelmäßig bestohlen, wie man hört. Und das darf nicht sein. Da müssen wir doch eingreifen. So etwas darf nicht ungesühnt bleiben.«

»Die Männer arbeiten Tag und Nacht, damit wir unsere Lieferpflichten erfüllen. Nicht mal Benzin für die Traktoren gibt uns das Reich. Wie sollen wir denn ohne die Männer weitermachen?«

Herrmann lächelt freundlich, überfreundlich. Schweigen breitet sich aus. Lena denkt nicht daran, sich unterzuordnen, sie muss kämpfen, sie muss die Männer wieder freibekommen.

»Sie sollten Ihre wertvolle Zeit nicht verschwenden, verehrte Gräfin, für Diebe und Betrüger, die Ihnen das Fell über die Ohren ziehen.«

Er blättert in einer Akte, die vor ihm auf dem Schreibtisch liegt, und liest laut vor: »Zwei Polen, ein Russe, ein Franzose. Interessante Mischung.«

Ihre Stimme nur mühsam unter Kontrolle bringend, entgegnet Lena:

»Sie verstoßen gegen die Haager Konvention. Franzosen müssen der Schutzmacht, müssen dem Roten Kreuz gemeldet werden, Russen und Polen –«

Der stellvertretende Gauleiter fällt ihr ins Wort:

»Zählen nicht. Aber mich rührt, wie Sie um Ihre Leute kämpfen ... Gute alte aristokratische Fürsorgementalität. Man kümmert sich.«

Zu Schulz gewandt, fährt er fort: »Man sorgt für seine Leute, Schulz, da sehen Sie mal, selbst wenn sie es nicht verdienen. Wir sollten der Gräfin das verlorene Menschenmaterial ersetzen.«

Lena lässt sich nicht abwimmeln.

»Ich will meine Männer, nicht irgendwelche anderen. Ich werde hier nicht weggehen, bevor ich nicht meine Leute wiederhabe.«

Herrmann steht auf und geht um seinen riesigen Schreibtisch herum, nimmt Lenas widerstrebende Hand und haucht einen vollendeten Handkuss.

»Grüßen Sie mir Ihren Herrn Vater ... Ich gebe nächste Woche ein Konzert, es wäre mir eine Ehre, wenn Sie kämen ... Ihr Herr Vater hat auf meine Einladungen bisher nicht reagiert, Gräfin ... Ich empfehle mich.«

Und im Weggehen fügt er noch hinzu:

»Ach ja. Sie stehen unter meinem persönlichen Schutz, Gräfin, seien Sie dessen versichert.«

Ohne einen weiteren Blick dreht er Lena den Rücken zu und verlässt, gefolgt von SS-Rottenführer Brandt und seinen Adlaten, den Raum.

Lena ist verblüfft. Was hatte das zu bedeuten? Bekommt sie nun ihre Männer wieder oder nicht? Ihr ist nicht klar, ob sie etwas erreicht hat.

Kreisleiter Schulz dirigiert Lena den Flur entlang und aus dem Gebäude. Als sie auf die Straße treten, sieht sie, wie gegenüber Janek, Mikolai, Jean und Wladimir über den Hof geführt werden. Schwer bewaffnete SS-Wachen stoßen sie mit dem Gewehrkolben vorwärts. An einem Galgenbaum hängen vier Stricke. Ein Soldat stellt eine Bank unter den Galgen. Im Hintergrund wartet ein Laster mit runtergelassener Ladeklappe.

Lena erkennt: Es ist zu spät! Die Männer sind verloren. Panik erfasst sie.

»Man kann sie doch nicht aufhängen. Sie haben doch nichts verbrochen. Tun Sie was, Sie müssen etwas tun.«

In dem Moment kommt Holger Brandt zu ihnen. Er hat einen Zettel in der Hand.

»Wir bringen Ihnen diesen Abschaum jetzt zurück nach Mahlenberg. Auf Wunsch des stellvertretenden Gauleiters. Wenn es nach mir ginge … Aber es geht ja nicht nach mir.«

Über seine Schulter hinweg sieht Lena zu den Männern hinüber. Mikolai und Janek schauen in ihre Richtung. Panik steht in ihren Gesichtern geschrieben. Da nutzt Janek ein vorbeifahrendes Pferdefuhrwerk und rennt plötzlich los. Lena schreit verzweifelt auf. Aber es ist zu spät. Die Maschinenpistolen der Wächter knattern los. Janek bricht im Kugelhagel zusammen. Blut färbt noch im Fallen sein Hemd. Regungslos liegt er auf der Straße. Mikolai schreit, will zu ihm laufen. Ein Wächter zieht ihm den Gewehrkolben über den Hinterkopf. Mikolai sinkt weinend in die Knie.

Lena kann es nicht fassen. Sie steht da wie erstarrt und kann sich nicht bewegen. Wie konnte das passieren. Warum hat sie es nicht verhindert, warum hat nicht irgendjemand es verhindert. Sie waren doch schon frei.

Zurück in Mahlenberg, macht sich Lena auf zu den kleinen Häusern am Ende des Gutshofes. Dort sind die Fremdarbeiter untergebracht. Ihr Herz ist schwer, sie weiß nicht, wie sie das Schreckliche erklären soll. Aber sie will wenigstens ihre Anteilnahme für den Verlust kundtun. Was geschehen ist, werden die Männer bereits wissen. Die Gefangenen sind mit dem Laster schneller wieder in Mahlenberg zurück gewesen als sie auf Tassilo. Sie klopft an die Tür des ersten Hauses. Wartet, klopft noch einmal. Keine Antwort. Sie will schon zurück auf die Straße gehen, als sich langsam, zögernd die Tür öffnet. Lena schaut in Louis' besorgtes Gesicht.

»Ist Herr Beauvais da?«

Ohne ein Wort dreht Louis sich um, geht vor ihr den dunklen Gang entlang und sagt in eine der Stuben gewandt: »François, *pour toi*!«

François erscheint mit einem Handtuch in der Linken. Sein Haar ist feucht. Wassertropfen rinnen an seinen Schläfen herab. Er hat sich gerade gewaschen. Langsam kommt er auf Lena zu. Lena geht fast in die Knie, muss sich am Tisch abstützen. Leise sagt sie:

»Es tut mir leid, François. Sehr, sehr leid. Ich habe es nicht verhindern können.«

Sie schaut ihm direkt in die Augen. François sieht weg. Er setzt sich an den Tisch und fährt sich mit dem Handtuch über die Augen. Lena zieht den Briefumschlag aus der Tasche, den sie den ganzen Tag schon mit sich herumträgt. Es sind die Bezugsscheine, die sie Frau Meister abgenommen hat. Zögernd legt sie sie auf den Tisch.

»Wegen des Essens. Es ist unverzeihlich. Ich habe meinen Einfluss wohl ziemlich unterschätzt.«

François nimmt die Scheine. Zählt sie, mechanisch und völlig emotionslos.

»Wir sind hier nicht freiwillig. Wir arbeiten bis zum Umfallen, und man behandelt uns ohne Respekt. Ich kann nicht zulassen, dass meine Männer wegen Unterernährung zusammenbrechen. Soll ich dankbar sein?«

»Ich komme in friedlicher Absicht. Der versteckte Krieg zwischen uns muss endlich aufhören.«

François springt erregt auf.

»Ich bin kein Knecht, kein preußischer Sklave.«

Er zischt die Worte wütend hervor. Sein französischer Akzent ist stärker als normalerweise.

»Das gibt Ihnen noch lange kein Recht, zu klauen, zu lügen, zu betrügen und mit unserem Holz und Material heimlich

Fluchtwagen zu bauen. Wenn den einer findet, landen wir alle wegen Defätismus am Galgen.«

»Jeder denkt nur ans Überleben in dieser Zeit, jeder. Wir wollen nach Hause.«

Er will gehen, doch Lena hält ihn am Arm.

»Ich verlange von Ihnen, dass keiner mehr wegläuft, solange dieser Krieg dauert, dass Sie mich mit allen Kräften unterstützen. Und ich erwarte, dass Sie loyal sind. Verstehen Sie, was das heißt, Loyalität?«

Erstaunt über ihre Heftigkeit, dreht François sich wieder zu ihr.

»Loyalität ist ein Pakt auf Gegenseitigkeit, Comtesse.«

»Nennen Sie mich nicht Comtesse.«

»Aber Sie sind doch eine und verhalten sich wie eine. Sie befehlen und wir gehorchen. Euer Paternalismus gibt immer nur einer Seite die Wahl. Sie sind oben, wir unten, das gibt es in Frankreich zum Glück schon lange nicht mehr, und hier wird es hoffentlich bald auch abgeschafft.«

Lena ist tief verärgert. Sie ist gekommen, um sich zu versöhnen, und François macht ihr nichts als Vorwürfe. Und er beleidigt sie noch obendrein. Wie kann er sie nur für so menschenverachtend und arrogant halten? Empört steht sie auf. Gut, wenn er es so will, dann eben in Zukunft rein geschäftlich.

»Ihr Los ist nicht so schlecht bei uns.«

»So gut es sein kann ohne Freiheit.«

»Ich verlange von Ihnen, dass Sie den Fluchtwagen zerstören, und zwar sofort.«

Lena und François stehen wie zwei Kampfhähne voreinander. Die Spannung zwischen ihnen ist auf dem Höhepunkt, doch keiner von beiden will nachgeben.

»Haben Sie verstanden, François?«

Seine Augen sind jetzt fast Schlitze, und um die Nase ist er fast weiß. Man sieht, wie seine Wangenmuskulatur arbeitet. Aber er sagt nur leise:

»Wie Sie befehlen, Comtesse.«

Für Lena klingt es wie eine Beleidigung.

Draußen vor dem Haus bleibt Lena stehen. Sie fühlt sich ausgebrannt und leer. Fritz! Sie muss sich Fritz vorknöpfen. Der dumme Junge. In seiner ideologischen Verblendung hat er nun echten Schaden angerichtet. Nicht wiedergutzumachenden Schaden. Ein Mensch ist tot. Und nur weil diese Nazis schon die Kinder mit ihrem Dreck verderben. Wo soll das enden? Es kann doch nicht sein, dass Babette und Georgs Sohn einmal so wird wie dieser widerliche, aalglatte Holger Brandt. Jetzt, wo Georg nicht mehr da ist, muss Oma Herta eben ihren Enkel zur Vernunft bringen. Babette ist dabei bestimmt keine Hilfe. Sie glaubt ja fest an den Führer und an seine Versprechungen. Endsieg, Wunderwaffe und all die Lügen. Dass sie sich eine bessere Zukunft für Fritz wünscht, mit Abitur und so weiter, kann man ja verstehen. Aber um welchen Preis?

Lena geht schnellen Schrittes auf das Haus von Oma Herta zu. Das Küchenfenster ist erleuchtet. Lena klopft, aber keiner öffnet. Sie klopft noch einmal, drückt die Klinke herunter und geht hinein. Sauber und ordentlich ist es hier. Die Tür zur guten Stube steht offen, im Vertiko steht das gute Geschirr, weiß strahlt das geklöppelte Deckchen auf dem Tisch. Im Flur quietscht das Linoleum unter Lenas Gummisohlen, es riecht nach gekochten Kartoffeln. Und richtig, auf dem Herd blubbert ein Topf. Oma Herta kommt aus dem Garten, in der Hand ein Büschel frisch geschnittenen Dill.

»Lenchen, wie schön. Ich hab die Hühnerchen eingesperrt. Soll sie doch der Fuchs nicht kriegen.«

»Ist Fritz da? Oma Herta, wo ist Fritz?«

Oma Herta weiß, was geschehen ist. Jeder im Dorf hat inzwischen von dem Abtransport der Kriegsgefangenen gehört und von François' Beschuldigung. Besorgt schaut die alte Frau Lena an.

»In den Köpfen ist Krieg, das muss aufhören. Jetzt und sofort. So etwas darf bei uns einfach nicht passieren. Schicken Sie Fritz augenblicklich zu mir, wenn er kommt.«

Kurz nachdem Lena gegangen ist, betritt Fritz die Küche seiner Großmutter. Er hat sich hinterm Haus versteckt, solange Lena da war, und abgewartet, bis die Luft wieder rein ist.

»Die Gräfin sucht dich«, sagt seine Großmutter streng. »Bist du der Verräter, Fritz?«

Fritz setzt sich kerzengerade hin und sagt stolz:

»Sie beklauen unsere Herrin, das sind Diebe und Verräter ...«

Oma Herta ist erschüttert. »Nein, Fritzchen, du bist der Verräter.«

»Ich muss die Gräfin schützen und euch, Mama und dich und die anderen. Das hab ich Vater versprochen.«

Fritz ist trotzig. Er hat die Arme vor der Brust verschränkt. Verletzt und tief beleidigt schaut er seine Großmutter an. Doch Oma Herta macht aus ihrer Haltung keinen Hehl.

»Du bringst Schande über unsere Familie.«

»Ich habe es Vater versprochen.«

Fritz steht auf und rennt aus der Küche. Geht zu seinem Bett, legt sich hinein, zieht die Decke über den Kopf und beginnt leise zu weinen.

Lena ist, tief in Gedanken versunken, von Oma Herta zum Schloss zurückgegangen. Am Teich verharrt sie eine Weile, gegen eine alte Weide gelehnt, die ihre blättrigen Äste wie ein Krake bis hinunter ins dunkle Wasser hängen lässt. Lena betrachtet den Mond, der hell über Mahlenberg steht, und lauscht auf die Geräusche der Nacht. Sie folgt einer Fledermaus, die in Richtung Scheune fliegt. Da hört sie auf einmal ein lautes Geräusch und das Splittern von Holz. François zerstört den Wagen, wie ich es befohlen habe, sagt sie sich. Was Lena nicht sehen kann, ist die schiere Verzweiflung und die rohe Gewalt, mit der François seine Axt niedersausen lässt. Wieder und immer wieder drischt er auf den so perfekt gezimmerten Fluchtwagen ein. Tränen der Wut rinnen über sein Gesicht. »Sie hat Schuld. Das war unsere Chance, die einzige Chance. Alles vorbei.« Bei jedem Schlag hallt es in seinem Innersten wider: vorbei, vorbei, vorbei …

Sophie Gernstorffs Geburtstag

Babette, Babette, komm mal her. Was soll ich heute Abend bloß anziehen?« Lena steht vor ihrem Kleiderschrank. Auf dem Bett liegen Abendkleider, ein wildes Durcheinander, lange und kurze, schwarz samtene, bunte aus Chiffon und eines aus rotem Taft. »Oder soll ich lieber mein grünes Seidenkostüm anziehen? Es ist doch Sophies Geburtstag.«

Babette kommt aus dem Bad und schaut Lena von oben bis unten an. »Also erst mal musst du deine wilden Locken bändigen. Und ich würde das hier anziehen, das steht dir gut.« Sie nimmt ein hellblaues Chiffonkleid mit langen Ärmeln vom Bett. »Ich bügele es dir auf. Anzuprobieren brauchst du es ja wohl nicht, so dünn wie du bist, passt du bestimmt noch rein.«

Beim Hinausgehen sagt sie: »Ich hab es fast vergessen. Graf Heinrich hat angerufen. Er holt dich so gegen sechs ab.«

Das Thema Fritzchen vermeiden die beiden Freundinnen vorerst. Lena weiß, dass Oma Herta ihm mit Sicherheit die Meinung gegeigt und Babette von ihrem Besuch erzählt hat. Es wird ihr peinlich sein. Wahrscheinlich weiß sie selbst nicht, was sie dazu sagen soll. Verrat ist auch für sie ein verwerfliches Verhalten, daran hat sich trotz ihrer Nazisympathie nichts geändert. Aber Fritzchen ist eben auch ihr Sohn. Und den liebt sie natürlich. Lena beschließt, nichts zu sagen.

Lena ist ein bisschen aufgeregt. Ihre erste Festivität seit Jahren. Und Heinrich holt sie ab. Das ist wirklich nett von ihm. Sie hatte sich schon Sorgen gemacht, wie sie ohne Benzin für Vaters Auto wohl zu Gernstorffs kommen sollte. Mit der Kutsche hätte es ewig gedauert. Gernstorffs sind zwar Nachbarn, aber das Schloss liegt immerhin gut zwanzig Kilometer entfernt. Und Heinrich. Wie lange hat sie ihn nicht gesehen? Er war in Frankreich stationiert, aber jetzt haben sie ihn an die Ostfront abkommandiert und zum Oberstabsrichter befördert. Das hat Rüdiger Babette erzählt. Und auch von Sophie hat er erzählt. Es gehe ihr nicht besonders. Sie sei sehr labil und leide, seit Constantin, ihr Ältester, gefallen sei, immer wieder an schweren Depressionen.

Lenas Vater geht es nun von Tag zu Tag besser, aber zur Geburtstagsfeier bei seinen besten Freunden kann er noch nicht mitkommen. Das Klima zwischen Vater und Tochter hat sich nicht wesentlich gebessert. Lena hält ihren Vater über die Vorgänge und Entwicklungen in Haus und Hof auf dem Laufenden, aber mehr auch nicht. Ein richtiges Gespräch ist zwischen den beiden bisher nicht zustande gekommen. Aber Lena kann warten. Sie hat neun Jahre gewartet, da kommt es auf ein paar Tage auch nicht mehr an.

Es tut ihr gut, wieder zu Hause zu sein, und es macht ihr Spaß, sich um den Betrieb zu kümmern. Ihr Bruder Ludwig hat früher immer gesagt, sie sei die bessere Landwirtin von ihnen beiden. Und vielleicht stimmt das auch. Aber die alten Erbgesetze sehen nun mal nicht vor, dass eine Tochter den Besitz übernimmt. Auch wenn Ludwig viel lieber Architekt geworden wäre, das wollte er immer, und er war begabt. Aber er musste sich der Tradition fügen. Das war sein Schicksal. Doch nun ist er tot. Gefallen und irgendwo in fremder kalter Erde verscharrt. Weit weg von Mahlenberg, das auch er so sehr geliebt hat. Lena wehrt die aufkommende Traurigkeit ab und geht hinaus, um zu reiten, das beste Rezept gegen melancholische Gedanken. Die Gegenwart zählt, nicht die Vergangenheit. Diese Gegenwart gibt ihr Halt. Und in dieser Gegenwart wird sie gebraucht.

Der Bahnhof von Mohrode. Auf der Bank unter dem Vordach liegt Ferdinand von Gernstorff. Seine Leutnantsuniform ist zerknittert, die Mütze auf den blonden Locken verrutscht. Den grauen Militärrucksack hat er als Kissen unter seinen Kopf geschoben, das Sturmgewehr lehnt an der Bank. Er ist tief eingeschlafen, völlig erschöpft von der langen Fahrt. Er wacht auch nicht auf, als ein dunkelgrüner Wagen direkt vor ihm anhält, ein Offizier aussteigt und direkt auf ihn zugeht.

»Achtung! Angetreten!«, sagt der im Befehlston.

Ferdinand springt auf, blickt nach vorn und nimmt Haltung an. Dann entspannt er sich und lacht.

»Du lieber Himmel, Heinrich, hast du mich erschreckt.«

Er reibt sich die Augen, schaut auf die Uhr.

»Mein sonst so pünktlicher großer Bruder hat mich zweieinhalb Stunden warten lassen. Obwohl ich pünktlich von der Front komme.«

Freundschaftlich umarmt er seinen großen Bruder. Heinrich tätschelt ihm die Wange und erwidert seine Umarmung.

»Tut mir leid, Leutnant Gernstorff, Termin in Königsberg, und jetzt komm. Wir müssen los.«

Ferdinand nimmt Rucksack und Gewehr und folgt seinem Bruder zum Auto.

»Wieso hast du eigentlich einen Wagen und ich nicht?«

»Weil ich älter bin und weil ich klüger bin als du«, frotzelt Heinrich grinsend.

Ferdinand wirft sein Gepäck auf den Rücksitz und steigt ein.

»Der Herr Oberstabsrichter, dass ich nicht lache. Und deswegen fährst du wehrkraftzersetzendes Zeug Hunderte von Kilometer durch die Gegend.«

Ferdinand hat einen Stapel Platten unter dem Sitz entdeckt. Er nimmt eine Cole-Porter-Platte in die Hand und schwenkt sie vor der Nase seines Bruders hin und her.

»Swing ist doch streng verboten, oder etwa nicht?«

»Mama liebt diese Musik ...«

»... wir lieben diese Musik.« Die beiden Gernstorff-Brüder beenden lachend den Satz gemeinsam. Heinrich verstaut die Platten wieder sorgfältig unter dem Sitz. Und lässt den Motor an.

»Weißt du, wer zurück ist?«, fragt er, als der Wagen sich in Bewegung setzt.

»Wer ist zurück?«, fragt ihn Ferdinand neugierig.

»Na, Lena. Lena ist zurück auf Mahlenberg. Sie kommt heute Abend auch. Ich hole sie nachher ab.«

Die beiden schauen sich an. Ferdinand klopft ihm fröhlich auf die Schulter.

»Mir schreibt sie seit Jahren, und du darfst sie abholen?! Da könnt ihr, du und Vater, ja gleich wieder die alten Pläne hervorholen.«

»Bist du eifersüchtig?«

»Klar. Wenn ich Constantin je um etwas beneidet habe und jetzt dich ... Aber ich bin ja immer nur der kleine Bruder ...«

Ferdinand schaut ein paar Sekunden traurig aus dem Fenster. Dann sagt er: »Fahr mich zu Hollebens. Carl ist gefallen.«

Gegen sechs fährt Heinrich im blank polierten schwarzen Horch seines Vaters vor Schloss Mahlenberg vor. Er trägt schon seinen Smoking und den Militärmantel darüber. Dietrich öffnet die große alte Eichentür, bevor Heinrich den Klingelknauf ziehen kann.

»Guten Abend, Graf von Gernstorff«, sagt er höflich. »Gräfin Mahlenberg ist gleich so weit. Möchten Sie im Salon warten?«

Dietrich will den Mantel nehmen, doch Heinrich winkt ab.

»Danke, Dietrich. Den behalte ich an, wir müssen gleich los, wenn wir pünktlich zum Essen im Schloss ankommen wollen.«

Da kommt Lena schon durch die Halle auf sie zu. Der Chiffonrock ihres Kleides weht wie eine blaue Wolke um sie herum. Ihre blonden Locken hat sie aufgesteckt, und sie trägt eine goldene Kette mit passenden Ohrringen. Ein Geschenk ihrer Mutter zum einundzwanzigsten Geburtstag.

»Lena!«, ruft Heinrich bewundernd aus. »Du siehst prachtvoll aus.«

Sie wird rot wie ein Teenager und umarmt ihn lächelnd.

»Lena, endlich. Wie lange habe ich darauf gewartet, dass du dich bei mir meldest.«

Sie stehen schweigend voreinander.

»Du bist noch schöner als damals.«

Heinrich legt den Arm um sie und geht zur Haustür. Er nimmt Dietrich den Mantel aus der Hand und hilft Lena hinein. Dann gehen sie zum Wagen. Ganz Gentleman, hält er ihr den Schlag auf. Sie lässt es geschehen. Als sie es sich auf dem Ledersitz bequem gemacht hat, fällt die Spannung von ihr ab, die sie seit ihrer Ankunft in Mahlenberg gespürt hat.

»Ich bin froh, dass du da bist. Ich freue mich auf den Abend bei euch.«

Das schöne Barockschloss der Gernstorffs mit den beiden gleich großen Seitenflügeln ist hell erleuchtet. In der Halle ist der Marmorboden blank poliert. Im riesigen Kronleuchter flackern die Kerzen, die sich in den goldenen Kugeln rechts und links am Treppenportal spiegeln. Die Wände sind mit grüner Seide bespannt, und die ausladenden Vorhänge vor den Fenstern werden von goldenen Kordeln gehalten. Eine ganze Wand der Halle nimmt der riesige Gobelin mit der Szene »Alexander der Große trifft die Perserprinzessin Roxane« ein und geht vom Fußboden bis zur Decke. Fantastische große Zwillingsschränke stehen an der Wand gegenüber. Das Licht und Schattenspiel scheint die Putten im Stuck zum Leben zu erwecken. Frech strecken sie den Gästen ihre kleinen nackten Bäuche entgegen.

Ich hatte ganz vergessen, wie prächtig und vollkommen hier alles ist, denkt Lena. Aber Rüdiger ist ja auch penibel, wenn es um das Erbe seiner Väter geht. Sicher tauchen hier immer noch, so wie damals, die Kunsthistoriker aus Berlin auf, und irgendwelche Literaturwissenschaftler forschen in der berühmten alten Bibliothek nach Raritäten. Als wir noch Kinder waren, haben wir die immer geärgert und Gespenst gespielt, erinnert sie sich.

Liebevoll wird Lena von Sophie, Hausfrau und Geburtstagskind, begrüßt. Sie ist immer noch eine Schönheit, wenn auch ein wenig verblasst. Nur wenig Grau ist in ihren schwarzen Haaren zu erkennen. Sie hat sich dezent geschminkt und sitzt, ganz traditionelle adlige Ehefrau, auf dem Sofa. Rüdiger im Seidensmoking steht hinter ihr und begrüßt Lena. »Liebste Lena. Wir freuen uns, dass du wieder zu Hause bist. Wie schön, dich wieder bei uns zu haben. Und dich natürlich auch, Heinrich.«

Nach einer Weile kommt Diener Eckhardt herein und sagt: »Es ist angerichtet.« Daraufhin erheben sich alle und gehen hinüber ins Esszimmer.

Hier ist eine wunderbare Tafel gedeckt. Feinstes Leinentischtuch mit dem eingewebten Wappen der Gernstorffs, Silberleuchter, schönstes Meissner Porzellan und alte Kristallgläser. Die Servietten sind groß wie Handtücher. Lena wird neben Rüdiger und gegenüber von Heinrich platziert. Am anderen Ende des Tisches sitzt Sophie, die ein bisschen zerstreut wirkt. Ein leerer Stuhl mit Gedeck steht links neben ihr.

Eckhardt serviert die Bouillon und dann Kaninchen mit kleinen Prinzessböhnchen und Kroketten. Rüdiger und Heinrich parlieren über dies und das, Pferdezucht, die Jagd und die Ernte und was im nächsten Frühjahr ansteht. Die Damen hören höflich zu. Keiner spricht auch nur mit einem Wort die politische Situation an. Nach dem Hauptgang erhebt sich Rüdiger mit dem Glas in der Hand.

»In diesen Zeiten zählt nur der familiäre Zusammenhalt. Ich bin glücklich, dass wir hier alle zusammen sind. Sophie, meine Geliebte, wir gratulieren dir zum Geburtstag.« Und zu Lena gewandt, fügt er hinzu:

»Auf euch Frauen, ihr seid das Rückgrat unserer Ordnung.«

Alle stoßen an, und Rüdiger setzt sich wieder.

»Mir wär's lieber gewesen, Heinrich, sie hätten dich in Frankreich gelassen. Als Militärrichter an der Ostfront ...«

»Ich pass schon auf mich auf.« Heinrich sieht zu Lena und prostet ihr zu.

Sein Vater fährt unbeirrt fort:

»Ich höre nur Geschichten über den Verfall von Ordnung und Disziplin.«

»Wenn man so tief in der Scheiße steckt wie wir, helfen nicht mal mehr Ordnung und Disziplin ...«

Im Türrahmen steht Ferdinand, verschwitzt und mit dreckigen Stiefeln. Er trägt immer noch seine Uniform. Alle drehen sich gleichzeitig zu ihm um.

»... weil wir Kanonenfutter sind für die sinnlose Kriegsmaschine unseres großen Führers ... Guten Abend, ihr Lieben.«

Ferdinand stürmt auf seine Mutter zu, die nach einer langen Schrecksekunde beglückt aufspringt.

»Mütterchen, geliebtes Mütterchen ... Tut mir leid, ich war noch bei Hollebens ...«

Mutter und Sohn umarmen sich mit Freudentränen. Dann geht Ferdinand zu Lena und nimmt auch sie voller Freude in den Arm, flüstert ihr ins Ohr:

»Lena, meine Liebe, deine Briefe erhalten mich am Leben.«

Rüdiger unterbricht barsch die Begrüßungsarie.

»Du bist nicht an der Front?«

Ferdinand nimmt Haltung an.

»Wie du siehst, Vater, stehe ich vor dir ... Ich habe zwei Tage Urlaub.«

Er verbeugt sich leicht, setzt sich neben seine Mutter an den leeren Platz und fügt hinzu: »Die Front bricht mit mir und ohne mich zusammen, Vater, der Krieg ist verloren, aber bevor er das einsieht, wird dieses Schwein uns noch alle, jeden Einzelnen von uns, verheizen.«

»Du redest wie diese Dilettanten, die Offiziersschwachköpfe, diese Stauffenberg, Tresckow und Konsorten ..., die der Front um ein Haar den Dolchstoß erteilt hätten.«

Sophie versucht schnell, den sich anbahnenden Streit zwischen den beiden zu unterbrechen.

»Ich wusste, dass du kommen würdest. Du musst hungrig sein. Eckhardt! Servieren Sie ihm bitte die Suppe.«

Aber Ferdinand lässt sich nicht mehr abhalten. Er kommt jetzt erst richtig in Fahrt.

»Ich würde ihn abknallen, wenn mich irgendjemand in seine Nähe ließe. Abknallen wie einen räudigen Hund ...«

Lena und Heinrich schauen sich über den Tisch hin an. Lena fühlt sich unbehaglich und fehl am Platz. Den Streit zwischen Vater und Sohn möchte sie lieber nicht mitbekommen. Heinrich lächelt ihr beruhigend zu.

»Aber vielleicht ist es besser, dass keiner ihn abknallt, damit auch du, Vater, endlich begreifst, dass wir nicht nur kämpfen, sondern morden. Wir, die Wehrmacht –«

Heinrich unterbricht ihn.

»Hör auf mit diesen Schauermärchen, kein deutscher Soldat oder Offizier mit einem Funken Ehre im Leib –«

»Ehre! Du hast ja keine Ahnung. Frauen, Kinder, Greise, Juden, Polen, Russen ... Erschossen haben wir sie und verscharrt –«

»Schluss jetzt, absolut Schluss. Es ist der Geburtstag deiner Mutter, und ich verbiete dir –«

In der Tür steht Eckhardt, der aufgeregt gestikuliert. Sophie sieht es. Und nur sie sieht auch, dass niemand anders als der stellvertretende Gauleiter Herrmann ins Vorzimmer getreten ist. Schnell steht sie auf und geht dem Mann in Uniform entgegen. Laut sagt sie:

»Der stellvertretende Gauleiter ist da, um mir persönlich zu gratulieren.«

Lena fährt der Schreck in die Glieder, und auch Heinrich ist die Farbe aus dem Gesicht gewichen. Rüdiger springt auf und folgt seiner Frau. Doch Herrmann lässt sich nicht anmerken, ob er von dem Gespräch etwas mitbekommen hat. »Ich bin keineswegs in der Absicht gekommen, einen familiären Abend zu stören. Guten Abend, hochverehrter Graf. Gratulation, verehrte Gräfin.« Er küsst Sophie die Hand und lässt sich in den Salon führen.

»Ich mach mich schön für dich«, sagt Ferdinand zu Lena, steht auf und verschwindet nach oben.

»Hoffentlich hat er nichts gehört«, sagt Heinrich, nimmt Lena am Arm und geht mit ihr schnell in den Salon zu den anderen.

Rüdiger bietet Herrmann und Heinrich Zigarren an, die sie umständlich mit einem langen Streichholz anzünden. Lena setzt sich zu Sophie. »Wie geht es dir, hast du den Sommer gut überstanden? Was machen deine wunderbaren Rosen?« Sie versucht, ungezwungen Konversation zu machen. Sophie erscheint ihr unkonzentriert, fahrig. Vater hatte recht. Sie ist nicht gut beieinander, denkt Lena.

Da erscheint Ferdinand wieder. Er hat einen dunklen Anzug angezogen, ist frisch rasiert, und seine Haare sind gescheitelt, wie mit dem Lineal gezogen. Er nimmt sich ein Glas, schüttet

Cognac hinein und setzt sich entspannt in einen Sessel. Seine langen Beine schlägt er übereinander und grinst Lena an.

Sophie kichert und schenkt sich und Lena aus einer Weinflasche neu ein.

»Lenchen, mein armes Lenchen, warum bist du denn nur zurückgekommen an diesen grauenvoll langweiligen Ort?«

Ferdinand beugt sich vor und will ihr das Glas wegnehmen. Seine Mutter klopft ihm leicht auf die Finger und behält ihr Glas. Er beantwortet die Frage seiner Mutter.

»Weil wir alle an euch gekettet sind, an unsere Väter und Mütter, an die Güter und Besitzungen, ob wir es wollen oder nicht.«

Sophie prostet Lena zu und lacht. »Natürlich, dein armer kranker Vater, ich weiß. Und irgendwann lernen wir alle, dass wir uns fügen müssen. Vor allem wenn man Kinder will und dieses Leben. Du willst doch Kinder, Lena …«

»Ich habe eine Tochter, Sophie. Victoria. Das weißt du doch.«

»Natürlich hast du eine Tochter.«

Sophie schwankt leicht nach vorn in ihrem Sessel. Sie sieht Lena tief in die Augen.

»Aber diese schrecklichen Familien wollen Söhne, Lena, nur Söhne. Ich hatte drei Söhne, Lena, drei, und seit Constantin gefallen ist, hab ich nur noch einen.«

»Und was ist mit mir?«, sagt Heinrich. »Ich bin doch auch noch da.« Mühsam lächelnd schaut er Lena an, die seine Verletzung spürt.

»Ja … Und ich hab ihn, meinen Liebling.«

Sophie legt ihren Arm um Ferdinands Hals.

»Ich möchte noch eine Tochter und ein Enkelkind.«

Sie schaut Lena an, nimmt sie bei der Hand. Jetzt unterbricht Ferdinand seine Mutter. Er steht auf und nimmt ihren Arm, küsst ihr die Hand und sagt:

»Komm, Mama, ich bring dich nach oben.«

Schwankend steht Sophie auf und lässt sich willenlos führen.

Herrmann und Rüdiger springen auf: »Gute Nacht.«

Am Arm ihres Sohnes geht sie aus dem Zimmer, ohne die Herren anzusehen, winkt aber im Weggehen kokett mit dem Taschentuch.

Lena erhebt sich ebenfalls. »Ich glaube, ich muss jetzt auch nach Hause, um nach meinem Vater zu sehen.«

Heinrich eilt an ihre Seite, sie gehen hinüber zu Rüdiger und Herrmann. Rüdiger nimmt Heinrich beiseite.

Lena steht jetzt allein mit dem stellvertretenden Gauleiter. Sie blickt ihm klar und unerschrocken ins Gesicht.

»Sie haben mir doch sicher die Männer nicht ohne Hintergedanken zurückgegeben?«

Herrmann lacht. »Was glauben Sie? Ich bedaure nur, dass Ihr Herr Vater unsere Ratschläge so nachhaltig ausschlägt. Wo es doch nur um die gemeinsame Anstrengung aller geht.«

Lena sieht ihn an, verzieht keine Miene.

»An der Unversehrtheit Ostpreußens ist er auf seine Weise genauso interessiert wie Sie, Herr Herrmann.«

»Dann habe ich ihn wohl immer falsch verstanden, liebe Gräfin, aber Sie scheinen da ja etwas weitsichtiger zu sein.«

Lena lächelt ihn an. Ihr kommt eine Idee.

»Meine Tochter ist in Bayern in der Kinderlandverschickung. Ich würde sie gerne zu mir holen.«

Herrmann sagt nichts. Er lässt sie warten. Wie neulich in seinem Büro.

»Die Partei wird doch sicher eine deutsche Mutter nicht von ihrem Kind trennen«, fügt Lena hinzu.

»Eindeutig weitsichtiger, meine Liebe … Ich freue mich, Ihnen behilflich zu sein.«

Er verbeugt sich grinsend und schlägt die Hacken seiner blitzblank gewienerten Stiefel hörbar zusammen.

»Danke und Gute Nacht.«

Lena lächelt ihn an, obwohl sie das einige Kraft kostet. Für sie ist das Gespräch beendet. Sie gibt Heinrich ein Zeichen und verlässt mit ihm den Salon.

»Ich geh schon mal und hol das Auto.«

Ferdinand kommt die Freitreppe herunter, um sich von Lena zu verabschieden.

»Was ist mit deiner Mutter, hat sie zu viel getrunken? Geht es ihr besser?«

»Nein, Lena. Es ist nicht der Alkohol. Sie nimmt Morphium. Damit betäubt sie ihren Schmerz. Seit vier Jahren schon. Heinrich und Vater wissen es nicht. Ihr Arzt gibt es ihr heimlich.«

Lena sieht ihn besorgt an.

»Kann man denn nichts tun, um ihr zu helfen?«

Ferdinand schüttelt den Kopf.

Die beiden umarmen sich. Heinrich ist ungeduldig und ruft aus dem Auto:

»Lena, kommst du?«

Heinrichs Auto fährt durch die mondbeschienene Landschaft. Die Scheinwerfer sind mit Klebeband abgedeckt. Nur ein schmaler Streifen Licht erhellt die dunkle Straße vor ihnen. Lange sagen die beiden nächtlichen Reisenden nichts. Lena blickt aus dem Fenster in die Dunkelheit. Dann bricht Heinrich das Schweigen.

»Wenn wir Glück haben, sind die Amerikaner bald in Berlin. Es ist eine Frage der Zeit. Die Heeresgruppe Mitte ist in Auflösung …«

Lena schaut ihn im Dunkeln an, versucht seinen Gesichtsausdruck zu erfassen.

»Knapp fünfhunderttausend Mann gegen hundertsechzig Divisionen der Roten Armee, sie kommen mit über zwei Millionen, mit Tausenden von Schlachtfliegern, Panzern. Sie werden die Front aufbrechen.«

Lena ist in Gedanken bei ihrer Tochter.

»Meinst du, dieser Herrmann hilft mir mit Vicky?«

»Hitler verlegt momentan alle Kräfte in den Westen, anstatt die Front hier bei uns zu stützen ...«

»Heinrich, ich will das jetzt nicht hören, ich will, dass du mir zuhörst.«

»Tu ich doch. Ich hab längst mit Herrmann gesprochen. Er wird sich kümmern.«

In dem Moment fängt der Motor an zu stottern und geht aus. Der Wagen bleibt mitten auf der Landstraße stehen. Heinrich fängt an zu lachen.

»Kein Benzin. Dabei hatten sie mir in der Kaserne fest versprochen aufzutanken.«

Jetzt lacht auch Lena und steigt aus.

»Dann laufen wir eben. Du kannst ja mit Linda nach Hause reiten, und morgen holst du deinen Wagen wieder ab.«

Lena läuft los, gefolgt von Heinrich, der ihrem Schritt kaum folgen kann. Als er sie eingeholt hat, nimmt er sie in den Arm. Doch sie löst sich sanft.

»Lauf nicht weg. Ich warte seit Jahren, seit Vickys Geburt, dass du endlich kommst. Und jetzt bist du da wegen ihm, weil er so krank ist?!«

Er nimmt ihr Gesicht in die Hände.

»Warum bist du nicht zu mir gekommen? Damals.«

Lena schaut ihn an.

»Ich ... ich weiß es nicht, ich ... ich konnte nicht ... gegen Vaters Willen.« Lena wendet sich ab. Sie gehen schweigend weiter.

»Ich hab verstanden, dass du den Kindsvater schützen willst, aber ich habe nie verstanden, warum du dich mir oder Constantin nicht anvertraut hast.«

Lena schüttelt den Kopf.

»Wegen seiner Frau und den Kindern, Heinrich. Ich konnte nicht. Es sollte keiner wissen, auch ihr nicht.«

»Und? Heute?«

»Er hat es nie erfahren. Er ist vor drei Jahren gefallen.« Sie wechselt das Thema. »Und du, Herr Richter. Was machst du an der Front? Auch schießen?«

Heinrich schmunzelt.

»Ich versuche, ganz klein und unbedeutend, die Ordnung zu erhalten, die Disziplin, damit es nicht noch schlimmer wird.«

»Was heißt schlimmer? Wenn sich alles auflöst?«

»Ohne Ordnung wird es noch schlimmer.«

Lena sieht ihn an, nimmt seine Hand.

»Vielleicht hat Vater recht, vielleicht verlieren wir ja alles, und alles geht unter.«

»Sagt er das?« Heinrich ist verwundert.

»Nein. Das denkt er. Er hat aufgegeben. Und er glaubt, dass ich es nicht weiß. Aber ich will kämpfen, ich will das alles nicht verlieren.« Lena ist stehen geblieben, dreht sich zu Heinrich hin.

»Wir werden das hier nicht verlieren. Wir können das nicht verlieren! Willst du mit mir kämpfen, Heinrich?«

Heinrich schaut sie an, streichelt ihr über die Wange.

»Das wollte ich schon immer, du hast mich nur nie gelassen.«

»Du hättest mich damals geheiratet, trotz der Schande …?«

Heinrich lacht und wird gleich wieder ernst.

»Ein Kind von dir ist keine Schande. Es ist ein Glück …«

Lena schweigt. Es ist ihr peinlich. Sie dreht sich weg und rennt los. Heinrich verfolgt sie, kann sie aber nicht einholen. Erst bei der Auffahrt vor dem Schloss schafft er es. Er nimmt wortlos ihre Hand, und sie gehen die letzten Schritte gemeinsam.

Vor der Freitreppe von Mahlenberg bleiben sie stehen.

»Wenn du mich heute fragst: Ich werde immer mit dir und um dich kämpfen, das weißt du. Immer.«

Lena nickt. Sie stellt sich auf die Zehenspitzen und küsst Heinrich flüchtig auf den Mund. Er hält sie fest.

»Und deine Tochter, ich könnte ihr ein guter Vater sein.«

Lena nickt und verschwindet die Treppe hinauf. Oben schaut sie sich noch einmal kurz um und lächelt.

In der dunklen Toreinfahrt der großen Scheune steht François. Er hat die Szene beobachtet und schaut noch lange auf die Schlosstür, nachdem sie sich hinter Lena geschlossen hat. Dann dreht er sich um und geht mit gesenktem Haupt über den nächtlichen Hof zu seiner Unterkunft.

Auf Schloss Gernstorff sitzt Ferdinand am Bett von Sophie. Sie streichelt ihrem jüngsten Sohn über das Haar, wie damals, als er noch ein kleiner Junge war.

»Viktor wurde versetzt, Mutter, stell dir vor, nach Bukarest.« Ferdinand gießt seiner Mutter ein Glas Wasser ein und reicht es ihr.

»Und Benjamin hat geheiratet, beim letzten Fronturlaub, weil er wenigstens einen Menschen haben wollte, der um ihn trauert, wenn er im Schlamm verreckt.«

»Ferdinand, es schmerzt mich im Kopf, wenn du so redest. Erzähl mir von dir, mein Liebling. Wie geht es dir?«

Ferdinand nimmt ihre Hand.

»Mama, ich kann nicht zurück in diesen Krieg ...«

Tiefe Verzweiflung ist aus seiner Stimme herauszuhören, und Tränen schimmern in seinen Augen.

»Ich bin machtlos. Sprich mit deinem Vater darüber! Und jetzt geh schlafen ...«

Ferdinand gibt seiner Mutter einen Kuss auf die Stirn, dann geht er leise aus dem Zimmer. Als er sich noch einmal umdreht, um ihr eine Kusshand zuzuwerfen, sieht er, wie sie eine kleine braune Flasche unter dem Kopfkissen hervorzieht und sich ein paar Tropfen zwischen Daumen und Handfläche träufelt. Gierig saugt sie die Flüssigkeit auf und lehnt sich mit geschlossenen Augen zurück in die Kissen.

Draußen im Flur begegnet Ferdinand seinem Vater, der gerade die Treppe heraufkommt. Ein kurzer vorwurfsvoller Blick, und er verschwindet wie ein Geist in seinem Zimmer. Ferdinand hört, wie sich der Schlüssel im Schloss dreht. Kurz darauf dringt Mozart-Musik aus dem Zimmer. Dasselbe wie immer, denkt Ferdinand, er will nicht mit mir sprechen. Und ich kann nicht mit ihm sprechen. Es hat sich nichts geändert. Er geht vor die Tür des Vaters, schlägt die Hacken zusammen und schreit:

»Heil Hitler ... Heil Hitler ... Heil Hitler ...«

Die Tür bleibt verschlossen.

Ferdinand torkelt halb lachend, halb weinend durch den Gang zurück in den Salon. Da sitzt Heinrich völlig entspannt am flackernden Kamin. In der Rechten ein Glas Cognac und eine Zigarre. Er bläst perfekte Ringe in die Luft.

»Wenn du meinen Rat willst ... So wirst du nie an ihn herankommen.«

»Ich will deinen verdammten Rat nicht«, antwortet sein Bruder und wendet sich ab. Heinrich stört das nicht im Geringsten, er gießt sich in aller Ruhe Cognac nach.

Vickys Ankunft

Die Sonne geht über Schloss Mahlenberg auf. Lena hat kaum geschlafen. Sie fühlt sich gerädert. Die halbe Nacht hat sie sich im Bett herumgewälzt. Ferdinand, Sophie und Vicky sind ihr nicht aus dem Kopf gegangen. Irgendwann ist sie dann doch eingeschlafen und hat geträumt. Von Herrmann in blitzenden schwarzen Stiefeln. Sie tanzt mit ihm auf dem Hof der Kreisverwaltung Foxtrott. Dann aber hat sie plötzlich François im Arm. Auf einmal fallen Schüsse, und auf dem Boden liegt jemand in einer Blutlache. Als sie hinsieht, ist es Berthold. Mit einem lauten Schrei ist sie aufgeschreckt und wach geblieben. Am Fenster sitzend, hat sie beobachtet, wie es Tag wird.

Nach dem Frühstück besucht Lena ihren Vater. Der sitzt zum ersten Mal im Morgenmantel in seinem Sessel und dreht am Radio herum. Die Medizin zeigt Wirkung. Erstaunt sieht er Lena an.

»So früh auf den Beinen.«

»Vater, ich hab mich entschieden. Ich werde Heinrich heiraten.«

Berthold setzt sich auf, stemmt sich aus seinem Sessel hoch. Er geht schwankend zum Fenster und dreht seiner Tochter den Rücken zu. Schweigend schaut er hinaus in den Park.

»Hast du dir das auch gut überlegt, Lena? Heirate ihn nicht wegen mir und heirate ihn nicht wegen Mahlenberg.«

Lena ist überrascht. Sie hatte angenommen, er würde sich über ihre Entscheidung freuen. Das war doch sein alter Plan und der von Rüdiger. Immer gewesen. Endlich würden nun doch noch Mahlenberg und Gernstorff zusammenkommen.

Stattdessen fragt er: »Liebst du ihn?«

»Aber Vater, du hast doch immer gesagt, eine Liebesheirat sei ein Luxus, den man sich versagen muss.«

»Das wird in Zukunft der einzige Luxus sein, den wir uns noch leisten können. Lena, liebst du ihn?«

»Ja, ich mag ihn. Ich mag ihn, seit ich denken kann. Und ich brauche ihn jetzt.«

Berthold kommt auf sie zu und schaut sie an.

»Eine Ehe wird hier nichts mehr retten. Der Krieg dauert schon zu lange, er zerstört uns alle.«

»Kriege gab es immer, Vater, seit sechshundert Jahren. Es wird auch wieder anders werden. Der Krieg ist irgendwann vorbei. Und dann muss es doch hier weitergehen.«

Berthold geht nicht darauf ein. »Diesmal ist es anders, Lena. Wir haben uns gemeingemacht mit ihnen und sind dadurch auch selbst schuldig. Und jetzt geh, lass mich allein.«

Lena ist entsetzt. Das hatte sie nun wirklich nicht erwartet. Es ist ihm nicht nur gleichgültig, dass sie Heinrich heiraten wird, er hat auch Mahlenberg aufgegeben. Doch das wird sie nicht zulassen. Auf keinen Fall. Und wenn er erst einmal wieder gesund ist, wird auch er einsehen, dass es sich zu kämpfen lohnt. Es muss doch weitergehen. Sechshundert Jahre Mahlenbergs in Ostpreußen. Da können sie doch nicht die letzten sein.

Lena ist aufgewühlt. Sie wandert über den Hof in den Park. Unter den schönen uralten Bäumen steht die Kapelle, daneben liegt der Familienfriedhof mit den gusseisernen Grabplatten. Ihre Mutter liegt dort im ewigen Schlaf. Und auch einen Gedenkstein für Ludwig hat der Vater aufgestellt. Lena geht in die Kapelle und setzt sich in die Bank vor dem kleinen Altar. Die kühle Stille und das gedämpfte Licht, das durch die hohen Fenster hereinfällt, beruhigen ihre Seele. Sie betet ein »Vaterunser«. Dann steht sie auf und zündet am Altar zwei Kerzen an: eine für die Mutter und eine für Ludwig.

Als sie sich umdreht und gehen will, sieht sie einen Mann in der hintersten Bank knien. Er hat den Kopf in die Hände gelegt und betet. Als er aufsieht, erkennt Lena François. Sein Gesicht ist ernst und gesammelt. Er bekreuzigt sich und geht zur Tür. Lena beschleunigt ihren Schritt und holt ihn ein.

»Guten Morgen, Comtesse.« Er hält ihr die Tür auf. Sie bleibt stehen.

»Vielleicht ist die Trauer um unsere Toten irgendwann größer als unser Hass.«

Er sieht sie schweigend an. Sie geht an ihm vorbei nach draußen. Zusammen spazieren sie durch den Park.

»Ich weiß es nicht, ich weiß nicht, ob das möglich ist.«

Sie stehen ganz nah beieinander, François schaut auf sie herunter.

»Mein Bruder, er war einunddreißig, es war irgendwo im Kaukasus ...« Lena kann nicht weiterreden.

»Mein kleiner Bruder war erst neunzehn. Er war fanatisch. Ich Pazifist. Und als sie kamen und einfach schossen ... Es hätte mich erwischt, wenn er sich nicht vor mich gestellt hätte ... Ich wurde Soldat, ein richtig schlechter Soldat.«

Ohne Betonung und ganz leise erzählt François weiter.

»Weil ich Angst habe, richtige Angst ... Deswegen bin ich nicht als Held gefallen, sondern gleich in Gefangenschaft geraten.«

Er lacht bitter. Lena schmerzt es, ihn so reden zu hören.

»Aber ich lebe. Und habe mehr zu essen und sogar manchmal ein bisschen Benzin für den Traktor. Ich sollte mich nicht beschweren.«

Lena weiß, was er ihr vorwirft.

»Ihr Zynismus macht das alles nicht besser. Auch wenn Sie

mir nicht glauben und mich dafür verachten: Ich habe nichts mit denen zu tun.«

»Nein, niemand in Ihrer Klasse hat mit ihnen zu tun. Mit den dreckigen, dummen, brutalen Nazis.«

Lenas Mitleid ist verschwunden. Es steigt schon wieder Ärger in ihr hoch. Warum schafft dieser Mann es immer, solche Gefühle in ihr zu wecken?

»Sind Sie verheiratet? Haben Sie Kinder?«

François schüttelt den Kopf.

»Ich habe eine Tochter. Und ich werde immer alles tun, damit sie bei mir ist und es ihr gut geht. Egal …«

»Egal, wie hoch der Preis dafür ist, ich weiß«, beendet er ihren Satz.

»Sie wissen nichts von mir. So wie ich nichts von Ihnen weiss. Aber wir könnten einander doch wenigstens respektieren.«

»Ihre Wahrheit und meine, die schließen sich aus, weil Sie meine nicht respektieren. Weil Sie vor der Realität die Augen verschließen, Lena.«

»Glauben Sie, ich verstehe das nicht? Sie wollen nach Hause, ich bin hier zu Hause. Ich heirate, weil ich hierher gehöre. Was rede ich? Das geht Sie gar nichts an.«

François kommt einen Schritt auf sie zu.

»Nein, es geht mich nichts an, oder vielleicht doch, ein wenig. Weil … Ihn zu heiraten wird Sie nicht retten, und wenn wir untätig bleiben, führt uns das alle ins Verderben, Lena.«

Sein Tonfall ist jetzt ernst. Kurz schaut er ihr in die Augen, dreht sich dann um und geht. Lena steht allein mit ihren ungeordneten Gedanken mitten auf dem Weg. Mein Gott, sind denn hier alle gegen mich? Bin ich denn die Einzige, die an allem festhält? Warum soll das denn so falsch sein?

Auf dem Hof ist ein Laster angekommen. Bis oben hin beladen mit Stahlfässern voll Benzin. Babette kommt die Küchentreppe herauf und steht mit glücklichem Gesichtsausdruck da. SS-Männer laden die Fässer ab.

»Heute ist ein Freudentag. Sieh dir das an, Lena. Das viele Benzin. Endlich, jetzt geht es endlich wieder bergauf!«

Die Kriegsgefangenen Wladimir und Igor nehmen die Fässer in Empfang. François kommt dazu, will wissen, was das zu bedeuten hat. Sein Blick trifft den von Lena. Im Gegensatz zu seinen Leuten und Babette freut sich François nicht über die Lieferung. Lena ist klar, dass sie nur vom stellvertretenden Gauleiter kommen kann. Wer sonst kann in diesen Tagen so viel kostbaren Treibstoff lockermachen. Jetzt muss sie dem Mann auch noch dankbar sein.

Am nächsten Morgen ruft die Zentrale der Kinderlandverschickung an. »Victorias Rückkehr aus Bayern ist genehmigt worden«, hat die Frau am anderen Ende streng gesagt. »Ihre Tochter wird am Nachmittag in Begleitung von ein paar BDM-Mädchen, die nach Allenstein geschickt werden, in Preußisch Holland ankommen. Mit dem Zug um 15 Uhr 52. Begreifen Sie das als absolute Ausnahme, Frau von Mahlenberg. Es ist nur Ihren guten Verbindungen zur Partei zu verdanken.«

Lena streckt dem Hörer die Zunge raus und macht gleichzeitig einen Luftsprung. Ihre Freude ist grenzenlos. Sie umarmt Babette und tanzt mit ihr im Zimmer herum.

»Sie kommt, sie kommt. Heute Nachmittag kommt Vicky nach Hause.« Babette freut sich ebenso. »Wie schön. Dann sind wir endlich wieder alle beisammen. Ich freue mich, dein Töchterchen endlich kennenzulernen.«

Gleich danach hat Ferdinand angerufen, um sich zu verabschieden. Er muss wieder an die Front. Sein Sonderurlaub zum Geburtstag der Mutter ist vorbei. Zufällig nimmt er den Zug, mit dem Vicky ankommt.

»Ich fahr dich hin«, bietet Lena ihm an. Ferdinand klingt erfreut. »Das ist wunderbar. Dann sehe ich dich wenigstens noch einmal allein.«

Lena fährt wenig später mit Ferdinand nach Preußisch Holland. Nun stehen sie zusammen auf dem Bahnhof und warten. Ferdinand steigt zu den Gleisen hinunter und legt sein Ohr an die Schienen.

»Weißt du noch, als Kinder haben wir uns immer auf die Gleise gelegt, um zu hören, wann der Zug kommt, wie die Indianer.«

Lena lacht.

»Untersteh dich, Ferdinand. Wir sind jetzt erwachsen, und da liegt man nicht mehr auf den Schienen herum.«

»Ich will nicht von hier weg. Ich möchte auch heiraten können wie Heinrich. Dann hat man wenigstens irgendwas, woran man sich festhalten kann, wenn man im Schützengraben verreckt. Du wirst ihn doch heiraten, nicht wahr?«

Lena zuckt leichthin mit den Schultern, nickt, schaut ihren alten Jugendfreund schüchtern an.

»Du musst keine Angst haben, Lenchen, er ist zwar nicht so aufregend wie ich, aber mich hättest du sowieso nie geheiratet, weil ich immer nur sein blöder kleiner Bruder war.«

»Red keinen Quatsch! Du bist so viel für mich.«

Ferdinand verzieht das Gesicht zu einer Grimasse und grinst. Er nimmt sie bei der Hand, sie gehen den Bahnsteigrand entlang. Er springt auf den Schotter und beginnt auf einer der Schienen zu balancieren. Dabei hat er die Arme ausgebreitet wie ein Adler, um sein Gleichgewicht zu halten.

»Heinrich wird zumindest immer gut auf dich aufpassen«, sagt er traurig und setzt leiser hinzu: »Ich kann nicht mal auf mich selber aufpassen.«

Da kommt der Zug schwarz und mit lautem Pfeifen um die Kurve auf sie zugefahren. Ferdinand lässt sich nicht stören, balanciert weiter auf seiner Schiene der Lok entgegen.

Lena hat Angst. »Komm da jetzt sofort runter. Willst du dich umbringen?« Doch Ferdinand reagiert nicht. Die Lok ist schon gefährlich nah. In letzter Sekunde zerrt Lena Ferdinand an seiner Uniformjacke von der Schiene. Sie stehen sich gegenüber, und Ferdinand fällt Lena um den Hals. Ganz fest klammert er sich an sie. »Ich kann nicht wieder an die Front, ich kann es einfach nicht.«

Lena hält ihn wie ein kleines Kind. Ihr kommen die Tränen. Sie weiß nicht, was sie erwidern soll. Doch Ferdinand hat sich schon wieder im Griff. Sie spürt, wie sein Rücken sich streckt, und lässt ihn los. Er sieht sie an.

»Der falsche Moment für Tränen, mein Lenachen.«

Der Zug kommt hinter ihnen zischend zum Stehen. Beide rennen den Bahnsteig entlang. Die Türen der Abteile gehen auf, nur zwei, drei Leute steigen aus. Ferdinand hat seinen Rucksack und das Gewehr von der Bank genommen. Lena beobachtet jeden, der aussteigt. Plötzlich fliegt eine Tasche direkt vor ihr aus dem Zug, und ein Mädchen mit Zöpfen springt hinterher. »Vicky!«, ruft Lena beglückt, rennt hin und nimmt ihre Tochter in den Arm. »Endlich, endlich bist du da!« Nach einer festen Umarmung verabschiedet Vicky sich artig von einem etwa siebzehnjährigen BDM-Mädchen in Uniform, das auf der Abteiltreppe stehen geblieben ist. »Ihre Tochter, Gräfin Mahlenberg. Es war mir eine Freude, sie zu begleiten.«

»Vielen, vielen Dank«, sagt Lena und gibt ihr die Hand. »Gute Weiterreise.«

Ferdinand ist inzwischen zu ihnen gestoßen.

Vicky ist begeistert. »Onkel Ferdinand. Das ist aber nett, dass du mich abholst.«

Ferdinand grinst. »Nein, Vicky, ich reise ab. Ich muss wieder zu meinen Soldaten.«

»Och, das ist aber schade. Dann erzählst du mir ja gar keine von deinen lustigen Geschichten.«

»Daran erinnerst du dich noch? Dabei warst du doch bei meinem letzten Besuch noch so winzig.«

Ferdinand macht eine Geste mit Daumen und Zeigefinger.

»So winzig«, sagt er und grinst.

Vicky knufft ihn in die Seite, lacht.

»Quatsch, so klein war ich doch nie.«

Der Schaffner pfeift, und Ferdinand springt nach einer letzten Umarmung in den schon angefahrenen Zug. Vicky und Lena stehen und winken. »Pass auf dich auf, mir zuliebe, hörst du!«, ruft Lena ihm nach, und eine Träne rollt ihr über die Wange. Schnell wischt sie sie weg.

»Ich bin ja so froh, dass du da bist. Komm, jetzt fahren wir nach Hause.«

In Mahlenberg angekommen, gehen Mutter und Tochter gleich zum Schlafzimmer von Berthold. Lena klopft an, und nach einigen Sekunden kommt von drinnen ein brummiges »Victoria soll alleine zu mir kommen«.

Vicky schaut ihre Mutter mit großen Augen ängstlich an. Sie will ohne Lena nicht gehen. Sie fürchtet sich vor dem Großvater, den sie nie zuvor gesehen hat. Doch Lena gibt ihr einen beruhigenden Klaps: »Geh, mein Schatz, geh!«, und schiebt Vicky vorwärts. Die Tür lässt sie einen Spaltbreit offen und lauscht.

Vicky steht tapfer vor dem strengen alten Herrn im Morgenmantel. Berthold sitzt in seinem Sessel.

»Du also bist Victoria.«

»Victoria Alexandrine Christina von Mahlenberg. Nach meinem Großvater.«

Ein leichtes Lächeln huscht über Bertholds Gesicht.

»Ja, ich heiße Berthold Alexander Christian, das ist richtig.«

»Mama hat immer gesagt, du bist sehr traurig. Und jetzt bist du krank? Oder bist du böse?«

Berthold ist erstaunt. Es ist so lange her, dass er mit kleinen

Mädchen zu tun gehabt hat. Er hatte ganz vergessen, wie geradeheraus sie sein können. Wie Lena damals, denkt er.

»Wie meinst du das?«

Lena ist besorgt. Was wird Vicky jetzt bloß sagen. Sie geht näher an den Türspalt heran.

»Bei meinem letzten Geburtstag, da hat die Ilse, das ist die Freundin von der Mami, mit dem Hans geredet, warum wir nicht auf dem Land sind, beim Großvater, wo in der Stadt doch immer die Bomben fallen. Und da hat der Hans gesagt, weil der Großvater seine Tochter nicht mag und ein böser alter Mann ist. Warum bist du ein böser alter Mann, Großvater?«

Lena stockt vor der Tür der Atem.

»Bin ich das? Ja, vielleicht. Wenn das Leben nicht hält, was es verspricht. Wenn man zu oft enttäuscht wird, wenn man gelernt hat zu gehorchen, aber nie gelernt hat zu lieben, dann wird man sehr einsam, Victoria.«

Vicky geht auf ihren Großvater zu und reicht ihm die Hand.

»Dann bist du also nur einsam, Großvater, und nicht böse?«

Berthold nimmt die kleine Kinderhand in seine und lacht. Zum ersten Mal seit Monaten.

Lena geht leise von der Tür weg in ihr Zimmer und setzt sich schluchzend auf ihr Bett. Sie kann die Tränen nicht aufhalten. Ihr Körper zittert. Da kommt Babette mit einem riesigen Strauß bunter Feldblumen herein.

»Aber mein Lenchen, wer wird denn weinen? Du hast so ein Prachtkind. Sie wird den Alten schon weich kriegen. Wart es nur ab. Schau, die sind von deinem Heinrich.«

Lena nickt, weint und lacht gleichzeitig.

»Den Alten? Babettchen, Babettchen. Das ist aber ein bisschen respektlos, findest du nicht? Hoffentlich hast du recht.«

Babette ist es peinlich. Sie grinst entschuldigend. Als sie hinausgeht, sieht Lena, dass sie rot angelaufen ist.

In den nächsten Tagen hilft Lena ihrer Tochter, sich in Mahlenberg einzuleben. Sie gehen durch alle Räume des Schlosses. Lena zeigt ihr jeden Winkel und erzählt, was in den verschiedenen Zimmern geschieht und wie es früher war. In der Küche sagt Vicky dem Hauspersonal Guten Tag und bekommt von der freundlichen Köchin frisch gebackene Kekse. Nur der immer perfekte und gestrenge Dietrich ist ihr ein bisschen unheimlich. Natürlich muss sich Vicky auch den Leuten im Dorf vorstellen. Artig geht sie mit Lena an der Hand von Tür zu Tür. Oma Herta ist ganz begeistert von dem Mädchen. »Wie du früher warst, mein Lenchen. Sie ist dir aus dem Gesicht geschnitten. Und deiner lieben Mutter auch. Gott hab sie selig.« Victoria fasst gleich Vertrauen zu der sympathischen alten Frau. Und als Oma Herta sie mit den Kaninchen spielen lässt, die sie in kleinen gezimmerten Holzkisten im Garten stehen hat, ist sie vollends begeistert.

Es dauert nicht lange, und Lena sieht, wie Vicky mit Wilhelm Stuber über den Hof rennt. Er will ihr alles im Hof zeigen und benimmt sich wie ein kleiner Gentleman. Lena muss lachen. »Na, das klappt doch bestens«, sagt sie zu Babette, die von Lenas Tochter hingerissen ist.

»Ich hätte auch gerne eine Tochter gehabt. Aber Georg wollte nicht. Dann hätte er ja gar nichts mehr von mir, hat er gesagt. Und vielleicht war's auch gut so.«

Berthold Graf Mahlenberg erholt sich zusehends. Es scheint, als habe Vicky seine Lebensgeister neu geweckt. Er steht jetzt schon jeden Tag mehrere Stunden auf und hat mit Vicky ein Ritual verabredet. Jeden Nachmittag um halb fünf kommt seine Enkeltochter ihn besuchen, und sie trinken gemeinsam Tee. Und dann beantwortet der Großvater mit einer Geduld, die Lena ihm nicht zugetraut hätte, jede Frage seiner Enkelin, und er erzählt ihr von Mahlenberg, seiner Jugend und den Urgroßeltern.

Vicky sitzt dabei aufmerksam auf dem Sessel ihm gegenüber und lauscht den alten Geschichten ihrer Vorfahren. Wie es früher war, als es noch keine Autos gab und alle mit Pferdekutschen reisten. Von den großen Jagden im Winter bei tiefem Schnee mit dem Schlitten, von den letzten Wölfen und Bären, die im Landkreis erlegt wurden. Und von der Kaiserin, die zu Gernstorffs zu Besuch kam, weil sie mit der alten Gräfin Gernstorff, der Mutter von Onkel Rüdiger, befreundet war.

Victoria lebt sich schnell ein. Sie kennt bald jeden Winkel in Haus und Hof. Und auch mit den Kriegsgefangenen hat sie sich angefreundet. Vor allem mit Mikolai. Den hat sie besonders gern. Kein Wunder, denn der Russe ist ja mit seinen siebzehn Jahren selbst noch ein halbes Kind. Sooft sie können, geht Victoria zusammen mit ihrem neuen Freund Wilhelm zu den Männern; dann helfen sie ihnen beim Kohlaufladen oder beim Stallausmisten. Lena sieht das nicht sehr gern, unterbindet es aber nicht; dennoch bleibt sie wachsam.

Abends treffen sich alle Kinder auf der Tenne. Mikolai hat aus Brettern ein Haus gebaut und kleine Stühle gezimmert. Im Schein einer Petroleumlampe sitzen die Dorfkinder und Victoria um den jungen Russen herum. Mikolai liest vor. *Peterchens Mondfahrt*. Die Kinder stört sein ziemlich starker Akzent nicht. Konzentriert sind sie bei der Sache. Da kommt Lena die Treppe herauf. Es ist schon spät und sie will, dass Vicky endlich ins Bett geht.

»Vicky, komm endlich … schlafen.«

Vicky mault, steht aber auf und geht zu ihrer Mutter.

»Ich will nicht, dass du dauernd mit diesen Kriegsgefangenen –«

Lena spricht den Satz nicht zu Ende. Plötzlich erscheint François in der Tür. Er will Mikolai holen. Vicky strahlt den Franzosen an.

»Darf ich morgen wieder mit aufs Feld, François? Und abends mit Mikolai und Dimitri angeln gehen?«

François lächelt nicht.

»Deine Mutter hat, glaub ich, ganz andere Pläne mit dir.« Sagt er und verschwindet in die Nacht.

Am nächsten Tag herrscht wieder Aufregung auf dem Hof. Die Gauleitung in Königsberg hat ihre Emissäre ausgeschickt, um die Bevölkerung Ostpreußens zum Bau eines Hunderte Kilometer langen Schutz- und Verteidigungswalls zu sammeln. Eine Idee von Erich Koch, dem Gauleiter Ostpreußens und Reichsverteidigungskommissar. Jeder muss mitmachen, auch die Frauen und Kinder. Und nun stehen die Lastwagen auf dem Hof, um die Mahlenberger zum Schippen abzuholen. Nachdem alle aufgeladen sind, werden sie Richtung Osten gefahren und auf irgendeinem Feld wieder abgeladen. In langer Reihe stehen Hunderte Arbeiter und Kriegsgefangene mit Hacken und Schaufeln bis zum Bauch im Matsch eines Grabens. Mühsam heben sie die nasse Erde aus. Schweigend und schwitzend.

Manche Männer haben ihre Hemden ausgezogen und arbeiten mit freiem Oberkörper. Die Kleider der Frauen sind dreckig und von Nässe durchweicht. Auch Lena schwitzt und hat sich die Jacke ausgezogen. Immer wieder rutscht sie vom glitschigen Rand ab. Eine Tortur.

Babette arbeitet neben ihr und ist schon bald völlig erledigt.

»Ich kann nicht mehr … Warum schippen wir hier eigentlich? Wenn der Führer sagt, der Russe kommt nicht, dann kommt der Russe nicht. Wozu brauchen wir also diesen Graben?«

Babette betrachtet die Blasen an ihren Handflächen. Lena reicht ihr einen von ihren Lederhandschuhen, bei dem die Finger abgeschnitten sind. Babette zieht ihn dankbar an. Weiter hinten schippen François, Louis und Pierre, der junge Jean, Mikolai, daneben Dimitri, Wladimir und andere Russen. Ein paar SS-Männer beobachten die Kriegsgefangenen argwöhnisch vom Rand des Grabens aus. Ihre Pistolenhalfter haben sie aufgeknöpft, und einer steht mit dem Gewehr locker in der Armbeuge da. Lena wischt sich mit dem Handrücken den Schweiß von der Stirn, schaut zu François hinüber. Doch der sieht schnell weg. Er geht mir seit unserem Gespräch in der Kapelle aus dem Weg, denkt Lena.

Plötzlich fährt ein schwarzer Wagen vor. Am vorderen linken Kotflügel flattert die SS-Standarte. Der stellvertretende Gauleiter Herrmann will die Fortschritte am sogenannten Koch-Wall inspizieren. Er steigt aus und kommt zum Graben. Kein Stäubchen auf der Uniform, und die Stiefel glänzen in der Sonne. Pompös baut er sich am Rand des Grabens auf.

»Frauen und Männer, in Treue fest, das Reich dankt euch.«

Da erkennt er Lena, die sich aufgerichtet hat und gerade eben über den Erdhaufen schauen kann.

»Vor allem Euch, Gräfin Mahlenberg, die Ihr als leuchtendes Vorbild mit allen vereint gegen den gemeinsamen Feind trotzt.«

Babette grummelt leise.

»Der will sich nur wichtig machen. Und glaubt nicht an unseren Führer.«

Lena wartet, bis Herrmann weitergegangen ist.

»Bist du verrückt. Red nicht so laut, wir haben's doch bald geschafft.«

Herrmann kommt zurück, holt Lena aus dem Graben und geht ein paar Schritte mit ihr.

»Graf Gernstorff kommt auch gleich.«

Babette duckt sich und sagt leise zu Waltraud, die links neben ihr gräbt:

»Alle werden gleich, hat er gesagt, der Führer. Und was ist? Wir schippen uns die Finger wund, und seine Männer treiben uns zur Arbeit an und schauen zu. Wenn das der Führer wüsste …«

François sieht verärgert aus. Was redet die überhaupt mit dem Mann. Er haut mit seinem Spaten so fest in die Erde, dass der Griff abbricht. Er steigt aus dem Graben und versucht, den abgebrochenen Griff zu reparieren. Da kommen Vicky und die Stuber-Jungen, Benno und Wilhelm, angerannt. Auch die Kinder haben am Graben geschaufelt und sind von oben bis unten verdreckt. Aber sie sind die Einzigen, die das Ganze als Spaß ansehen. Begeistert laufen sie auf François zu, der sie fröhlich durch die Luft wirbelt. Lena beobachtet es irritiert, kann aber Herrmann nicht einfach stehen lassen.

Schließlich kommt der Horch von Gernstorffs aufs Feld gerollt. Eckhardt steigt aus und öffnet den Schlag. Rüdiger geht schnellen Schrittes auf Lena und Herrmann zu.

»Guten Tag. Das sieht ja schon gut aus. Gauleiter Koch wird zufrieden sein.«

Als Herrmann zu Sophie hinübergeht und sie mit einem wie immer vollendeten Handkuss begrüßt, sagt Lena leise zu Rüdiger:

»Warum schon wieder der Auftritt mit diesen Nazis?«

»Weil es nur mit ihnen geht, nicht gegen sie. Sie funktionieren in unserem Sinn, wenn wir sie einbeziehen. Und dir hat er doch auch gleich geholfen, Lena.«

Lena schweigt und nimmt Vicky, die von François herübergekommen ist, an die Hand.

»Das ist Victoria«, sagt sie höflich zu Herrmann. Und zu Vicky gewandt: »Dieser Herr hat uns sehr geholfen, Vicky, dass du aus Bayern zurückkommen durftest.«

»Danke sehr, Herr Gauleiter.«

Herrmann streichelt Vicky über das blonde Haar, schaut aber dabei Lena an.

»Die gleiche stolze Haltung wie die Mama. Und fast ebenso schön.«

Hochzeitsvorbereitungen

Es ist Oktober geworden. Der Herbstwind fegt die Blätter von den Bäumen und jagt das Laub über den Hof. Haufen bilden sich in den Winkeln, wo Scheune auf Scheune stößt. Die letzten Rosen verblühen an der Mauer im Park, und der Wein an der Laube glüht in den prächtigsten Schattierungen von Rot und Gelb. Die Storchennester sind verlassen, ihre Bewohner haben sich schon gen Süden verabschiedet, nun machen sich auch die Wildgänse und Kraniche auf, ihnen zu folgen. V-Formationen der schönen Vögel überfliegen jetzt täglich das Land. Wehmütig lauschen die Menschen ihren heiseren Rufen. Bei Tassilo, Linda und den Arbeitspferden beginnt das Winterfell zu wachsen, was ihre Pflege sehr viel langwieriger macht. Dimitri und Mikolai haben den Auftrag, die Schlitten zu überholen, die Kufen sind rostig und müssen nachgeschliffen werden, auch das eine oder andere Polster muss man ausbessern. Kühe und Schweine werden von den Sommerweiden in die Ställe getrieben.

Auch im Schloss bereitet man sich auf den nahen Winter vor. Babette und Frau Meister kramen die Plumeaus aus den Schränken und verteilen sie in den Schlafzimmern. Mäntel, Pelze und dicke Jacken sind aus ihren mit Mottenkugeln bestückten Laden befreit worden und hängen nun zum Lüften auf dem Dachboden. Dietrich hat bei François Holz für die Kamine und Kohlen für die verschiedenen Kachelöfen bestellt. In der Küche brodelt der neue Einmachautomat. Dosen mit Wurst und Gläser voller Obst und Gemüse stehen zum Abkühlen auf den Tischen, mit Argusaugen bewacht von der Köchin. Die Mädchen sortieren Kartoffeln, Zwiebeln und Äpfel in die großen Kisten in den Vorratskellern.

Auf den Feldern brennen die Kartoffelfeuer. Männer, Frauen, Kinder und Kriegsgefangene buddeln die letzten Erdäpfel aus, am Rand der Felder wachsen die Rübenhaufen. Mittags bringen Lena und Victoria heiße Suppe und belegte Brote zu den Arbeitern. Es herrscht eine fröhliche Stimmung, die Kinder tanzen um die Feuer und braten am Stock Kartoffeln.

Zur letzten Fuhre kommt auch Berthold zum großen Feuer. Die Hunde springen aufgeregt um ihren Herrn herum. Alle sind froh, dass der Graf wieder auf den Beinen ist. Lena bringt den obligatorischen Korn.

»Zum Aufwärmen, für alle!«

Wer möchte, bekommt ein Glas, die anderen lassen die Flaschen kreisen, so kriegen auch die Kriegsgefangenen einen Schluck ab, denen eigentlich Alkohol streng verboten ist. Aber das kümmert hier keinen. Die Kinder bekommen Limonade. Babette hebt ihr Glas.

»Und nun trinken wir alle auf unsere Gräfin, die hier alles fest zusammenhält. Ohne sie keine Zuversicht. Auf Lena, unsere Hoffnung.«

Alle johlen und prosten Lena zu.

»Auf euch, ohne die es Mahlenberg nicht gäbe.«

Berthold steht etwas abseits und überlässt Lena die verdiente Belobigung der Leute. Die erfolgreiche Ernte dieses Jahres ist allein ihr Verdienst. Sie hat durch ihren unermüdlichen Einsatz die Leute angespornt und geführt. Ihrer Organisation ist es zu verdanken, dass genug Heu und Stroh für den langen Winter in den Scheunen liegt und die Erträge von Weizen, Kartoffeln und Rüben trotz Ausfall der modernen Maschinen zufriedenstellend sind. Lena ist die Aufmerksamkeit ein bisschen unangenehm, aber sie ist auch stolz, dass sich ihr Engagement in den letzten Wochen gelohnt hat.

Aus den Augenwinkeln beobachtet Lena, wie der Vater sich zu François stellt.

»Ich hab zwar von Polen und Russen nie viel gehalten und von Katholiken schon gar nichts, aber Sie sind ein anständiger Mann, François, und ich brauche jetzt Ihre Hilfe.«

Berthold nimmt François zur Seite und geht mit ihm zurück zum Hof. Lena wundert sich ein wenig, wird aber von Babette abgelenkt, die das traditionelle Dankeslied anstimmt.

»Großer Gott, wir loben dich, Herr, wir preisen deine Stärke ...«

Alle singen andächtig, die Franzosen und Polen in ihrer Muttersprache. Die jungen Russen summen die Melodie. Sie sind die Einzigen, die wegen des politischen Systems bei sich zu Hause die alten Kirchenlieder nicht mehr kennen. Danach eilen alle zusammen, lachend und Witze machend, zur großen Scheune. Dort ist unter dem neuen Erntekranz eine Tafel aufgebaut, und es wird gefeiert, gesungen und getanzt bis in die frühen Morgenstunden.

Lena und Heinrich haben beschlossen, nach der Ernte zu heiraten. Heinrich hat Sonderurlaub beantragt und Mitte Oktober drei Tage erhalten. Lena möchte eine kleine Feier, nur mit den Familienmitgliedern. Aber Rüdiger will davon nichts wissen. »Wir müssen die Zusammenführung der Mahlenbergs und Gernstorffs doch ordentlich feiern. Mit allem Pipapo.«

Am Ende setzt er sich durch, und entgegen der Tradition wird beschlossen, dass die Feierlichkeiten bei Gernstorffs und nicht im Haus der Braut stattfinden. Die gesamte Organisation übernimmt sein Büro. Die Sekretärinnen sind über Tage mit Listenschreiben, Briefmarkenkleben, Zusagen- und Absagenregistrieren und der Unterbringung der Gäste beschäftigt. Lena ist dankbar, sie braucht sich um nichts zu kümmern. Außer um ihre Garderobe. Ein Kleid für den Polterabend und das Hochzeitsgewand für die Kirche müssen her. Und natürlich auch zwei Kleidchen für Victoria. Aber woher nehmen. In diesen Kriegszeiten und hier mitten in Ostpreußen ist es unmöglich, an neue, geschweige denn modische Kleider zu kommen. In Königsberg oder Elbing könnte sie sicher etwas Passendes finden, aber das würde Unmengen von Bezugskarten kosten. Da springt Sophie ein. »Ich hab doch den ganzen Schrank voller Kleider, Lena. Von damals, als wir noch in Berlin zu den Bällen und Rennen gingen. Da finden wir bestimmt was. Und für Victoria auch. Ich habe, glaube ich, noch ein bisschen Seide von den Vorhängen im Salon. Daraus kann man ein hübsches Kleidchen machen. Du wirst sehen.«

Und dann steht Lena eines Nachmittags vor dem großen Standspiegel im Schlafzimmer von Sophie und probiert ihr Hochzeitskleid an. Sophie ist begeistert und bester Stimmung. Von Verwirrtheit oder Melancholie keine Spur. Sie tanzt um Lena herum, steckt hier etwas ab, lupft da einen Rock.

»Und du bist sicher, Sophie, dass ich dein Hochzeitskleid anziehen darf?«

»Lenchen, ich bitte dich. Ich hätte es dir doch sonst nicht angeboten. Es freut mich, dass es noch einmal zu Ehren kommt.«

Sie geht in ihr Schrankzimmer und kommt mit einem Traum in Rot über dem Arm zurück.

»Zum Polterabend könntest du das hier tragen.« Sie hält das Kleid vor Lenas Körper. Es hat einen schwingenden Rock und einen sehr, sehr tiefen Ausschnitt. Lena ist skeptisch.

»Meinst du, ich kann mir so etwas leisten?«

»Damit hab ich in Berlin allen Männern den Kopf verdreht. Und dir wird es fabelhaft stehen. Die Farbe passt perfekt zu deinem Haar.«

Auf der anderen Seite des Raumes steht Vicky auf einem Tisch, und das Zimmermädchen von Sophie steckt ihr den hellblauen seidenen Vorhangstoff an. Mit etwas Fantasie kann man das Kleid schon erkennen. Wie eine kleine Prinzessin sieht Victoria aus.

»Mein erstes richtiges Abendkleid«, sagt sie begeistert.

»Und hier ist das zweite. Kind, du brauchst ja auch noch eins für die Kirche.« Gerlinde, die Zofe, kommt mit einem dunkelgrünen Samtvorhang und einem mit gelbweißem Blütenmuster über dem Arm herein.

»Soll ich den gelbweißen für die Blumenmädchen nehmen, Frau Gräfin?«

Sophie hat Nadeln zwischen die Lippen geklemmt.

»Die sind genau richtig, ich fand den Stoff für Vorhänge eh immer viel zu schön.«

Eckhardt kommt mit Törtchen und Tee auf einem Silbertablett ins Zimmer, stellt es auf die Kommode am Fenster und serviert in den kleinen zarten Porzellantassen. Auch er ist wie Dietrich in Mahlenberg in makelloser Livree: goldblau gestreifte Weste und weiße Handschuhe – ein Bild von Tradition und Vornehmheit. Nichts an diesem Nachmittag zwischen Seide und Sahnetörtchen lässt ahnen, dass draußen Krieg herrscht, Soldaten kämpfen und sterben und die Rote Armee gefährlich nah an die Grenzen Ostpreußens vorgerückt ist.

Zurück in Mahlenberg, begibt sich Lena auf ihren üblichen Gang durch die Ställe, bevor sie sich mit Vater und Vicky zum Abendbrot trifft. Der Wind peitscht den Regen fast senkrecht über den Hof. Klatschend fällt das Wasser aus den Regenrinnen. Lena gibt Tassilo gerade seine Gute-Nacht-Karotte, als sie die Glocke hört. Die Glocke, die an der großen Scheune hängt und nur geläutet wird, wenn es etwas zu verkünden gibt, was alle im Schloss, Hof und Dorf angeht. Oder wenn es brennt. Dann hört

Lena Räder und die Stimme von Waltraud. »Kommt, hier entlang. Helga, Babette. Schnell, schnell!«

Ein Leiterwagen, Handkarren, viele kleine Kinder, Mütter … Ungefähr fünfzig völlig durchnässte Menschen schleppen sich die Auffahrt hinauf und bleiben vor dem Schloss stehen. Ängstlich schauen sie sich um. Zwei Männer tragen eine Tür, auf der eine junge Frau liegt. Sie stöhnt und ist halb bewusstlos. Daneben steht eine ältere Frau, die ihr mit einem nassen Lumpen die Stirn abreibt. Ein paar Kinder und alte Leutchen stehen einfach nur da. Der Regen rinnt an ihnen herunter, hat ihre Koffer, Taschen und das Bettzeug durchweicht. François kommt angelaufen, Mikolai direkt hinter ihm. Babette und Waltraud legen den Ersten schon trockene Decken über die Schultern, nehmen den Frauen die Säuglinge ab.

»Sie können sich gleich hinlegen, nur noch ein kleines Stück. Da hinten ist die Scheune.« Sie nehmen die Kinder und tragen sie in die Scheune. Die anderen Männer folgen ihnen und helfen, die Frau auf der Tür die Treppe zur Tenne hinaufzutragen. Vorsichtig legen sie sie auf eine Matratze, decken sie zu. Die Frau mit dem Lumpen weicht nicht von ihrer Seite, zwei kleine nasse Kinder hocken wimmernd am Fußende. Lena hat Handtücher besorgt und die Frauen in Küche und Haushalt zusammengetrommelt. Inzwischen sind auch Oma Herta und Frau Stuber aus dem Dorf auf der Tenne und kümmern sich um die Flüchtlinge. Auf die Frage, wo sie denn herkämen, antwortet ein alter Mann:

»Aus der Nähe von Nemmersdorf, südlich Gumbinnen. Der Russe war plötzlich da.«

Suppe wird ausgeteilt, trockene Sachen und warme Decken. Lena setzt sich zu der jungen weinenden Frau. Sie ist um die dreißig, hat eine Wunde an der Stirn und eine aufgeplatzte Lippe. Ihre Arme sind grün und blau, Rock und Bluse mit Blut beschmiert. Sie hat hohes Fieber. Ihre Stirn ist heiß.

»Babette, geh, ruf den Arzt an. Schnell.«

Die Mutter sitzt verzweifelt und zusammengekauert am Kopf ihrer Tochter.

»Russen kommen, sie haben alle geholt aus dem Haus, die Kinder haben wir versteckt. Mein Mann und Tochter, alle haben wir uns versteckt. Aber die Russen haben uns gefunden. Mit Gewehren sind sie gekommen. Mein Mann hat sich vor mich gestellt, aber sie haben ihn totgeschlagen mit dem Gewehr. Tot, tot … Das Baby tot, alle tot. Und dann: Komm, Frau, komm, haben sie gesagt … Frau, komm. Erst drei Männer und noch drei Männer … Und noch mal und noch mal und noch mal …«

Die Mutter sieht Lena mit geweiteten Augen an. Auch sie hat eine aufgeplatzte Lippe und ein blutunterlaufenes blaues Auge. »Totgemacht mit dem Spaten … die Nachbarn und Opa … alle totgeschlagen. Wie die Tiere sind sie über uns hergefallen.« Sie fängt an zu weinen.

François kommt hinzu, hilft der Frau auf und führt sie zu Oma Herta. Lena hält es nicht mehr aus. Ihr wird übel. Sie überlässt die Fiebernde der Fürsorge von Frau Stuber und rennt hinaus. Vor der Scheune bleibt sie stehen, lässt den kühlenden Regen über ihr Gesicht laufen. Sie ist schweißgebadet, zittert und kann sich nicht in den Griff bekommen. Angst, panische Angst steigt in ihr auf.

Einige Minuten später taucht François hinter ihr auf. Er bleibt neben ihr stehen, sieht sie schweigend an. Sein Gesicht ist ernst. Er hat die Zähne fest zusammengebissen, die Hände in den Taschen seiner Jacke vergraben. Lena schaut zu ihm.

»Man kann nicht einfach davonlaufen, nicht alles verlassen. Die Frauen sind sicher ein Einzelschicksal. Sie haben den Russen doch nichts getan.«

»Die junge Frau braucht ein Bett. Soll ich sie rübertragen?« Er zeigt auf das Schloss.

Lena nickt nur und sieht François nach, der wieder zurück in die Scheune gegangen ist. Da kommt Babette angerannt.

»Ich erreiche ihn nicht. Dr. Schramm ist in Rastenburg im Lazarett und kommt erst morgen wieder. Auch der Tierarzt ist nicht zu erreichen. Es gibt niemanden, der helfen kann.«

Lena rennt über den Hof, hinauf ins Gästezimmer, macht das Licht an und schlägt die Decke auf. Da kommt François schon mit der jungen Frau auf den Armen und legt sie in die weißen Laken. Behutsam deckt er sie zu.

»Ich gehe und hol heißes Wasser.«

Lena nickt. »Und Tücher.«

Sie zieht sich einen Stuhl heran und streicht der Frau übers Haar. Schönes braunes weiches Haar.

Die junge Frau wälzt sich im Fieber hin und her, stöhnt. Dann wacht sie plötzlich auf, mit schreckgeweiteten Augen starrt sie an die Decke. Will sich aufsetzen. Als sie François sieht, der mit einer Schüssel Wasser und Handtüchern zurückkommt, schreit sie laut auf und versucht, aus dem Bett zu springen. Lena redet beruhigend auf sie ein, drückt sie zurück in die Laken. »Alles in Ordnung. Es ist alles in Ordnung. Du bist in Sicherheit. Das ist François, ein Freund.«

François beugt sich hinunter und versorgt die Platzwunde. Mit einem feuchten Tuch wischt er das getrocknete Blut und den Dreck von der Stirn. Die junge Frau beginnt sich zu entspannen, versinkt wieder im Fieber.

Lena will ihr Wadenwickel machen, doch als sie die Decke hochschiebt, sieht sie die Beine: Abschürfungen und blaue Flecken, trockenes Blut überall. Schnell deckt sie die Decke wieder darüber.

François und Lena sehen sich an. Babette kommt mit den kleinen Kindern der Frau ins Zimmer.

»Bringt sie nach nebenan, und, Babette, kümmere dich um sie.«

Lena bleibt mit der Mutter allein. Legt ihr feuchte Tücher auf die Stirn. Gibt ihr ein bisschen Wasser zu trinken.

»Du musst jetzt schlafen, hörst du. Morgen ist alles besser.«

Lena greift nach ihrer zitternden Hand. Die junge Frau schüttelt den Kopf.

»Laufen, weglaufen ... Nicht schlafen, nicht schlafen, nie mehr schlafen ...«

Für einen Augenblick ganz klar, schaut sie Lena an.

»Du musst nie mehr schlafen, du musst weglaufen, jetzt, du musst laufen ...«

Die junge Frau schließt die Augen. Ihr Kopf sinkt zur Seite. Zunächst denkt Lena, sie sei eingeschlafen, aber dann hört sie keinen Atem mehr. Sie schüttelt sie. Schreit sie an. »Wach auf, wach doch auf.«

Lena ist vollkommen fertig, fast hysterisch. François beugt sich über sie, deckt das Leintuch über das Gesicht der Frau.

»Sie ist tot, Lena«, sagt er leise.

Lena ist verzweifelt, geschockt, starrt auf das Leintuch. François nimmt sie bei den Schultern, zieht sie hoch. Sie zittert am ganzen Leib. François nimmt sie in den Arm. Lena lässt es geschehen, an seiner Schulter fängt sie an zu weinen. Sie spürt seine Wärme. Er hält sie. Legt seinen Kopf gegen den ihren, umfasst sie ganz fest. Ein paar Sekunden stehen sie so und geben sich gegenseitig Trost. Dann machen sich beide abrupt voneinander los. Lena stürmt aus dem Zimmer. François bleibt zurück, bekreuzigt sich und spricht ein Gebet. Als er das Zimmer verlässt, löscht er das Licht.

Am nächsten Morgen wird die junge Frau auf dem Dorffriedhof begraben. Die Kinder und die Großmutter stehen weinend am Grab. Babette, François und die anderen Flüchtlinge bilden um sie herum einen Kreis. Sie sprechen ein »Vaterunser«, dann schaufelt Louis Erde auf den schnell zusammengezimmerten

Brettersarg. Mikolai hat ein einfaches Holzkreuz gebaut und steckt es in die Erde.

Die Flüchtlinge wollen so schnell wie möglich weiterziehen. Ihre Sachen haben sie schon gepackt, und kurz nach der kleinen Trauerfeier machen sie sich wieder auf den Weg gen Westen. Die Mutter der Toten hat die kleinen Waisen an der Hand. Sie bedankt sich bei Lena. Ein alter Mann sagt: »Sie müssen sich vorbereiten, Frau Gräfin. Alle hier müssen sich vorbereiten. Sie werden kommen, ganz bestimmt.«

Lena sieht dem Treck noch lange nach. Ein scharfer Ostwind weht, aber sie spürt die Kälte nicht. Babette tritt zu ihr.

»Komm endlich, du holst dir noch den Tod.«

Sie führt Lena resolut weg. Lena schaut sie an.

»Vielleicht irr ich mich ja, vielleicht sollten wir auch gehen.«

»Wer hat dir denn den Floh ins Ohr gesetzt? François? Seit wann hörst du auf den Quatsch vom Franzos. Der will nur nach Hause. Außerdem ist Fliehen streng verboten. Das weißt du doch. Haste doch gesehen vor der Kreisverwaltung in Preußisch Holland. Da haben sie die aufgehängt, die das versucht haben.«

Lena beschleunigt ihren Schritt. Babette rennt neben ihr her.

»Der Goebbels sagt, sie haben sie zurückgeschlagen. Die Russen sind raus aus Nemmersdorf und aus Ostpreußen. Aber du kannst ja gehen, geh du nur, ihr Reichen, ihr könnt ja überall hin.«

Lena bleibt wie vom Blitz getroffen stehen.

»Rede nie wieder so einen Unsinn, Babette, ich würde euch und Mahlenberg nie allein lassen. Niemals. Es ist meine Heimat, genau wie deine.«

»Dann sieh zu, wie du sie schützen und verteidigen kannst. Wie wir alle.«

Schneller, als es Babette lieb ist, wird die Hilfe der Mahlenberger beim Schutz der Heimat vom Führer selbst eingefordert. Am 18. Oktober überträgt der Volksempfänger in der Küche die

Rede Adolf Hitlers, in der er die Heimatfront zum Volkssturm aufruft.

Alle bisher noch nicht kämpfenden waffenfähigen Männer zwischen sechzehn und sechzig Jahren werden für die Verteidigung des »Heimatbodens« und für den deutschen »Endsieg« aufgeboten.

Nur einen Tag später kommt Rottenführer Holger Brandt. Breitbeinig stellt er sich auf der Dorfstraße auf.

»Jeder Mann und jeder Junge ab sechzehn ist zum Volkssturm eingezogen. Folgende Personen haben sich bereit zu machen …« Dann liest er die Namen vor. »Abfahrt morgen früh um sieben. Heil Hitler.«

Schlag sieben am nächsten Morgen hält ein Militärlaster im Dorf. Fritz, in HJ-Uniform und mit stolzgeschwellter Brust, kommt als Erster aus dem Haus. Er hilft den SS-Männern, die Mahlenberger von der Liste aus ihren Wohnungen zu holen. Weinend verabschieden sich die Frauen und Kinder von ihren Männern, Söhnen und Großvätern. Dann werden sie zum Laster gebracht und aufgeladen. Fritz rennt nach Hause und holt Ranzen und Mantel. Am Arm hat er schon die Volkssturmbinde angebracht. Babette will ihn aufhalten, sie ist verzweifelt.

»Fritzchen, jetzt sei doch vernünftig, ihr könnt das doch nicht, ihr seid Kinder und Greise, das will er doch nicht, der Führer.«

Doch Fritz lässt sich nicht mehr aufhalten.

»Doch, Mutter, er hat es befohlen, er hat uns gerufen, und wir folgen ihm. Das ist der Volkssturm. Für dich, Mutter, wir tun das für dich, für die Oma, für die Gräfin. Wir verteidigen das Land, wir verteidigen das Reich. Wir brechen den Vernichtungswillen der Feinde. Wir werfen sie zurück. Das will er, der Führer. Für den Endsieg!«

Oma Herta steht auf der Straße und fuchtelt mit ihrem Gehstock.

»Ein so jammervolles Grüppchen aus Greisen und Kindern? Mach dich nicht lächerlich, Fritz!«

Fritz hört nicht. Laut beginnt er zu singen:

»Das Volk bricht auf, der Sturm geht los!«

Fritz folgt den Männern und steigt auf den Laster. Babette will hinterherrennen, aber Oma Herta hält sie am Ärmel fest.

»Was willst du denn, er hat doch nie was anderes gehört, auch von dir nicht.«

Babette hält sich die Ohren zu, reißt sich los und läuft weinend davon. Fritzchen salutiert, winkt der Oma noch einmal zu, dann fährt der Laster los.

Das letzte große Fest

In Mahlenberg herrscht wegen der Hochzeitsvorbereitungen seit Tagen Ausnahmezustand. Für das bevorstehende Fest liefert die Schlossküche das Menü nach Gernstorff. Jede Herdplatte ist besetzt, alle Töpfe und Pfannen in Gebrauch. Rindssuppe blubbert in einem riesigen Kochtopf, auf den Tischen kühlen Puddings und Saucen. Die Luft ist voller Dampf, und die köstlichsten Gerüche ziehen durch die Flure im Küchentrakt. Am Haken hängt ein ganzes Schwein. Mehrere Rehe und ein Hirsch sind schon zerteilt und zu Ragout oder Pastete verarbeitet. Die Rücken liegen, gespickt und mit Lorbeerblättern belegt, im Kühlen. Nach Dienstschluss hat Luise an ihrer Überraschung für Lena gearbeitet: einer fünfstöckigen Hochzeitstorte mit Rosen aus Marzipan und roter Paspelierung aus Zuckerguss. Seit Tagen hat sie Eier zurückgelegt. Sämtliche eisernen Vorräte an Zucker und Schokolade hat sie benutzt, und auch die Gernstorffer Küche hat ihre Vorräte an sie abgetreten. Denn es soll ja ein fantastisches Fest werden. Die Köchin treibt ihre Mannschaft an. Sie duldet keine Langsamkeit. Die Küchenmädchen schälen Rote Bete, hacken Zwiebeln, und Waltraud hat einen riesigen Korb Kartoffeln zwischen den Knien.

»Waltraud, die Kartoffeln klein und rund schälen, bitte. Das sollen Prinzesskartoffelchen werden, keine Pellkartoffeln. Und gib ein bisschen Gas, wir werden sonst nie fertig.«

Luise scheint die Einzige zu sein, die den Überblick behält. Aber auch sie hat sich zur Erinnerung einen langen Zettel an die Lade gepickt, auf dem sie die fertigen Gerichte abhakt.

Das Radio spielt im Hintergrund. Frau Stuber sitzt daneben und dreht vorsichtig am Knopf. Sie erwischt, was sie gesucht hat: einen knattrigen Sender. Der Sprecher berichtet, dass Frankreich befreit ist und Millionen Alliierte an allen Fronten gegen das Deutsche Reich anstürmen. Da kommt Babette zur Tür herein. Nach ein paar Sekunden greift sie wütend zum Radio und stellt es ab.

»Seid ihr verrückt geworden, dem Feind zuzuhören? Das sind lauter Lügen, gemeine Lügen. Feindpropaganda, das glaub ich einfach nicht. Wie könnt ihr das nur einschalten!«

Doch die anderen sagen nichts und sehen Babette nur ernst an. Frau Stuber schaltet das Radio wieder an. »Lass uns doch. Vielleicht erfahren wir ja etwas.«

Oben im Büro hat auch Lena den Londoner Sender gefunden und hört aufmerksam zu. Ganz leise kommt die Stimme aus dem Lautsprecher. Lena geht mit dem Ohr nah heran. Da kommt Vicky zur Tür hereingestürmt, Wilhelm bleibt im Flur stehen. Lena schaltet schnell das Radio aus.

Vicky umarmt ihre Mutter.

»Mami, Mami. Darf ich bitte mit den anderen zum Angeln. Bitte, bitte!«

Lena zögert ein wenig. Aber dann gibt sie nach.

»In einer Stunde bist du wieder zurück, versprochen?«

»Versprochen.«

Vicky und Wilhelm rennen los. Lena schaltet das Radio wieder ein. Soll sie den Berichten glauben? Wie viel Propaganda ist dabei? Auch Heinrich hat ja berichtet, dass die Rote Armee mit Millionen Soldaten von Ost und Süd anrückt und die Front schon zurückweicht. Und die arme Frau vom Treck. Hat François vielleicht recht, sollten sie sich auf die Flucht vorbereiten? Nein, nein, nein! Das darf einfach nicht sein. Lena steht auf und geht energisch zu ihrem Zimmer. Heute ist mein Polterabend. Ich will nicht über so was nachdenken. Ich will mich amüsieren. Und ich muss mich jetzt zurechtmachen.

»Babette, Babette!«, ruft sie das hintere Treppenhaus hinunter. »Kannst du mir bei den Haaren helfen? Und hast du das Kleid schon aufgebügelt ...?«

»Komme, komme sofort«, klingt es von unten, und Lena hört, wie Babette die Treppe hinaufsteigt.

Währenddessen ist auf Schloss Gernstorff das gesamte Hauspersonal mit der Reinigung des Hauses beschäftigt. Die Treppengeländer werden poliert, die Spiegel mit Zeitungspapier zum Glänzen gebracht. Der Marmorboden wird noch einmal glatt gewienert, denn hier soll getanzt werden. Das Podest für die Kapelle steht schon. Im Silberzimmer überwacht Eckhardt das Polieren von Hunderten Besteckteilen und den großen Silberplatten.

»Messerschärfen nicht vergessen und schrubbt den Rost von den Scheiden.«

Teppiche und Polstermöbel sind in den vergangenen Tagen ausgeklopft und mit Zitronenwasser abgerieben worden. In den Kandelabern stecken frische Kerzen, und Gestecke mit buntem Laub, den roten Beeren der Eberesche und den letzten Blumen stehen auf Tischen und Kommoden. Sophie und die Kastellanin haben wahre Wunder vollbracht, in dieser späten Jahreszeit solch herrliche Sträuße und Gebinde zu zaubern.

Aufregung und Vorfreude herrschen bei allen Gernstorffern von der Küche bis in die Salons. Endlich mal wieder ein rauschendes Fest bei der Herrschaft, und eine Hochzeit dazu. Frauen aus dem

Dorf haben die Mannschaft vom Schloss verstärkt, sonst wäre die Arbeit gar nicht zu schaffen. Diener Eckhardt hat ein paar der alten Männer, die nicht zum Volkssturm mussten, in die blauen Kutschmäntel mit den goldenen Knöpfen gesteckt und sie eingewiesen, wie die Gäste und ihre Wagen zu empfangen sind.

»Die Chauffeure und Kutscher sollen im Wirtschaftshof parken. Dann schickt ihr sie in den Leutetrakt. Dort ist eines der Zimmer vorbereitet, es gibt auch zu essen und zu trinken. Da können sie warten, bis sie wieder abgerufen werden. Und wenn alle da sind, geht ihr auch hin und esst was.«

Der alte Kutscher Eder, der eigentlich schon vor Jahren in Pension gegangen ist, hat sich selbst wieder reaktiviert. Er war sofort zur Stelle und wollte sich nicht ausreden lassen, noch einmal seinen Dienst für die Hochzeit des jungen Grafen zu tun. Am späten Nachmittag fährt er mit dem auf Hochglanz polierten Horch hinüber nach Mahlenberg, Braut und Brautvater abzuholen. Als er in Mahlenberg vorfährt, steht Vicky schon auf der Freitreppe. Ihr Haar ist zu feinen Zöpfen geflochten, die am Ende dicke Schleifen schmücken. Über ihr neues schickes Kleidchen hat sie ihren alten Schulmantel angezogen.

»Herr Eder, Herr Eder ist da!«, ruft sie aufgeregt und springt die Treppenstufen hinunter. »Meine Mutter und der Großvater sind noch nicht fertig.«

»Stimmt gar nicht.«

Berthold Graf Mahlenberg erscheint in Marine-Ausgehuniform mit Eisernem Kreuz erster Klasse um den Hals. Im Ersten Weltkrieg war er Konteradmiral. Er hat seine Uniform lange nicht getragen. Er sieht fabelhaft aus, ganz Grandseigneur und kaiserlicher Offizier. Von seiner langen Krankheit ist keine Spur mehr zu erkennen.

»Ich bin schon da«, ruft er seiner Enkelin zu. »Nur deine Mutter fehlt noch. Typisch Frau.«

Doch Lena ist schon lange fertig. Ihre Haare trägt sie hochgesteckt, das rote schwingende Kleid von Sophie unterstreicht ihre schlanke Figur, in den tiefen Ausschnitt hat sie eine Rose gesteckt und um den Hals mehrmals eine lange Perlenkette geschlungen. Im Schrank der Mutter hat sie ein paar Seidenschuhe gefunden, die ihr perfekt passen. Aber statt in der Halle zu warten, ist sie schnell noch einmal in die Ställe gegangen, um zu schauen, ob alles in Ordnung ist. Sie steht bei Tassilo und streichelt sein weiches Maul zum Abschied. Da hört sie Hammerschläge aus der Werkstatt.

»Was zum Teufel ...«, sagt sie laut und geht hinüber.

Im Tor bleibt sie wie vom Donner gerührt stehen. Sie traut ihren Augen nicht. Da steht François mit seinen Männern und baut Wagen. Drei stehen fertig im hinteren Teil der Scheune, mit Gummirädern und gewachsten Planen über den Dachaufbauten.

Lena spürt, wie kalte Wut in ihr aufsteigt. Mit großen Schritten geht sie zu François.

»Was soll das, François!«, fährt sie ihn an. Erschrocken lassen die Männer ihr Werkzeug fallen. François dreht sich zu ihr um. Sein Gesichtsausdruck verrät keine Emotion.

»Ich lasse Ihnen freie Hand, und was tun Sie? Sie fallen mir in den Rücken. Zum zweiten Mal untergraben Sie meine Autorität, treten mein Vertrauen mit Füßen ...«

François schweigt. Er ist von ihrem aufgeputzten Anblick sprachlos. Wunderschön, wie aus einer anderen Welt, steht sie da. Wie lange hat er eine so schöne Frau in Abendgarderobe nicht mehr gesehen. François riecht ihr Parfüm und ist wie betäubt, er hört kaum, was Lena sagt.

»Was ist? Warum sagen Sie nichts? Warum machen Sie mich vor aller Welt zum Narren ...«

François schweigt weiter.

»Sagen Sie endlich etwas, verdammt noch mal!«

»Ich habe es ihm befohlen! Ich will, dass ihr das Gut verlasst, und zwar sehr bald«, sagt plötzlich Berthold hinter ihr. Er hat seine Tochter gesucht und endlich gefunden.

Lena ist sprachlos und wirft beiden Männern einen bösen Blick zu. Sie geht nach draußen, überquert den Hof und steigt in den Horch zu ihrer Tochter. Ohne ein Wort steigt Berthold ebenfalls ein, und Herr Eder startet den Motor. Im Fond breitet sich eisige Stimmung aus. Lena schaut stur rechts aus dem Fenster, der Vater links.

»Es ist das einzig Richtige, Lena.«

Lena versucht, ihrer Wut Herr zu werden.

»Du hast noch nie gewusst, was das Richtige für mich ist, Vater«, antwortet sie zähneknirschend.

Auf Schloss Gernstorff sind derweil noch alle mit Umziehen beschäftigt. Heinrich steht im Smokinghemd gebückt vor dem Badezimmerspiegel und wäscht sich die letzte Rasierseife aus dem Gesicht. Plötzlich sieht er Ferdinand im Spiegel hinter sich auftauchen.

»Wo kommst du denn her? Ich dachte, du hast keinen Urlaub bekommen?«

Doch Ferdinand gibt keine Antwort. Wie eine Fata Morgana ist er schon wieder verschwunden. Heinrich schaut besorgt in sein eigenes Gesicht im beschlagenen Spiegel.

Ferdinand geht über den Flur zum Zimmer seiner Mutter, dessen Tür offen steht. Auf dem Weg streift er sich die Armbinde ab, mit der er seinen linken Arm hochgebunden hatte. Als er eintritt, sieht er, wie Sophie schnell ihre Morphiumflasche verschwinden lässt.

»Mein Schatz, wie schön, dass du da bist«, sagt sie glücklich und küsst ihren Sohn liebevoll. »Hat dich Herr Breuer abgeholt? Oder Herr Eder?«

Rüdiger kommt aus dem Nebenzimmer, bindet sich gerade

seinen Pour le Mérite um. Er hat die Ankunft seines Sohnes noch nicht mitbekommen.

»Herr Breuer ist an der Front, Sophie; Herr Eder holt Lena und Berthold ab. Mit wem redest du?«

Rüdiger sieht seinen Sohn und sagt ernst:

»Ach! Sie haben dir also doch freigegeben?«

Ferdinand antwortet nicht. Stumm steht er vor seinem Vater. Da erscheint Eckhardt in der Tür und meldet: »Graf und Gräfin Mahlenberg sind vorgefahren!«

Rüdiger greift sich seine Frackjacke und geht, um die Braut zu begrüßen. Vicky läuft fröhlich auf ihn zu. »Guten Abend, Onkel Rüdiger«, sagt sie artig. Mit einem Blick sieht er die ernsten Gesichter von Vater und Tochter Mahlenberg. Ob sie sich gestritten haben? Beide haben inzwischen die Halle betreten. Rüdiger überspielt die getrübte Stimmung, nimmt sie nicht zur Kenntnis. Stattdessen geht er lächelnd auf Lena zu und umarmt sie. »Wie gut, dass du da bist, meine schöne Schwiegertochter.«

Dann begrüßt er seinen alten Freund.

»Berthold, komm in meine Arme. Dass wir beide uns noch einmal so nah kommen!«

Er lacht. Inzwischen ist auch Sophie heruntergekommen und begrüßt ihre zukünftige Schwiegerfamilie. Und dann treffen auch schon die Gäste ein.

Fackeln brennen rechts und links der Auffahrt zum Schloss und erleuchten flackernd das Defilee der Fahrzeuge. Kutsche um Kutsche und einige Autos fahren die Auffahrt herauf, festlich gekleidete Nachbarn, Freunde und Familienmitglieder steigen aus. Viele Frauen kommen allein, ihre Männer sind an der Front. Die Herren haben durchweg ihren fünfundsechzigsten Geburtstag hinter sich. Viele tragen Frack, einige wie Berthold Ausgehuniformen mit Orden. Marine, Reiterregimenter, Flieger, Infanterie – alle Militärgattungen sind vertreten. Mahlenbergs und Gernstorffs begrüßen gemeinsam die ankommenden Gäste. Sophie und Berthold stehen nebeneinander.

»Weißt du, deine Lena, sie gibt mir Hoffnung, sie ist die Einzige, die mir Hoffnung gibt.«

In diesem Moment kommt der große schwarze Wagen mit SS-Stander vorgefahren, und der stellvertretende Gauleiter steigt aus. Auch er trägt Ausgehuniform.

Herrmann begrüßt Lena ausgesucht höflich, küsst ihr und Sophie die Hand. »Gräfin, es ist mir ein besonderes Vergnügen.« Lena kann sich gerade noch beherrschen, ihre Hand nicht wegzuziehen.

Im ersten Stock hilft Ferdinand seinem älteren Bruder beim Anziehen. »Halt still, sonst kann ich deine Fliege nicht binden. Typisch!« Er steht vor Heinrich und zieht die Enden der Schleife gerade.

»Du hattest schon immer etwas weniger Sinn für Inhalt als für Form.«

»Die Form gibt dem Inhalt erst Kontur und hilft mir zu überleben. Autsch. Mach das Ding nicht zu eng!«

»Sechshundert Jahre Tradition, Kultur und Anstand: ausradiert, vorbei, vernichtet, das hat er in nur elf Jahren geschafft.«

Heinrich schaut ihn an. Er weiß, dass Ferdinand recht hat, sagt aber nichts.

»Es macht mir Angst, riesige Angst. Ich will keine Rolle mehr spielen, großer Bruder, ich will leben.«

Heinrich poliert seine Lackschuhe. Skeptisch sieht er Ferdinand von der Seite an.

»Haben sie dich gehen lassen?«

Ferdinand weicht seinem Blick aus.

»Mein Bruder heiratet die Frau, die ich verehre, da will ich dabei sein. Verstehst du das nicht?«

»Doch, aber: Haben sie dich gehen lassen ...?«

Eckhardt erscheint in der Tür.

»Sie sollten jetzt kommen. Die Gäste sind alle da.«

Heinrich ist hoch nervös. Irgendetwas ist gar nicht in Ordnung. Aber er kann das Thema jetzt nicht weiter verfolgen.

»Ja, ja, ich komm ja schon«, sagt er und folgt dem Diener. Heinrich eilt die Treppe hinunter. In der Gästeschar entdeckt er seine Braut sofort. Lena ist die Einzige mit einem roten Kleid.

»Verzeih, Liebes.« Er küsst ihr die Hand und flüstert: »Gott, Lena, du bist so wunderschön. Ich bin der glücklichste Mann der Welt.«

Beim Diner sitzt das Brautpaar nebeneinander, und auch den Tanz eröffnen sie zusammen. Unter den glitzernden Kristallkronleuchtern drehen sie sich zuerst allein, dann treten auch andere Paare auf die Tanzfläche und bewegen sich im Kreis zum Kaiserwalzer von Johann Strauß.

»Ein schönes Paar, findest du nicht«, sagt Rüdiger zu Sophie. »Gefallen sie dir?«

Sie hat sich bei ihm eingehängt und sieht glücklich aus.

Nach zwei Tänzen tritt Herr Herrmann zum Brautpaar.

»Graf, darf ich Ihnen Ihre Braut entführen?«

Ungern lässt Heinrich Lena gehen, und Lena hat keinerlei Lust, sich mit dem stellvertretenden Gauleiter zu befassen. Aber sie erinnert sich an ihre gute Erziehung. Zu ihrer Überraschung ist Herrmann ein guter Tänzer. Federleicht dreht er sie im Takt der Musik.

»Sie sind letzte Woche nicht zu meinem Klavierabend gekommen.«

»Ich konnte leider nicht, meine Tochter hatte einen Grippeanfall, und mein Vater hat darauf bestanden, dass ich den Abend mit ihm verbringe.«

Sie ist die Liebenswürdigkeit in Person.

»Wie Väter doch immer wieder ihre schönen Töchter beherrschen!«

Lena schaut ihn an und ist verwundert über diesen zwiespältigen, merkwürdigen Mann. Wie kann ein Kunstliebhaber und Musikkenner nur Karriere bei diesen Nazis machen. Oder ist das alles nur Mittel zum Zweck – um in unsere Kreise aufzusteigen?

»Herr Herrmann, ich platze vor Eifersucht. Liebste Schwägerin, darf ich.«

Ferdinand macht eine leichte Verbeugung und nimmt Lena in den Arm. Schnell dreht er sich mit ihr, weg von Herrmann. Lena ist erstaunt, aber glücklich, dass Ferdinand da ist. »Du bist doch da. Oh, wie freue ich mich. Ich war so traurig, als ich hörte, du hättest keinen Urlaub bekommen.«

»Ich kann doch nicht wegbleiben, wenn die Liebe meines Lebens heiratet.«

Ferdinands Ton ist leicht und liebevoll, Lena lehnt sich in seinen Arm, und eng umschlungen tanzen sie durch die Halle. Zum ersten Mal heute fühlt Lena, dass sie sich gehen lassen kann. Bei Ferdinand fühlt sie sich sicher und geborgen wie bei einem Bruder.

Heinrich kommt aus dem Salon. Er sieht angespannt aus. Nervös. Auf seiner Stirn stehen Schweißperlen. Höflich unterbricht er eine alte Tante, die ihn gerade anspricht, und geht zu dem tanzenden Paar.

»Entschuldigst du uns kurz, Lena. Ich muss mit Ferdinand etwas besprechen.«

Lena spürt Heinrichs Nervosität. Sie sieht ihn fragend an, aber er lächelt beruhigend.

»Wir sind gleich wieder da.«

Lena steht nur kurz allein, dann wird sie schon von einem alten Nachbarn aufgefordert.

Ferdinand folgt Heinrich die Treppe hinauf in den blauen Salon, lässt sich auf eines der Sofas fallen und greift nach einer Zigarre. Heinrich geht vor seinem Bruder auf und ab.

»Ich habe bei deiner Einheit nachgefragt. Sie haben deine Abwesenheit noch nicht gemeldet. Sie glauben noch, dass du im Lazarett bist. Was hast du denn bloß erzählt. Sie sagten mir, du seiest im Krankenstand?«

Ferdinand gießt sich und Heinrich einen Cognac ein und reicht ihm das Glas. Seinen eigenen trinkt er in einem Zug aus, lacht verzerrt und hebt den linken Arm in die Luft.

»Hab mir den Arm verrenkt. Kannst du doch sehen, oder?«

»Weißt du eigentlich, was du tust? Du bist ja wahnsinnig. Wenn das rauskommt!«

Ferdinand lacht laut, viel zu laut.

»Du weißt doch, was mit Deserteuren passiert, mit denen, die aus Feigheit vor dem Feind –«

»Feigheit?« Ferdinands Stimme überschlägt sich. »Hast du sie mal schreien hören? Hast du mal neben einem gelegen, der jämmerlich verblutet?« Verächtlich fährt er fort: »Davon kriegt ihr hier ja alle nichts mit. Davon wollt ihr hier nichts wissen.«

Ferdinand steht auf und stellt sich vor Heinrich. Sie messen sich mit einem Blick. Dann bläst ihm Ferdinand den Rauch seiner Zigarre ins Gesicht.

»Was sind wir doch für eine wunderbar schöne, wunderbar kaputte Familie, findest du nicht?«

Heinrich lässt sich nicht von seinem Thema abbringen. Er zieht an seiner Frackschleife und öffnet den Knopf seines Hemdes. Schweiß rinnt ihm an den Schläfen herunter.

»Auf Fahnenflucht steht Todesstrafe. Ich bin … Ich muss dich melden.«

»Du spielst den Herrn über Leben und Tod, ohne deine Finger zu beschmutzen. Das machst du jeden Tag!«

»Ich tue, was ich tun muss. Ich drücke mich nicht davor.«

Ferdinand schnaubt verächtlich, er geht ganz nah an Heinrich heran. Ihre Nasen stoßen fast aneinander. Ferdinands Stimme ist jetzt ganz leise.

»Du hast dir immer schon alles schöngeredet. Aber früher, da hattest du wenigstens keine Angst.«

Unten in der Halle tanzt Sophie mit Berthold und Lena mit ihrem zukünftigen Schwiegervater. Rüdiger ist bester Stimmung.

»Jetzt brauch ich zu meinem Glück nur noch Enkelkinder.«

»Du meinst Enkelsöhne.« Lena schaut ihn lächelnd an. Sie drehen sich im Takt und bleiben vor Berthold und Sophie stehen. Vicky kommt angelaufen, und Lena nimmt sie an der Hand. Im Kreis stehen Gernstorffs und Mahlenbergs zusammen. Nur die beiden Brüder fehlen.

»Eine schöne Familie sind wir, findet ihr nicht«, sagt Berthold in die Runde.

Herrmann tritt hinzu und durchbricht die familiäre Stimmung. »Ich möchte mich verabschieden. Gräfin, es war ein wunderbares Fest, das Essen vorzüglich. Vielen Dank.«

Zu Lena gewandt, sagt er: »Und für morgen und die Zukunft wünsche ich Ihnen Glück.«

»Danke sehr.«

Lena und Sophie antworten fast gleichzeitig.

Rüdiger geht mit Herrmann zur Haustür. Eckhardt bringt Herrmann den Mantel, den dieser sich lässig über die Schultern legt.

»Sie sind ein glücklicher, zufriedener Mann, Graf Gernstorff.«

Rüdiger nickt und lacht.

»Sie und Ihr Gauleiter, Sie sollten die Bevölkerung evakuieren. Rechtzeitig evakuieren.«

Es klingt wie ein Witz, und Herrmann nimmt es auch als solchen.

»Sie dürfen so etwas nicht einmal denken, lieber Graf.«

Rüdiger lacht nicht mehr. Ernst sagt er, während er Herrmanns Hand schüttelt:

»Sie nicht, ich schon. Das ist der Unterschied.«

Lena fällt auf, dass Heinrich und Ferdinand nicht wiedergekommen sind. Unruhig, was die Brüder wohl aufhält, macht sie sich auf den Weg nach oben. Am Ende der Treppe bleibt sie kurz stehen und horcht. Aus dem Salon gegenüber hört sie Stimmen. Kurz vor der angelehnten Tür bleibt sie stehen und hört Ferdinand sagen:

»Du würdest den eigenen Bruder verpfeifen.«

»Du bringst uns alle in Lebensgefahr. Warum hast du's dir nicht abzeichnen lassen, von irgendjemandem.«

Lena steht im Türrahmen. Sie ist vollkommen erstarrt, kann nicht glauben, was sie gerade gehört hat. Die Brüder stehen mit dem Rücken zu ihr. Sie haben nicht bemerkt, dass sie da ist.

Heinrich sinkt auf einen Stuhl und ringt nach Luft.

Ferdinand geht mit drei schnellen Schritten zum Schreibtisch, zieht die Schublade auf und nimmt eine Pistole heraus.

»Du würdest mich zum Tode verurteilen? Erschießen lassen? Mein eigener Bruder!«

Und dann geht alles ganz schnell.

Heinrich sieht die Pistole und springt auf.

»Die Entscheidung nehme ich dir gerne ab, großer Bruder, diese Schuld will ich dir nicht auch noch aufladen.«

Ferdinand stellt sich vor Heinrich. Der versucht verzweifelt, nach der Waffe zu greifen. Doch Ferdinand ist stärker. Er drückt den Lauf der Pistole an seine Schläfe.

»Das will ich vor allem Lena ersparen, das hat sie nicht verdient.«

Lena begreift endlich, was vor sich geht. Sie stürzt mit einem Schrei ins Zimmer. Doch da löst sich der Schuss. Ferdinand sinkt zu Boden.

Lena merkt nicht, dass sie schreit, sie läuft zu Ferdinand, kniet sich neben ihn. Nimmt ihn in den Arm. Doch es ist kein Leben mehr in ihm. Ferdinand ist tot. In seiner Schläfe klafft ein Loch, und Blut sickert auf Lenas Kleid.

Voll Entsetzen und ohne sich zu rühren, steht Heinrich da. Fassungslos. »Ich hab keine Schuld, ich kann nichts dafür … Was hat er getan!«

Auf dem Gang sind Schritte zu hören. Sophie und Rüdiger erscheinen mit besorgten Gesichtern in der Tür. Bleiben wie angewurzelt stehen. Sie haben als Einzige den Schuss gehört. Den anderen Gästen scheint nichts aufgefallen zu sein. Unten spielt die Musik weiter, und man hört das Gelächter bis hier oben. Sophie entdeckt Lena, die wimmernd am Boden hockt. Ferdinands Kopf liegt mit starren Augen in ihrem Schoß, ihre Hände sind voller Blut. Die Pistole liegt auf dem Teppich neben ihnen. Mit einem gequälten Seufzer bricht Sophie zusammen. Rüdiger fängt seine Frau gerade noch auf. Sein Gesicht ist kalkweiß.

Weihnachten 1944

Am Morgen nach Ferdinands Selbstmord scheint der Lauf der Zeit in Gernstorff wie in eine Kapsel eingeschlossen zu sein. Stillstand. Auf den Tischen und in der Halle sind noch die Spuren des Festes zu sehen. Gläser stehen herum, Stühle und Sessel sehen aus, als wäre der Gast gerade aufgestanden, Polster und Kissen sind noch nicht aufgeschüttelt worden. Nur die Aschenbecher hat Eckhardt geleert, bevor die Stille grenzenlos wurde. Er hat auch entschieden, dass erst mal nichts aufgeräumt wird. Den Lärm, der dabei entstehen würde, findet er unpassend. Das kann warten. Rüdiger ist noch am Abend zu Herrn Gruber, dem Stellmacher, gegangen, hat einen einfachen Kiefernsarg bestellt und danach dem Pfarrer von Ferdinands Tod berichtet und ihn gebeten, ihn christlich zu bestatten.

In der Küche sitzen die Hausmädchen tatenlos herum. Das übliche fröhliche Geschnatter ist verstummt. Die Köchin bereitet eine Hühnersuppe vor, falls heute überhaupt jemand etwas essen möchte. Sie bewegt sich zwischen Kühlraum und Kessel wie auf Zehenspitzen. Auf dem Hof ist keine Bewegung zu erkennen. Am frühen Morgen war die Polizei aus Preußisch Holland da, hat untersucht, ob es sich bei Ferdinands Ableben tatsächlich um Selbstmord handelte. Dann ist der Doktor gekommen, hat den Totenschein ausgestellt und Ferdinand zur Beerdigung freigegeben. Die Sekretärinnen des Grafen kümmern sich zusammen mit dem Verwalter um die Organisation. Bekannt zu machen brauchen sie die Beerdigung nicht. Alle Gäste, viele davon Nachbarn, wissen, was geschehen ist. Nachdem Rüdiger die entsetzliche Nachricht gestern Nacht mitgeteilt hatte, waren alle sofort tief betroffen und schweigend nach Hause gefahren.

Ferdinand ist in sein Zimmer getragen worden. Niemand darf hinein. Sophie hat verboten, dass jemand ihr beim letzten Ankleiden ihres Sohnes hilft, auch Rüdiger nicht. Nur Eckhardt darf beim Waschen des Leichnams dabei sein, doch auch er muss das Zimmer dann verlassen. Sophie zieht Ferdinand ein weißes Hemd und seinen dunklen Anzug an. Zart und liebevoll, genau so, wie sie es tat, als er noch ein kleines Kind war. Leise spricht sie mit ihm, legt zum Schluss das silberne Kreuz, das sie ihm zur Einsegnung geschenkt hat, in seine gefalteten Hände. Dann wird der Sarg in der Halle aufgebahrt, damit alle Hausbewohner Abschied nehmen können. Zwei große weiße Kerzen auf Kerzenständern aus der Kapelle sind aufgestellt, und am Kopfende brennt Ferdinands Taufkerze. Das Loch in seiner Schläfe ist kaum zu erkennen. Er liegt wie im Schlaf, und das Kerzenlicht umspielt seine klassisch schönen Züge. Sophie hat sich in ihr Zimmer zurückgezogen, die Tür abgeschlossen und sich jede Störung verbeten.

Rüdiger holt sich einen Stuhl und setzt sich still neben den Sarg. Er betet und starrt dann mit leerem Blick auf seinen Sohn. Ganz langsam begreift er, was geschehen ist, während er immer wieder mechanisch über die Kante des Sarges streicht. »Warum musstest du das tun. Warum nur.«

Es sind immer die gleichen Fragen, auf die er keine Antwort weiß. Sein jüngstes Kind, der zweite Sohn ist tot. Die fest gefügte Welt um ihn herum beginnt sich aufzulösen. Es gibt keine Zukunft mehr. Nur noch Tod und Zerfall.

Hinter einer Säule im Schatten steht Heinrich und beobachtet die Szene. Tränen laufen über seine Wangen. Als Rüdiger ihn bemerkt, tritt er näher heran.

»Vater, glaub mir, ich kann nichts dafür. Mich trifft wirklich keine Schuld. Ich liebe meinen Bruder.« Verzweifelt lässt er die Hände sinken. Rüdiger antwortet nicht, dreht sich zurück zu Ferdinand. Nein, denkt er, du hattest nie an irgendetwas Schuld …, aber ich. Ich habe Ferdinands zarte Seele unterschätzt. Aber hätte ich das verhindern können?

Auf Mahlenberg steht Lena am Fenster ihres Zimmers. Sie ist wachsbleich, hat tiefe Ringe unter den Augen. Sie fühlt sich leer und starrt in den grauen Dezemberhimmel. Auch ihre Tränen sind versiegt; auf der Rückfahrt und die ganze Nacht hat sie um Ferdinand geweint. Sie versuchte zu verstehen. Und irgendwann in den frühen Morgenstunden ist es ihr klar geworden. Ferdinand hatte es ja angekündigt. Auf dem Bahnhof. Er hatte gesagt, er könne nicht mehr zurück in diesen Krieg. Aber sie hatte es nicht kapiert, nicht verstanden, wie ernst er es meinte. Wie verzweifelt er wirklich war, wie sehr er den sinnlosen und brutalen Krieg, das Soldatsein und die Nazis hasste. Seine Verzweiflung hatte er hinter seinen sarkastischen Witzen versteckt. Lena macht sich Vorwürfe, dass sie es nicht durchschaut hat. Hätte sie doch bloß genauer hingehört. Aber hätte sie etwas ändern können? Hätte sie Ferdinand, ihrem Freund und Bruder seit Kindertagen, ihrem sensiblen, liebevollen Ferdinand, hätte sie ihm helfen können, den verlorenen Lebensmut zurückzugewinnen?

Vor dem Schloss fährt ein Wagen vor. Heinrich steigt aus. Er trägt seine Oberstabsrichter-Uniform. Um Himmels willen, denkt Lena. Heinrich! Den kann ich jetzt wirklich nicht sehen. Ich will ihn nicht sehen. Sie wendet sich vom Fenster ab und wirft sich auf ihr Bett. Nach ein paar Minuten hört sie, wie der Wagen wieder abfährt. Und dann kommt Babette den Gang hinunter, klopft und tritt ins Zimmer.

»Das hat Graf Heinrich für dich abgegeben.«

Sie legt eine dunkelblaue Samtdose und einen Brief vor Lena aufs Bett und verlässt sie wieder. Lena starrt das Geschenk an, ohne es zu berühren. Auf dem Brief erkennt sie ihren Namen, mit Tinte geschrieben. Irgendwann reißt sie den Briefumschlag auf und liest:

Nimm diesen Ring als Pfand meiner Treue. Ich habe meinen Bruder geliebt, ich bin unschuldig. Möge der Herr uns zu einem anderen, besseren Moment zusammenführen. In ewiger Verbundenheit, Dein Heinrich.

Lena öffnet die Samtdose und findet darin einen Diamantring, einen wunderschönen alten, mit großem Stein und einer feinen, ziselierten Fassung. Zu jedem anderen Moment hätte sie sich über dieses großzügige Geschenk gefreut und den Ring stolz getragen. Doch nun hat sie nur einen kurzen Blick für das fantastische Schmuckstück übrig. Sie zerknüllt den Brief und steht auf.

… zu einem besseren Moment! Wann wird es jemals wieder einen besseren Moment geben. Wann haben diese schrecklichen Zeiten nur endlich ein Ende?

Lena kann es im Zimmer nicht mehr ertragen. Sie muss hinaus an die frische Luft. Es ist entschieden, sie kann nicht mehr länger warten. Sie muss jetzt endlich handeln.

In der Werkstatt steht François bei der Säge und zeichnet mit einem dicken Bleistift die Umrisse von Streben auf ein Brett. Die Männer hämmern und schleifen an einem halb fertigen Leiterwagen. Ohrenbetäubender Lärm und Holzstaub erfüllen den

Raum. Mikolai rollt einen Gummireifen heran, während Louis in der Ecke einen Schlauch in den zweiten Reifen einzieht.

Da erscheint Lena mit Vicky an der Hand. Ohne stehen zu bleiben, geht sie zu François und legt ihm die Hand auf die Schulter. Erschrocken über die plötzliche Berührung springt er auf und sieht in Lenas bleiches, verweintes Gesicht.

Wie ein trauriges Gespenst kommt sie ihm vor. François hat Mitleid mit ihr. Inzwischen hat sich die Tragödie auch unter den Kriegsgefangenen herumgesprochen.

Die Männer hören auf zu hämmern und beobachten Lena und François.

»Wie viele Menschen haben darin Platz?«

Lenas Stimme klingt geschäftlich, sie will nicht, dass die Männer ihre Schwäche bemerken. François versteht es sofort und und antwortet ebenso geschäftlich:

»Bisher haben wir drei Wagen fertig, also Platz für ungefähr zwanzig Menschen. Der Rest wird wohl zu Fuß gehen müssen.«

»Das ist niemals genug, François. Wir sind alle zusammen fünfundachtzig. Ein Fußmarsch ist Selbstmord. Wir gehen erst, wenn alle Platz auf den Wagen haben. Das ist Ihre Aufgabe, Ihre Verantwortung.«

François sieht Lena erstaunt an. Hat sie die Gefahr endlich erkannt? Hat sie endlich begriffen, dass alle hier wegmüssen?

»Wir haben nicht genug Bretter für mehr Wagen. Wenn Sie Material und Reifen besorgen, dann bauen wir mehr.«

»Ich kümmere mich darum, Sie werden genug Holz und Reifen bekommen.«

Lena reicht ihm die Hand, François zögert einen Moment und schlägt dann ein.

»Für Ihre Leute und für meine.«

Lena schaut ihm direkt in die Augen und antwortet mit fester Stimme:

»Für Ihre und für meine. Natürlich.«

Als Lena mit Vicky die Werkstatt verlassen hat, reden die Männer alle durcheinander.

»Keine Zeit, kein Material ... funktioniert nicht ... nicht warten, sonst alle tot ...«

Vor allem die Russen sind aufgeregt, schreien durcheinander. »Wir alle tot, wir Russen zuerst tot. Wir Verräter. Nicht warten. Jetzt gehen. Heute!«

François bringt alle mit einer Geste zum Schweigen.

»Ruhe jetzt. Keine Diskussionen mehr. Wir gehen, aber wir gehen zusammen. Alle oder keiner.«

Am 10. Dezember fällt der erste Schnee. Im Haus riecht es nach Backwerk. Köchin Luise walkt mit hochrotem Kopf den Pfefferkuchenteig, und auf der Fensterbank trocknet das selbst gemachte Marzipan. Die Mädchen schleppen aus allen Zimmern die Perserteppiche in den Schnee, wo sie ordentlich ausgeklopft werden.

»Warum denn im Schnee?«, fragt Vicky ihre Mutter neugierig. Aus der Etagenwohnung in Berlin kennt sie diese Sitte nicht.

»Das tut den Farben gut, heißt es, und irgendwelche Teppichviecher fliehen, wenn sie einen kalten Popo kriegen«, erklärt Lena. Vicky lacht und versucht mit Wilhelm vergeblich, die Teppichviecher zu entdecken.

Traditionell wird in Mahlenberg am dritten Advent der Weihnachtsbaum im Wald geschlagen. Die Pferde sind vor den Schlitten gespannt.

»Kinders, los geht's!«, ruft Lena aufgeregt. Sie liebt diese Weihnachtstradition und fühlt sich selbst wieder wie ein Kind. So lange hat sie darauf verzichten müssen. Berthold, Vicky und die Stuber-Jungen besteigen den ersten Schlitten, Lena, Babette und Oma Herta den zweiten. Alle sind dick eingemummelt und haben warme Decken über den Knien. Auf dem einen Bock sitzt Mikolai, auf dem anderen hält François die Zügel, neben sich die Axt und eine große Säge und den Korb mit Glühwein und Stollen. Fast lautlos geht es durch die verschneite Winterwelt. Die Fahrtgeräusche hören sich gedämpft an, als hätte man Watte in den Ohren. Die Pferde schnauben und stoßen Dampfwolken aus, und ihre Hufe wirbeln den weißen Schnee auf. Festgefrorener Reif an den Ästen glitzert in der Sonne wie Glas, und hier und da queren ein paar Rehspuren den Weg.

Bei der Tannenschonung angekommen, rennen alle in eine andere Richtung, jeder will den schönsten Baum entdecken. Dann geht Berthold von einem zum anderen und nimmt den Ausgewählten in Augenschein. Mit einem Zwinkern zu Lena entscheidet er:

»Eurer ist der schönste, gerade gewachsen und mit dichten Zweigen. Den nehmen wir. François, würdest du bitte den beiden helfen, den Baum abzusägen.«

Vicky ist begeistert. Sie stellt sich zu Mikolai und zieht gemeinsam mit ihm lachend und prustend die Säge durch den Stamm. François gibt Mikolai ein Zeichen und lässt den Sägegriff los. Mikolai und Vicky purzeln rückwärts in den Schnee. Großes Gelächter und Startschuss zu einer ausgiebigen Schneeballschlacht. Die Stimmung ist unbeschwert, und für ein paar Stunden sind Sorgen und Ängste vergessen.

Zurück auf Mahlenberg, schleppen sie den Baum in die Eingangshalle, wo Dietrich schon das große Holzkreuz als Christbaumständer aufgestellt hat. Die Spitze des Baumes ragt fast bis unter die Decke. In Kisten und Kästen stehen das Lametta und die vielen silbernen und roten Kugeln bereit.

»Jetzt muss er erst mal trocknen, und übermorgen schmücken wir ihn dann.«

Berthold hat schon fast die oberste Treppenstufe erreicht, da dreht er sich noch einmal um.

»Lena, komm doch mal zu mir, wenn du da unten fertig bist.«

Als Lena etwas später in seinem Arbeitszimmer erscheint, sitzt Berthold ernst hinter seinem Schreibtisch und dreht den Briefbeschwerer mit dem dicken Bernsteingriff in den Händen. Er kommt sofort zur Sache.

»Ich hab mir überlegt, dass es vielleicht gut ist, ein paar von unseren Wertsachen zu verstecken. Was meinst du? Das Silber und das Meissner Geschirr mit den Tafelaufsätzen zum Beispiel. Und ein paar von den wertvollsten Bildern. Wir können ja nicht alles mitnehmen, und etwas vorauszuschicken ist, wie du weißt, unmöglich. Nicht nur, dass es verboten ist, ich wüsste auch gar nicht, zu wem.«

Lenas fröhliche Stimmung vom Ausflug ist mit einem Mal verflogen. Die Wirklichkeit ist schlagartig zurückgekehrt.

»Aber wo sollen wir es denn verstecken?«

»Lass dir etwas einfallen. Vergrab es irgendwo oder mauer es ein. Es müsste noch ein paar Sack Zement im Gartenschuppen geben.«

Am nächsten Morgen macht sich Lena ans Werk. Zusammen mit Frau Meister und Babette sieht sie alle Schränke durch und trägt Besteck, Silberplatten und Geschirr auf dem Esstisch zusammen. Das Silber wickeln sie in mit Öl getränkte Tücher, und das Porzellan wird sorgfältig mit Stroh und Zeitungspapier verpackt und in Obstkisten gestapelt.

»Wo soll das denn alles hin, um Himmels willen! Du bist doch verrückt.«

Babette sträubt sich gegen die Maßnahme.

»Was ist mit dem Weihnachtsdiner. Wollt ihr vom Küchengeschirr essen?«

»Dafür ist noch genug da, Babette. Aber ich will nicht, dass irgendwelche Begehrlichkeiten aufkommen. Nur für den Fall …«

»Für welchen Fall?« Babette ist verwirrt.

Lena antwortet nicht und zuckt nur mit den Schultern.

Im ältesten Teil des Schlosses hat Lena einen Kellerraum ausgeguckt, in dem die Sachen eingemauert werden sollen. Ein alter Kamin in einer schon lange nicht mehr benutzten Küche scheint ihr geeignet. Dorthin lässt sie die Kisten und die öligen Pakete bringen. Abends, nachdem alle im Bett sind, trifft sie sich mit Dietrich im Keller. Dietrich trägt Arbeitshosen und hat Brechstange und Hammer dabei.

»Das ist ein unbekannter Anblick.« Lena muss lachen. »Jetzt sind Sie auch noch Maurer.«

»Ich kann mehr, als Sie denken, Frau Gräfin.«

Gemeinsam machen sie sich ans schweißtreibende Werk. Nach ein paar harten Schlägen fallen die Steine in sich zusammen, und das Loch ist bald groß genug für die Kisten. Schwieriger ist es, das Loch wieder zuzumauern. Lena klopft, so gut es geht, den alten Mörtel von den Steinen, Dietrich hat sich Zement angemischt und setzt die Steine wieder ein. Erst in den frühen Morgenstunden ist es geschafft. Die alte Kaminöffnung ist vollständig zugemauert.

»Das lassen wir jetzt ein paar Tage trocknen, dann müssen wir noch Putz draufschmieren und ein bisschen Dreck, und dann ist nichts mehr zu sehen. Perfekt. Gute Nacht und danke sehr, Dietrich.«

Der loyale Diener dreht den Schlüssel im Schloss der Kellertür um, dann verschwinden beide müde in ihre Zimmer. Schnell wäscht Lena sich den Schmutz von Gesicht und Händen und bürstet sich den Staub aus dem Haar. Kaum hat sie sich in die Kissen gekuschelt, ist sie schon eingeschlafen.

Am Weihnachtsabend um acht Uhr treffen sich alle Mahlenberger in der mit Tannenzweigen und vielen Kerzen schön geschmückten Kirche. Es herrscht eine festliche Stimmung. Vorn in der ersten Bank sitzen Lena, Vicky und Berthold, dahinter das Hauspersonal, dann die Dorfbewohner und ganz hinten die Kriegsgefangenen. Alle haben sich fein gemacht und singen andächtig die schönen alten Weihnachtslieder. Nach dem Gottesdienst geht es zur Bescherung nach Hause. Für ein paar Stunden vergessen alle den Krieg. Sie denken nicht an die nahende Front, die Rote Armee, die immer näher rückt und schon fast die Grenze Ostpreußens erreicht hat. Nicht mal der Pfarrer hat – auch nicht zwischen den Zeilen – die momentane Situation angesprochen. Heute soll gefeiert werden. Ins Schloss sind auch François und seine Männer geladen. Alle stehen um den Weihnachtsbaum herum und singen »Stille Nacht, heilige Nacht« auf Französisch, Russisch, Polnisch und Deutsch. Dann bekommt jeder ein kleines Geschenk. Ein Päckchen weiße Leinentaschentücher, einen warmen Schal, eine Dose selbst gemachte Leberwurst, ein Buch oder ein paar Handschuhe. Alle vom Hauspersonal bekommen außerdem einen Umschlag mit Geld.

Lena hat in den vergangenen Tagen alles besorgt, sie war in Preußisch Holland und in Elbing und hat fast alle Bezugsscheine gegen Geschenke eingetauscht. Einiges hatte sie bei Oma Herta in Auftrag gegeben, die seit Wochen strickte und nähte. Zusammen mit Vicky hat sie dann jedes Geschenk eingepackt, und jetzt teilt sie die Päckchen aus einem großen Wäschekorb aus und wünscht jedem »Fröhliche Weihnachten«. Vicky hat leuchtende Augen und freut sich über pelzgefütterte Handschuhe und ein kleines goldenes Medaillon aus der Schmuckschatulle der Großmutter. Als sie es aufklappt, sieht sie ein Bild von Lena auf der einen und eins von Berthold auf der anderen Seite hinter winzigen runden Glasscheiben. »Das gehörte einmal deiner Großmutter«, erklärt Berthold ihr. »Jetzt sollst du es haben, mein Schatz. So hast du deine Familie immer ganz nah bei dir.«

»Vielen, vielen Dank, Großvater!« Und schon rennt sie zu Mikolai, um ihm das Medaillon zu zeigen. Mikolai hat für Vicky einen kleinen Hund aus Holz geschnitzt. Lena ist ganz gerührt über diese liebevolle Geste. Für François hat Lena ein kleines, in Leder gebundenes Notizbuch besorgt. Und es sieht so aus, als ob es ihn freut.

»*Merci beaucoup, Comtesse.* Das ist sehr aufmerksam.« Mit einer vollendeten Verbeugung bedankt er sich bei Lena und geht schnell wieder zu seinen Männern. Es ist ihm ein bisschen peinlich, dass er nicht daran gedacht hat, etwas für sie zu besorgen. Aber woher sollte er wissen, dass die Gräfin sie alle ins Schloss bitten würde.

Im Anschluss an die Bescherung wird das Weihnachtsessen serviert, für das Hauspersonal und die Kriegsgefangenen im Küchentrakt, während die gräfliche Familie im Esszimmer speist. Dietrich serviert Rehbraten mit Kroketten und Preiselbeeren, schenkt erlesenen Rotwein nach. Die Bayerische Creme zum Dessert mit Himbeermark muss er zweimal nachreichen.

»Mein Lieblingspudding«, meint Vicky.

»Na wenn das Luise hört – Pudding! Das ist eine feine Creme aus dem Wasserbad. Aber du hast recht, sie ist vorzüglich!«

Lena und Berthold haben endlich Frieden geschlossen, und so wird der Weihnachtsabend der erste gemütliche Familienabend seit einem Jahrzehnt. Bei Kaffee und Cognac im Salon sitzen sie noch lange zusammen.

Auch auf Schloss Gernstorff wird Weihnachten gefeiert. Auch hier steht der Weihnachtsbaum geschmückt in der Halle. Doch obwohl das schönste Porzellan und Silber gedeckt ist, das Kerzenlicht in den großen Barockspiegeln glänzt, Sophie und Rüdiger sich festlich gekleidet haben, will die rechte Stimmung nicht aufkommen. Heinrich fehlt, er hat keinen Urlaub angefragt. So sitzen seine Eltern sich an der gedeckten Tafel allein gegenüber. Auf dem Grammofon spielt weihnachtliche Musik. Der Diener serviert. Es gibt Hirschrücken und grüne Bohnen und zum Nachtisch Zitronenparfait.

»Sie können sich zurückziehen. Vielen Dank, Eckhardt.«

Sophie sitzt still und zusammengesunken auf ihrem Stuhl. Den ganzen Abend hat sie kein Wort gesprochen. Rüdiger versucht vergeblich, sie mit belanglosem Geplauder aufzumuntern.

»Du wirst mit dem Zug fahren. Zu Tante Caroline. Ich hab mit dem Bahnhofsvorsteher gesprochen, er hat mir zugesagt, dass er dir einen guten Platz besorgt.«

In diesem Moment hängt die Platte im Hintergrund an einer Stelle fest. Kratzend wiederholt sich »holder Knabe im lockigen Haar, schlaf in himmlischer Ruh« immer und immer wieder. Zum ersten Mal an diesem Abend schaut Sophie ihren Mann an.

»Aufhören, aufhören! Ich will, dass das sofort aufhört!«, schreit sie und wischt ihren Teller mit einer wütenden Bewegung vom Tisch. Scheppernd fällt er zu Boden und zerbricht.

Erschrocken schaut Rüdiger sie an, unfähig, aufzustehen. Dann senkt er den Blick. Er kann den Schmerz in Sophies Augen nicht ertragen.

Abschied von Mahlenberg

Silvester und Neujahr sind vorüber. Es ist kalt geworden. 19 Grad Minus zeigt das Thermometer vor Bertholds Bürofenster. Und das sind so nah an der Hauswand noch ein, zwei Grad weniger als in Wirklichkeit. Auf dem Hof und im Dorf ist niemand zu sehen. Bei solcher Kälte bleiben alle in ihren Häusern, hasten höchstens mal schnell zu den Tieren in die Scheune zum Füttern oder Melken. Nur die Kinder sind vom Wetter begeistert. Sie haben ihre Schlitten herausgeholt und rodeln juchzend vom höher gelegenen Eiskeller in den Park hinunter. Oder sie hängen sich mit den Schlitten in langer Kette hinter eines der Arbeitspferde, das Mikolai reitet. In der Werkstatt haben François und seine Männer inzwischen weitere acht Leiterwagen nach François' Vorgaben fertig gebaut.

Jeden Abend nach ihrem Inspektionsgang schaltet Lena heimlich die Londoner BBC ein; die Nachrichten über den Frontverlauf werden zunehmend beunruhigender. Vorausgesetzt, es ist keine Feindpropaganda. Doch das glaubt Lena schon lange nicht mehr. Der befürchtete Angriff der Roten Armee mit mehr als zwei Millionen Soldaten hatte begonnen. Mehrere Großoffensiven der Russen haben Schlesien erreicht, durchqueren Weißrussland Richtung Königsberg, bald wird Ostpreußen vom Deutschen Reich abgeschnitten sein. Der gefürchtete Einfall der Russen ist unausweichlich. Heinrich wusste nicht zu sagen, wann es so weit sein wird, und mangels jeder verlässlichen Information steigt Lenas Nervosität stündlich. Fast jeden Tag ziehen jetzt Trecks flüchtender Menschen auf der Chaussee vorüber. Und alle kommen aus den östlichen und nördlichen Bezirken. Im Dorf breitet sich zunehmend Unruhe aus. Aber keiner wagt es, seine Ängste offen auszusprechen.

Berthold allerdings äußert seine Meinung mit unmissverständlicher Klarheit. Zur Teezeit, als sich Lena bei ihm einfindet, spricht er das Thema Flucht aus Mahlenberg ohne Umschweife an. Im Hintergrund hantiert Dietrich mit den Tassen und reicht Gebäck und Kringel.

»Die Kriegsgefangenen können nicht zusammen mit den Mahlenbergern gehen. Schon gar nicht ohne Treckerlaubnis. Ich verbiete es.«

Lena lässt sich nicht darauf ein.

»Wie kommst du jetzt darauf? Es ist so abgesprochen. Ich habe eine Abmachung mit den Männern. Ich werde die Treckerlaubnis erhalten.«

»Es kommt nicht infrage. Zwanzig Kriegsgefangene gefährden das Leben aller, auch das unserer Frauen und Kinder.«

»Vater, ich halte mich an mein Versprechen.«

»Kommt nicht infrage. Jeder kann so viel mitnehmen, wie er tragen kann und so viel der Vorrat hergibt, aber die Gefangenen gehen allein. Und da dulde ich keine Widerrede.«

Lena steht wütend auf, nimmt sich einen Kringel und geht zur Tür.

»Das werden wir sehen.«

Jeden Tag telefoniert Lena jetzt mit Rüdiger in Gernstorff.

Doch offen reden können sie am Telefon nicht. Man kann nicht wissen, wer mithört. Über Fluchtvorbereitungen zu sprechen kann den Tod bedeuten. Denn wer ohne Erlaubnis geht, gilt als Landesverräter. Am Morgen des 20. Januar verabredet Lena sich mit Rüdiger.

»Ich will nach Preußisch Holland reiten. Hast du Lust mitzukommen? Wir könnten dann beim stellvertretenden Gauleiter vorbeischauen.« Lena gibt sich Mühe, ihren Ton fröhlich und ungezwungen klingen zu lassen. Rüdiger versteht genau.

»Das ist eine gute Idee. Wir treffen uns an der Kreuzung um elf.«

Nachdem Lena davongeritten ist, ruft Berthold François zu sich.

»François, es geht nicht, dass ihr zusammen mit Lena und den Mahlenbergern auf den Treck geht. Das ist viel zu gefährlich, wenn euch die SS erwischt, dann ... Ihr müsst allein los. Nehmt Verpflegung mit, so viel ihr tragen könnt. Und alles an Decken, was ihr braucht. Ich hab der Köchin Bescheid gesagt. Und dann müsst ihr gehen. Heute noch, am besten sofort.«

François ist entsetzt. Er fühlt sich von diesem Befehl überrumpelt und betrogen.

»Das war so nicht abgemacht. Ihre Tochter hat versprochen, dass wir alle zusammen losfahren. Das können Sie doch nicht machen!«

Aber Berthold bleibt hart.

»Ihr verlasst Mahlenberg jetzt und allein. Ich will es so.«

Wütend und verzweifelt geht François zu seinen Männern, um ihnen die erschreckende Nachricht zu bringen. Er fühlt sich ausgenutzt, hintergangen und allein gelassen. Er traut sich kaum, den Befehl von Berthold weiterzugeben.

»Der Graf hat verboten, dass wir alle zusammen gehen. Er hat entschieden. Wir müssen allein los, und zwar sofort. Die Gräfin hat uns verraten.«

Alle reden gleichzeitig. Sind wütend und aufgebracht.

»Der Graf hat es verboten? Was heißt das?«, empört sich Jean, Louis will es gar nicht glauben.

»Aber sie lässt sich doch nichts verbieten. Warten wir, bis sie wiederkommt.«

Igor und Dimitri schimpfen irgendetwas Unverständliches auf Russisch. Dann sagt Igor auf Deutsch:

»Wir sind alle tot, wir abhauen. Warum warten, wenn nicht mehr gemeinsam gehen. Wir jetzt los!«

Vicky und die Stuber-Jungen sind Zeugen der Aufregung und schauen verständnislos zu, wie Mikolai beginnt, hastig einen Handwagen zu bepacken. Igor und Louis holen die gehorteten Lebensmittel aus dem Versteck, wickeln sie in Stroh ein und legen sie in den Karren. Falten die Decken obendrauf.

Vicky läuft zu Mikolai und hängt sich an seinen Arm.

»Du darfst jetzt nicht weggehen. Das darfst du nicht tun. Mami hat gesagt, wir gehen alle zusammen.«

Mikolai hat jetzt keinen Nerv für das kleine Mädchen. Er schubst sie zur Seite.

»Ich muss gehen. Haste doch gehört.«

Louis zischt von hinten:

»Deine Mama ist eine Verräterin.«

Er packt einen Sack mit warmen Sachen ein, zieht selber mehrere Pullover übereinander an.

»Das ist nicht wahr, Mami ist keine Verräterin.« Vicky fängt an zu weinen.

»Dann soll sie doch kommen und es beweisen. Aber sie kommt ja nicht.«

François unterbindet die fruchtlose Diskussion.

»Redet nicht, beeilt euch.«

Wilhelm zieht Vicky am Ärmel weg in Richtung Tür.

»Komm, es sind doch nur Kriegsgefangene.«

Vicky schüttelt ihn ab und schaut ihn wütend an.

»Du bist gemein, ganz gemein. Geh weg. Ich mag Mikolai viel lieber als dich. Und Mami wird nachkommen, sie wird ganz sicher nachkommen.«

Vicky stößt Wilhelm von sich, der wie ein begossener Pudel davonläuft.

In ihrem Quartier packen die Kriegsgefangenen ihre Sachen, nehmen die Decken von ihren Betten, und keine Stunde später machen sie sich mit François an der Spitze auf den Weg. Vorbei am Weiher und auf die Chaussee. Niemand sagt ihnen Auf Wiedersehen. Denn niemand sieht sie gehen. Nur Waltraud steht weinend hinter dem Küchenfenster und winkt. Ohne einen Blick zurück machen sie sich auf den langen, beschwerlichen Weg. Der Handkarren muss von fünf Männern gezogen und geschoben werden. Die Holzräder fahren sich immer wieder im Schneematsch fest. Manche haben Holzschienen unter ihre Pappkoffer geschraubt und ziehen sie jetzt an Stricken hinter sich her. Es dauert nicht lange, und der klägliche Haufen ist aus dem Blickfeld von Mahlenberg verschwunden. François versucht, durch das Schneegestöber etwas zu erkennen. Er will möglichst wenig auf den Straßen gehen. Sehr bald werden sie sich querfeldein durchschlagen müssen. Auf den größeren Straßen sind zu viele Militärs und auch SS-Leute unterwegs. Denen dürfen sie auf keinen Fall begegnen.

Als Lena und Rüdiger in der Kreisstadt ankommen, gehen merkwürdige Dinge vor. Ständig verlassen schwer beladene Lastwagen die Stadt in Richtung Elbing. Eine Kolonne Infanterie marschiert in entgegengesetzter Richtung. Vor der Kreisverwaltung stehen Hunderte Kisten und werden von SS-Männern verladen. An einem Galgen im Hof hängen drei steif gefrorene Männer. Sie tragen Schilder um den Hals. »Verräter! Ich wollte fliehen!« Tassilo scheut. Lena hat Mühe, mit ihrem Hengst an den Gehenkten vorbeizureiten. Sie übergeben die Pferde einem Wachsoldaten.

Im Hof brennen Feuer, auf denen Ordner und Stapel von Akten verbrannt werden.

»Die Ratten verlassen das sinkende Schiff«, flüstert Rüdiger Lena ins Ohr.

Auf der Treppe und auf den Fluren liegen überall Papiere herum. Angestellte und SS-Männer laufen aufgeregt durcheinander, tragen Kisten und Kästen in Richtung Ausgang. Kreisleiter Schulz kommt ihnen entgegen.

»Kreisleiter!« Lena stellt sich ihm in den Weg.

»Sie sind hier geboren, Sie kennen die Menschen, Sie fühlen sich ihnen verbunden. Herr Schulz. Sie sind dafür verantwortlich, dass die Frauen und Kinder und die Alten rechtzeitig evakuiert werden.«

Lena redet sich in Rage.

»Ich kann nicht. Es gibt ausdrückliche Befehle von Führer und Partei.«

»Partei! Die richten unser Land zugrunde. Und Sie helfen ihnen dabei.«

Im Büro des stellvertretenden Gauleiters ist von der pompösen und anmaßenden Atmosphäre, die Herrmann so bedacht um sich verbreitet hatte, nichts mehr zu spüren. Sekretäre rennen rein und raus, auf dem großen Konferenztisch liegen Stapel von Akten und Papieren durcheinander. Auf dem Boden stehen offene Holzkisten, manche noch leer, andere bis oben hin vollgestopft. Ein Soldat hämmert den Deckel einer Kiste fest. Aus den Ritzen ragen Strohhalme heraus. Der große Bronzetorso, der immer unter dem Porträt des Führers stand, ist verschwunden. Der Obersturmbannführer steht hinter dem Schreibtisch und schaut die ungebetenen Gäste unwirsch an. Mit seiner überkorrekten Zuvorkommenheit ist es vorbei.

»Sie kommen höchst ungelegen. Ich bin beschäftigt.«

Rüdiger übergeht den barschen Ton, er bleibt ausgesucht höflich.

»Verzeihen Sie, Herr Obersturmbannführer! Gräfin Mahlenberg und ich sind ein wenig besorgt. Wir möchten Sie bitten, uns für alle Fälle die Treckerlaubnis zu erteilen.«

Ohne von seinen Sortierarbeiten aufzuschauen, antwortet Herrmann:

»Ich kann Ihnen keine Papiere ausstellen, lieber Graf, Ostpreußen ist eine Festung. Die Menschen sind die Festung. Verehrte Gräfin, das müssen selbst Sie zur Kenntnis nehmen. Wer geht, wird mit dem Tode bestraft.«

Lena und Rüdiger schauen sich an.

»Aber Herr Herrmann, wir müssen doch –«

Herrmann fällt Lena ins Wort.

»Ostpreußen wird bis zum letzten Mann gehalten, Befehl Zitronenfalter. Der Reichsverteidigungskommissar erlaubt nur die Räumung von Maschinen und Material. Also, Gräfin, machen Sie keine Dummheiten, sonst kann selbst ich Sie nicht mehr schützen. Und jetzt: Guten Tag.«

Auf dem Weg hinaus läuft ihnen am Fuß der Treppe der SS-Mann Holger Brandt über den Weg. Seine Uniform sitzt schlecht, die Stiefel sind schlammbeschmutzt. Vor Lena bleibt er grinsend stehen und sieht sie frech an.

»Wie dumm die Menschen hier sind, nicht wahr. Wer wird denn bei diesem Wetter noch aus dem Haus gehen.«

»Sie sind hier, um die Bevölkerung zu beschützen, nicht sie zu vernichten.«

»Wer kneift, wenn's drauf ankommt, der gehört nicht zum deutschen Volk. Jetzt gibt's nur eins: Endsieg oder Untergang. Und wenn wir untergehen, dann nehmen wir euch mit ... Gerade euch!«

Lena ballt unwillkürlich die Hand zur Faust. Schnell geht sie hinaus und über den Hof zu den Pferden. Rüdiger folgt ihr auf dem Fuß.

»Es ist im Moment zu gefährlich … Ohne Papiere …«

Doch Lena ist jetzt entschlossen.

»Wir können nicht warten. Wir können keinen Tag länger warten. Wir müssen los …«

In diesem Moment schlägt irgendwo, nicht weit, eine Granate ein, und ein nicht abklingendes dumpfes Dröhnen ist im Osten zu hören.

Erschrocken greift Lena nach den Zügeln von Tassilo und schwingt sich in den Sattel. Als sie gerade aus dem Hof der Kreisleitung reiten wollen, gibt eine der SS-Wachen ein Zeichen. Sie parieren die Pferde. Der schwarze Wagen vom stellvertretenden Gauleiter begehrt Vorfahrt. Im Fond sitzt Herrmann. Im Vorbeifahren schaut er zu Lena und Rüdiger auf. Seine Gesichtszüge bleiben ohne Regung. Dann gibt der Fahrer Gas, und Herrmann verschwindet gen Westen.

Schweigend galoppieren Lena und Rüdiger nebeneinanderher. Schnee wirbelt auf wie Gischt. Die Sonne schickt ein paar goldene Strahlen durch eine Lücke in den Wolken. Schneekristalle glitzern. Die blattlosen Weiden heben sich wie Tuschezeichnungen gegen den Himmel ab. Auf einer leichten Anhöhe parieren beide Reiter ihre Pferde und blicken über die unwirklich schöne weiße Landschaft. Endlose Weite, friedliche Einsamkeit.

Rüdiger reicht Lena die Hand.

»›Das Licht so stark, der Himmel so hoch, die Ferne so mächtig!‹, sagte Hans Lehndorff. Schau es dir an, ein letztes Mal, Lena, du wirst es so niemals wiedersehen.«

Beide Ostpreußen, der alte und die junge, haben Tränen in den Augen.

»Halte dich an den Plan. Um Mitternacht an der Kreuzung.

Sie werden dir nicht folgen wollen, Lena, du wirst sie zwingen müssen.«

Lena nickt, sie bringt kein Wort heraus.

»Wenn wir uns verpassen, treffen wir uns jeweils bei der nächsten Station. Geh mit Gott, mein Kind.«

Lena schaut ihn stumm an. Dann dreht sie Tassilo um und galoppiert davon.

Zu Hause angekommen, rast Lena zum Küchentrakt.

»Babette, Frau Meister, es geht los!«, ruft Lena die Treppe hinunter. Beide Frauen kommen erschrocken angerannt.

»Los, ihr müsst packen. In zwei Stunden geht es los. Warme Sachen und Proviant.«

Frau Meister bleibt wie angewurzelt stehen. Stemmt die Hände in die Hüften.

»Ich werde nicht gehen. Einer muss doch auf das Haus aufpassen. Wir Menschen sind die Festung. Die Menschen schützen den Besitz. Das war schon immer so.«

Lena will jetzt nicht diskutieren. Dazu ist es zu spät.

»Frau Meister, kein Wort mehr. Sie packen und sind fertig, wenn ich zurückkomme. Babette, du hilfst ihr. Ich sag den Leuten im Dorf Bescheid.«

Lena rennt los. Zuerst zu Oma Herta.

»Oma Herta, es geht los. In zwei Stunden auf dem Schlosshof. Zieh dich warm an, wirklich warm. Und pack nicht mehr als einen Koffer.«

»Aber Lenchen, das ist doch verrückt. Bei dem Wetter. Wo sollen wir denn hin?«

»Willst du, dass euch dasselbe passiert wie den Leuten in Nemmersdorf? Oma Herta, es ist nicht wie beim letzten Mal. Also bitte, mach los.«

Frau Stuber sitzt mit ihren Söhnen Benno und Wilhelm am

Küchentisch. Sie löffeln Milchsuppe. Lena hält sich nicht lange auf. Auch sie kriegen den Befehl, in zwei Stunden abfahrbereit zu sein. Aber auch die junge Mutter will ihr Heim nicht verlassen.

»Wie soll mein Mann mich denn finden, wenn er aus dem Krieg kommt. Er weiß doch gar nicht, wo wir dann sind. Frau Gräfin, das kann ich doch nicht tun. Schon wegen der Jungen nicht.« Frau Stuber fängt an zu weinen.

»Gerade wegen der Jungen müssen Sie hier weg. Los jetzt. Beeilung. Nur das Allernotwendigste, warme Sachen, Handschuhe, Mützen.«

Lena rennt von Haus zu Haus. Überall dasselbe: Die Leute wollen nicht gehen. Doch Lena ist gnadenlos, sie duldet keine Widerrede. Sie reißt die Vorhänge an den Fenstern herunter, zieht Koffer unter Betten und Schränken hervor. »Nur so viel, wie hier reinpasst. Los, los …«

Und schon ist sie zur Tür hinaus und auf dem Weg zum nächsten Haus. »Kein großes Gepäck, nur, was zwei Hände tragen können, am besten einen Rucksack … Nein, das ist keine Bitte. Das ist ein Befehl.«

Ihr ist klar, dass sie mit Freundlichkeit in diesem Fall kein Ergebnis erzielen wird.

Auf dem Weg zurück zum Schloss kommt ihr Babette entgegengelaufen.

»Bist du wahnsinnig? Das kannst du doch den Leuten nicht antun.«

»Die Rote Armee überrollt Ostpreußen, Babette. Sie schließen es ein, und dann sind wir von aller Welt abgeschnitten.«

Doch die Freundin bleibt stur. Mit Verzweiflung in der Stimme versucht sie, Lena umzustimmen.

»Es wird uns keiner was tun. Wir haben niemandem was Böses getan … Das ist doch alles Irrsinn, Lena. Bei dieser Eiseskälte. Ich werde hier nicht weggehen. Wenn Fritzchen oder Georg zurückkommen, und keiner ist mehr da. Was sollen die denn denken? Wie sollen sie uns denn finden?«

Lena bleibt stehen, packt sie an den Schultern und schüttelt sie.

»Babette, wach endlich auf! Ich hab die Granateinschläge in Preußisch Holland gehört. Sie sind da! Sag François und den Männern Bescheid, in zwei Stunden muss alles gepackt sein. Und such mir Vicky, bitte.«

Lena hastet davon. Babette bleibt mit offenem Mund stehen, sie ist fassungslos. Aber sie setzt sich in Bewegung zum Quartier der Kriegsgefangenen.

Mit ein paar großen Sprüngen ist Lena die Treppe hinauf und in ihrem Zimmer. Schnell packt sie Pullover, Wollsocken, Unterhosen, eine Hose und ein paar Waschutensilien in den Rucksack. Ihren Schmuckkasten, auch den Ring von Heinrich, wickelt sie in ein Taschentuch, knotet es zusammen und steckt das Bündel ganz unten hinein. Dazu die Saphirkette von der Mutter und ein paar Fotos aus der Schreibtischschublade. In eine Satteltasche steckt sie ihren Pass und den von Vicky, Geburtsurkunden, das Sparbuch und ein Taschenmesser. Oben drauf das Wichtigste: die Messtischkarten, die sie von Rüdiger bekommen hat. Darauf sind alle kleinen Straßen eingezeichnet bis zur Oder. Aber so weit werden sie wohl nicht müssen, denkt Lena. Erst mal bis zur Weichsel! Dahinter sind wir bestimmt in Sicherheit.

Dann ist Vickys Rucksack dran. Auch hier packt sie nur das Nötigste hinein und nur warme Sachen. Zwei Paar Handschuhe und den dicken roten Schal, den Oma Herta ihr zu Weihnachten gestrickt hat.

Sie legt sich die Pelzhandschuhe und den Kutschmantel zurecht, das ist der wärmste, den sie hat. Und die filzgefütterten Stiefel, denn ihre Reitstiefel sind gänzlich ungeeignet. Darin sind die Füße in kürzester Zeit Eiszapfen.

Plötzlich steht Waltraud in der Tür. Sie starrt auf ihre Hände und druckst herum.

»Was ist los. Habt ihr gepackt? Wo ist Vicky?«

Waltraud bleibt stumm. Lena wird ungeduldig.

»Ist sie bei den Stuber-Jungen? Oder etwa schon wieder bei Mikolai?«

Waltraud schüttelt den Kopf.

»Dann ist sie wahrscheinlich bei Vater. Hat der denn wenigstens gepackt?«

Sie rennt an Waltraud vorbei aus dem Zimmer.

Im Salon bietet sich Lena ein ungeheuerliches Bild. Berthold hält ein Silbertablett in den Händen. Dietrich steht mit erschrecktem Gesichtsausdruck daneben. Auf dem Boden vor ihren Füßen, mitten auf dem teuren Buchara-Teppich, liegt ein Haufen roher, blutiger Fleischstücke. Hechelnd und wedelnd warten die Jagdhunde.

»Fressen … Ja, schön fressen. Brav!«, gibt Berthold den Befehl, und die Hunde stürzen sich auf den Fleischberg.

»Was machst du denn? Die durften doch noch nie ins Haus, geschweige denn hier fressen.« Lena ist empört, doch Berthold schaut seinen Hunden liebevoll zu.

»Vater, wieso hast du noch nicht gepackt, und wo ist Vicky? Ich bitte dich. Wir haben keine Zeit mehr.«

Babette kommt ohne Anklopfen hereingerannt, gefolgt von Frau Meister. Babettes Stimme überschlägt sich.

»Sie sind nicht mehr da! Ich hab überall nachgeschaut. Sie sind nirgends … Weg … einfach weg …«

Lena dreht sich ruckartig zu ihr um.

»Wer ist weg?«

»Na, die Männer –«

Berthold unterbricht ihren aufgeregten Redefluss.

»Ich hab François gesagt, dass ich nicht zulasse, dass er euer

Leben gefährdet. Sie können nicht mit euch gehen. Schon gar nicht, wo ihr keine Treckerlaubnis habt.«

Für Lena scheint plötzlich die Zeit stillzustehen. Sie braucht eine Weile, bis sie begriffen hat.

»Aber Vater, das ist gegen die Abmachung. Ich habe François und den Männern versprochen … Ich habe noch nie mein Wort gebrochen.«

»Doch, damals in Genf … Als ich dich abholen wollte.«

»Da ging es um Vicky, um mein Kind, um mein Leben.«

Berthold kommt zu ihr, streicht ihr über die Wange.

»Lena, geh jetzt. Ihr habt keine Zeit zu verlieren.«

Lena schaut den Vater an, beginnt zu begreifen. Vater wird nicht mit ihnen kommen.

»Das kannst du nicht machen, Vater. Ich gehe nicht weg ohne dich. Du kannst nicht hierbleiben.«

Panik, Angst, Wut, alle Gefühle gleichzeitig steigen in ihr auf.

»Doch, Lena, ich bleibe hier.«

Er sagt das mit solch einer Bestimmtheit, dass Lena nichts zu antworten weiß. Sie kennt ihn: Wenn er sich entschieden hat, dann ist daran nicht zu rütteln.

Lena dreht sich weg, sieht Babette und Frau Meister immer noch leichenblass im Türrahmen stehen.

»Was ist? Sind alle fertig? Was schaut ihr denn so?«

Die beiden schweigen.

»Wir haben wirklich überall gesucht. Sie ist weg … Vicky ist weg.«

Lena kann es nicht fassen. Sind denn hier alle verrückt geworden?

»Vicky ist auch weg?«

Lena ist steif vor Schreck. Wie sollen sie denn lostrecken, wenn Vicky nicht dabei ist. Das kann sie nicht. Auf gar keinen Fall. Sie kann doch nicht ihre Tochter hierlassen. Sie ist doch erst neun Jahre alt.

»Ich werde losreiten und meine Tochter suchen, Vater, du wirst, du musst jetzt den Treck leiten.«

Berthold hat sich zu seinen Hunden gesetzt. Sie haben alles aufgefressen, nicht mal ein Fleck ist auf dem wertvollen Teppich zu sehen.

»Das kannst nur du, Lena. Ich werde Mahlenberg nicht verlassen.«

»Vater ... Das geht nicht, das darfst du nicht.«

»Es gibt Dinge, die sind so unabänderlich wie der Tod, Lena. Man kann sie nicht zurückdrehen. Auch nicht, wenn man so jung und so stark ist wie du. Du allein bist jetzt verantwortlich.«

Berthold steht auf, geht zum Wandschrank. Aus einer Schublade holt er den Mahlenberg'schen Familienpokal hervor. Ein großer silberner Pokal mit dem Wappen vorne drauf. Innen ist er vergoldet. Er stammt aus den ersten Anfängen der Mahlenbergs in Ostpreußen. Er wurde Adalbert, dem Stammvater, 1345 vom Hochmeister des Deutschen Ordens in der Marienburg für seine treuen Dienste bei der Eroberung des Landes verliehen. Das steht eingraviert im Sockel des Pokals. Er ist seitdem immer von dem ältesten Mahlenberg gehütet und an die nächste Generation weitervererbt worden. Jetzt wickelt der Vater ihn in eine Wolldecke.

»Du musst ihn mitnehmen. Du bist die letzte Mahlenberg.«

Lena hat jetzt überhaupt keinen Sinn dafür. Sie will nichts als losreiten und Vicky suchen.

»Vater, nimm du ihn mit. Mir geht es jetzt nur darum, meine Tochter zu finden, verstehst du das denn nicht.«

»Du wirst sie finden, wenn das Schicksal es will, aber jetzt geht es um fünfundsechzig Leute. Um die Frauen und Kinder da draußen, ihr Leben liegt in deiner Hand.«

Lena ist völlig verzweifelt. Sie weiß nichts mehr, soll sie losreiten, bleiben, den Treck führen ...

»Ich schaff das nicht allein, Vater.«

»Doch, Lena, doch. Du bist stark, viel stärker als ich. Als alle hier. Das hast du bewiesen, mein Kind … Ich war immer stolz auf dich. Auch wenn ich dich über viele Jahre allein gelassen habe.«

Lena nimmt endlich den Pokal, den er ihr reicht.

»Ich … ich dachte, du schenkst ihn mir zur Hochzeit …«

»Er gehört jeweils dem, der an der Spitze der Familie steht, und das bist jetzt du.«

Lena beginnen die Tränen herunterzulaufen. Sie sinkt schluchzend in einen Sessel. Durch einen feuchten Schleier sieht sie ihren Vater an.

»Ich bitte dich nur um eines«, sagt der mit brüchiger Stimme. »Verzeih mir. Sonst kann ich mir nicht verzeihen. Und jetzt sei stark, Lena, und geh. Es ist die Stunde der Frauen.«

Lena steht auf, sie fällt ihrem Vater um den Hals. Sie will sich nicht trennen. Doch Berthold löst sich aus ihrer Umarmung und schiebt sie von sich.

»Geh mit meinem Segen, mein Kind.«

Ein letzter Blick, ein letztes Lächeln. Lena rennt hinaus.

Die Russen sind da

Der Wind bläst steif aus Richtung Ost. Schleier von Schnee fegen über das Land und türmen sich bei jedem Hindernis zu meterhohen Wehen. Es ist kalt, eisig kalt. Ungeschützte Hautstellen werden in kürzester Zeit zu Eis. François führt seine Männer über Seitenstraßen und quer über festgefrorene Äcker. Sie haben die Hauptstraße verlassen und schieben ihre Wagen über einen Waldweg. Hier liegt weniger Schnee. Die alten Linden stehen groß und mächtig, die dicken grüngelben Stämme schützen ein wenig vor dem schneidenden Wind. Die Gesichter der Männer sind nicht zu erkennen. Nur die Augen blicken zusammengekniffen durch die Tücher und Schals, die sie sich um die Köpfe geschlungen haben. Geduckt kämpfen sie sich vorwärts. Mechanisch und ohne zu sprechen, setzen sie einen Fuß vor den anderen. Mikolai zieht keuchend einen der Leiterwagen, den Louis und Igor von hinten anschieben.

Plötzlich eine Bewegung unter der Plane, eine kleine nackte, rot gefrorene Hand kommt zum Vorschein. Louis stutzt. Er reißt die Plane hoch und ... schaut in das Gesicht von Vicky.

»*C'est pas vrai.*«

Mikolai dreht sich um. Vicky strahlt ihn an. Mikolai hebt sie aus dem Wagen, nimmt sie in den Arm.

»Vicky, Vicky, was machst du für Scheiß in dies Kälte.«

François ist inzwischen hinzugekommen, will sehen, warum

die beiden Männer zurückgeblieben sind. Dann sieht auch er das Mädchen, und nach einigen Schrecksekunden schreit er Mikolai an:

»Wie konntest du nur das Kind heimlich mitnehmen. Bist du denn verrückt geworden?«

Mikolai ist empört.

»Ich nichts wissen, nichts wissen.«

Da meldet sich Vicky ziemlich kleinlaut.

»Er hat es nicht gewusst. Ich habe mich hier versteckt. Ich bin sein Schutzengel, bis Mami kommt.«

Hilflos hebt François die Arme. Das hat ihm gerade noch gefehlt. Sechzehn Mann, drei minderjährige Russen und jetzt noch ein deutsches Kind. Wie soll das weitergehen? Was wird die Mutter wohl glauben? Am schlimmsten wäre es, wenn sie eine Entführung annimmt und ihnen die Soldaten hinterherschickt. »*Merde! Merde! Merde!*« Den anderen verschweigt er vorsichtshalber seine Angst und entscheidet sich zunächst für das Naheliegende.

»Los, Leute, ab! Wir müssen weiter. Es wird bald dunkel, und wir brauchen einen Unterschlupf.«

In Mahlenberg haben sich alle Dorfbewohner vor dem Schloss eingefunden. Schweigend stehen sie in Gruppen zusammen. Schluchzen bei den Frauen, steinerne Gesichter bei den Männern. Die Pferde werden vor die Wagen gespannt. Planen sind über die Aufbauten gezogen, das Gepäck ist verstaut. Jeder Wagen bekommt ein Schaf als lebende Wärmequelle. Heu für die Pferde wird als Unterlage genutzt und Decken und Bettzeug so verteilt, dass der Wind nicht so stark durch die Seitenstreben hereinweht. Aufgeregt laufen die Leute durcheinander. Oma Herta hat ihren dicksten Karnickelbock im Korb, die Mutter des Melkers hat ihre beiden besten Legehennen in einer Kiste dabei. Lena steht mitten im Chaos und gibt Anweisungen.

»Alle verteilen sich auf die Wagen. Kinder und Alte auf die Ladeflächen, die Jungen und Frauen auf den Bock und, Männer, geht ihr bitte erst einmal nebenher, bis sich die Pferde gewöhnt haben. Wer braucht noch Heu? Haben alle genug Decken und Stroh?«

Sie rennt auf und ab. Prüft hier etwas, schaut dort in den Wagen.

»Babette, habt ihr den Proviant verstaut? Pferdeeimer? Die Hafersäcke und die Kiste mit Schraubstollen, wo sind die?«

Waltraud bringt Tassilo und die Schimmelstute Linda. Hektor, der Wallach, ist an einen der Wagen gebunden. Er wird als Ersatzpferd mitgenommen, falls irgendwo eines ausfällt.

»Bind Linda bei Oma Herta an, ich reite Tassilo und wechsle dann, wenn nötig. Und, Waltraud, du setzt dich irgendwo hinten rein und achtest auf Vicky.«

Lena wirft die Satteltaschen über die Kruppe und besteigt ihren Hengst.

»Reiht euch ein. Frau Stuber, Ihr Wagen zuerst, die anderen schließen auf.«

Langsam setzt sich der Treck in Bewegung. Alle haben Platz gefunden. Gottlob hat François die Wagen noch fertig gebaut. Lena lässt die Kolonne an sich vorbeiziehen. Aufmunternd nickt sie den Einzelnen zu. Ich muss Zuversicht und Ruhe verbreiten, denkt sie, das ist jetzt das Wichtigste. Neben dem letzten Wagen läuft Babette, dick angezogen, zwei Pullover sind unter dem Mantelkragen zu sehen. Den Schal hat sie über ihren Hut gebunden und gestrickte Stulpen über die Waden gezogen.

»Du oben, ich unten, so wie immer.«

Sie lächelt Lena an.

»Wir werden sie finden, ich weiß es, wir werden sie finden.«

Lena reicht Babette die Hand, dann folgt sie ihrem Wagen.

»Wir werden sie finden«, versucht Lena sich selbst zu beruhigen. »Bestimmt werde ich sie finden.«

Sie dreht sich im Sattel um und wirft einen letzten Blick auf Schloss Mahlenberg. Mein Mahlenberg! Werde ich dich jemals wiedersehen?

Ihr Herz ist schwer, so schwer wie nie. Sie spürt, wie der Kloß in ihrem Hals dicker wird. Sie kann die Tränen nicht mehr zurückhalten.

Am Fenster im ersten Stock, direkt über dem Wappen im Portikus, erkennt sie den Vater. Sie hebt die Hand. Doch dann lässt sie sie schnell wieder sinken. Winken ist keine Geste, die zu diesem Abschied passt.

Lena setzt sich im Sattel gerade, schnalzt Tassilo zu. Mit einem kleinen Satz setzt der Hengst sich in Bewegung und galoppiert dem Treck hinterher. Lena reitet an der Wagenkolonne entlang, und oben, an der Einbiegung auf die Landstraße, setzt sie sich an die Spitze.

Berthold schaut seiner Tochter und dem Treck noch ein paar Sekunden nach. Er wischt sich die Tränen aus den Augen, dreht sich um und geht zum Kamin.

»Leg noch ein bisschen Holz nach, Dietrich. Und dann holst du uns beiden einen Cognac.«

»Sehr wohl, Herr Graf.«

Dietrich geht zum Schrank mit den Spirituosen, nimmt eine Flasche, schenkt das goldfarbene Getränk in zwei Gläser, stellt sie auf ein Silbertablett und serviert.

»Setz dich, Dietrich. Ich möchte dir danken, dass du mit mir hierbleibst. Und überhaupt. Auch für die vielen Jahre, die du uns Mahlenbergern treu geblieben bist.«

Dietrich sitzt kerzengerade auf dem Sofarand.

»Graf Berthold, es war mir eine Ehre.«

Schweigend sitzen die beiden alten Männer zusammen und schauen den flackernden Flammen im Kamin zu. Die Hunde Sylvester und Nestor zu ihren Füßen.

Der bleiche Schneenebel vom Tag ist in grauer Dämmerung untergegangen, da rasseln Panzerketten die Chaussee nach Mahlenberg hinunter. Das Dröhnen schwerer Motoren lässt die Hausmauern im Dorf erzittern. Wie Grollen von Donner bewegt es sich auf das Schloss zu.

Berthold steht auf und geht zum Fenster.

»Mir scheint, sie kommen, Dietrich.«

Zwei T-34 rollen mit ausgerichtetem Rohr auf das Schloss zu. Auf den Panzerflanken hocken Soldaten wie Zecken auf einem Büffel. Wenige Meter vor der Freitreppe halten die mächtigen Kriegsmaschinen an, die Soldaten springen ab und laufen geduckt mit Sturmgewehren im Anschlag auf die Haustür zu. Ein Offizier schreit ein paar Befehle.

Berthold geht ohne Hast zum Schreibtisch, nimmt seinen Revolver und ein paar Kugeln aus der Schublade. Auf dem Weg zu seinem Sessel lädt er die leeren Kammern. Wütende Schläge gegen die Haustür sind zu hören.

Dietrich geht die Treppe nach unten und bleibt auf der letzten Stufe stehen. Das, was nun kommen wird, will er aufrecht stehend auf sich zukommen sehen. Das, was unvermeidlich ist, will er mit Würde tragen.

Berthold, oben im ersten Stock, bekreuzigt sich und spricht ein tonloses »Vaterunser« für seine Seele. Er hält die Pistole an den Kopf von Sylvester, während er seinen Lieblingshund mit der Linken streichelt. »Auf Wiedersehen, meine beiden Treuen«, sagt er und drückt ab. Berthold erschießt Nestor so schnell danach, dass dem Tier keine Zeit bleibt zu verstehen. Dann setzt er sich selbst die Waffe an die Schläfe, und mit einem letzten Blick auf das Bild seiner Frau drückt er ab.

Im selben Moment explodiert unten eine Handgranate, und die schwere Eichentür fällt samt Rahmen in die Halle. Rotarmisten springen hinterher, stürmen ins Haus. Einer entdeckt

Dietrich auf der Treppe. Von der Garbe eines Maschinengewehrs getroffen, sinkt der alte Diener ohne ein Wort zu Boden. Er ist schon tot, bevor sein Kopf auf dem Steinboden aufschlägt.

Aufbruch ins Ungewisse

Auf der schneebedeckten Landstraße zieht der Mahlenberg-Treck langsam gen Westen. Lena reitet auf Tassilo an der Spitze. Schon jetzt, nach nur einer knappen Stunde, ist ihr elendig kalt. Füße und Hände spürt sie kaum noch. Obwohl sie sich zwingt, alle paar Minuten Finger und Zehen zu bewegen. Der eisige Wind treibt den Schnee in Wellen über die Straße. Tassilos Fell ist auf der dem Wind zugewandten Seite weiß verkrustet. Hinter ihnen knirschen die Räder der Wagen auf der geschlossenen Schneedecke. Ab und an schnaubt ein Pferd, und die Eimer, die außen an den Wagen hängen, scheppern in einem seltsamen Rhythmus. Regelmäßig lenkt Lena ihren Tassilo auf die Seite und lässt die Wagen an sich vorbeifahren. Sie kontrolliert, ob alles in Ordnung ist, die Planen noch fest verschnürt sind und ob keine Räder trocken laufen. Ein paar aufmunternde Worte hier, ein Lächeln dort. Inzwischen haben sich auch die, die zu Beginn neben dem Treck hergelaufen sind, in die Wagen verzogen, um sich aufzuwärmen. Nur die Wagenführer hocken auf ihren Kutschböcken. Sie haben sich in Decken eingewickelt und sich ganz klein gemacht, um dem kalten Wind möglichst wenig Angriffsfläche zu bieten. Die Leute in den Wagen liegen zwischen ihrem Gepäck. Sie haben kaum Platz. Rucksäcke und vollgestopfte Bettbezüge dienen ihnen als Kopfkissen. Die Kinder haben sich eng an ihre Mütter gekuschelt. Keiner spricht. Unter den schützenden Planen ist es genauso still wie draußen in der eiskalten Winterlandschaft. Nur Asta, der Dackel, jiepert fröhlich, wenn Lena auftaucht. Armes Dackelchen, denkt Lena. Hast so gar keine Ahnung, was hier eigentlich vor sich geht. Nachdem sie alles kontrolliert hat, trabt Lena wieder an die Spitze des Trecks. Diese Routine lenkt sie von ihren traurigen Gedanken und ihrer Angst um Vicky ab, und Tassilo kann sich bewegen und warm machen.

Noch sind die Mahlenberger allein unterwegs. Andere Flüchtende sind nicht zu sehen. Das wird auf der Hauptstraße sicher anders sein, denkt Lena. Zuerst müssen sie nach Elbing, der alten Hansestadt, denn dort ist der erste Fluss zu überqueren. Rüdiger Gernstorff und seine Leute kommen von Süden. Sie hatten bei ihrem letzten Treffen beschlossen, dass sie das Gut der Lahnsteins, kurz vor der Stadt, anpeilen und sich dort treffen, um dann gemeinsam weiterzutrecken. Die Lahnsteins sind alte Freunde, und Rüdiger wollte ihre beiden Trecks vor seiner Abfahrt dort noch telefonisch anmelden. Über den Drausensee, wo man im Sommer mit kleinen Fähren übersetzen kann, ginge es viel schneller, und man könnte so die Durchfahrt durch das vermutlich stark verstopfte Elbing vermeiden, aber Rüdiger hatte Zweifel. »Wahrscheinlich ist der Fährbetrieb jetzt im Januar wegen des Eisgangs eingestellt. Und ob der Fährmann überhaupt noch da ist und nicht auch schon geflüchtet, wissen wir nicht. Nein, lass uns lieber zu den Lahnsteins fahren. Das ist der sicherere Weg«, hatte er gesagt. »Wir kommen von Süden, deshalb sind wir sicher schneller da als ihr. Wir warten auf euch. Aber nur einen Tag.«

Es ist also Eile geboten.

An der Einmündung zur Hauptstraße gibt Lena das Zeichen zum Halten. Was sie da an sich vorbeiziehen sieht, übertrifft ihre Vorahnung bei weitem. Unfassbar! Ganz Ostpreußen scheint auf den Beinen zu sein. Menschen mit Koffern, Mütter mit Kindern, alte Leutchen, die mühsam hoch bepackte Handkarren hinter sich herziehen, halbwüchsige Jungen und Mädchen mit aufgeschnallten Schultornistern und Rucksäcken, Männer vom Volkssturm, Soldaten, dazwischen einzelne Pferdekutschen, Leiterwagen mit wackligen Aufbauten und zusammengekauerten Menschen auf der Ladefläche, Erntewagen, mit Bergen von Gepäck beladen, einzelne Reiter, Schlitten voller Kästen und Teppiche, Trecker und Personenautos, Menschen mit Fahrrädern, Frauen mit Kinderwagen, Kuhherden und frei laufende Pferde, verletzte Wehrmachtssoldaten mit Verbänden um den Kopf, andere am Stock humpelnd – ein unsagbares Durcheinander zieht an Lena auf der gesamten Straßenbreite vorbei.

Wie sollen wir hier bloß reinkommen? Wir werden sofort auseinandergerissen, und dann verlieren wir uns. Das darf auf keinen Fall passieren. Mein Treck muss zusammenbleiben. Unbedingt! Schnell ruft Lena ihre Wagenführer zu sich. Sie hat schon einen Plan.

»Passt mal auf. Wir müssen unsere Wagen hintereinander einfädeln. Herr Stuber, Sie zuerst. Sie drängeln sich mit den Braunen quer in den Verkehr und sperren die Straße. Babette, du hilfst ihm und hältst die Pferde fest. Dann ziehen innen alle Wagen an euch vorbei und reihen sich wieder ein, und nach dem letzten schließen Sie, Stuber, Ihren Wagen wieder auf. Und lasst euch auf keinen Fall abdrängen!«

Herr Stuber steigt zurück auf seinen Kutschbock, nimmt die Zügel kurz und die Peitsche in die Linke. »Los geht's!«, ruft Lena und geht mit Babette vorweg. Schnell hat sich der Stuber-Wagen in die Menge gezwängt und quer zur Straße angehalten. Die empörten Proteste und das laute Fluchen der zum Halten gezwungenen Menschen überhören die Mahlenberger geflissentlich, und nach wenigen Minuten haben sich alle Wagen hintereinander in die erzwungene Lücke auf der Hauptstraße eingereiht. Lenas Taktik hat funktioniert: Die Mahlenberger Wagen fahren wieder alle hintereinander.

Doch von nun an geht es nur noch langsam, quälend langsam voran. Überall dort, wo ein Weg einbiegt, gerät der Flüchtlingsstrom ins Stocken, an größeren Kreuzungen kommt er ganz zum Erliegen. Aus allen Richtungen versuchen sich Menschen mit und ohne Wagen in den endlosen Zug nach Norden einzufädeln. Stunde um Stunde bewegt sich der Strom im Schneckentempo voran. Für die nächsten vier Kilometer brauchen Lena und ihre Leute fünf Stunden. Dabei ist aus dem Osten ständig das bedrohlich dumpfe Grollen der Geschütze zu hören.

Die Mahlenberger werden zunehmend unruhig. Lena reitet vor und zurück und wieder vor, verschafft sich immer wieder einen Überblick über die Lage. Sie ist nervös und angespannt. Es geht viel zu langsam voran. Wer weiß, wo die Rote Armee jetzt schon ist. Ob Rüdigers Treck wohl vor oder hinter ihr ist? Wahrscheinlich vor ihnen, denn Gernstorff liegt näher an Elbing als Mahlenberg. Und Vicky. Wo ist nur Vicky? Wenn sie mit den Kriegsgefangenen los ist, dann finde ich sie nie. François! Hoffentlich ist sie bei François und Mikolai. Er wird sie beschützen. Aber wenn nicht, wenn sie in Mahlenberg geblieben ist oder hier irgendwo allein herumirrt? Kaum auszudenken. Lena bemüht sich, sich ganz auf ihre Aufgabe zu konzentrieren.

Von hinten kommt Babette angelaufen. Lena blickt in das Gesicht ihrer alten Freundin. Sie steigt ab und geht neben ihr her. Babette sieht müde und verfroren aus.

»Das geht so nicht weiter, Lena. Die Frauen und Kinder sind komplett erschöpft.«

»Ich weiß! Wenn wir auf dieser Straße bleiben, kommen wir nicht weiter. Wir versuchen, an der nächsten Kreuzung nach Nordwesten abzubiegen.«

»Das ist doch ein Riesenumweg! Wir sollten bald eine Unterkunft für die Nacht suchen, bis Lahnstein schaffen wir es heute nicht mehr.«

»Wenn wir da oben abbiegen, kommen wir zu den Schallers. Du erinnerst dich doch an Martha Polkehn, die bei Mutter ihr Haushaltsjahr gemacht hat und später den Bauern Schaller geheiratet hat. Da können wir sicher über Nacht bleiben. Und wir kommen weg aus diesem Chaos hier.«

Lena lässt ihren Treck an der Kreuzung abbiegen. Auf der kleinen Landstraße geht es wieder schneller voran. Vor ihnen ist niemand, der die Geschwindigkeit drosselt. Aber auch hier kommen ihnen Hunderte Flüchtlinge entgegen, die es zur Hauptstraße treibt. Bald ist das Gehöft der Familie Schaller erreicht. Es liegt auf einer Anhöhe, und Bauernhaus, Stall und zwei Scheunen bilden ein geschlossenes Viereck. Zwei dicke alte Linden stehen vor der Tordurchfahrt. Als Lena auf den großen Hofplatz reitet, muss sie feststellen, dass sie nicht die Einzigen sind, die hier eine Unterkunft suchen. Überall Menschen, Gepäck und abgestellte Leiterwagen und Handkarren. Ausgespannte Pferde stehen mit Decken über den Kruppen an die Wagen gebunden. Kleine Feuer überall, auf denen abgekocht wird. Es ist kaum ein Durchkommen.

»Ich such nach der Bäuerin. Wo ist die Bäuerin?«

Die immer gleiche Frage. Keiner weiß es. Die Menschen sind müde und mit sich selbst beschäftigt und reagieren nicht auf Lenas Fragen. Die meisten zucken nur mit den Schultern.

Frau Meister und Luise haben Frau Schaller schon entdeckt.

»Können wir hier übernachten?«, fragt Frau Meister ohne Umschweife und ohne sich vorzustellen.

»Es sind schon siebenundneunzig Menschen hier. In der Scheune und im Haus ist alles besetzt. Ich weiß nicht, wo ich noch jemand unterbringen kann. Und was noch schlimmer ist, die Vorräte sind fast aufgebraucht. Innerhalb von acht Tagen ist fast alles verbraucht worden. Wie soll ich denn den Winter überstehen?«

»Wir schlafen in der Scheune, bitte. Wo sollen wir denn sonst hin?«, fleht Luise die Frau an. »Die Kinderchen haben Hunger und können nicht mehr.«

Martha Schaller schaut sie hilflos an.

»Wir haben nichts zu essen. Und keinen Platz.«

Da taucht Lena auf.

»Na, Gott sei Dank, Frau Schaller. Ich hab Sie überall gesucht.«

Die Bäuerin dreht sich um, und als sie Lena erkennt, fängt sie an zu strahlen.

»Gräfin! Sind Sie's wirklich? Welche Ehre, welche Freude. Gehören die zu Ihnen?«

»Ja, das ist Frau Meister, die Kastellanin, und das Luise, unsere Köchin in Mahlenberg«, erklärt Lena. »Frau Schaller, könnten wir uns noch irgendwo reinquetschen? Vor allem unsere Pferde brauchen einen trockenen Stellplatz.«

»Natürlich, Frau Gräfin.« Von Martha Schallers abweisender Haltung ist nichts mehr zu spüren. »Die Pferde können zu unseren in den Stall. Und für Sie mache ich noch irgendwo Platz im Haus. Ihre Leute müssten sich allerdings mit den anderen in der Scheune zurechtfinden.«

»Kein Problem. Das schaffen wir schon. Vielen Dank.«

Lena will aber zuerst die Pferde versorgen.

»Waltraud, Helene, kommt ihr bitte mit. Frau Meister, Sie auch.«

Zusammen spannen sie die Zugpferde aus und führen sie in den Stall, den Martha Schaller ihnen gezeigt hat. Die Tiere werden ordentlich trocken gerieben und gefüttert. Lena legt Tassilo die Decke über den Rücken, die sie für ihn mitgenommen hat. Für die anderen finden sich welche in der Sattelkammer der Schallers.

Frau Stuber verteilt frisches Heu und den Provianthafer aus Mahlenberg. Frau Meister treibt Waltraud an.

»Jetzt mal dalli, dalli, Waltraud, hilf mal, wir müssen das Zaumzeug sortieren. Roll die Zügel zusammen.«

Lena schaut das pummelige Küchenmädchen an und grinst. Die ehrenwerte Kastellanin! Immer für Zucht und Ordnung. Nicht mal auf der Flucht kehrt hier der Schludrian ein.

Inzwischen hat Babette einen Platz in der überfüllten Scheune organisiert. Überall lagern Menschen. Kinder jammern, Säuglinge schreien. Mütter und Großmütter hasten umher, um die Kleinen zu beruhigen. Großväter schleppen Eimer und Töpfe. Andere liegen einfach nur ermattet auf ihren Lagern. Es ist nicht einfach, aber nach einigem Hin und Her haben sich die Mahlenberger in einer Ecke der Scheune eingerichtet. Babette setzt sich durch, und bald hat jeder ein Strohlager und darauf seine Decken ausgebreitet. Die alte und die junge Frau Neumann sitzen neben der kleinen sechsjährigen Monika. Sie sieht bleich aus und hat vom Fieber glänzende Augen. Oma Herta nimmt Wilhelm und Benno an die Hand.

»Kalte Wadenwickel, das hilft. Kommt, Jungs, wir machen draußen mal ein nettes Feuerchen.«

Sie gehen in den Hof, und gemeinsam suchen sie Holz und zünden es an. Oma Herta stellt einen Topf mit Wasser auf ein Dreibein darüber, sucht sich einen Holzklotz und setzt sich drauf. Martha Schaller bringt ihr und den Kindern zwei Krüge Milch und Trinkbecher.

»Wenn ihr mehr braucht, sagt Bescheid.«

Dann geht sie und sucht Lena. Sie findet sie in der Scheune.

»Ich kann in der Stube für Sie Platz machen, Frau Gräfin, aber es ist halt momentan wenig einladend.«

»Nein, nein, vielen Dank, es geht schon.« Lena ist es egal, wo sie unterkommt. Hauptsache warm und trocken.

Martha Schaller kramt in ihren Rocktaschen und zieht ein Stück Schinken hervor.

»Das hab ich noch gefunden«, sagt sie und reicht es Lena. Doch die lehnt dankend ab.

»Wir haben noch genug dabei. Behaltet das für euch. Ihr werdet es brauchen.«

Lena hat alle versorgt. Jetzt erst merkt sie, wie müde sie ist. Sie streicht sich das Haar aus der Stirn und streckt sich. Zu Babette sagt sie:

»Ich muss noch mal nach den Pferden sehen.«

Babette hält sie am Ärmel zurück.

»Du gehst auf keinen Fall noch mal los. Jetzt ruh dich aus. Sonst hältst du nicht mal bis Lahnstein durch.«

Doch Lena macht sich frei.

»Ich hab gedacht ...«

»... dass sie hier irgendwo sind? Fünfundzwanzig Kriegsgefangene und ein kleines Mädchen? Wer nimmt schon freiwillig Kriegsgefangene auf, wenn nicht mal mehr normale Menschen Platz finden?«

Lena kann ihre innere Unruhe nicht verbergen. Unmöglich, jetzt schlafen zu gehen. Sie schmiert sich ein Brot und begibt sich hinaus in den Hof. Oma Herta sitzt noch am Feuer, und Asta hat es sich auf ihrem Schoß gemütlich gemacht. Benno und Wilhelm stochern in der Glut herum.

»Geht jetzt schlafen, Jungs. Morgen wird ein anstrengender Tag. Und nehmt den Hund mit.«

Lena setzt sich vollkommen erschöpft neben Oma Herta. Die alte Frau reicht ihr einen Becher heiße Milch und nimmt ihre Hand.

»Es geht auch ohne die Männer, meine kleine Lena, es ist zwar schwer, aber es geht.«

»Meinst du, unsere Männer haben irgendwo Unterschlupf gefunden? Wo sie wohl jetzt sein mag, meine Vicky? Ich mach mir solche Sorgen.«

»Der François und der Louis, die schaffen das schon. Du wirst sehen, Lenchen. Vicky taucht schon wieder auf. Komm, wir sollten jetzt auch schlafen.«

Zusammen gehen sie in die Scheune. Das Kramen und Herumlaufen der vielen Menschen hat aufgehört. In der Scheune ist es verhältnismäßig warm, die vielen Leiber haben die Luft inzwischen erwärmt. Die Tore sind fest geschlossen. Stalllaternen spenden hier und da ein wenig schummriges Licht. Lautes Schnarchen tönt aus dem Dunkeln. Lena will sich in voller Montur auf ihre Strohmatte werfen. Doch Babette hält sie zurück.

»Lena, du musst die dicken Sachen ausziehen, sonst ist dir morgen kalt. Nimm sie mit unter die Decke, dann bleiben sie warm. Ich steck dir Heu in die Stiefel.«

Lena zieht sich die dicken Stiefel aus und reicht sie Babette. Dann schält sie sich aus ihren Sachen: Jacke, Hose, zwei Pullover, zwei Flanellhemden. Das Wollhemd und ihre langen Skiunterhosen behält sie an, kriecht unter die Decke. Es dauert nur Sekunden, und schon ist sie fest eingeschlafen.

Einige Kilometer vom Bauernhof der Schallers entfernt hat auch François mit seinen Männern und der kleinen Vicky einen Unterschlupf für die Nacht gefunden. Am Ende eines Wäldchens ist die Gruppe auf eine verlassene Försterei gestoßen und hat sich in dem dazugehörigen Schuppen am zugefrorenen See eingerichtet. Das schöne Fachwerkforsthaus meiden sie bewusst. Dort würden andere Flüchtende zuerst einkehren, und dann könnte es Probleme geben, wenn sie die Kriegsgefangenen vorfinden, ohne Papiere, ohne Treckerlaubnis, ohne Kennung auf den Jacken. Außerdem wird es im kleineren Schuppen schneller warm. Die Männer liegen eng zusammen, haben sich Stroh aus dem Stall als Unterlage geholt und darauf ihre Mäntel ausgebreitet. Louis verteilt die mitgebrachten Weckgläser aus dem Handkarren. Hungrig reichen sie die Gläser weiter und löffeln ihr Essen. Mikolai teilt sich sein Glas mit Vicky. François steigt über die ausgestreckten Beine und setzt sich zu dem Mädchen. Sie hat sich eng an Mikolai gekuschelt, der den Arm beschützend um sie gelegt hat.

»Ich hab Mama meinen Schutzengel geschickt, damit sie mich findet.«

François nimmt ihre kleine Hand tröstend in die seine.

»Deine Mama ist eine tapfere Frau.«

»Sie wird sich Sorgen machen und mir böse sein, aber ich konnte doch Mikolai nicht alleine lassen ..., weil, er hat doch solche Angst vor den Russen. Und er hat gesagt, der Tod kommt zu ihm.«

François ist erschrocken, geht aber nicht weiter auf die Bemerkung ein.

»Ich werde dich morgen zum Gut Lahnstein bringen, da will deine Maman auch hin. Und jetzt schlaf schön, morgen wird ein anstrengender Tag.«

»Ich übernehme die erste Wache«, sagt er laut in die Runde. »Wir brechen heute Nacht um zwei auf. Dann kommen wir besser durch nach Gut Lahnstein.«

Die Männer löffeln schweigend weiter.

»Das ist ein Umweg für uns, François«, sagt Louis vorwurfsvoll. Die anderen pflichten ihm brummend bei. Aber da meldet sich Mikolai zu Wort.

»Nein, ist kein Umweg, ist wichtig für Kind.«

François lächelt Mikolai an, und zu Louis gewandt, sagt er:

»Es steht jedem frei, Louis, seiner eigenen Wege zu gehen. Alle anderen gehen gemeinsam nach Lahnstein und geben dort das Mädchen ab. Irgendwelche Einwände?«

Keiner meldet sich.

»Dann wird das so gemacht. Gute Nacht.«

François steht auf und geht nach draußen in die kalte schwarze Nacht. Er wickelt sich in eine Decke und hockt sich auf einen Strohballen. Am Himmel stehen Milliarden Sterne, und der Mond zeigt einen bleichen gelben Hof. Es wird noch kälter werden, denkt er. Völlig erschöpft lehnt er sich an die Schuppenwand und kann nicht verhindern, dass ihm kurz darauf die Augen zufallen.

François' Schlaf ist so tief, dass er nicht aufwacht, als zwei Stunden später eine Militärpatrouille oben vor dem Forsthaus vorfährt, Männer mit Motorrädern, ein Laster, ein Kübelwagen. Schäferhunde springen von der Ladefläche. Die Männer tragen lange schwarze Mäntel und Lederstiefel. Ihre Kragenspiegel und die SS-Runen auf den Helmen weisen sie als Waffen-SS aus. Sie befinden sich offensichtlich auf dem Rückzug von der Kampflinie. Ihr kommandierender Offizier, Sturmbannführer Jobst, steigt aus seinem Kübelwagen und befiehlt seinen Männern in gedämpftem Ton:

»Gelände sichern. Haus requirieren! Hütte durchsuchen.«

Die Männer stürmen mit ihren Gewehren im Anschlag in alle Richtungen davon.

Eine Gruppe pirscht sich mit den Hunden den Hang hinunter zum Schuppen.

»Hände hoch und aufstehen!«

Wie von der Tarantel gestochen, springt François auf die Füße. Er ist mit einem Schlag hellwach. Vor ihm steht ein SS-Mann mit Stahlhelm. Seinen Gewehrlauf hat er auf François' Kopf gerichtet. Der Hund hat knurrend die Lefzen hochgezogen und zeigt seine gebleckten weißen Zähne. François hebt vorsichtig die Hände über den Kopf und tritt einen Schritt zurück.

»Nicht schießen. Bitte nicht schießen.«

»Name, Ausweispapiere!«, bellt der Soldat ihn an. François schweigt. Andere SS-Männer kommen hinzu, einer stößt mit dem Fuß die Schuppentür auf und entdeckt die schlafenden Männer.

»Los, aufstehen, raus, raus, aber schnell, und Pfoten hoch!«

Die Männer springen erschrocken auf. Mikolai reißt Vicky hoch, öffnet mit der anderen Hand eine Bodenluke und wirft sie in das dunkle Loch darunter. Schnell schiebt er einen Haufen Stroh und alte Säcke über die Klappe.

Der Sturmbannführer erscheint im Türrahmen und herrscht seine Männer an.

»Macht schon, raus mit ihnen!«

Brutal treiben die SS-Männer die Kriegsgefangenen aus dem Schuppen. Kolbenhiebe krachen ihnen auf Rücken und Kopf. Igor fällt, François zieht ihn hoch. Mikolai wird mit einem heftigen Stoß nach vorne katapultiert. Draußen vor dem Schuppen drängen sie sich instinktiv eng aneinander.

Sturmbannführer Jobst fragt in schneidendem Ton:

»Wie sieht's aus? Papiere?«

François und die Männer schweigen.

Jobst schaut sie an. Er sieht die Stellen an ihren Jacken, wo bis vor kurzem noch die Stoffabzeichen mit den Kennungen für Kriegsgefangene aufgenäht waren. Der Stoff darunter ist ein bisschen dunkler als der Rest der Jacke. Er lächelt maliziös, wobei er seine makellosen weißen Zähne zeigt, und sagt:

»Geht, na los, geht schon.« Er zeigt mit dem Kopf in Richtung See.

Die Männer schauen sich an, können es kaum glauben. Keine Verhaftung, einfach gehen. Misstrauisch beäugen sie den Sturmbannführer.

»Na los, worauf wartet ihr noch. Geht, macht euch davon.«

Erst langsam, dann immer schneller, laufen François und seine Männer die Böschung zum zugefrorenen See hinunter. François blickt über seine Schulter zurück, sieht die SS-Männer auf der Böschung stehen. Er hat Angst. Wahnsinnige Angst. Das kann nicht alles gewesen sein. Das war die SS, die lassen uns doch nicht einfach laufen.

Der Obersturmbannführer gibt seinem Rottenführer eine Pistole in die Hand und nickt in Richtung der fliehenden Kriegsgefangenen.

»Und wie soll das gehen, in der Dunkelheit, Obersturmbannführer?«

»Stellen Sie keine dämlichen Fragen, Horst. Wozu hat der liebe Gott Sie mit Verstand ausgestattet?«

Er lacht zynisch. Der Rottenführer schießt in die Luft über den Flüchtenden. Leuchtmunition! Um François und die Männer wird es taghell. Und dann knallen auch schon die Schüsse. Schnee und Eisstücke spritzen auf, fliegen durch die Luft. Wie Hasen laufen die Männer über den See, versuchen, Haken zu schlagen. Aber es nützt nichts. Einer nach dem anderen bricht im Kugelhagel zusammen. Louis erwischt es als Ersten, dann sinkt Igor schreiend auf das Eis. Jean stürzt mit einer Kugel im Bein, rafft sich auf, doch die nächste Salve zerschmettert seinen Schädel. François treibt die Männer an.

»Runter, Männer, runter.«

Er rennt und rennt, die Todesangst macht ihn so schnell wie noch nie. Er läuft im Zickzack, rutscht dabei immer wieder über das glatte Eis. Ab und zu schlägt er hin, rappelt sich hoch, kann niemandem helfen. Dimitri wird getroffen, François schleift ihn mit, beide rutschen aus.

Die Leuchtmunition verlischt, und die Flüchtenden umfängt wieder schützende Dunkelheit. Einige bleiben stehen. François schreit sie an. »Weiter, los, schnell. Deckung suchen!«

Und schon erhellt die nächste Kugel den glitzernden See. Die Maschinenpistolen beginnen erneut ihr tödliches Gebrüll.

»Runter, Mikolai. Louis, runter!«

Mikolai stürzt. François wirft sich auf ihn, will ihn schützen. Schreit ihm ins Ohr.

»Mikolai, bleib liegen. Warte, bis es wieder dunkel ist, dann laufen wir weiter.«

Mikolai rührt sich nicht. François schüttelt ihn. Blickt ihm ins Gesicht. Die Augen des jungen Russen sind starr, und aus seiner Nase sickert Blut. Mikolai ist tot. Verzweifelt schreit François auf. Drückt sein Gesicht in den kühlenden Schnee. Dann ist es plötzlich still. Nichts mehr.

François bleibt liegen. Er hört, wie die SS-Männer angelaufen kommen. Einer tritt ihm in die Seite, um festzustellen, ob er tot ist. Ein Schäferhund schnüffelt an der Mütze von Mikolai. Regungslos und mit geschlossenen Augen liegt François da, hält die Luft an und wartet. Die Kälte kriecht ihm in die Knochen, seine Vorderseite ist klatschnass, aber er rührt sich nicht. Es kommt ihm vor, als seien Stunden vergangen, als er endlich wagt, die Augen wieder aufzumachen und den Kopf zu heben. Vorsichtig schaut er sich um. Im Morgenlicht erkennt er dunkle, leblose Haufen auf dem Eis um sich herum. Der Schnee ist rot gefärbt. Leise beginnt François zu rufen. Aber es kommt keine Antwort mehr.

In der großen Scheune auf dem Hof der Schallers fährt Lena schweißgebadet aus dem Schlaf. Orientierungslos schaut sie sich um. Reges Treiben, Menschen steigen über sie, rollen Decken zusammen, packen ihre Sachen. Aufbruch! Von den Mahlenbergern keine Spur. Die Strohlager neben Lena sind leer. Sie schaut auf ihre Uhr. Schon halb sieben. Um Himmels willen. Sie müssen los. Schnell zieht sie sich ihre Sachen an, schlüpft in die Stiefel. Draußen auf dem Hof findet sie Waltraud, die schon dabei ist, den Wagen zu bepacken.

»Warum habt ihr mich nicht geweckt?«

»Hat Babette verboten. Sie sollten sich ausschlafen, Frau Gräfin.«

Lena geht rüber zum Stall, um Tassilo zu holen. Als sie vor seiner Box steht, sieht sie einen Mann mit Schirmmütze und graugrünem Tweedjackett. Er hat das linke Hinterbein des Hengstes zwischen seine Knie geklemmt und schlägt mit dem Hammer auf das Hufeisen ein. Wie vom Donner gerührt, bleibt Lena stehen. Kann es denn möglich sein? Ist das …

»François?«, fragt sie laut. »François, sind Sie das?«

Der Mann richtet sich auf, lässt das Pferdebein los und dreht sich um. Es ist nicht François, nur ein Mann, der ihm ähnlich sieht. Lena fühlt tiefe Enttäuschung.

»Was machen Sie da mit meinem Pferd?«

Martha Schaller kommt mit einem Bündel Heu unterm Arm aus der Nachbarbox.

»Das ist Leszek, ein Kriegsgefangener aus Polen. Der ist seiner Herrschaft weggelaufen, weil er Angst hat, dass die Russen ihn töten.«

Der Mann sagt irgendetwas zu der Bäuerin, was Lena nicht versteht.

»Er meint, Frau Gräfin, Ihr Pferd muss neue Stollen haben, damit es auf den eisigen Wegen nicht ausrutscht. Die alten sind schon abgelaufen.«

Lena lächelt Leszek freundlich an, greift in die Manteltasche und gibt ihm eine Handvoll neuer Stollen.

»Drehen Sie mir die in die Eisen. Das ist eine große Hilfe. Vielen Dank.«

An Martha Schaller gewandt, sagt sie:

»Wenn er Hektor oder Linda reitet, kann er mitkommen, das wäre eine Erleichterung für uns.«

Martha muss dieses Mal nicht übersetzen. Der Pole versteht sofort, und er freut sich.

»Gut, sehr gut. Ich mitkommen.«

Leszek führt das frisch beschlagene Pferd hinaus auf den Hof. Er sieht François wirklich ähnlich, denkt Lena und schüttelt den Gedanken schnell wieder ab.

Die Frauen haben alle Wagen bepackt, die Pferde sind eingespannt. Leszek hat Tassilo und Linda gesattelt und steht wartend da.

Lena geht zum Bauernhaus, um sich von Frau Schaller zu verabschieden. In der Tür kommt ihr Frau Meister entgegen.

»Wir haben die Bäuerin und den alten Vater überredet. Sie kommen auch mit.«

Lena nickt, sie freut sich. Es wäre ihr schwergefallen, die nette Martha und den alten Schaller zurückzulassen.

»Nur nicht zu viel Gepäck, sagen Sie ihr das. Leszek soll ihren Wagen aus der Scheune holen und anspannen.«

Lena geht zum Stall, bindet die Kühe und Pferde los und öffnet die Türen zur Heuscheune. Dann können die Tiere Futter finden, wenn keiner mehr da ist, um sie zu versorgen. Auf dem Weg zurück überprüft sie die Räder am Wagen der Schallers.

»Leszek, nimm einen Pott Fett mit für die Radnaben. Und Werkzeug. Und vergiss nicht Hafer und Heu für die Pferde.«

Babette kommt mit einem Becher heißer Milch und einem Kanten Brot.

»Trink! Das wärmt. Die Schallers haben fertig gepackt.«

»Wenn wir es heute bis nach Lahnstein schaffen, wird alles besser, Babette.«

Babette schaut Lena nur an, zuckt mit den Schultern. Dann geht sie und hilft der alten Frau Stuber, die mit ihrem Mann aus der Scheune kommt, in den Wagen. Wilhelm und Benno tollen im Schnee.

»Los, los, einsteigen! Es geht los.«

Lena besteigt ihren Tassilo. Sie schaut sich noch einmal um, nickt der verzweifelt schluchzenden Martha Schaller aufmunternd zu und gibt das Zeichen zur Abfahrt. Die Pferde sind ausgeruht und legen sich mit Kraft in die Riemen. Die Mahlenberger sind wieder unterwegs.

Das Wetter hat sich gebessert. Es ist zwar immer noch saukalt, aber der Sturm, der sie gestern fast von den Wagen fegte, hat sich verzogen. In prächtigem Rot geht im Osten die Sonne auf. Doch für die atemberaubende Schönheit dieses Morgens hat keiner einen Blick übrig. Alle, Lena auf Tassilo und ihre Leute in den Wagen und auf den Kutschböcken, denken nur daran, endlich in Lahnstein anzukommen. Lenas ganze Hoffnung ist, dass Vicky dort schon auf sie wartet.

Auf Gut Lahnstein befinden sich wie in jedem Gebäude, das auf dem Weg nach Westen nahe an den Treckstraßen liegt, Unmengen von Flüchtlingen. Auf dem Hof vor dem Herrenhaus ist kaum mehr das Pflaster zu sehen, so viele Wagen stehen nebeneinander. Und es kommen immer noch mehr. Die Menschen bitten darum, ein paar Stunden oder über Nacht bleiben zu dürfen. Bettina und Johannes von Lahnstein weisen niemanden ab, sie geben sich seit Tagen jegliche Mühe, den Verzweifelten, so gut es geht, zu helfen. In der Küche wird ununterbrochen heiße Suppe gekocht und Milch warm gemacht. In jedem Zimmer, jeder Stube, in Ställen und Scheunen – überall liegen Menschen. Johannes von Lahnstein ist Arzt. Bei einem Reitunfall verlor er einen Arm, deshalb ist er kriegsuntauglich und konnte zu Hause in Lahnstein bleiben. In seinem Arbeitszimmer hat er eine Art Lazarett eingerichtet. Viele alte Leute und Kinder sind krank und müssen medizinisch versorgt werden. Fieber, Abschürfungen, Lungenentzündung, Erfrierungen, Durchfall und totale Erschöpfung müssen behandelt werden. Das Ehepaar Lahnstein ist zwanzig Stunden am Tag auf den Beinen und selbst dem Zusammenbruch nahe. Aber sie beißen die Zähne zusammen und machen weiter.

Am gestrigen Abend kurz nach Sonnenuntergang ist auch der Treck der Gernstorffs auf dem Hof angekommen: hundertfünfzig Leute mit zwanzig Wagen. Sophie Gernstorff hatte hohes Fieber, und Bettina von Lahnstein hat sie gleich ins Bett gesteckt. Eine der Hausmädchenstuben unterm Dach ist für sie frei gemacht worden. Das Fieber ist trotz ständiger Wadenwickel noch nicht wesentlich gesunken. Rüdiger hat die ganze Nacht am Bett seiner Frau Wache gehalten. Ein paar Stunden ist er im Sessel eingenickt. Er wacht auf, als Johannes Lahnstein an die Tür klopft und mit zwei Teetassen auf einem Tablett ins Zimmer kommt.

»Und? Sind sie gekommen, Johannes?«, fragt Rüdiger besorgt.

Johannes schüttelt den Kopf.

»Nein, aber unser Vetter Erich aus Allenstein mit seinen Leuten. Die Russen kommen jetzt von Süden, von Norden und von Osten. Wenn ihr noch länger wartet, schneiden sie euch den Weg über Nogat und Weichsel ab.«

»Wir müssen auf Lena warten, Johannes, und solange Sophie so krank ist …« Bettina kommt mit neuen feuchten Tüchern herein, setzt sich zu Sophie.

»Könnt ihr eure Diskussionen bitte draußen weiterführen? Sophie braucht Ruhe, und ich muss neue Wickel machen.«

Als Rüdiger und Johannes draußen sind, öffnet Sophie die Augen und versucht sich aufzurichten. Bettina drückt sie zurück in die Kissen.

»Lena kommt, Lena kommt ganz sicher, Bettina.«

»Sicher kommt sie. Aber ihr müsst auch an euch denken und an eure Leute. Und du schläfst jetzt erst mal. Ich nehme dir in fünfzehn Minuten die Wickel ab.«

Als Bettina gegangen ist, sucht Sophie unter ihrem Kopfkissen, findet ihre Morphiumflasche und nimmt einen Schluck.

Rüdiger hat auf dem Tisch in der Bibliothek seine Messtischkarten ausgebreitet. Mit der Lupe sucht er auf der Karte die Übergänge über die Flüsse: Brücken und angegebene Fähren. In ein kleines schwarzes Notizbuch schreibt er die verschiedenen Möglichkeiten auf und misst nach, wie viel Kilometer es von dem einen Ort zum anderen sind. Mit einem roten Stift hatte er schon in Gernstorff die Orte bis in die Uckermark markiert, wo er jemanden kennt, Verwandte und Bekannte, Pferdezüchter und Jagdfreunde, jeden, der ihm einfiel, bei dem eventuell eine Übernachtung mit seinem Treck möglich ist. Vor allem die, die etwas abseits der großen Straßen wohnen, hat er im Visier. Denn schon jetzt, nur ein paar Kilometer von zu Hause entfernt, zeigt sich, dass es besser ist, sich, wenn möglich, von den Hauptstraßen fern zu halten.

Plötzlich geht die Tür auf, und Sophie erscheint. Sie hat ihren Pelzmantel über das Nachthemd gezogen und steht schmal und bleich da.

»Du kannst nicht länger auf Lena warten. Du bist verantwortlich für hundertfünfzig Mann. Du musst losreiten.«

Sophie schwankt, stützt sich an der Lehne eines Stuhls ab. Rüdiger springt auf und hilft ihr zu einem Sessel. Er schaut seine Frau an. Mit mehr Optimismus, als er in Wirklichkeit verspürt, sagt er:

»Sie wird kommen, sie ist bestimmt aufgehalten worden.«

»Ich bleibe hier und warte auf Lena. Wir treffen uns dann bei den Lilienfelds oder den Kleists, oder spätestens bei Tante Caroline in Seelmannsegg.«

Rüdiger antwortet nicht. Er starrt vor sich hin. Dann sieht er Sophie an, und leise sagt er:

»Aber Sophie, ich kann doch nicht ohne dich.«

»Doch, du musst sogar. Ich will, dass ihr losfahrt. Ich komme mit Lena nach.«

»Weißt du, dass dies das erste Mal seit Ferdinands Tod ist, dass du mit mir redest?«

Sophie schaut ihn an, streicht ihm liebevoll über die Wange. Schweißperlen stehen auf ihrer Stirn, und sie sieht jetzt fast grün aus, aber sie zwingt sich zu einem kleinen Lächeln.

Zwei Stunden später verlässt Rüdiger mit seinem großen Treck den Hof der Lahnsteins. Sorgenvoll dreht er sich im Sattel um und winkt seiner Frau zu, die oben ganz klein am Fenster steht und der Wagenkolonne hinterherschaut.

Johannes Lahnstein kommt, um nach ihr zu sehen.

»Wenn du willst, kannst du heute Abend mit dem Treck meiner Cousine mitfahren.«

»Auf keinen Fall, ich warte auf meine Lena.«

»Aber ich hab Rüdiger versprochen, dass du rechtzeitig hier wegkommst.«

»Es wird rechtzeitig sein.«

Sophie steht auf und geht auf Johannes zu, ein bisschen wackelig, aber mit klarem Blick.

»Ich habe Hunger.«

»Na, das ist doch mal eine gute Nachricht«, antwortet Johannes lachend.

»Ich habe hier noch was für dich.«

Sophie reicht ihm zwei Fläschchen Morphium.

»Flüssiges Gold in diesen Zeiten«, sagt Johannes und steckt die Fläschchen dankbar in die Hosentasche.

Babette ist weg

Gegen Mittag hat der Mahlenberger Treck es fast geschafft. Nur noch rund fünfzehn Kilometer sind es bis nach Lahnstein. Lena fühlt nach Stunden im Sattel jeden Knochen, außerdem friert sie. Die bleiche Wintersonne wärmt kein bisschen. Es war eine gute Idee, die Nebenstraßen zu benutzen, denn es geht trotz des schlechten Straßenzustands vorwärts, nicht sehr schnell, aber im gleichmäßigen Trott. In den Wagen herrscht Ruhe. Einige dösen vor sich hin, andere schlafen fest. Die Kinder haben sich ganz eng an ihre Mütter geschmiegt. Aus dem letzten Wagen hört man das Schnarchen von Frau Meister und dem alten Vater von Frau Schaller. Babette hockt eingemummelt auf dem Kutschbock, sie hat eine braune Wolldecke über den Beinen und starrt ausdruckslos in die weiße Landschaft. Die Eintönigkeit des Dahinfahrens hat jeden Gedanken aus ihrem Hirn vertrieben. Hinter ihr liegt Oma Herta im Stroh auf der Ladefläche und lässt sich vom lauten Schnarchen nicht weiter stören. Martha Schaller beschäftigt sich mit der kleinen Marie, die den Dackel an sich gepresst hält und ihm Geschichten erzählt. Der Wagen ruckelt über eine fest gefrorene Karrenspur, und Frau Meister schlägt die Augen auf. Verschlafen schaut sie sich um.

»Jetzt ist mir noch kälter als vorher. Wir müssen absteigen und ein bisschen laufen. Wir müssen uns bewegen, versteht ihr.«

Sie macht allerdings keine Anstalten dazu. Stattdessen zieht sie die Decke fester um sich.

»Kann mich hier mal einer vom Bock ablösen. Ich bin ein Eiszapfen. Frau Stuber, ich glaube, Sie sind dran.«

Babette tauscht mit Frau Stuber den Platz und kriecht in den Wagen. Schnell legt sie sich auf den vorgewärmten Platz. Doch lange währt die Ruhe nicht.

Hinter einer Kurve taucht eine alte Holzbrücke auf, die über ein zugefrorenes Flüsschen führt. Auf beiden Seiten säumen mächtige alte Kopfweiden die Ufer. Der Flakposten am Fuße der Brücke ist unbesetzt. Nur ein Haufen aufgeschichteter Sandsäcke zeigt, dass hier wohl mal eine Art Verteidigung geplant war. Mitten auf der Brücke steht ein schwarzes Auto quer und versperrt die Überfahrt. Die Fahrertür hängt, weit offen, schief in den Scharnieren. Niemand ist zu sehen. Nichts rührt sich. Lena lässt sofort halten. Tassilo tänzelt nervös. Lena beschleicht ein ungutes Gefühl. Hier stimmt irgendetwas nicht.

»Leszek, komm, wir schauen mal nach, was da vorne los ist. Ihr anderen wartet hier.«

Zusammen mit dem Polen reitet sie zur Brücke, steigt nach kurzem Zögern ab und gibt Leszek ihre Zügel. Vorsichtig geht sie zum Auto. Es ist niemand darin zu sehen. Sie schaut sich um. Nichts. Erleichtert richtet sie sich auf und ruft:

»Los, Leute. Helft mal. Hier kommen wir nicht durch. Wir müssen erst das Auto von der Brücke schieben.«

Die Insassen der ersten drei Wagen kommen sofort angelaufen. Mit vereinten Kräften versuchen sie, das Auto zu bewegen. Sie schieben und rucken, aber es bewegt sich nicht von der Stelle. Erst als auch Leszek mithilft, schaffen sie es endlich. Langsam rollt der schwarze Wagen rückwärts die Brücke hinunter in den Straßengraben.

Lena fällt vor lauter Anstrengung gar nicht auf, dass Babette fehlt, die sonst immer zur Stelle ist, wenn es ums Anpacken geht. Sie sieht auch nicht, dass hinten im letzten Wagen merkwürdige Dinge vor sich gehen.

Während die anderen vorne schuften, ist Babette vom Wagen gesprungen, hat sich ihren Koffer und eine Decke geschnappt. Oma Herta sieht sie erstaunt an.

»Wo willst du denn hin?«

»Schwiegermutter, sag Lena nichts, ich fleh dich an. Ich geh zurück nach Mahlenberg. Und im Frühjahr, im Frühjahr werdet ihr alle zurückkommen und sagen, wie sinnlos und verrückt das alles war.«

Babette wartet auf keine Antwort, sie umarmt schnell ihre Schwiegermutter und rennt los. Geradewegs in die Richtung, aus der der Treck gekommen ist. Martha Schaller ist außer sich. »Das kann sie doch nicht machen! Das geht doch nicht. Das ist doch total verrückt.«

Verzweifelt schaut sie Frau Meister an.

»Tun Sie doch was!«

Doch Frau Meister steigt ebenfalls vom Wagen. Entschlossenheit im Blick, greift sie nach ihrem Rucksack.

»Sie hat recht, sie hat wirklich recht«, sagt sie eilig.

»Und wenn die Russen kommen?«

Martha Schallers Stimme überschlägt sich vor Erregung. Frau Meister dreht sich zu ihr um.

»Wenn der Krieg zu Ende ist, sind die Russen auch nur Menschen.«

Dann rennt sie hinter Babette her. Es dauert nur ein paar Sekunden, und die beiden Frauen sind hinter der Kurve verschwunden.

»Ich fasse es nicht. Wir müssen der Gräfin Bescheid sagen.«

Martha Schaller ist aufgesprungen und fuchtelt aufgeregt mit den Händen in der Luft. Oma Herta schluchzt verzweifelt. Aber sie greift Martha Schaller am Arm und zieht sie zu sich herunter.

»Man kann sie nicht aufhalten. Niemand kann sie aufhalten.«

Von alldem bekommt Lena nichts mit. Nachdem der Weg frei ist, besteigt sie Tassilo und reitet los. Oben auf der Brücke dreht sie sich um und winkt den anderen, ihr zu folgen. Vorsichtig setzt sich der Treck wieder in Bewegung und folgt Lena und Leszek über den Fluss.

Am anderen Ufer hocken zwei unbewegliche Gestalten in Militärmänteln am verschneiten Straßenrand. Als Lena auf gleicher Höhe angekommen ist, spricht sie den einen an:

»Guten Abend, Soldat. Was ist denn hier passiert? Wem gehört das Auto?«

Doch es kommt keine Antwort. Die beiden Soldaten ruhen sich auch nicht aus: sie sind tot. Im Sitzen gestorben, ihre Gesichter weiß gefroren. Der eine ist auf seinen Karabiner gestützt. Ein paar Meter weiter stecken ein paar Knobelbecher in einem Schneehügel, und aus dem nächsten Haufen schaut eine Hand. Lena erschaudert, ihr wird schwindlig. Sie treibt Tassilo an und zwingt sich, weg und geradeaus zu schauen. Die ersten Toten! Was ist da nur geschehen? Wie viele werden noch so elendig umkommen? Werden wir es schaffen? Und überhaupt: Was bedeutet »schaffen«, wohin sollen wir, was sollen wir schaffen? Lena verbietet sich energisch solche düsteren Gedanken. Sie müssen weg von hier. Nur weg von hier!

Ein paar Kilometer weiter auf der gleichen Straße stößt der Mahlenberger Treck wieder auf lebende Menschen. Kurz vor einer Kreuzung gibt es einen Stau von Fluchtwagen. Ein anderer Treck ist in Schwierigkeiten. Ein Wagen steht mitten auf der Kreuzung und kommt nicht von der Stelle. Die Zugpferde mühen sich, aber sie rutschen immer wieder aus. Der Wagen ist viel zu schwer beladen, und die eisenbeschlagenen Wagenräder finden keinen Halt. Mehrere Leute versuchen vergeblich, ihn zu schieben und zu stabilisieren. Lena winkt Leszek heran.

»Kannst du denen mal helfen, Leszek? Bitte.«

Plötzlich fahren einige Armeefahrzeuge, von hinten kommend, durch den Treck. Auf den Ladeflächen hocken Soldaten, teilweise bandagiert. Ein paar liegen sogar auf der Motorhaube und halten sich an einem Seil fest, das an der Stoßstange und am Dachträger festgemacht ist. Panisch versuchen die Menschen, den Lastwagen auszuweichen. Ohne Rücksicht auf die vielen Menschen und ohne ihre Geschwindigkeit merklich zu verlangsamen, fahren die Militärs mitten in die Flüchtlingskolonne. Die Leute können gerade noch in den Straßengraben springen. Handkarren fallen um, Frauen kreischen. Tassilo macht einen erschrockenen Satz zur Seite. Alles flucht und schreit. Ein einziges Chaos. Der Wagen, der mitten auf der Kreuzung steht, wird von den Lastern brutal weggeschoben und in den Graben katapultiert. Die Zugpferde, durch ihre Deichsel mitgerissen, geraten in Panik, schlagen um sich und steigen. Der Wagenführer, ein Mann mit hoher Pelzmütze und Lammfellmantel, versucht verzweifelt, seine Tiere festzuhalten. Leszek ist mit einem Satz zur Stelle und hakt die Leinen aus. Die Pferde sind wieder frei. Andere, darunter auch einige Mahlenberger, versuchen den umgestürzten Wagen wieder aufzurichten, was, nachdem das Gepäck abgeladen ist, glücklicherweise auch gelingt.

Lena ist geschockt. Ihre innere Unruhe verwandelt sich zunehmend in Angst.

»Wir müssen hier weg. Wir müssen weiter. Kommt sofort zurück zu den Wagen!«, schreit sie ihre Leute an.

Einige haben es allerdings nicht so eilig und reden noch mit den anderen Flüchtlingen.

»Sofort, sage ich, sofort! Es sind genug Helfer da. Weiter, los, weiter.«

Sie reitet die Kolonne ab, gelangt zum letzten Wagen. Er ist leer, alle sind ausgestiegen, bis auf Oma Herta. Die sitzt wie versteinert auf der Ladefläche und sagt kein Wort. Sie hebt nicht mal den Kopf.

»Oma Herta ... Du musst dich bewegen, bewegen, hörst du.«

Lena springt aus dem Sattel und zwingt die alte Frau auf die Füße. Sie geht ein paar Schritte mit ihr und reibt ihr den Rücken.

»Warum hört denn hier keiner auf mich? Ich hab doch klar und deutlich gesagt ...«

Oma Herta schaut sie an.

»Klar und deutlich. Lena, aber es hört keiner mehr klar und deutlich.«

Lena zwingt Oma Herta weiterzugehen.

»Wo ist Babette? Wo ist Frau Meister?«

Oma Herta blickt auf ihre Schuhe, auch Martha Schaller und Frau Neumann schauen betreten weg. Keiner sagt etwas.

»Ich habe gefragt: Wo, verdammt noch mal, ist Babette?«

Martha Schaller traut sich endlich zu antworten.

»Die ist zurückgegangen. Und Frau Meister ist mit.«

»Zurück?«

Lena versteht nicht.

»Wohin zurück?«

»Nach Hause, nach Mahlenberg.«

»Ja sind denn hier alle verrückt geworden!«

Lena kann es nicht fassen. So ein Wahnsinn. Sie muss Babette zurückholen. Die beiden Frauen laufen doch in ihr Unglück. Zurück nach Mahlenberg. Zu Fuß und bei der Kälte. Und den Russen, die im Anmarsch sind, gleich in die Arme. Nicht zu fassen. Wie kann Babette ihr das antun?

Fassungslos steht Lena da, überlegt, was sie machen soll. Hinterherreiten? Weiterfahren? Den Treck hier mitten im Nichts warten lassen?

Sie entscheidet sich fürs Weiterfahren. Nach Lahnstein ist es nicht mehr weit.

»Das Gut liegt hinter dem Wald dort vorn. Also los. Wir fahren jetzt hin, und dann geh ich Babette suchen. Hurtig, aufsteigen und abfahren! Los!«

Lena treibt den Treck jetzt zur Eile. Mit Tassilo gibt sie die Geschwindigkeit vor. Sie trabt die letzten drei Kilometer, bis die gelben Mauern von Gut Lahnstein vor ihr auftauchen. Schnell reitet sie zum Eingang, springt aus dem Sattel und wirft einem unbekannten Jungen, der gerade vorbeikommt, die Zügel hin.

»Da, Jungchen, halt das Pferd. Gib es einem von denen, die mit dem Treck dahinten ankommen.«

Mit wenigen Sätzen rennt sie die Freitreppe hoch und geht durch die Eingangstür. Doch dann bleibt sie wie vom Donner gerührt stehen. Menschen und Gepäck überall. Diesen Anblick hat sie nicht erwartet. Sie bahnt sich einen Weg durch das Chaos. »Wo ist die Baronin? Der Baron von Lahnstein, haben Sie eine Ahnung?« Da öffnet sich die Esszimmertür, und Bettina Lahnstein steht vor ihr und strahlt sie an.

»Lenchen, endlich bist du angekommen!«

»Wo sind sie denn alle, wo ist Rüdiger, wo ist Tante Sophie?«

»Rüdiger ist mit seinen Leuten heute früh los. Aber Sophie ist hier. Sie hat auf dich gewartet.«

»Was? Rüdiger ist ohne uns los! Das kann doch nicht sein.«

Lena kann es nicht fassen. Sie spürt, wie ihre Kraft schwindet und Angst in ihr hochsteigt. Wie soll sie denn allein nach Westen trecken? Rüdiger war ihre ganze Hoffnung. Er ist ein Mann, und er weiß immer Rat, wenn es mal schwierig wird. Und nun hat er sie im Stich gelassen. Zusammen mit ihm und den Gernstorffern hatten sie eine Chance. Aber jetzt! Nur sie und lauter Frauen und ein paar alte Männer … Und Babette und Frau Meister abgehauen …

Bettina sieht in Lenas verzweifeltes, bleiches Gesicht.

»Geh erst mal zu Sophie. Die ist oben unterm Dach. Ich bring dir einen schönen heißen Tee, und dann sehen wir weiter.«

Lena hat nun kein Gefühl der Eile mehr. Warum denn auch? Plötzlich spürt sie, wie erschöpft und müde sie ist. Ihr Hintern schmerzt vom langen Reiten. Mit steifen Gliedern steigt sie die Treppen hinauf. Dabei versucht sie, auf niemanden zu treten, denn auch hier auf den Stufen und auf den Fluren lagern Flüchtlinge. Ein unangenehmer, durchdringender Geruch nach nassen Sachen, Stallgeruch und Schweiß schwebt über allem.

Sophie sitzt auf der Bettkante und sieht sie erstaunt an. Dann erkennt sie Lena und eilt freudestrahlend auf sie zu. Sie fallen sich in die Arme und bleiben minutenlang eng umschlungen stehen.

»Meine Lena! Endlich bist du da. Endlich, endlich. Ich habe mich so gesorgt.«

Sophie laufen Tränen über die Wangen. Dann befreit sie sich aus der Umarmung und zieht Lena an der Hand zum Bett.

»Schau mal, wen wir hier haben!«

Unter der Decke tauchen zwei kleine Hände und ein blonder Schopf auf. Vicky setzt sich auf und strahlt.

»Mami, Mami ...«

Lena stürzt zu ihrer Tochter, umarmt sie, weint und lacht gleichzeitig.

»Oh, wie wunderbar, meine Vicky. Ich hatte so gehofft, dass ich dich hier finde. Wie bist du denn hergekommen?«

Vor lauter Umarmung und Küssen kann Vicky kaum antworten.

»François hat mich hergebracht, Mami. Er hat mich fast die ganze Zeit getragen.«

Lena hält kurz inne und schaut Sophie fragend an.

»Ja, Lena. François ist vor ungefähr einer Stunde mit Vicky hier angekommen. Plötzlich stand er mit ihr in der Halle.«

»Wo ist er? Und wo sind seine Männer?«

»Bettina hat ihn in die Küche geschickt. Da soll er sich etwas zu essen geben lassen. Aber jetzt ruh dich erst mal aus. Das kann alles warten.«

Sophie geht leise aus dem Zimmer und lässt Mutter und Tochter allein.

Lena kann sich gar nicht sattsehen an ihrer Vicky. Sie legt sich zu ihr ins Bett und drückt sie ganz fest an sich. Gott sei Dank ist sie gesund und munter. Was hätte sie nur getan, wenn ihr etwas passiert wäre. Sie ist ihr Augenstern, ihre ganze Liebe. Ohne Vicky würde sie nicht weiterleben wollen. Ohne sie wäre das hier alles sinnlos. Warum fliehen, wenn nicht für ihr Kind. Dann könnte sie auch hierbleiben, und was mit ihr passierte, wäre ihr vollkommen egal. Vicky ist die Zukunft. Für sie lohnt es sich zu kämpfen, auch wenn ihrer beider Heimat verloren geht. Mit ihr und für sie muss es weitergehen. Irgendwo werden sie zusammen einen Neuanfang machen, und vielleicht können sie ja schon in ein paar Wochen oder Monaten zurück nach Mahlenberg.

Vicky ist in ihren Armen mit einem Lächeln auf dem Gesicht eingeschlafen. Die gemütliche Wärme lässt auch Lena die Augen zufallen. Oh, wie gerne würde sie sich jetzt einfach hinabgleiten lassen in einen erholsamen Schlaf. Aber Lena reißt sich zusammen. Babette! Ich muss Babette finden!

Vorsichtig steht sie auf, deckt Vicky zu, gibt ihr einen Kuss und geht auf Zehenspitzen aus dem Zimmer. Am Ende der Treppe ist sie schon wieder voller Energie. Die Müdigkeit ist wie weggeblasen.

»Sophie, kümmere dich um Vicky. Ich muss noch mal los«, ruft sie Sophie zu, die gerade aus dem Küchentrakt kommt.

Unten in der Küche sitzt François mit dem Rücken zur Tür, als Lena hereingestürmt kommt. Er wärmt sich die Hände an einem

Teller heißer Suppe. Luise schmiert ihm Stullen. Waltraud hält ihm eine Scheibe Speck unter die Nase.

»Schau mal, das hat die Baronin zur Feier des Tages aus ihrer eisernen Reserve für dich rausgerückt.«

Lena durchquert die Küche und legt ihm eine Hand auf die Schulter. François hebt den Kopf und sieht sie an. Lange schaut er zu ihr hoch, dann steht er auf.

»Danke, François. Vielen Dank, dass Sie Vicky hergebracht haben.«

François sagt immer noch nichts, blickt sie mit seinen blaugrauen Augen stumm an.

»Wo sind denn Ihre Männer? Warum sind Sie allein hier?«

Ohne Antwort dreht er sich weg und geht hinaus. Lena schaut fragend die anderen an.

»Warum sagt er denn nichts? Hat er euch was gesagt?«

Luise schüttelt den Kopf. »Ich weiß auch nichts. Seit er hier ist, hat er kein Wort gesprochen.«

Lena zuckt mit den Schultern. Sie hat jetzt andere Probleme, als sich um das Schweigen von François zu kümmern. Sie nimmt sich ein geschmiertes Brot, klappt eine weitere Scheibe drauf und steckt es in die Manteltasche.

»Sie dürfen auf keinen Fall alleine los, Frau Gräfin. Das ist viel zu gefährlich, jetzt, wo es dunkel wird.«

Lena geht nicht darauf ein. Sie hat keine Zeit zu verschwenden.

»Vicky und Gräfin Gernstorff wissen von nichts, und sie sollen auch erst mal nichts erfahren, Luise. Ich geh Babette suchen, und ich werde sie finden. Sie werden es bis zum Schallerhof geschafft haben. Da such ich sie zuerst.«

Draußen im Hof steht Leszek mit Tassilo. Er hat dem Hengst eine warme Decke übergehängt und prüft seine Hufeisen. Lena bindet Tassilo los und steigt auf. Wenige Minuten später ist sie vom Hof und galoppiert den Weg zurück, den sie gerade erst gekommen ist. Der Mond ist aufgegangen, und der Schnee verstärkt sein Licht derart, dass die Straße klar zu sehen ist und man sogar Einzelheiten in der Landschaft erkennen kann. Mit Tassilo kann Lena den Weg abkürzen, quer durch den Wald, und schon bald ist sie an der Brücke angekommen. Ohne hinzusehen, reitet sie an den toten Soldaten vorbei. Das schwarze Auto liegt noch genau dort im Graben, wo sie es hingeschoben hatten. Um diese späte Stunde sind nur noch wenige Flüchtlinge unterwegs. Doch einige Wagen und Menschen trotzen der nächtlichen Kälte.

Es sieht so aus, als ob man nachts besser durchkommt, vielleicht sollten wir auch besser nachts fahren. Lena nimmt sich vor, das mit den anderen zu bereden, wenn sie zurück ist.

Doch jetzt erst mal zum Bauernhaus der Schallers. Dort werden die Frauen hingegangen sein. Lena drückt die Schenkel an den warmen Pferdeleib und flüstert Tassilo ins Ohr: »Los, mein Alter, jetzt kommt's auf dich an.«

Babette hackt Holz und heizt in der Küche von Martha Schaller den Kachelofen ein. In der Hexe lodern schon die Flammen, und auf der Herdplatte beginnt in einem Kochtopf das Wasser zu sprudeln. Frau Meister hantiert in der Speisekammer.

»Wenn mein Georg das wüsste, Frau Meister, dass ich hier in einem fremden Bauernhof bin.«

Frau Meister hat Kartoffeln gefunden und beginnt einige zu schälen.

»Die Kartoffeln reichen noch für den halben Winter.«

»Ich will zurück nach Mahlenberg, da hab ich wenigstens mein eigenes Bett.«

Babette gießt das heiße Wasser in eine Schüssel, zieht Schuhe und Strümpfe aus und taucht die Füße hinein.

»Oh, ist das herrlich. Ich spüre schon, wie alles auftaut. Da ist noch genug Wasser für Sie drin im Topf, Frau Meister … Dass ich überhaupt von Mahlenberg weggegangen bin, obwohl ich gar nicht wegwollte. Nur weil ich Lena nicht allein lassen wollte, bin ich überhaupt mitgegangen …«

Babette redet und redet und redet und merkt nicht, dass Frau Meister mit dem Korb am Arm hinausgegangen ist, um mehr Holz zu holen.

»Nie wäre ich mitgegangen! Was wird mein Georg denn denken, wenn er zurückkommt und keiner ist mehr da.«

Babette plappert weiter. Doch plötzlich beschleicht sie ein komisches Gefühl. Irgendetwas ist anders. Es ist so still geworden. Sie dreht sich langsam um. Hinter ihr steht ein junger Russe mit schwarzer Pelzmütze und grüngrauer wattierter Jacke. Er hat sein Gewehr auf Babette gerichtet. Langsam, ganz langsam steht Babette auf und hebt die Hände. Mit weit aufgerissenen Augen starrt sie den Mann an. Der Schreck wird schlagartig zur Panik. Da wird auch schon die Tür aufgestoßen, und Frau Meister fliegt mit einem lauten Schrei herein und stürzt auf die Knie. Direkt hinter ihr stürmen weitere Russen in die Küche. Sie rufen irgendetwas Unverständliches, der eine greift Frau Meister ins Haar und schleift sie in die Stube. Drei andere folgen ihm, und der Letzte tritt hinter sich die Tür zu. In der Küche erscheint einer, der wohl der Anführer ist, er trägt eine Offiziersmütze mit rotem Band und Stern. In seiner rechten Hand hält er eine Pistole. Er schaut sich um, sieht Babette und versetzt dem Schemel und der Schüssel einen Stoß, dass sie in die Ecke fliegen und sich das Wasser über den Küchenboden ergießt.

Dann brüllt er den Soldaten an, der das Gewehr auf Babette gerichtet hält. Der springt zur Seite, und der Offizier befiehlt:

»Komm, Frau! Komm. *Dawai!*«

Er greift nach Babette. Doch die hat sich wieder gefangen und wehrt sich verzweifelt. Sie tritt und beißt, kratzt und schreit und versucht sich loszureißen. Da kracht ein Schuss, und der

Bauernkalender fliegt zerfetzt von der Wand. Der Offizier ohrfeigt den Soldaten mit der freien Hand. Dann stößt er Babette ins Nachbarzimmer. Sie landet auf einem Bett und schlägt mit dem Kopf an den Bettpfosten. Als sie wieder halbwegs zu sich kommt, liegt der Offizier auf ihr. Zwei Soldaten halten ihr die Arme fest. Babette schreit und versucht vergeblich, ihre Knie zusammenzupressen. Brutal schlägt der Offizier ihr mit der Faust ins Gesicht, und schon spürt Babette, wie er heftig stoßend in sie eindringt. Aus dem Nachbarzimmer sind die Schreie von Frau Meister und ein rhythmisches Schlagen zu hören.

Nach dem Offizier folgen seine Männer. Einer, noch einer und noch einer … Babette zählt nicht mit, auch sich zu wehren, hat sie aufgegeben. Wimmernd liegt sie auf dem Rücken und lässt das Unvermeidliche über sich ergehen. Die Männer stinken nach Schweiß und ungewaschenen Kleidern. Ihr saurer Mundgeruch ekelt sie. Babette beginnt zu würgen. Da lassen sie plötzlich von ihr ab. Die Tür fällt ins Schloss. Aus der Küche hört sie kurz darauf lautes Gegröle und das Klirren von Gläsern. Babette schiebt sich vom Bett, alles ist wund und brennt. Blut und Schleim rinnen ihr die Beine hinunter. Sie kann nicht stehen, knickt ein und kriecht auf allen vieren in eine Ecke des Zimmers. Dort übergibt sie sich.

Lena hat es geschafft. Durch die letzten Bäume eines Wäldchens sieht sie die erleuchteten Fenster vom Bauernhaus der Schallers. Tassilo pumpt, ist schweißnass von dem schnellen Ritt. Am Rand der Bäume bleibt er plötzlich stehen und spitzt die Ohren, weigert sich weiterzugehen. Lena gibt verwundert Schenkeldruck. Da sieht sie zwei Panzer vor dem Hof stehen. Ein paar Männer kommen laut redend aus der Haustür. Schnell springt Lena vom Pferd und duckt sich hinter eine dicke Buche. Deutsche oder Russen, Deutsche oder Russen, geht es ihr durch den

Kopf. Sie bindet die Zügel an einen Ast und schleicht sich geduckt näher heran. Dabei hält sie sich im Schatten der Scheune, drängt sich hinter einen Holzstoß. Angestrengt horcht sie auf die Stimmen. Lautes Singen und unverständliches Gegröle schallt aus der Küche. Ein Soldat ruft seinem Kameraden bei den Panzern etwas zu. Russen! Verdammt, es sind Russen! Lena erschrickt zu Tode. Ihr stockt der Atem. Sie spürt das Blut in den Ohren rauschen. Was jetzt? Wo ist Babette?

Nach einigen Minuten, in denen außer dem Gejohle aus dem Haus nichts zu passieren scheint, traut sich Lena vorwärts. Mit zwei schnellen Sprüngen ist sie unter einem Fenster des Hauses angekommen. Dort verharrt sie und lauscht.

Vorsichtig drückt sie sich hoch, bis sie gerade über den Fenstersims gucken kann. Zuerst sieht sie nichts, dann erkennt sie auf dem Boden einen Haufen, der sich bewegt. Es ist Frau Meister, die sich zusammengekrümmt auf den Dielen vorwärtsschiebt. In ihre Richtung. Um Gottes willen! Lena ist entsetzt. Frau Meister ist kaum wiederzuerkennen. Ihr Gesicht zerschunden, das rechte Auge zugeschwollen, die Lippe aufgeplatzt. Ihr Haar ist wüst zerzaust, und Kinn und Kragen sind rot von Blut. Lena klopft vorsichtig ans Fenster, aber Frau Meister hört sie nicht. Da stürmen zwei russische Soldaten laut lachend zur Tür herein, reißen Frau Meister hoch und knallen sie auf den Tisch. Der eine öffnet seinen Hosenstall, stellt sich in Position und reißt die herabhängenden Beine der halb bewusstlosen Frau auseinander …

Lena sinkt vorsichtig wieder in die Hocke. Mit dem Rücken an der Hauswand schiebt sie sich vorwärts. Es kommt ihr wie eine Ewigkeit vor, bis sie zu dem nächsten Fenster gelangt. Schweiß läuft ihr über den Rücken. Wieder drückt sie sich hoch und linst vorsichtig über den Sims. Es ist die Küche. Fünf grölende Russen, Gläser und Flaschen auf dem Tisch. Einer hat eine Offiziersmütze auf und döst im Stuhl mit der Pistole auf dem Schoß vor sich hin. Schüsse. Die Männer sind schlagartig nüchtern. Sie springen auf, greifen nach ihren Waffen und laufen aus dem Raum.

Plötzlich fasst jemand von hinten Lenas Schultern und presst eine Hand gegen ihren Mund. Sie kann sich nicht bewegen, nicht nach dem Messer in ihrer Tasche greifen. Heiße Wut steigt in ihr auf. Sie versucht sich zu entwinden, versucht, in die Hand zu beißen. Keine Chance. Der Griff lockert sich nicht. Sie steckt wie in einem Schraubstock. Sie fühlt Bartstoppeln und heißen Atem an ihrem Ohr, und eine Stimme sagt: »Nicht schreien, Lena. Ich bin's, François!«

Der Griff lockert sich, und Lena dreht sich um. Nur wenige Zentimeter vor ihrem Gesicht das von François. Er zieht sie mit sich zurück zu dem Holzstapel, hinter dem Lena sich vorhin versteckt hatte. François drückt Lena zu Boden, liegt halb auf ihr, hält sie fest. »Kommen Sie, wir müssen weg, schnell!«, flüstert er.

»Aber was ist mit Babette, sie ist da drin. Ich muss sie holen.«

In diesem Moment treten drei Russen fluchend aus der Küchentür, gehen zu den Panzern und steigen auf. Einer schaut direkt zum Holzstapel hinüber. François drückt sich und Lena noch tiefer in den Schnee.

»Bleiben Sie unten, Lena. Nicht bewegen.«

Zwei weitere Soldaten kommen heraus, zerren einen Kameraden hinter sich her. Der kreischt irgendetwas. Der Anführer kommt dazu, schiebt seine Leute zur Seite, zieht seine Pistole und erschießt den kreischenden Soldaten. Der Offizier greift in seinen Gürtel, entsichert eine Handgranate und wirft sie ins Haus. Mit ein paar Sprüngen ist er ebenfalls bei seinem Panzer. Die Detonation lässt den Boden unter Lena erzittern. Scheiben fliegen aus den Fenstern, und Sekunden später lodert Feuer aus den Zimmern. Die Motoren der Panzer heulen auf, und in einer stinkenden Ölwolke fahren sie mit rasselnden Ketten davon.

Lena springt auf und will zum Haus rennen. Doch François hält sie mit festem Griff zurück. Sie versucht sich loszumachen. Schreit:

»Babette, da drinnen sind Babette und Frau Meister ...«

Lena ist völlig außer sich. Da gibt ihr François eine Ohrfeige.

»Sie bleiben hier, Sie warten und gehen keinen Schritt von hier weg. Verstanden! Ich hole die Frauen.«

Er läuft los, steigt durch ein zerborstenes Fenster ins Haus. Lena rennt hinter François her und sieht ins Hausinnere. Rauch füllt das Zimmer, Flammen fressen an den Gardinen, an den Stühlen. Das Bett brennt lichterloh. Babette liegt halb unter einem toten Soldaten begraben. Sie hustet, spuckt blutigen Schleim. François kommt aus dem Nebenzimmer, sieht Babette, schiebt den toten Soldaten zur Seite, zerrt die Frau hoch und nimmt sie auf den Arm. Schnell ist er beim Fenster und schiebt Babette hinaus. Lena steht draußen und fängt sie auf. Mit einem Satz steht François neben ihr im Schnee, nimmt ihr die inzwischen ohnmächtige Babette ab und legt sie sich über die Schulter.

»Lena, kommen Sie, los, wir müssen hier weg.«

Doch Lena will nicht und schreit ihn an:

»Frau Meister, was ist mit Frau Meister.«

François zieht sie weg vom Haus, schüttelt den Kopf.

»Frau Meister ist tot. Ich habe sie gefunden, sie hat sich am Fensterkreuz in der Stube aufgehängt.«

Lena steht einen Augenblick wie angewurzelt da. Dann läuft sie hinter François her. Sie rennen zum Waldrand zu Tassilo und Hektor, mit dem François gekommen ist. Babette wird in den Sattel geschoben, hinter ihr steigt François auf. Lena schwingt sich auf Tassilo.

»Wir reiten querfeldein. Weg von den Wegen, da können überall die Russen sein.«

François übernimmt die Führung. Lena ist froh, dass sie einfach nur folgen muss. Es ist das erste Mal seit ihrem Aufbruch aus Mahlenberg, dass nicht sie zu entscheiden braucht. Mit dem breiten Rücken von François im Sattel vor ihr fühlt sie sich einigermaßen sicher. Trotz der Gefahr, die jetzt in jedem Schatten lauert. Die drei haben kaum die Lichtung verlassen, da explodiert hinter ihnen der Schaller-Hof in einem Flammenmeer.

Mühsam kämpfen sich die Reiter durch die Nacht. Abseits der befahrenen Wege ist der Schnee unterschiedlich tief, der Boden darunter nicht immer fest gefroren. Die Pferde sinken ein, stecken in Schneeverwehungen fest. Dann heißt es absteigen und die Tiere am Zügel führen. Hektor ist zwar das kräftigere Tier, aber durch die Doppelbelastung von Babette und François im Sattel kommt er nur langsam vorwärts und ist schon nach wenigen Kilometern schweißnass. Zu allem Unglück hat auch noch ein Schneesturm eingesetzt, der das Fortkommen jetzt fast unmöglich macht. Wie Pfeile treffen die Eiskristalle jede unbedeckte Stelle an ihren Gesichtern, Nässe dringt in Kragen und Ärmel. Stirn und Augen beginnen zu schmerzen. Lenas Handschuhe sind durchlässig geworden, und sie spürt ihre Finger kaum noch. Doch sie hat nur einen Gedanken: Weiter, weiter. Weg von diesem Grauen. Sie hat die Augen zu Schlitzen gepresst. Durch eine Lücke in ihrem Schal, den sie sich um den Kopf gebunden hat, hält sie den Blick fest auf François' Rücken gerichtet und versucht ihn nicht zu verlieren. François zügelt Hektor, dreht sich im Sattel um und ruft irgendetwas, was der Sturm davonfegt. Als sie nah genug herangekommen ist, wiederholt er es: »Wir müssen uns eine Bleibe suchen für die Nacht.«

»Nein, François, wir müssen weiter, wir müssen nach Lahnstein. So schnell es geht.«

»Mit Babette kommen wir bei diesem Wetter nicht weiter. Sie ist vollkommen fertig. Sie braucht unbedingt eine Pause, sonst stirbt sie uns unter den Händen weg. Ich hab auf dem Hinweg hier irgendwo ein Haus gesehen, mal sehen, ob ich es wiederfinde.«

Nach ein paar hundert Metern treffen sie auf eine Allee, sie biegen ein, und am Ende taucht im Schneegestöber ein kleineres Gutshaus auf. Dunkel steht es da, kein Licht, kein Leben zu sehen. Als sie vorsichtig vor dem Gebäude anhalten, ist klar zu erkennen, dass auch hier die Russen bereits gewesen sind. Spuren von Plünderung und Zerstörung überall. Die Fenster zerschlagen, Bettzeug, Stühle, Lampen und anderer Hausrat liegen im Schnee. Ein Schrank liegt, in alle Einzelteile zersprungen, vor dem Haus, wahrscheinlich ist er aus dem ersten Stock geworfen worden. Schuppen und Holzstoß davor sind abgefackelt, qualmen noch, der Schnee drum herum ist geschmolzen. Als Lena von Tassilo springt, knirscht und knackt etwas unter ihren Stiefeln: Scherben von Porzellan mit blauem Zwiebelmuster unter dem frischen Schnee.

François zieht die ohnmächtige Babette vom Pferd und trägt sie zum Haus. Lena folgt ihm mit den Pferden. Sie zögert nur kurz, dann führt sie Tassilo und Hektor mit sich in die Halle und schließt hinter sich die Tür.

Entkommen!

Zur gleichen Zeit betritt auf Gut Lahnstein Sophie die Küche. Sie ist außer sich, und ihre Augen blitzen vor Zorn.

»Wieso um Himmels willen hat denn keiner aufgepasst? Einer von euch hätte sie doch davon abhalten müssen. Ich versteh das nicht, es ist unverantwortlich!«

Alle Anwesenden schauen betreten zu Boden.

»Wenn Babette so dumm und ungehorsam ist … Sie alle hätten verhindern müssen, dass meine Schwiegertochter hinterherreitet …, oder mich zumindest rufen müssen.«

Endlich findet Luise den Mut, der aufgeregt schimpfenden Gräfin zu antworten.

»Babette ist ihre beste Freundin. Wie hätten wir sie denn davon abhalten können?«

Sophie schaut nervös um sich. Ihr ist plötzlich schwindlig, und sie lässt sich auf einen Küchenstuhl fallen.

»Ist Ihnen nicht gut, Frau Gräfin?«

»Frag nicht so einen Unsinn, Waltraud! Du bist doch Waltraud? Es geht doch wirklich nicht darum, ob es mir gut geht oder nicht …«

»Ja. Frau Gräfin. Soll ich Sie wieder nach oben bringen? Wollen Sie ein Glas Wasser oder etwas anderes?«

Ohne eine Antwort steht Sophie auf und geht hinauf in die Halle und weiter nach oben in ihr Zimmer. Sie hat keinen Blick für die vielen lagernden Menschen überall, vermeidet es mechanisch, auf jemanden zu treten. Vor dem Bett, in dem Vicky schläft, findet sie Wilhelm Stuber. Er hockt am Fußende und schaut Sophie erschrocken an.

»Was machst du denn hier, Junge?«

Wilhelm setzt sich kerzengerade auf.

»Ich passe auf Victoria auf. Das letzte Mal, als ihre Mama weg war, ist sie doch davongelaufen. Ich will nicht, dass sie das wieder tut.«

Sophie ist von der Fürsorge des kleinen Kavaliers tief gerührt. Sie lächelt ihn an.

»Dann legst du dich jetzt ans Fußende, und ich gebe dir eine Decke, dann kannst du viel besser aufpassen.«

Wilhelm kriecht ins Bett und kuschelt sich zu Vickys Füßen. Sophie deckt ihn zu, dann löscht sie das Licht und geht leise hinaus.

Im Esszimmer ist für alle ein Abendessen bereitet. Auf dem Mahagonitisch in der Mitte steht ein großer Topf Kartoffelsuppe und ein Sammelsurium Teller und Tassen. Feinstes KPM-Porzellan neben dicken Keramikschalen aus der Leuteküche. Bettina Lahnstein hat jedes verfügbare Geschirr und alle Löffel, die zu finden waren, auf dem Tisch bereitgestellt. Die Flüchtlinge haben sich in einer langen Schlange aufgereiht. Bettina verteilt Brot und Teller. Sophie geht zu ihr, nimmt die Kelle und teilt die Suppe aus. Auch die Mahlenberger stehen an. Frau Neumann und Frau Stuber, Waltraud und Luise und die anderen. Alle sehen müde und erschöpft aus und haben dunkle Ringe unter den Augen. Jeder sucht sich eine Sitzgelegenheit, auf dem Boden, auf Stühlen und auf den Fensterbänken, und essen schweigend. Oma Herta sitzt regungslos da und starrt auf ihren Suppenteller. Sophie setzt sich neben sie, reicht ihr einen Löffel und eine Damastserviette.

»Die Suppe wird jetzt gegessen. Keine Widerrede.«

Oma Herta schaut Sophie an. »Danke, Frau Jräfin.«

Dann beginnt sie zu löffeln. Die feine Serviette aber faltet sie vorsichtig wieder zusammen und legt sie Sophie in den Schoß.

»Die ist viel zu kostbar für mich.«

»Ein bisschen Disziplin und Zuversicht, Frau Herta, dann geht das schon.«

Waltraud bricht plötzlich neben ihnen in lautes Schluchzen aus. Sophie legt ihr beruhigend die Hand auf den Arm und sagt mit mehr Zuversicht, als sie in Wahrheit spürt:

»Sie kommen wieder, ich weiß, dass sie wiederkommen. Es wird alles gut, es wird alles wieder gut.«

Draußen auf dem Hof ist Bewegung zu hören. Zwei Laster halten hintereinander. Ihre Scheinwerfer sind abgeklebt. Eine Truppe Wehrmachtsoldaten steigt aus, sie zerren ihr Gepäck von der Ladefläche. Zielstrebig gehen der Feldwebel und der Offizier auf das Gutshaus zu. Ihre Stiefel klacken laut auf dem Steinboden. Rücksichtslos bahnen sie sich einen Weg durch die Flüchtlinge. Der Feldwebel befiehlt mit überlauter Stimme:

»Dieses Haus ist von der Wehrmacht requiriert. Alle raus! Los! Los!«

Bettina und Sophie kommen aus dem Esszimmer gelaufen, gefolgt von Frauen und Kindern. »Was geht hier vor? Wer sind Sie?«

»Die Wehrkraft der deutschen Männer hat Vorrang, Ihr Wohnraum ist requiriert. Alle Zivilisten raus hier … Werden in Keller und Scheune verlegt.«

Bettina ist empört, fällt ihm ins Wort:

»Aber das geht nicht, wir haben Frauen, Kinder und Kranke hier.«

»Befehl ist Befehl, und jetzt, gute Frau, machen Sie schon. Räumen Sie die Halle.«

Sophie baut sich vor ihm auf. Mit eisiger Stimme sagt sie:

»Junger Mann, ein bisschen mehr Respekt, wenn ich bitten darf. Für Sie immer noch Gräfin Gernstorff, und das ist Baronin Lahnstein, die Besitzerin dieses Hauses. Sie werden weder Frauen, Kinder noch Alte behelligen. Alle hierbleiben, wo sie sind. Und Sie suchen sich mit Ihren Männern gefälligst einen Platz in der Scheune.«

»Wir haben zweitausendfünfhundert Mann zu versorgen. Wir tun nur unsere Pflicht.«

Sophie steigt sichtbar das Blut in die Wangen. Empört faucht sie den verdutzten Feldwebel an:

»Pflicht? Das nennen Sie Pflicht? Hören Sie mir mit diesem dämlichen Gerede auf. Ein ganzes Volk ist auf der Flucht, weil Sie alle seit Monaten Ihre Pflicht vergessen und nicht evakuiert haben!«

Dem Feldwebel verschlägt es die Sprache. Hilflos schaut er sich nach seinem Offizier um. Der kommt ein paar Schritte vor.

»Gräfin Gernstorff, Major Metzger, wo ist das Problem?«

Sophie lässt sich jetzt nicht mehr bremsen.

»Das Problem, Herr Major? Das Problem ist, wenn von einer siegreichen Armee nur ein Haufen rüpelhafter Männer übrig bleibt, weil alle guten längst gestorben sind.«

Der Major ist solchen Umgang nicht gewohnt, aber Sophie lässt ihm keine Chance. »Ich erwarte, dass Sie sich der Hausordnung anpassen und mit Ihren Männern in die Scheune gehen.«

Da sagt plötzlich jemand hinter ihr:

»Dafür sorgen wir, Mama.«

Sophie dreht sich um. Für den Bruchteil einer Sekunde ist sie verwirrt, dann erkennt sie Heinrich, der in makelloser Oberstabsrichter-Uniform in der Tür steht.

»Heinrich! Gut, dass du da bist.«

Zu Major Metzger gewandt, fügt sie hinzu:

»Ich erwarte, dass Sie die Zivilbevölkerung schützen und

nicht wie eine wilde Horde hier einfallen. Heinrich, bitte sorg dafür, dass die Herren sich *comme il faut* verhalten.«

Ostentativ ergreift sie die Hand eines der Kinder, lässt die Männer stehen und geht aufrecht und vornehm zurück ins Esszimmer. Bettina und alle anderen folgen ihr.

Major Metzger und Heinrich wechseln erstaunte Blicke. Major Metzger fährt seinen Feldwebel an:

»Bringen Sie die Männer in der Scheune unter. Abtreten.« Und zu Heinrich sagt er mit Anerkennung in der Stimme: »Ihre Mutter ist also die direkte Cousine vom Feldmarschall von Manstein?«

Nachdem Heinrich sich um Nachtlager und Verpflegung der Soldaten gekümmert hat, sucht er seine Mutter. Er findet sie in der Küche. Sie bespricht mit den Küchenmädchen von Lahnstein und Mahlenberg den Dienstplan für morgen und mit Luise, was am nächsten Tag aus den schwindenden Vorräten gekocht wird.

»Und achtet darauf, dass die Alten genug trinken. Um sieben Uhr sind die meisten schon auf, da kann man die erste Milch an die Kinder verteilen. Danke, und jetzt geht schlafen.«

Die Mädchen und Luise machen ihren Knicks, wünschen »Gute Nacht, Frau Gräfin!« und sind verschwunden. Sophie gießt sich eine Tasse Tee ein und setzt sich erschöpft an den Tisch.

Jetzt erst wird sie Heinrich gewahr. Ein leichtes Lächeln umspielt ihre Mundwinkel.

»Komm doch herein.«

»Es sind alle gut untergebracht … Mutter, warum kümmerst du dich um das alles. Das ist doch viel zu viel für dich.«

Sophie streicht sich über die Augen. Sie starrt wieder in ihre Tasse, sagt aber nichts.

»Warum redest du nicht mit mir? Seit Ferdinand tot ist, redest du nicht mit mir. Als sei ich schuld. Ich bin nicht schuld. Ich bin nicht schuld, Mutter!«

Heinrich redet schnell, viel zu schnell. Sein Atem geht stoßweise, und seine Augen schimmern von Tränen.

»Auch wenn du mir immer dieses Gefühl gibst. Wenn irgendetwas war, es war immer ich, immer war ich derjenige. Ich konnte tun, was ich wollte. Früher, als Kind, egal ... Ich war besser in der Schule, besser im Studium, ich war erfolgreich, hab mich bemüht ... Aber es ging immer nur um sie: um Constantin oder um Ferdinand. Der eine war dein Großer, der andere dein Liebling!«

Heinrich geht auf und ab und redet. Er geht immer die gleiche Strecke: vom Herd zum Tisch, zur Anrichte und zurück.

Sophie ist wie weggetreten, erstarrt. Sie scheint gar nicht zuzuhören.

»Du hast mich nie gesehen, du siehst mich einfach nicht.«

Er hält plötzlich inne, lehnt sich energisch gegen die Anrichte. Ein Regalbrett kippt, und Töpfe fallen mit lautem Getöse zu Boden. Sophie schaut auf, ist völlig ungerührt.

»Was ist mit Lena? Bring mir Lena zurück«, sagt sie statt einer Antwort auf seine Vorwürfe.

Heinrich bleibt wie angewurzelt stehen.

»Wieso, wo ist Lena denn? Ich dachte, sie schläft oben irgendwo.«

»Lena ist weg. Hinter Babette her. Die ist weggelaufen. Und Lena ist hinterhergeritten. Nun geh schon, hol mir Lena zurück.«

Heinrich läuft aus der Küche und durch die Halle. Im Kaminzimmer sitzt Major Metzger und unterhält sich mit Bettina. Heinrich stürzt zu ihr.

»Bettina. Was ist das für eine Geschichte? Wo ist Magdalena hin, und warum ist Babette weggelaufen?«

»Babette ist irgendwo vom Treck gesprungen. Und zusammen mit Frau Meister zurück nach Mahlenberg. Lena hat sich auf die Suche gemacht, ist am frühen Abend weggeritten.«

»Allein, ganz allein. Und du hast sie gehen lassen. Ja bist du denn wahnsinnig geworden? Ihr kann doch sonst was passieren da draußen!«

Heinrich kann sich nicht mehr beherrschen. Seine übliche Contenance ist verflogen. Er ist kreideweiß im Gesicht.

»Wie konnte ich sie zurückhalten, Heinrich. Sie hat sich davongeschlichen. Keiner hat es gemerkt, und die Mahlenberger haben erst danach erzählt, was passiert war. Dann hat Vicky den François hinterhergeschickt.«

»François, den Kriegsgefangenen! Ja sind denn hier alle völlig durchgedreht.«

Heinrich hält kurz inne, schaut Major Metzger an.

»Major, geben Sie mir drei Ihrer Männer? Ich muss meine Verlobte suchen!«

»Sie sollten besser bis morgen früh warten. Vielleicht kommt ja Ihre Verlobte –« Heinrich fällt ihm ins Wort:

»Heute Nacht kommen wir besser durch. Es sieht so aus, als ob der Sturm nachlässt. Wir warten noch eine Stunde, dann rücken wir ab. Bettina, kann ich für die Männer Pferde haben? Und wo sind die Leute vom Mahlenberger Treck untergebracht?«

Bettina Lahnstein steht auf und geht mit Heinrich hinaus, sie zeigt ihm den Weg zur Bibliothek, wo Lenas Leute schlafen.

»Ich besorge dir die Pferde.«

Heinrich geht in die Bibliothek, findet Waltraud und rüttelt sie wach.

»Sie sind doch aus Mahlenberg. Wo ist Babette hin? Welchen Weg sind Sie hergekommen?«

Waltraud schrickt hoch, weiß erst nicht, wo sie ist, wer da mit ihr spricht. Dann erkennt sie Heinrich.

»Graf Gernstorff, was …«

Heinrich muss seine Frage noch einmal wiederholen.

»Weiß ich auch nicht. Wir waren zuletzt auf dem Schaller-Hof zur Nacht. Und an der Brücke sind Babette und Frau Meister dann weg«, sagt Oma Herta.

Ohne ein weiteres Wort ist Heinrich schon wieder aus der Tür. Er rennt hinüber zur Scheune und greift sich drei von den Soldaten.

»In einer Stunde, vorm Haus!«, befiehlt er. »Und warme Sachen anziehen.«

Gerade als Heinrich mit seinem Trupp losreiten will, kommt Vicky aus dem Haus gerannt.

»Nimm mich mit, nimm mich mit.« Das kleine Mädchen ist ganz aufgeregt, ihre Stimme überschlägt sich. Heinrich steigt vom Pferd, hockt sich hin und nimmt ihre Hand.

»Kleine, das geht nicht. Ich kann dich nicht mitnehmen. Das ist kein Kinderspiel.«

»Du musst Mami finden, Onkel Heinrich! Und François! Und Babette!«

Heinrich hält einen Moment inne.

»Ich werde sie finden.«

»Versprochen?«

Heinrich nickt, dann besteigt er wieder sein Pferd, und ohne einen weiteren Blick zurück gibt er Zeichen zum Abrücken.

Im Gutshaus hat François den Küchenofen eingeheizt und genug Wasser heiß gemacht, um eine Zinkwanne, die Lena in einer der Stuben gefunden hat, halb zu füllen. Sie hat Babette ausgezogen, führt die immer noch völlig apathische Frau zur Wanne und hilft ihr hinein. Babette stöhnt auf, als ihr geschundener Körper das Wasser berührt. Es brennt zunächst so sehr, dass sie sich nicht hinsetzen will. Doch dann spürt sie, dass es beginnt, ihr wohlzutun. Lena kniet bei ihr und hält sie unter den Armen, wie ein Baby, das gestützt werden muss, um nicht unterzugehen. Mit einem sauberen Küchentuch, das sie ins Wasser taucht, reinigt sie Babettes Gesicht, tupft vorsichtig über die lange Schramme, die sich vom Haaransatz bis zum Wangenknochen zieht.

In einer zerschlagenen Lade im Flur hat sie ein Stück Seife gefunden, mit dem sie Babette jetzt die Haare wäscht und ihr vorsichtig den Körper abseift. Das warme Wasser scheint Babette zu entspannen, sie hat aufgehört zu wimmern, und ihre Muskeln entkrampfen sich. Mit Mühe richtet Lena die Freundin auf, trocknet sie ab und zieht ihr ein Hemd und eine Hose an. Die hat François irgendwo aufgetrieben und diskret ins Zimmer gereicht. Dann führt sie Babette, die mit kleinen kurzen Schritten neben ihr geht, zum Bett, deckt sie zu und setzt sich neben sie. Sie streichelt ihre Wange und summt ein Kinderlied.

»Guten Abend, gute Nacht, mit Rosen bedacht ...«

Babette hält die Augen geschlossen, drückt nur ganz schwach Lenas Hand. Irgendwann schläft sie erschöpft ein. Lena horcht noch ein paar Minuten auf die regelmäßigen Atemzüge, dann geht sie hinaus.

In der Halle hat François das Durcheinander aus kaputten Möbeln, zerschlagenem Geschirr, aufgeschlitzten Federbetten und anderem Gerümpel, so gut es geht, beseitigt. Der Wind, der durch die zerstörten Fensterscheiben Schnee und Eiseskälte herein blies, ist ausgesperrt. Mit einer Pfanne als Hammerersatz und Nägeln, die er in der Kammer gefunden hat, hat François Schranktüren und Bretter vor die Fenster gehämmert. Die Pferde sind abgesattelt und stehen in einer Ecke. Ruhig und völlig ungerührt über den merkwürdigen Aufenthaltsort, kauen sie an einem Heuhaufen, der vor ihren Hufen liegt. Über ihre Rücken hat François die grünen Brokatvorhänge gedeckt, die ehemals wohl die Hallenfenster schmückten. In der gegenüberliegenden Ecke hat er Stroh aufgeschüttet, und auch dort liegen Vorhänge und Decken als Unterlage und Lagerstatt. Im Kamin brennen einige Holzscheite. Mitten im Raum stehen zwei Stühle mit einer Tür als Tischplatte. François hat eine Kerze angezündet und Gabeln und einen Kochtopf mit drei dampfenden Kartoffeln bereitgestellt.

Als Lena zurückkommt, sieht François ihr die völlige Erschöpfung sofort an. Sie steht mit herabhängenden Armen da, kann sich kaum mehr auf den Beinen halten. Schnell ist er bei ihr, nimmt sie am Ellenbogen und führt sie zu dem improvisierten Tisch. Er zwingt sie sanft, sich hinzusetzen.

»Sie müssen was essen. Kartoffeln beruhigen den Magen.«

Mit der Gabel zerdrückt er eine der Kartoffeln und beginnt, sie zu füttern. Sie schaut ihn an, nimmt ihm die Gabel aus der Hand und legt sie hin.

»Ich will nicht. Ich kann jetzt nichts essen.«

François gießt ihr Tee ein.

»Sie müssen wenigstens etwas trinken, Sie werden zu schwach.«

»Ich bin nicht schwach«, sagt Lena müde, aber trotzig wie ein kleines Kind.

François steht auf und geht zum Kamin, kommt jedoch gleich wieder zurück zu ihr.

»Nein, Sie sind nicht schwach. Sie sind nie schwach.«

Jetzt beginnt Lena zu essen, stopft die Kartoffel hungrig in sich hinein, trinkt gierig den heißen Tee.

»Danke, dass Sie gekommen sind, François. Wie haben Sie mich überhaupt gefunden?«

»Ich bin wegen Babette gekommen, sie war immer gut zu uns. Und ich bin hier, weil Vicky mich darum gebeten hat.«

Lena lässt die Schultern hängen.

»Ich hab Sie nicht verraten, François. Ich wollte nie ohne Sie gehen …«

François schaut sie an, sagt aber nichts. Sein Blick ist so voller Schmerz und Trauer, dass Lena mitten im Satz aufhört zu sprechen.

»Was ist mit Ihren Männern? Wo sind sie? Warum haben Sie nicht gewartet, warum haben Sie mich, die Frauen und Kinder sitzen gelassen und sind mit ihren Männern einfach abgehauen?«

»Abgehauen? Wir? Sie wollten uns doch mitnehmen. Wir beide hatten eine feste Abmachung. Sie haben Ihr Wort nicht gehalten! Egal, ob jetzt Sie oder Ihr Vater. Für euch Aristokraten sind wir doch sowieso Menschen, die nicht dazugehören.«

In Lena steigt die Wut hoch. Was denkt er sich eigentlich, sie so anzugehen! Er hat doch nicht die geringste Ahnung.

»Ich habe jahrelang nicht dazugehört«, sagt Lena leise.

»Aber Sie waren nie wirklich draußen, Sie wissen nicht, wie das ist.«

»Und aus Rache haben Sie dann meine Tochter mitgenommen?«

François tritt vor sie an den Tisch, blitzt sie wütend an.

»Ihre Tochter hat ein feineres Gespür für Gerechtigkeit als ihre Mutter. Sie hat sich heimlich in Mikolais Leiterwagen versteckt, um ihn zu schützen, und damit er nicht allein gehen musste.«

Lena schweigt betroffen.

»Das habe ich nicht gewusst. Und ich habe auch nicht gewusst, dass mein Vater Sie fortschicken wollte. Als ich aus Preußisch Holland zurückkam, waren Sie schon fort. Sind denn jetzt alle in Sicherheit?«

François schaut sie lange an, und wieder hat er diesen verzweifelt traurigen Ausdruck, den Lena nicht versteht.

»Nun sagen Sie schon. Warum antworten Sie denn nicht?«

François dreht sich weg und fügt leise hinzu:

»Sie sind alle tot. Alle.«

Lena steht langsam auf, ihre Augen auf seinen Rücken gerichtet.

»Ihre Männer, unsere Männer sind tot? Alle? Was reden Sie denn da, François.«

Sie fasst ihn an den Schultern.

»François, nun sagen Sie doch etwas. Was ist denn passiert?«

Lena sieht François ungläubig an. Er schüttelt den Kopf und geht statt einer Antwort zum Kamin. Voller Verzweiflung schlägt er mit der Faust gegen den Sims.

»Alle sind tot! Erschossen von der SS. Louis, Jean, Wladimir, Dimitri ... Sie wollten immer weg. Seit Monaten. Ich bin schuld, ich habe sie immer davon abgehalten. Ihr Vater wollte, dass wir schon vor Weihnachten gehen.«

Lena begreift endlich. Sie geht zu ihm, legt ihre Hand auf seine Schulter.

»Weil ich nicht gehen wollte? Weil ich euch nicht hab gehen lassen? Was ist mit Mikolai, Vicky will, dass wir Mikolai suchen ...«

François dreht sich um, versucht sie von sich zu schieben. Lena sieht, dass seine Augen und Wangen nass von Tränen sind. Lena steht hilflos da, weiß nicht, wie sie helfen kann. Den sonst so starken François nun so verzweifelt zu sehen ist für Lena verwirrend. Da erzählt François weiter:

»Mikolai ... er lag neben mir ... Sie haben uns abgeschossen, einen nach dem anderen. Wie bei der Hasenjagd. Die SS, sie war plötzlich da. Ich konnte nichts tun, nichts. Mikolai, er ist neben mir verblutet.«

François sinkt in die Hocke. Zusammengekrümmt verbirgt er sein Gesicht in den Händen. Das Erlebte, das Überleben mit knapper Not, das ganze Grauen kommt in ihm hoch. Seine sonstige Beherrschung weicht tiefer Verzweiflung.

»Wie damals … mein kleiner Bruder …, als sie kamen, die Deutschen … Er war wie Mikolai, ein Kind … Vor meinen Augen …«

Lena hockt sich neben den weinenden Mann und dreht ihn sanft zu sich. Sie nimmt ihn in den Arm. François lässt es geschehen, hält sie fest umschlungen. Lena spürt, wie das Zittern seinen ganzen Körper erfasst und er zu weinen beginnt.

In der Halle ist es dunkel. Die letzte Glut schwelt im Kamin. Tassilo und Hektor haben die Ohren angelegt und dösen vor sich hin. Ihr Atem verwandelt sich in weiße Schwaden, sobald er ihre warmen Nüstern verlässt. Auf dem Strohlager in der Ecke liegt Lena unter Decken und verschiedenen Kissen verborgen und schläft tief und fest. François neben ihr ist aufgewacht und lauscht ihrem gleichmäßigen Atem. Seine Arme sind steif, und sein Rücken schmerzt. Das Stroh unter ihm macht den Steinboden nicht weniger hart. Ich muss mich bewegen, denkt er, mal schauen, ob draußen alles in Ordnung ist. Aber als er sich vorsichtig aufrichtet, hält Lena ihn zurück.

»Bitte geh nicht weg.«

François legt sich wieder hin, und Lena legt sich in seine Armbeuge. Sie brauchen jetzt beide die körperliche Nähe eines anderen Menschen, gegen das Gefühl der Einsamkeit und der Angst, aber auch gegen die Kälte der Nacht.

Plötzlich schlägt die Haustür, vom Wind bewegt, ins Schloss. Erschrocken setzt Lena sich auf. Sie ist sofort hellwach.

»Hattest du die Tür nicht zugemacht, François? Es weht eiskalt rein …«

Sie sehen sich an. Gleichzeitig springen sie auf und eilen nach draußen. Vor dem Haus ist niemand zu sehen. Aber Lena entdeckt im Mondlicht Fußspuren, die nach rechts führen. Schnell folgen sie ihnen, und dann sehen sie auch schon eine dunkle Gestalt im Schnee. Babette! Sie liegt mit geschlossenen Augen auf dem Rücken und rührt sich nicht. Die Arme hat sie weit ausgebreitet, Haare und Kleider sind steif gefroren, ihre Lippen blau. François zerrt sie hoch. Lena gibt ihr rechts und links eine Ohrfeige. »Babette, verdammt noch mal, was machst du für Blödsinn. Wach auf, komm schon, wach auf!«

Aber Babette rührt sich nicht. François nimmt sie auf den Arm, trägt sie zurück ins Haus und legt sie vor den Kamin. Ihre Augen sind immer noch geschlossen. Kein Ton kommt über ihre blauen Lippen.

»Lebt sie noch, François, lebt sie noch?«

Lena ist jetzt fast hysterisch. François legt sein Ohr an Babettes Brust, dann lächelt er Lena beruhigend an.

»Sie lebt noch. Aber sie ist total unterkühlt. Wir müssen sie warm machen. Schnell.«

Lena holt Decken und Kissen. François wirft Holz in den Kamin und facht ihn an. Dann hängt er im Flur eine Tür aus, polstert sie mit Kissen aus und legt Babette darauf. Lena rubbelt sie mit einem Handtuch von oben bis unten ab, während François ihre halb erfrorenen Füße knetet. Babette zeigt keine Anzeichen von Leben. Lena redet, während sie rubbelt, ohne Unterlass auf Babette ein.

»Weißt du noch, als wir nicht mit auf die Fuchsjagd durften und beide heimlich hinterhergeritten sind? Und in dem Schneesturm vollkommen die Orientierung verloren haben?«

Babette ist nicht anzumerken, ob sie etwas mitbekommt.

»Wir waren so erschöpft, die Tiere so müde, ich war von Marnia gestürzt und konnte kaum laufen. Du warst vorgegangen, und ich konnte nicht mehr, ich hab mich einfach an irgendeinen Baum gesetzt und wollte nur noch schlafen. Und du hast mich gerüttelt und angeschrien: ›Lena, verdammt noch mal, Lena, steh auf! Ich schaff das nur mit dir. Wir schaffen das nur zu zweit!‹ Und als ich nicht reagiert habe, hast du vor mir Walzer getanzt und gesungen: ›Du musst dich drehen, du musst dich drehen!

Sonst lachen sie dich aus!‹ Dann hast du mich hochgezogen und mit mir und meinen eiskalten Füßen Walzer getanzt. Wir tanzten und tanzten, und ich weiß nicht wie, aber du hast mich da rausgebracht. Babette, weißt du noch?«

Lena lacht und weint gleichzeitig.

»Babette, wach endlich auf, hörst du. Ich brauche dich doch. Ich kann nicht ohne dich.«

Und nach einigen Minuten, die Lena wie eine Ewigkeit vorkommen, lächelt Babette kaum merklich. Sie öffnet die Augen und lächelt.

François sitzt da und schaut den beiden Frauen zu. Sein Blick weicht nicht von Lenas Gesicht. Was für eine Frau, denkt er. Woher nimmt sie diese Stärke. Eben war sie noch so verängstigt und schutzbedürftig, und jetzt ist sie schon wieder voll Energie und Willenskraft. Babette wimmert leise. François hebt sie hoch und trägt sie zur Tür.

»Ich bringe sie wieder in ihr Bett, und du legst dich zu ihr, das wird sie beruhigen und warm halten.«

Nach einer Stunde unruhigen Schlafs erwacht Lena. Sie steht auf, deckt Babette zu und geht zum Fenster. Vor lauter Eisblumen kann sie nicht hinaussehen. Mit dem Handrücken reibt sie ein Loch hinein. Draußen glitzert die Landschaft im Mondlicht. Der Sturm hat sich endlich gelegt, aber noch treibt er dicke Wolken über den fernen Himmel. Da schlägt irgendwo im Haus wieder eine Tür. Lena zuckt zusammen. Die Tür schlägt noch einmal. Lena stehen die Haare zu Berge. Sie flieht zu François in die Halle. Der steht vor dem Kamin und starrt ins Feuer. Als er sie vor Angst zitternd vor sich stehen sieht, nimmt er ihre Hände. Er reibt sie warm, hebt sie hoch und küsst die Innenflächen. Lena lässt es geschehen.

»Ich habe von Vicky geträumt. Sie hat mir *Peterchens Mondfahrt* vorgelesen, und dann wollte sie mit mir wegfliegen. Aber ich bin nicht hochgekommen, ich bin einfach nicht hochgekommen. Ich war so schwer und total festgefroren.«

François lächelt sie an, streicht ihr das Haar aus der Stirn.

»Denk an den Sommer, an die gemähten Felder, den Geruch von frischem Heu. Oder ans Meer, im Süden Frankreichs, den heißen Strand, dann könnt ihr bestimmt wieder fliegen wie die Kinder in dem Buch.«

Lena spürt einen wohligen Schauer im Nacken. Sie lehnt sich gegen ihn. François nimmt ihren Kopf zwischen die Hände und küsst sie zart auf die Lippen. Lena erwidert seinen Kuss und beginnt ihn zu streicheln. Sie hilft ihm aus der Jacke und knöpft sein Hemd auf. François lässt es geschehen.

»Ich will dich«, sagt Lena leise und öffnet den ersten Knopf ihrer Bluse.

»Ich will dich auch, *chérie*.«

François beginnt, sie voller Verlangen zu küssen. Eng umschlungen trägt er sie zu ihrem Lager und legt Lena vorsichtig auf die Decken. Sie zieht ihn zu sich herunter, und dann versinken sie in gemeinsamer Lust, atemlos und fordernd. Die Dinge um sie herum spielen für diesen Moment keine Rolle mehr.

Es geht weiter

Beim ersten Morgengrauen sieht Lena nach Babette. Sie steht schon angezogen im Zimmer.

»Wie geht es dir, Babette?«

»Es geht schon. Es muss ja gehen. Lena, wir dürfen keine Zeit mehr verlieren. Ich habe euch schon genug aufgehalten.«

Und leise fügt sie hinzu:

»Danke dir, Lena. Du und François, ihr habt mein Leben gerettet.«

Lena umarmt sie und hält sie fest. Dann gehen sie gemeinsam in die Halle, wo François schon die Pferde gesattelt hat.

»Da steht noch ein heißer Tee für euch. Und dann lasst uns schnell aufbrechen. Babette, du reitest mit mir!«

Lena trinkt hastig einen Schluck Tee. Die Wärme tut ihr gut.

»Nehmt ihr Tassilo, François. Der ist ausgeruhter. Hektor ist noch ganz geschafft von heute Nacht. Er kann mich allein leichter tragen.«

Ohne einen Blick zurück reiten die drei vom Hof des Gutshauses und biegen am Ende der Allee in die verschneite Chaussee ein. Bald danach treffen sie auf die Hauptstraße, die schon um diese frühe Stunde voller Flüchtlinge ist. Sie reiten an einer Kolonne von Kriegsgefangenen vorbei, die sich zu Fuß in langer Reihe dahinschleppen. Ihre Kleidung ist zerlumpt und für das eiskalte Wetter viel zu dünn. Sie haben nur Leinenjacken und blaue Arbeiterhosen an. Alle tragen das P auf der Brust. Manche haben nicht mal Schnürsenkel in den Schuhen. Bewacht werden sie von ein paar Soldaten, die parallel zu ihnen gehen. Wie weit die armen Kerle es wohl schaffen werden in diesem Aufzug, fragt sich Lena und schaut unsicher zu François. Hoffentlich erkennen die Bewacher ihn nicht als Kriegsgefangenen und nehmen ihn fest. Aber die Soldaten haben kein Auge für die Menschen um sie herum. Auch sie kämpfen sich durch den Schnee, müssen ihre Befehle befolgen und die Gefangenen irgendwo abliefern. Der Mann, der da mit einer Frau gemeinsam auf einem Pferd reitet, ist ihnen völlig gleichgültig. So wie alle anderen, die sich mit ihnen vorwärtskämpfen. Handleiterwagen, Frauen mit Kinderwagen oder zu Fuß, mit kleinen Kindern rechts und links an der Hand. Alte Leutchen mit ihrem Ackerpferd vor dem Leiterwagen. Alle Wagen sind viel zu schwer beladen, so dass die armen Zugtiere kaum vorwärtskommen, immer wieder ausrutschen und so den ganzen nachfolgenden Treck zum Halten zwingen. Lena und François reihen sich ein und passen sich der Geschwindigkeit an. Ab und an gelingt es ihnen zu überholen. Aber auch hier ist die gesamte Straßenbreite voller Flüchtlinge, und so geht es nur gemeinsam vorwärts oder gar nicht. Schließlich kommen sie zu einer zusammengeschossenen Straßensperre. Sandsäcke und verkohlte Holzbohlen, dahinter eine zerborstene Mörserbatterie. Tote Soldaten liegen im Schnee, dem einen ist ein Arm abgerissen, ein anderer hat nur noch ein halbes Gesicht. Aus einem zersprengten Panzerspähwagen, der halb im Graben liegt, qualmt es noch. Hier waren also schon die Russen. Erschrocken, aber still ziehen die Flüchtlinge an diesem Ort vorbei, an dem die Niederlage der Deutschen so deutlich wird. Lena kann ihren Blick nicht von der grausigen Szene abwenden.

»Komm, Lena, wir müssen weiter. Bleib nicht stehen, sieh nicht hin.«

François ist es unheimlich. Wenn die Russen schon hier waren, dann …

Lena und François haben den Spähwagen gerade passiert, da explodiert, von der Hitze des Feuers gezündet, eine Granate im Inneren des Vehikels, hebt es an und wirft es mit Wucht wieder zurück auf den Boden. Tassilo bäumt sich auf, doch François ist ein guter Reiter. Er zügelt den Hengst mit einer Hand, mit der anderen hält er Babette, die sich erschrocken an ihn klammert. Vor Lena stellen sich zwei Ochsen vor einem Wagen quer, und der Wagen kippt um. Das Gepäck und Gläser mit Eingemachtem fliegen auf die Straße. Hektor macht einen Satz zur Seite. Dabei kommt er mit den Hinterbeinen zu nah an den Straßengraben, rutscht ab und überschlägt sich. Lena fliegt im hohen Bogen über die Böschung auf das anschließende Feld. Hektor rutscht in den Graben und bleibt liegen.

Blitzartig ist François vom Pferd gesprungen und zu Lena gerannt. Sie liegt im Schnee und rührt sich nicht. François zieht sie hoch.

»Komm, komm schon, *chérie* …«

Lena öffnet die Augen und schaut ihn benommen an.

»Komm schon. Auf mit dir. Ist irgendetwas gebrochen? Kannst du stehen?«

Lena versucht, auf die Beine zu kommen. Da durchzuckt sie ein heißer Schmerz. Sie kann das rechte Bein nicht belasten und knickt wieder um. François hält sie fest. Ihre Gesichter sind ganz nah. Lena schaut direkt in François' Augen, sie lächelt.

»Immer bist du zur rechten Zeit am rechten …«

Sie hört mitten im Satz auf zu sprechen. Hinter François ist ein Kopf aufgetaucht, und dunkle Augen schauen sie besorgt an.

Heinrich! Um Himmels willen. Heinrich ist da! Und sie ist hier im Arm von François, dem Kriegsgefangenen. Eisiger Schrecken fährt ihr in die Glieder, sie richtet sich auf.

»Danke, François, danke, dass Sie mir geholfen haben.«

Ihr Ton ist so kühl, dass François es nicht versteht. Er schaut sie stirnrunzelnd an.

»*Chérie*, was ist los. Sind wir wieder beim Sie?«

»Gehen Sie zur Seite, lassen Sie mich zu ihr ... Lena!«

»Heinrich!«

Lena sagt es überlaut und macht sich ostentativ von François los. Heinrich darf nichts merken. Ich muss ganz normal sein. Wenn er was merkt, ist François verloren. Mit zusammengebissenen Zähnen versucht sie, auf dem schmerzenden Fuß zu stehen. Und dann ist Heinrich auch schon fast bei ihnen.

»Danke. Danke, François, dass Sie meiner Verlobten so schnell geholfen haben.«

François will Lena aber noch nicht loslassen. Er nimmt sie am Arm und versucht, sie zu stützen.

»Nicht. Lass mich«, flüstert sie. Laut sagt sie: »Es geht schon. Danke schön.«

Doch dann wird ihr schwindlig vor Schmerz, und sie kann sich nicht mehr aufrecht halten. Heinrich und François fangen sie gleichzeitig auf. Ohne ein Wort nimmt François sie auf den Arm und trägt sie die Böschung hinauf bis zur Straße. Er schaut ihr dabei zärtlich ins Gesicht.

»Lena, Lena, *ça va aller* ...«

»Lassen Sie, lassen Sie mich, ich komm allein zurecht.«

Oben angekommen, setzt er sie ab. Babette nimmt sie in Empfang.

»Die Comtesse hat sich wahrscheinlich die Bänder verletzt.« Seine Stimme ist jetzt ganz sachlich und ebenso distanziert wie ihre. Er hat begriffen.

»Was ist mit Hektor? Er liegt immer noch. Kümmert sich einer bitte um mein Pferd?«

Heinrich sieht hinüber zu einem seiner Männer, der bei Hektor steht. Der schüttelt bedauernd den Kopf.

»Rechtes Vorderbein, Herr Oberstleutnant. Gebrochen!«

Heinrich stapft den Graben entlang zu dem angstvoll keuchenden Pferd, das verzweifelt versucht aufzustehen. Im Gehen zieht er seine Pistole aus dem Halfter und entsichert sie. Lena schaut zu François, dann wieder zu Heinrich hinunter. Der ist jetzt bei Hektor angekommen, hockt sich zu ihm und streichelt seinen Hals. Dann kracht ein Schuss. Lena stößt einen Klageschrei aus, dann wird ihr schwarz vor Augen.

Als sie nach einigen Minuten wieder zu sich kommt, liegt sie im Arm von Heinrich, der sie besorgt ansieht.

»Lena. Meine Liebe, du bist also wieder unter uns. Das ist schön!«

Lena ist immer noch benommen. Sie bleibt erst mal liegen.

»Heinrich. Wo kommst du denn her. Warum bist du hier? Ich dachte, du bist in Königsberg?«

»Die Russen stehen kurz vor der Stadt. Hitler hat sie zur Festung erklärt. Ich hab Befehl, mich nach Westen abzusetzen. In Lahnstein hab ich dann erfahren, dass du weggeritten bist, um Babette und Frau Meister zu suchen. Lena, das war doch vollkommener Wahnsinn. Was für eine verrückte Idee. Bitte, tu so etwas nie wieder.«

»Aber wie hast du uns denn gefunden?«

»Waltraud hat mir vom Schaller-Hof berichtet. Ich dachte mir, dass ihr vielleicht dort seid. Aber als wir ankamen, war alles zerstört. Nur noch schwelende Trümmer. Einer meiner Männer hat eine verkohlte Frauenleiche und einen Schuh gefunden. Der gottlob nicht deiner war.«

»Das war Frau Meister. Ich konnte sie nicht mehr retten.«

Lenas Augen werden feucht. Sie fühlt sich müde und ausgebrannt.

»Na, nun reiten wir erst mal nach Lahnstein, dann kann sich Johannes deinen Fuß ansehen, und ihr könnt euch ausruhen.«

Heinrich nimmt Lena auf den Arm und schiebt sie auf sein Pferd, dann steigt er hinter ihr auf. Schnell setzt sich der kleine Trupp in Bewegung. Mit den Uniformierten vorneweg können sie sich ihren Weg sehr viel schneller durch das Chaos bahnen.

Als sie gegen Mittag in Lahnstein ankommen, läuft ihnen Vicky schon entgegen, gefolgt von Sophie. Sie hat den ganzen Morgen am Fenster gehockt und darauf gewartet, dass sie endlich auftauchen.

»Mami, Mami!«, schreit sie glücklich und springt unentwegt am Pferd hoch, auf dem Lena hinter Heinrich sitzt. »Du hast sie gefunden, Onkel Heinrich. Ich wusste es.«

Heinrich hebt Lena vorsichtig vom Pferd, und dann kann sie endlich ihre Tochter in den Arm nehmen. Heinrich streichelt Vicky über den Kopf und wendet sich an seine Mutter.

»Ich hatte es dir versprochen!«

Sophie lächelt ihren Sohn dankbar an. Gestützt von Heinrich, humpelt Lena ins Haus. François nimmt die Pferde am Zügel und führt sie ohne ein weiteres Wort zum Stall. Sophie hat Babette untergehakt und geht mit ihr zu den Mahlenbergern, die alle vor der Haustür stehen. Waltraud und Frau Stuber fangen an zu heulen. Oma Herta sieht ihre Schwiegertochter lange an. Sieht die Schramme, die aufgeplatzte Lippe. Sie ahnt, nein, sie weiss, was geschehen ist. Oma Herta nimmt ihre Schwiegertochter in den Arm.

»Babettchen, Babettchen, was machst du denn für Sachen? Komm, wir gehen in die Küche. Du brauchst jetzt erst mal was zu essen, was Stärkendes.« Die Frauen verschwinden ins Haus.

In der Bibliothek hat sich Lena auf eine Chaiselongue gebettet. Vicky sitzt aufgeregt daneben, hält die Hand ihrer Mutter ganz fest, als wollte sie sie nie wieder loslassen. Johannes von Lahnstein kommt aus dem Behelfslazarett, das er seit Tagen kaum verlassen hat, und untersucht Lenas geschwollenen Fuß.

»Ist nix gebrochen, nur ordentlich verstaucht, Lena. Da hast du Glück gehabt. Gipsen hätte ich dir das eh nicht können, wir haben ja keinen Gips. Ein fester Verband sollte es tun. Du musst ein paar Tage das Bein hochlegen.«

»Dann bin ich ja komplett unbeweglich.« Aber Johannes ist streng und unerbittlich. »Du kannst ein wenig humpeln, aber wenn du das Bein nicht schonst, wirst du irgendwann gar nichts mehr machen können. Also. Keine Widerrede: hochlegen und schonen!«

»Dank dir, Johannes.« Lena klingt ein bisschen kleinlaut. Johannes streicht ihr liebevoll über die Wange und sagt zu Vicky: »Pass schön auf deine Mami auf, sie darf nicht zu viel rumhopsen!«

»Versprochen, Onkel Johannes«, antwortet Vicky, und schon ist der Baron wieder fort, um nach seinen anderen Patienten zu sehen.

Lena bleibt gemütlich auf ihrer Chaiselongue liegen und entspannt sich. Hier im Kreis ihrer Freunde, mit Vicky und mit den Mahlenbergern, die nun alle wieder im Haus sind, fühlt sie sich einigermaßen sicher. Zumindest im Moment. Benno, Wilhelm und Vicky spielen mit Murmeln in der Ecke, und das regelmäßige Geräusch der Glaskugeln, die gegen die Fußleisten stoßen, macht sie schläfrig.

Doch da erscheint Oma Herta an ihrer Lagerstatt und zieht sich einen Stuhl heran. Leise sagt sie:

»Lenchen, ich bin dir ja so dankbar, dass du und François mir Babette wiedergebracht habt. Ich weiß gar nicht, was ich getan hätte, wenn –«

»Ist schon gut, Oma Herta, du musst viel mehr François danken. Er war wirklich unglaublich mutig.«

»Es muss eine gesegnete Verbindung sein, dass ihr Babette

dieser schwarzen Übermacht entreißen konntet … Vielleicht glaubt das dumme Ding jetzt endlich wieder an den Herrgott.«

Lena schaut die alte Frau an, die ihr die Hand tätschelt.

»Ich weiß manchmal nicht, ob wir zu irgendeiner höheren Macht überhaupt noch eine Verbindung haben. Oder ob wir uns so schuldig gemacht haben, dass wir jetzt bestraft werden.«

»Lenchen, so kenn ich dich gar nicht.«

In dem Moment geht die Tür auf, und Heinrich und François versuchen einander höflich den Vortritt in die Bibliothek zu lassen. So höflich, dass keiner zuerst gehen will. So bleiben sie beide im Türrahmen stehen.

»Ich danke Ihnen, dass Sie meine Lena gerettet haben.«

Heinrich hält ihm ritterlich die Hand hin. François zögert einen Moment, schaut ihn an und schlägt dann ein, sagt aber nichts. Heinrich schiebt endlich François vor sich in den Raum. Vicky steht fröhlich von ihrem Murmelspiel auf und läuft auf François zu.

Heinrich geht zu Lena, die sich nur mühsam auf ihn konzentrieren kann. Ihr Blick wandert immer wieder zu Vicky und François.

Heinrich hilft Lena auf.

»Ich glaube, Mutter würde sich freuen, wenn wir runter in die Küche kommen. Sie hat das Abendbrot fertig.«

Sie stützt sich auf ihn und hopst neben ihm her. Oma Herta bleibt sitzen.

»Essen ist eine so langweilige Angelegenheit, Rüben mit Kartoffeln, Kartoffeln mit Rüben, und das ist dann eine Delikatesse.« Sie schnaubt verächtlich.

»Na, Oma Herta, besser Rübenmus als gar nichts. Komm schon.«

Lena dreht sich um und winkt ihr, damit sie ihnen folgt. Zu Heinrich sagt sie: »Hol doch bitte Vicky und François, die müssen auch etwas essen.«

In der gegenüberliegenden Ecke der Bibliothek redet Vicky leise auf François ein. Wilhelm steht betreten daneben.

»François, morgen müssen wir Mikolai finden. Wilhelm hilft uns dabei, wir müssen ihn unbedingt finden. Es ist doch so kalt da draußen, und er fürchtet sich sicher ohne uns.«

François schaut sie ernst an. Mit weicher Stimme sagt er:

»Wir werden ihn nicht finden, Vicky.«

»Doch, er hat große Angst, verstehst du, dass sie ihn erschießen, die Russen.« François kniet sich vor Vicky.

»Vor den Russen muss er keine Angst mehr haben, Vicky. Er hat schon zu lange zu viel Angst gehabt.«

»Was heißt das? Was ist mit ihm? Wo ist er denn?«

Vicky schaut in das traurige Gesicht von François.

»Warum sagst du mir das nicht? Was ist mit ihm? Ist er tot?«

»Ja, Vicky, er ist tot. Die Deutschen haben ihn erschossen.«

Einen Moment herrscht absolute Stille. Dann rennt Vicky weinend davon. Wilhelm folgt ihr auf dem Fuß. Heinrich steht erbost neben François, der sich langsam wieder aufrichtet.

»Wie können Sie dem Kind ... Sie können ihr doch nicht ...«

»Die Wahrheit sagen? Hätte ich sie weiter anlügen sollen?« Er dreht sich zu Lena, die das Gespräch mitgehört hat.

»Lena, hätte ich das tun sollen?«

Lena schaut auf ihre Hände und schweigt. François lässt sie alle stehen und geht ohne ein weiteres Wort hinaus. Heinrich nimmt Lena wieder am Arm und führt sie.

»Wem nützt sie, die Wahrheit? Seine Wahrheit. Was bringt sie, außer zusätzliches Leid.«

Oma Herta mischt sich von hinten ein.

»Keiner sagt doch mehr die Wahrheit. Keiner, weil keiner sie hören will.«

Lena macht sich von Heinrich los und humpelt Vicky hinterher. Jetzt, wo sie die Wahrheit über ihren Freund kennt, will sie nicht, dass Vicky allein ist. Ich muss ihr erklären, muss sie trösten. Sie braucht mich jetzt, denkt Lena und verflucht ihren beschädigten Fuß, der sie hindert, schneller vorwärtszukommen. Sie hopst auf einem Bein zur Treppe und die Stufen eine nach der anderen hinauf. Lena findet Vicky in ihrem Bett. Sie hat sich die Decke über den Kopf gezogen und weint leise. Lena holt den kleinen, alten Teddy aus der Reisetasche und setzt sich auf die Bettkante. Sie zieht die Decke herunter und schaut ihre unglückliche Tochter an, streicht ihr übers Haar.

»Schau mal, mein Liebling, wer hier ist. Der hat die ganze Zeit auf mich aufgepasst. Er wird uns auch weiter behüten. Komm, sei nicht mehr traurig. Mikolai ist jetzt im Himmel, und da ist es bestimmt wunderschön. Viel schöner als hier bei uns. Da hat er keine Angst mehr. Vor niemandem.«

Vicky schluchzt laut auf.

»Ich habe nicht auf ihn aufgepasst ... Nicht gut genug auf ihn aufgepasst.«

Lena legt sich zu ihr und nimmt sie ganz fest in den Arm. Es dauert nicht lange, und beide sind fest eingeschlafen.

Unten sucht Major Metzger die Hausherren. Er findet Heinrich zwischen den Flüchtlingen in der Halle. Mit ernstem Gesicht zieht er ihn zur Seite.

»Die Russen haben Osterode, Deutsch Eylau, Allenstein, Mohrungen und Preußisch Holland eingenommen. Die ersten russischen Panzer sind bereits in Elbing aufgetaucht. Die Stadt liegt unter schwerem Beschuss. Alle Brücken sind gesprengt. Von hier ist der Weg nach Westen abgeschnitten. Wir werden in einer Stunde abrücken, Graf von Gernstorff.«

»Das heißt, jetzt bleibt nur der Weg übers Haff!«

»Jawohl! Einen anderen gibt es nicht mehr. Wenn wir Sie, Ihre Mutter, Ihre Verlobte und das Kind mitnehmen sollen, tun wir das gerne.«

Major Metzger grüßt militärisch zackig und geht hinaus, um

seine Leute zusammenzurufen. Heinrich eilt in die Küche. Da sitzt Sophie mit Babette und verbindet ihren geschundenen Arm.

»Die Russen sind schon in Elbing! Major Metzger hat uns angeboten, mit ihm und seinen Leuten mitzufahren. In einer Stunde geht's los. Wir sollten uns ihnen anschließen.«

Sophie schaut Heinrich an, als käme er von einem anderen Stern. Babette beginnt zu zittern. Sophie klopft ihr beruhigend auf die Schulter.

»Wir schließen uns niemandem an, Heinrich.«

Sie steht auf und geht zum Herd. In aller Ruhe reißt sie ein Tuch in Streifen und taucht sie in kochendes Wasser. Auf dem Weg zurück zu Babette bleibt sie kurz vor ihrem Sohn stehen und streicht ihm über die Wange.

»Danke, dass du sie mir zurückgebracht hast. Danke dir so sehr. Aber wir trennen uns jetzt nicht mehr. Wir bleiben alle zusammen. Nur so überstehen wir die Russen.«

»Ich werde, ich muss euch in Sicherheit bringen, Mutter.«

Babette zittert jetzt derart, dass ihre Tasse scheppernd gegen den Teller vor ihr stößt.

»Babette nehmen wir auch noch mit«, fügt Heinrich mit einem Blick auf sie hinzu. »Aber wir müssen hier weg, und zwar schnell.«

Seine Mutter lässt sich nicht aus der Ruhe bringen. Sie verbindet Babettes Arm und lächelt sie an.

»Und die anderen, was wird aus ihnen? Die können doch nicht allein hierbleiben.«

»Johannes oder François können den Treck führen.«

Heinrich verlässt die Küche, ohne eine Antwort abzuwarten. Er rennt zum Stall. François und Leszek sind dabei, die Pferde zu beschlagen und ihnen neue Stollen einzudrehen.

»Bereiten Sie alles für den Aufbruch vor.«

François und Heinrich messen einander mit Blicken.

»Ich werde meine Verlobte, Victoria und meine Mutter mit dem Truppentransport in Sicherheit bringen. Sie bleiben beim Treck und begleiten ihn.«

»Das Fußvolk wird aufgerieben, die Herrschaft bringt sich in Sicherheit.«

François' Stimme klingt verächtlich, er dreht dem Grafen den Rücken zu und macht mit seiner Arbeit weiter. Heinrich übergeht die Unterstellung geflissentlich.

»Wir bieten Ihnen die Sicherheit des Trecks. Das Unglück mit Ihren Männern wäre vermeidbar gewesen, wenn Sie sich nicht selbstständig gemacht und Mahlenberg allein verlassen hätten.«

François hält inne. Was für eine Arroganz, denkt er. Graf und Offizier, und kein bisschen Mitgefühl. Er spürt eine solche Wut in sich aufsteigen, dass er sich nur schwer davon abhalten kann, Heinrich an den Hals zu springen. Stattdessen richtet er sich wie in Zeitlupe auf und sagt verächtlich und mit Eiseskälte in der Stimme:

»Unglück! Graf, wie kommen Sie darauf? Es war klar und eindeutig Mord. Alle Männer von hinten erschossen. Und das nennen Sie ein Unglück!«

Heinrich weiß nicht, wie er reagieren soll. Er hält sich lieber an seine Mission.

»Noch einmal: Seien Sie froh, dass wir Ihnen jetzt Schutz bieten.«

Jetzt kann François sich nicht mehr zurückhalten. Er geht einen Schritt auf Heinrich zu, den Hammer in der Hand.

»Schutz? Wovor? Vor der Willkür? Der Teufel ist auf der Flucht. Und er hat verloren. Ich habe keine Angst um mein Leben. Sie und Ihresgleichen sollten viel mehr über Ihres nachdenken.«

In diesem brenzligen Moment kommt der kleine Wilhelm in den Stall gerannt.

»Die Oma ist los. Die Oma ist einfach los.«

François lässt den Hammer fallen und rennt mit Wilhelm aus dem Stall. Heinrich ärgert sich darüber, dass er einfach stehen gelassen wird.

»François, jetzt warten Sie doch, verdammt noch mal …«

Draußen kommen François schon die Mahlenberger entgegen. Sie haben zwei Soldaten dabei. Sie suchen die Straße ab, und endlich, kurz vor dem Dorf, erkennen sie eine kleine Gestalt, die, auf ihren Stock gestützt, dahinwandert. Oma Herta. Sie bleibt hier und da stehen, dreht sich verloren im Kreis, geht ein paar Schritte weiter. Bleibt wieder stehen. Der alte Stuber hat sie schon fast eingeholt, da schaffen es Leszek und François vor ihm. François will die alte Frau unter den Arm nehmen, doch sie weigert sich, angefasst zu werden, und dreht sich weg.

»Wo wollen Sie denn hin, Oma Herta«, fragt François freundlich. »Es ist doch so kalt, kommen Sie, wir gehen zurück ins Haus.«

Oma Herta weigert sich weiter, stammelt irgendetwas Unverständliches, das wie »Mein Fritzchen … muss den Jungen finden …« klingt.

Der alte Herr Stuber hat sie jetzt fest im Griff.

»Na komm, Herta, den Fritz, den finden wir hier nicht. Der ist doch beim Volkssturm irgendwo. Er wird sich schon durchschlagen. Der ist doch schlau.«

Während er weiter auf sie einredet wie auf ein kleines Kind, wendet er sie und führt sie in Richtung Herrenhaus. Sie tappelt nun auch ganz ergeben die Straße zurück und stößt dabei kleine Klagerufe aus.

Inzwischen ist Heinrich zurück ins Haus gegangen und nach oben in Lenas Zimmer geeilt. Lena ist sofort wach und richtet sich auf. Heinrich setzt sich ans Bett und nimmt ihre Hand.

»Meine Liebe, mach dich fertig, wir brechen auf.«

»Wer bricht auf?«

»Wir! Mit Major Metzger und den Militärfahrzeugen, sofort. Die Russen belagern schon Elbing. Da kommen wir nicht mehr durch. Alle, die jetzt noch aus Ostpreußen rauswollen, müssen über das zugefrorene Haff. Das ist der einzige Weg.« Lena springt aus dem Bett und knickt fast wieder um. Der Fuß! Sie hatte ganz vergessen, dass sie ja nur ein brauchbares Bein hat. Sie stößt einen Schmerzensschrei aus und setzt sich auf einen Stuhl. Vicky wird davon wach und springt ebenfalls aus dem Bett.

Lena ist entsetzt. Das war's! Übers Haff! Es wird nur noch Tote geben. Gemetzel und ... Sie spürt Panik in sich aufsteigen. O Gott, lieber Gott, was machen wir jetzt?

Lena lehnt Heinrichs helfend ausgestreckte Hand, ohne etwas zu sagen, ab. Sie schlüpft in ihre Reithose und zieht sich die dicken Socken wieder an.

»Du willst doch nicht mutwillig erneut das Leben deiner Tochter riskieren, Lena! Wir kommen mit Major Metzger auf jeden Fall hier raus. Wie willst du denn reiten. Du bist unbeweglich mit deinem Bein. Du weißt doch von der Sache mit Babette: Jetzt zählt jede Stunde. Den Mahlenberger Treck führt der Franzose ...«

»Bist du wahnsinnig, Heinrich?«

Lena schaut ihn verständnislos an. Wie kann er glauben, dass sie ohne ihre Leute gehen wird. Das hat sie vorher nicht getan und jetzt doch wohl erst recht nicht.

»Du verlangst von mir, meine Leute im Stich zu lassen und mich ohne sie abzusetzen? Du musst verrückt geworden sein, so etwas von mir zu fordern.«

Ohne eine Antwort abzuwarten, wendet sie sich ihrer Tochter zu.

»Komm, Vicky, wir gehen die anderen wecken.«

Beide Mahlenberg-Frauen lassen Heinrich stehen und verlassen das Zimmer. Lena stützt sich dabei auf die Schulter von Vicky, die tapfer und kerzengerade neben ihr geht.

Unten in der Bibliothek macht Lena das Licht an.

»Aufstehen! Alle aufstehen, wir brechen auf. Packt eure Sachen, wir müssen uns beeilen. Wir treffen uns draußen vor der Scheune. Und sagt François und Leszek, sie sollen satteln und die Wagen fertig machen, und geht ihnen helfen. Los, macht schon!«

Lena humpelt, so schnell es geht, durchs Haus. Überall weckt sie auch die anderen Flüchtlinge.

»Ihr müsst los. Die Russen kommen. Schnell. Es geht nur noch übers Haff raus aus Ostpreußen.«

Die Menschen springen panisch auf, klauben ihre Sachen zusammen und rennen hinaus auf den Hof zu ihren Karren und Fahrzeugen. Bettina Lahnstein steht im Esszimmer und packt Brote und Würste in einen Rucksack, den sie Lena hinhält, als sie hereinkommt.

»Hier, nimm das mit, dann habt ihr Verpflegung. Ich weiß allerdings nicht, wie lange das reicht.«

»Dank dir, aber behalt es für dich und komm, geh packen. Ihr könnt euch mit deinen Leuten unserem Treck anschließen.«

»Nein, meine Liebe. Ich bleibe hier. Johannes und ich werden Lahnstein nicht verlassen. Das haben wir beschlossen. Wir können und müssen den Durchziehenden helfen.«

Lena ist entsetzt. Sie weiß genau, was das bedeutet. Die Russen werden sie umbringen. Das kann sie nicht zulassen.

»Bettina, das ist doch Wahnsinn. Du musst dich und Johannes in Sicherheit bringen. Du weißt doch, was die Russen machen, wenn sie hier ankommen. Ihr als Herrschaft werdet …«

Lena kann nicht weitersprechen. Aber Bettina lässt sich nicht von ihrem Entschluss abbringen. Ruhig und ganz ohne eine Spur von Angst schaut sie Lena an.

»Wenn der liebe Gott es so geplant hat, dann werden wir seinen Willen hinnehmen. Und nun, Lena, nimm den Rucksack und mach dich auf. Lebe wohl und Gott behüte euch.«

Lena umarmt und küsst die Freundin und geht traurig hinaus. Babette trifft sie in der Halle, sie hat Oma Herta unterm Arm und führt sie durch das Durcheinander des allgemeinen Aufbruchs in Richtung Hof.

»Wie geht es dir, Oma Herta?«

»Kindchen, ist alles bestens. Ich bin wieder aufm Damm.«

Babette grinst. »Unkraut vergeht nicht. Aber der Benno fiebert. Der Baron ist bei ihm. Ich komme gleich zurück, wenn ich Oma Herta im Wagen hab, und helfe Sonja, ihn einzuladen.«

Lena geht ins Arbeitszimmer. Johannes kniet am Lager von Benno, daneben hockt seine Mutter und weint. Benno ist ganz bleich und atmet flach.

»Wie geht es dem Jungen?«, fragt Lena besorgt. »Ist er transportfähig?«

»Nein, eigentlich sollte er fest im Bett liegen«, antwortet Johannes. »Aber das geht ja nun nicht. Also müsst ihr ihn warm einpacken, und hier, geben Sie ihm alle vier Stunden eine von diesen Tabletten.«

Johannes drückt der Mutter ein Papiertütchen in die Hand.

»Babette kommt gleich und hilft Ihnen, Frau Stuber.«

Zu Johannes gewandt, sagt Lena:

»Johannes, ihr könnt doch nicht hierbleiben. Kommt doch mit uns, bitte.«

Aber Johannes von Lahnstein schaut ihr, wie zuvor seine Frau, ruhig ins Gesicht.

»Nein, Lenchen. Ich werde Lahnstein nicht verlassen.«

»Dann lass uns wenigstens Bettina mitnehmen.«

»Ich halte sie nicht zurück. Aber sie will hier bei mir bleiben. Es ist ihr freier Wille, und ich liebe sie dafür.«

Er umarmt Lena und schiebt sie zur Tür. Dann gibt er ihr

einen Kuss und macht mit dem Daumen ein Kreuz auf ihre Stirn.

»Geh jetzt. Und passt auf euch auf. Wenn Gott will, sehen wir uns irgendwann wieder.«

Er dreht sich um und ist schon wieder bei einem seiner Patienten.

Was für eine innere Stärke die beiden haben, denkt Lena.

Im Hof herrscht ein unsägliches Durcheinander. Die meisten sind hastig dabei, ihre Habe zu verstauen, und die, die schon fertig sind, verlassen in langer Schlange hintereinander das Gut der Lahnsteins.

Vor der Scheune hat François die Aufbauten auf den Wagen befestigt, Leszek lädt die Koffer, Säcke und das Bettzeug wieder auf. Die Mahlenberger stopfen frisches Heu und Stroh auf die Ladeflächen. Jeder versucht, seinen Wagen so gut wie möglich auszupolstern. Die Kinder und Alten sitzen schon auf ihren Plätzen. Lena humpelt zu François.

»Und? Wie geht es dir, François?«

François lädt weiter Gepäck auf. Er sieht sie nicht an.

»Tassilo geht es gut. Er ist ausgeruht.«

Lena ist erstaunt über seine Reaktion, sie stellt sich ihm in den Weg. »Hast du schon einmal versucht, hinter die Fassaden zu schauen? Und nach dem Warum gefragt?«

François reagiert nicht, er arbeitet weiter, ohne sie anzusehen. Lena versteht gar nichts mehr. Warum behandelt er sie so unfreundlich? Er weiß doch, dass sie vorsichtig sein müssen, damit niemand Verdacht schöpft. Aber so abweisend muss er nun auch wieder nicht sein. Verletzt dreht sie sich um und geht zurück zum Haus.

Die Militärlaster und der Kübelwagen von Major Metzger stehen zur Abfahrt bereit. Heinrich, Sophie und Vicky reden mit dem Major. Als Lena dazukommt, hört sie, wie der Major sagt:

»Heinrich, sie müssen Elbing weiträumig gen Norden umfahren. Dann auf die Haffuferstraße. Irgendwo bei Tolkemit gibt es den ersten kontrollierten Überweg übers Haff. Sie werden ihn finden. Die letzte Meldung besagt, dass die Rote Armee im Osten, ungefähr auf einer Linie Gerdauen, Schippenbeil und Rössel steht, und sie rücken schnell vor. Also beeilen Sie sich.«

Metzger steigt ein und fährt seinen Männern in den Lastern voraus vom Hof.

François blickt erstaunt auf das Grüppchen, das auf dem Hof geblieben ist. Er hatte fest damit gerechnet, dass Heinrich sein Vorhaben wahrmacht und mit Lena, Victoria und Sophie abfährt. Jetzt schämt er sich. Ich bin ein solcher Idiot, sagt er halblaut zu sich selbst. Wie konnte ich nur annehmen, dass sie allein und ohne ihre Leute abhauen würde. Das hätte sie ja längst tun können. Und inzwischen hätte ich es doch nun wirklich kapieren müssen! Ärgerlich über sich selbst und seine böse Unterstellung wirft er einen Sack Hafer im hohen Bogen auf den Begleitwagen.

Lena hat alle vom Treck um sich versammelt.

»Wenn wir es schaffen, dann nur gemeinsam und mit Gottes Hilfe.«

Sie reichen sich die Hände. Sophie tritt dazu und stimmt das »Vaterunser« an. »Vaterunser im Himmel …«

Alle beten mit. Im Hintergrund trägt Leszek den fiebernden kleinen Benno aus dem Haus und lädt ihn vorsichtig in einen Wagen. Sonja Stuber kriecht hinterher und bettet sich zusammen mit ihrem Sohn aufs Stroh. Decken und Kissen werden über sie gebreitet, und sie hält ihr Kind ganz dicht an sich gedrückt.

»Alle fertig?«, ruft Lena laut. »Dann los! Wir fahren ab.«

Zu Leszek und François gewandt, sagt sie: »Ihr reitet Linda und Tassilo. Ich kutschiere erst mal einen der Wagen, bis mein Bein besser ist. Vicky, komm zu mir, und Wilhelm, du auch. Lass deine Mutter mit Benno allein, Babette, kümmere dich um sie.«

Heinrich hat sich ein Pferd von Johannes Lahnstein geben lassen. Eine schöne hochbeinige Trakehner Fuchsstute, wie alle ihrer Rasse: ausdauernd, genügsam und zäh. Und dann geht es los. Wie die Mahlenberger gekommen sind, fahren sie jetzt in geordneter Reihe hintereinander wieder vom Hof. Heinrich reitet vorweg. Leszek auf Linda und François auf Tassilo bilden die Nachhut und achten darauf, dass niemand zurückfällt. Lena hüpft das Herz ein wenig, als sie sieht, dass François seine unfreundliche Art von vorhin aufgegeben hat und sie leise anlächelt, als sich ihre Blicke kreuzen.

Von Lahnstein aus wendet sich der Treck nach Norden. Am Abend finden sie ohne Zwischenfall Unterschlupf auf einem verlassenen Gehöft irgendwo bei Trunz. Elbing liegt jetzt links von ihnen. Sie haben gute Strecke gemacht, weil sie sich ausschließlich auf Nebenstraßen bewegt haben. Lena steigt steif und durchgefroren vom Kutschbock. Aber ihrem kaputten Fuß hat es gutgetan, die meiste Zeit hat sie das Bein einfach vorne auf den Rand des Wagens gelegt. Jetzt schmerzt es kaum noch, wenn sie den Fuß belastet. Morgen kann ich wieder reiten, denkt sie, auf dem Bock ist es nicht weniger anstrengend als auf dem Pferd. Und da ist mir Tassilo doch lieber. Ihren Leuten ruft sie zu:

»Schiebt die Wagen zusammen und spannt die Pferde aus. Das Gepäck bleibt drauf. Morgen geht's in aller Frühe weiter.«

Auf kleinen Feuern wird Schnee geschmolzen und Suppe und Tee gekocht, jeder bekommt ein Brot und ein Stück von Bettinas Wurst. Bald liegen die Mahlenberger erschöpft, aber leidlich satt im Heu in der Scheune und schlafen. François und Leszek haben die Pferde ausgeschirrt und alle zusammen in einem abgetrennten Teil an einem langen Seil angebunden. Die beiden Männer teilen sich mit Heinrich die Nachtwache, alle vier Stunden wechseln sie sich ab. Es ist alles ruhig. Keine unvorhergesehenen Störungen. Und so bekommen auch sie noch eine Mütze voll Schlaf.

Noch vor dem Morgengrauen geht es wieder los. Heinrichs militärische Messtischkarten weisen jeden kleinen Weg in Ostpreußen aus, und Major Metzger hat ihm die Stellen gezeigt, wo Überfahrten über das Haff möglich sind. Auch, welche der größeren Straßen vom Militär für Truppentransport und Nachschub benutzt werden. »Die würde ich meiden«, hat der Major geraten, »denn dort wird mit ziemlicher Sicherheit großes Durcheinander herrschen.«

Bei einer heißen Tasse Tee und einem Butterbrot besprechen Lena und Heinrich, welche Route sie nehmen werden, die Karte haben sie über einem Strohballen ausgebreitet. Ziemlich geradeaus, immer in Richtung Westen über die Elbinger Höhen hinunter nach Succase ans Haff, ist die Entscheidung.

»Da müssen wir die Hauptverbindungsstraße Elbing–Frauenburg–Braunsberg–Königsberg überqueren. Das wird mit unseren Wagen ein hartes Stück Arbeit«, meint Heinrich. Aber er will Lena nicht jetzt schon beunruhigen. Deshalb fügt er hinzu: »Aber das schaffen wir schon. Wirst sehen! Diese Reise überstehen wir nur mit eiserner Disziplin, Umsicht und klarem Kopf. Und die haben wir doch alle, nicht wahr, Lena!«

»Lass uns auch François, Leszek und Babette zeigen, wo es langgeht. Falls wir uns irgendwo verlieren, treffen wir uns in Succase an der Kirche.«

Schnell sind alle eingeweiht, und dann wird gepackt, beladen, und alle machen sich zur Abfahrt fertig. Benno hat immer noch hohes Fieber und verliert immer wieder das Bewusstsein. Babette und Lena machen sich große Sorgen, aber die junge Frau Stuber behauptet: »Besser, es geht ihm schon besser, der Durchfall hat nachgelassen.«

»Halt ihn warm und gib ihm genug zu trinken. Und die Tabletten von Baron Lahnstein.«

Babette reicht der Mutter eine Flasche mit dünnem Tee in den Wagen. Und dann geht es wieder los.

Lena besteigt Tassilo, François hilft ihr dabei. Und sie ist erstaunt, dass es mit ihrem schlechten Fuß doch ganz gut geht und sie auf dem Pferd viel angenehmer sitzt als auf dem harten Kutschbock. Mit François hat sie nur einen kurzen Blick getauscht. Beiden ist nicht verborgen geblieben, dass Heinrich sie schon beim Kartenlesen aufmerksam beobachtete. Hat er eine Ahnung? Ich muss verdammt vorsichtig sein, denkt Lena.

François hockt jetzt auf dem Kutschbock des Wagens, den Lena gestern gefahren ist. Er hat sich fest eingemummelt in Schal und Mütze und eine Decke über sich gezogen. Seine Augen hat er stur geradeaus gerichtet. Er sieht aus wie ein alter Ostpreuße, und das ist gut so.

Nicht lange und der Treck nähert sich der Hauptstraße, über die sie rübermüssen. Dicht an dicht drängen sich die Flüchtlinge vorwärts, jedoch nur noch in einer Richtung, und die heißt Norden. Frauenburg und die offiziell proklamierten Übergangsstellen dort über das Haff sind für alle das Ziel. Richtung Elbing fahren nur noch Soldatentransporte. Die eine Straßenseite ist ausschließlich für sie reserviert. Schilder am Wegesrand befehlen: *Flüchtlinge, haltet euch rechts.* Militärs überwachen die Einhaltung der Vorschrift und stoßen jeden, der zu weit nach links abkommt, ziemlich rüde wieder zurück in die Reihe. In den Gesichtern der Menschen spiegelt sich Müdigkeit, Furcht und Anspannung. Jeder hier weiß, dass Ostpreußen jetzt von der Roten Armee abgeriegelt ist und die Zange sich langsam schließt. Nur über das Eis auf dem Haff gibt es noch einen Ausweg, der den Flüchtlingen vielleicht das Leben retten kann. Doch bei der unsagbaren Masse von Menschen, Tieren und Fahrzeugen geht es nur im Schneckentempo vorwärts. Und wie weit die Rote Armee bereits genau vorgerückt ist, weiß keiner.

»Wie sollen wir denn hier alle rüberkommen, das ist ja völlig unmöglich!«

Lena steht mit Tassilo am Rand der Kreuzung und kann kaum fassen, was sie sieht. Ganz Ostpreußen ist auf der Flucht!

»Lena, ich mach das schon. Halt die Wagen zusammen. Es muss gleich schnell gehen, und keiner darf zurückbleiben, sonst ist er verloren. Es gibt nur eine Chance.«

Heinrich drängelt sich ohne Rücksicht durch den Flüchtlingsstrom. Auf der anderen Straßenseite springt er vom Pferd, stellt sich mitten auf die Straße und stoppt eine der herannahenden Patrouillen. Drei Soldaten steigen aus ihrem Kübelwagen.

»Befehl von Major Metzger. Diese Wagen müssen nach Cadinen. Sorgen Sie dafür, dass sie über die Straße kommen.«

Heinrich wedelt mit einem Papier vor der Nase des Feldwebels.

»Zu Befehl, Herr Oberstleutnant! Heil Hitler.«

Der Feldwebel wagt es nicht, Heinrich, der einen höheren Dienstgrad besitzt, zu widersprechen. Schon gar nicht, wo der Mann erkennbar zur Militärgerichtsbarkeit gehört. Er kommandiert seine Männer, die ohne Umschweife den Strom anhalten. Durch die entstehende Lücke fahren alle Mahlenberger Wagen, geführt von Lena, eilig über die Kreuzung. Wenige Minuten später ist es geschafft. Die Lücke schließt sich sofort wieder, nachdem die Soldaten zurückgetreten sind.

Heinrich bedankt sich, grüßt und steigt wieder auf.

»Das hätten wir geschafft!«, sagt er zufrieden. »Ging ja schneller als erwartet.«

Wenig später taucht der wunderbare Buchenwald auf, der hinter Baumgart beginnt. Gerade, hohe Stämme strecken sich gen Himmel. Die Schneedecke auf der Straße ist fest gefahren, aber die Bäume bremsen den Wind. Die Mahlenberger sind nicht die Einzigen, die diese Straße wählen, und doch ist sie bei Weitem nicht so überfüllt wie die Hauptstraße. Es geht leidlich vorwärts. Wunderschön ist die Landschaft. Hinter dem Wald fällt die Straße langsam ab, und in der Ferne ist schon das Haff zu erahnen. Es ist leicht hügelig. Hier beginnt die sogenannte Ostpreußische Schweiz, das berühmte Obstanbaugebiet des Landes. Im Frühjahr blühen Hunderttausende Kirschbäume, und die große neue Marmeladen- und Konservenfabrik Engelken in Tolkemit verarbeitet die Früchte. Im Sommer kommen die Touristen von überall her und fahren mit dem Fahrrad oder der kleinen Haffuferbahn von Elbing nach Frauenburg und wieder zurück. Auf dem Ausflugsprogramm stehen der Besuch des berühmten Backsteindoms und des Kopernikus-Turms, Badevergnügen im warmen Haffwasser, Kaffee und Kuchen beim Kaiserschloss in Cadinen und abends gebratene Flunder in einem der kleinen Orte am Wasser. Jetzt im Winter ist es hier nicht weniger schön. Doch für die landschaftliche Herrlichkeit hat keiner einen Blick. Nur Lena. Sie reitet Tassilo von der Straße weg auf eine nahe Anhöhe. Von hier hat sie eine weite Sicht. Die Sonne scheint, und der Schnee glitzert wie mit Diamantstaub bepudert. Der Treck bewegt sich langsam unter ihr dahin. Was für ein herrliches Land ist dies, mein Heimatland, denkt Lena. Werde ich dich jemals so wiedersehen? Was haben wir nur getan, um das hier alles so leichtfertig zu verspielen. Unendliche Traurigkeit breitet sich in ihr aus. Der Vater und der gute alte Dietrich. Wo sind sie jetzt? Leben sie noch?

Das Schnauben eines Pferdes hinter ihr durchbricht ihre Gedanken. Heinrich zügelt sein Tier neben ihr. Minutenlang schweigen sie und sehen gemeinsam über das Land.

»Es ist ein Abschied für immer, nicht wahr, Heinrich?«

Lenas Stimme ist ein bisschen kratzig von innerer Bewegung.

»Ja, Lena. Es wird wahrscheinlich für immer sein.«

Ein kurzer stummer Moment zwischen den beiden, in denen jeder seinen Gedanken nachhängt. Dann ergreift Heinrich Lenas Hand.

»Gib mir eine zweite Chance. Ich werde versuchen, mich ihrer würdig zu erweisen.«

Er küsst ihre Hand und schaut sie flehend an. Lena sieht in seine dunklen Augen, und ein leichtes Lächeln umspielt ihren Mund. Aber sie antwortet nicht. Stattdessen gibt sie Tassilo die Zügel frei und galoppiert zurück zum Treck. Der Schnee wirbelt in einer weißen Wolke hinter ihr auf.

Übers Frische Haff

Langsam bewegt sich der Flüchtlingsstrom hügelabwärts auf die Küste zu. Nur wer scharfe Stollen in die Eisen seiner Pferde geschraubt hat, kommt jetzt, wo der Weg durch Schnee und Eis nach unten führt, noch weiter. Doch Stollen sind Mangelware im Kriegswinter 44/45, und viele Wagen stehen im Wald quer oder sind in den Straßengraben gekippt, weil die Zugtiere die schwer beladenen Fahrzeuge nicht haben halten können. Manche haben Baumstämme in ihre Speichen gesteckt oder vor die Räder geworfen, um ihre rutschenden Fuhrwerke zu bremsen. Fast immer vergeblich. Da bleibt nur eins: das nötigste Gepäck abzuladen und es selbst weiterzuschleppen. Andere haben Bretter zu einer Art Schlittengefährt zusammengebunden, Frauen und Kinder oder das Gepäck darauf gepackt und ihr Pferd davorgespannt. Die Mahlenberger haben Dank Leszeks Fürsorge keine Probleme, bei all ihren Pferden sind neue Stollen untergeschraubt worden. Dennoch steigen die meisten aus und gehen zu Fuß, um den Pferden die zusätzliche Last zu ersparen.

Über dem Frischen Haff liegt eine dunstige Nebelschicht. Es ist kurz vor Sonnenuntergang. Und schon bald liegt Cadinen vor ihnen. Die schnurgerade Allee führt direkt auf das Gut zu. Das Zentrum des schmucken Ortes bildet das Schloss, die Sommerresidenz von Kaiser Wilhelm II. mit dem riesigen preußischen Wappen über der Haustür. Seit der Abdankung des deutschen Monarchen 1918 gehört es dem Kronprinzen. Seine russische Gemahlin Kira und sein zweitältester Sohn Louis Ferdinand haben in den letzten Jahren hier gelebt.

Ist Louis Ferdinand wohl noch da, oder ist er schon wie sein Vorfahr, der große Kurfürst, mit dem Schlitten über das Haff entschwunden?, fragt sich Lena. Der große Kurfürst hatte 1678, als die Schweden Königsberg bedrohten, mit seinen kurfürstlichen Truppen auf zahlreichen Schlitten das zugefrorene Haff überquert und den Feind für immer in die Flucht geschlagen. Ein Gemälde, das in Ostpreußen jedes Kind kennt. Nun ist die Situation ganz anders, die Ostpreußen müssen ihr geliebtes Heimatland über das Haff verlassen, weil ein anderer Feind gesiegt hat.

Als sie am Schloss vorbeireitet, sieht Lena hinter den Verdunkelungen einen Lichtschein. Im Gutshof und im ganzen Ort herrscht höllisches Durcheinander. Soldaten versuchen, der Unordnung Herr zu werden. In jeder Straße stehen geparkte Wagen, Handkarren und Schlitten. Überall sind Menschen unterwegs mit Pferden, Kindern oder Eimern, um Wasser zu holen. Und immer noch kommen neue Trecks angefahren. Der Bürgermeister und der Ortspolizist verteilen die ankommenden Flüchtlinge auf Scheunen und in die wenigen freien Privatquartiere. Die Mahlenberger bilden am Ende des Dorfes vor einem der schönen königlichen Kavaliershäuser eine Art Wagenburg.

»Ich geh mal beim Kommando fragen, wie die Lage aussieht und wo der nächste Übergang ist«, sagt Heinrich.

Und schon ist er verschwunden. Lena bittet alle zu bleiben, wo sie sind. Sie läuft mit Babette von Wagen zu Wagen und beruhigt die Leute, erklärt ihnen die Situation oder hat, wenn es nötig ist, ein paar tröstende Worte für sie.

»Wir dürfen jetzt auf keinen Fall auseinanderlaufen. Das Durcheinander im Ort ist zu groß, ich habe Angst, dass wir uns nicht schnell genug wiederfinden, wenn es weitergeht.«

Heinrich ist schon nach kurzer Zeit wieder da und hat Informationen mitgebracht.

»Die nächste gesicherte Überfahrt ist bei Tolkemit. Wir sollten heute Nacht um zwei losfahren, damit wir im Morgengrauen da sind. Also, spannt die Pferde aus. Ich habe einen Stall beim Ortskommandanten organisiert. Die Wagen können hier stehen bleiben.«

Zu François und Leszek sagt er:

»Wir drei teilen uns wieder die Wachen, dann kann auch das Gepäck dableiben.«

Die beiden Männer nicken zustimmend. Dann stapfen alle, geführt von einem jungen Wehrmachtssoldaten, zum zugewiesenen Stall. Leszek trägt den kranken Benno, der in Decken eingewickelt ist und aussieht wie eine Mumie. Frau Stuber folgt ihnen auf dem Fuße. Sie ist fast verrückt vor Sorge um ihr Kind, dem es immer noch nicht besser geht. Es ist bleich, sagt kein Wort und wimmert nicht einmal mehr. Babette legt den Arm um die Mutter und will sie beruhigen, aber sie macht sich los und rennt hinter Leszek und Benno her.

»In der Schule gibt es was zu essen«, sagt der Soldat und verschwindet in die Nacht. Nachdem sich alle ein Plätzchen gesucht haben, wandern sie gemeinsam zur Schule. Geduldig reihen sie sich in die Warteschlange vor der Gulaschkanone ein. Hunderte stehen hier für einen Teller heiße Suppe an, die von jungen BDM-Mädchen ausgeteilt wird. Nach dem Essen geht es zur kurzen Nachtruhe zurück in den Stall. Auch Lena legt sich sogleich auf ihr Strohlager, doch einschlafen kann sie nicht. Zu viele Gedanken schwirren ihr durch den Kopf. Irgendwann fallen ihr dann doch die Augen zu, und als François alle wieder weckt, schrickt sie aus einem traumlosen Schlaf hoch und weiß erst gar nicht, wo sie ist.

»Aufstehen, aufstehen! Wir müssen aufbrechen.«

»Danke, François.«

Lena lächelt ihn an, aber François ist schon beim Nächsten und rüttelt ihn an der Schulter.

Es ist noch tiefschwarze Nacht, als sich der Tross aus Cadinen hinausbewegt. In den Häusern und Ställen ist es still. Nirgendwo ein Licht. Es herrscht vorschriftsgemäß völlige Verdunkelung. Doch die Augen haben sich schnell an die Dunkelheit gewöhnt, und die Pferde ziehen einigermaßen ausgeruht die Wagen auf den ausgefahrenen Spuren der Straße. Ein wenig bleiches Mondlicht macht ihnen die Orientierung leichter. Es ist immer noch kalt, minus 23 Grad, das hat Lena von dem Thermometer an der Apotheke abgelesen. Sie ist froh, dass wenigstens der beißende Wind nachgelassen hat. Zu dieser Stunde ist außer ihnen niemand mehr unterwegs. Heinrich hatte also die richtige Idee. Knapp zwei Stunden später fahren die Mahlenberger durch Tolkemit. Ein Posten am Ortseingang hat Heinrich den Weg zum Strand beschrieben. Hier sind sie nicht mehr die Einzigen. Hunderte von Wagen stauen sich hier, und viele, viele Menschen, die zu Fuß auf der Flucht sind, hocken an der Böschung und am Strand und warten auf die Erlaubnis, das Eis zu betreten. Überall kleine Feuerchen, auf denen gekocht wird. Schwestern vom Roten Kreuz verteilen heißen Tee. Soldaten und Männer vom Volkssturm schauen in jeden Wagen und kontrollieren die Treckerlaubnis.

»Abladen. Viel zu viel Gepäck. Der Wagen ist zu schwer.« Ihre Befehle dulden keine Widerrede. »Wollen Sie Ihren Bauernschrank retten oder sich selbst?«, wird eine dicke Bauersfrau gefragt, die sich weigert, ihr bestes Stück aus dem Wagen zu entfernen. Überall liegen schon Berge von abgeladenen Dingen.

»Wer noch Platz hat, nimmt Leute mit. Das ist keine Bitte, das ist ein Befehl!« Die Volkssturmmänner sind abgestumpft, die Klagen und das Gezeter der Betroffenen fechten sie nach ihrem tagelangen Einsatz hier draußen nicht mehr an.

»Befehl ist Befehl«, wiederholen sie immer wieder stur. Mitleid oder gar Mitgefühl ist von diesen Männern kaum mehr zu erwarten. Sie haben zu viel Elend gesehen und den Egoismus und die Ellbogenmentalität mancher Flüchtenden erlebt, vor allem bei Parteigenossen. Dennoch tun sie ihr Bestes, um so vielen Menschen wie möglich die Flucht vor den immer näher rückenden Russen zu ermöglichen. Der Geschützdonner im Osten ist nun ständig zu hören.

Leszek und François helfen den Mahlenbergern, ihren überflüssigen Ballast abzuladen und den Rest gleichmäßig auf die Wagen zu verteilen. Sophie und Babette machen mit den Brettern eines zerschlagenen Schranks, den sie irgendwo im Sand gefunden haben, ein Feuer, um Tee zu kochen.

»Ich geh Wasser holen«, sagt Waltraud und wandert mit zwei Eimern los. Sie hat beim letzten Haus vor dem Strand einen alten Zugbrunnen gesehen. Als sie sich mühsam den Strandweg hocharbeitet und zum Luftschnappen anhält, sieht sie ein paar Jungen in viel zu großen Militärmänteln mit gelber Volkssturmbinde am Arm und Karabiner über der Schulter auf sie zukommen. Als die Jungen an ihr vorbeistapfen, bleibt sie wie vom Blitz getroffen stehen.

»Fritz, Fritz Brauner, bist du das?«

»Traudchen, Mensch, was machst du denn hier?«

Die beiden fallen sich um den Hals. Aber Waltraud macht sich schnell wieder los – »Warte hier!« – und eilt laut rufend den Weg zurück zum Strand.

»Babette, Babette. Oma Herta. Er ist hier. Der Fritz ist hier. Babette, dein Sohn, da oben steht er.«

Babette lässt die Bretter fallen und dreht sich ungläubig um. Da kommt Fritz schon auf sie zugerannt und fällt ihr in die Arme.

»Mutter, Mutter, ich dachte, ich seh dich nie wieder.«

»Mein Fritzchen, mein Fritzchen.«

Babette hält ihren Sohn ganz fest, vergräbt ihr Gesicht in seinem kratzigen Mantelkragen und beginnt hemmungslos und am ganzen Körper zitternd zu weinen. Und dann kommt Oma Herta angehumpelt, so schnell ihre alten Beine sie tragen. Alle, die ihr im Weg stehen, schiebt sie mit ihrem Stock energisch zur Seite.

»Fritzchen. Fritzchen.«

Auch sie umarmt glücklich ihren verloren geglaubten Enkelsohn, und dicke Tränen laufen über ihre Wangen. Die Neuigkeit spricht sich herum wie ein Lauffeuer. Alle Mahlenberger kommen nun angelaufen und begrüßen den Jungen, dem diese Aufmerksamkeit sichtlich peinlich ist. Auch Lena kommt und begrüßt Fritz herzlich.

»Fritz, wie schön, du lebst. Das ist eine große Freude.«

Vergessen sind ihre Wut und ihre Vorwürfe. Jetzt ist sie nur glücklich, dass der Junge gesund und munter ist, und sie freut sich für Babette und Oma Herta.

Heinrich hat inzwischen den Mann gefunden, der für die Übergangsstation verantwortlich ist.

»Können Sie schon absehen, wann mein Treck für die Überfahrt an der Reihe ist?«

Der Mann kontrolliert Heinrichs Marschbefehl und seinen Wehrausweis.

»Ich sag Ihnen schon, wann Sie an der Reihe sind. Und dann folgen Sie unbedingt dem markierten Weg, von dem darf keiner abweichen.«

»Wie weit ist es bis zur Nehrung?«

»Ungefähr dreißig Kilometer.«

Heinrich ist erschrocken und glaubt, er habe sich verhört.

»Was? Wieso denn? Das Haff ist doch insgesamt nur rund elf Kilometer breit.«

»Es geht im großen Bogen nach drüben. Es gibt nur diesen einen abgesteckten Weg. Links und rechts davon lauert der Tod.«

»Heißt das, die Eisdecke ist nicht überall gleich dick?«

Der Mann nickt.

»Das Problem ist, dass vorgestern Nacht der Eisbrecher eine Rinne für die drei Torpedoboote aus Elbing in das Eis gebrochen hat. Führerbefehl! Auf einer Breite von zwanzig Metern ist das Eis nun aufgerissen. Über die Fahrrinne haben unsere Pioniere Pontonbrücken gebaut. Da müssen Sie rüber.«

Nun ist klar, warum die Leute ihre Wagen abladen müssen. Heinrich geht, um Lena von der kritischen Lage zu berichten. Er findet sie beim Wagen der Stubers. Dort gibt es einen Auflauf, Lena, Vicky, Wilhelm und Sophie und die Neumanns stehen am Heck und versuchen zusammen mit einem Volkssturmmann, der alten Frau Stuber klarzumachen, dass sie abladen muss, doch sie will einfach nicht.

»Unsere Sachen bleiben drauf. Der will sie sich doch nur unter den Nagel reißen!«, schimpft sie empört.

»Was fällt Ihnen ein? Ich bin ein Ehrenmann, und jetzt runter mit dem Zeug!«

Lena und Sophie versuchen vergeblich, zwischen den Kampfhähnen zu vermitteln, als Heinrich dazukommt.

»Sie will nicht runter. Sie versteht nicht, dass alle Gewichte neu verteilt werden müssen.«

»Frau Stuber, es ist wirklich lebenswichtig, dass die Wagen leichter werden, sonst trägt uns das Eis nicht.«

Lena steigt auf den Wagen und findet die junge Frau Stuber hinter ein paar Säcken. Sie kniet zitternd in der hintersten Ecke und schaut sie mit einem irren Blick an. Neben ihr liegt Benno eingewickelt in eine Decke.

»Er schläft, nicht stören, er schläft.«

»Sonja, komm! Wir tragen ihn. Hat er die Medizin genommen?«

»Er schläft, er schläft. Er wird wieder gesund, wenn ihr uns in Ruhe lasst, wird er wieder gesund«, sagt sie verzweifelt.

»Es wird alles gut. Glaub mir, Sonja, es wird alles gut. Wir werden Benno woanders hinlegen, es ist alles in Ordnung, wir müssen nur zuerst umpacken.«

Lena schlägt die Decke zurück. Bennos Gesichtchen ist wachsweiß, und er ist ganz still und kalt. Lena begreift sofort: Der Junge ist tot. Wahrscheinlich seit geraumer Zeit, denn er ist schon ganz steif. Lena nimmt Sonja Stubers Hand in die ihre – und findet in ihrer Faust alle Tabletten, die Johannes Lahnstein der Mutter gegeben hatte.

»Ja warum hast du ihm denn die Medizin nicht gegeben?«

»Medizin ist doch so wertvoll, ich wollte sie aufsparen.«

»Aber Sonja ...«

Lena nimmt die verzweifelte Frau in den Arm, die nun in ein herzzerreißendes Wehgeschrei ausbricht.

»Sophie, kannst du mir mal helfen, bitte«, ruft Lena. Leise fügt sie hinzu:

»Der Junge ist gestorben. Nimmst du Frau Stuber mit und kümmerst dich um sie?«

Sonja Stuber wird mit vereinten Kräften vom Wagen gehoben und weggeführt. Vicky und Wilhelm, der ältere Bruder, gehen mit. Vicky legt ihrem Freund den Arm um die Schultern und redet tröstend auf ihn ein.

»Weißt du, ich glaube, er ist jetzt im Himmel. Da kann er mit Mikolai spielen, und der wird ihm seine Lieblingsgeschichten vorlesen.«

Lena blickt den beiden gerührt und nicht ohne Stolz nach. Wie einfühlsam meine Kleine ist, denkt sie.

Dann wickelt sie Benno in seine Decke und hebt ihn vom Wagen. Heinrich nimmt ihn in Empfang.

»Wir müssen ihn beerdigen, Heinrich. Wo machen wir das nur? Holst du den Pastor?«

»Für eine Kirche ist keine Zeit mehr, Lena, wir müssen ihn hier irgendwo eingraben.«

Heinrich geht die Böschung hinauf und legt den kleinen Benno vorsichtig an den Fuß eines Baumes. Dann holt er Leszek und François und borgt sich beim Volkssturm Schaufel und Spitzhacke aus. Leszek beginnt den festgefrorenen Boden zu bearbeiten. Keine Chance. Nach ein paar Minuten gibt er auf. Der Schweiß rinnt ihm über die Schläfen, aber im Boden ist nicht mal ein kleines Loch zu sehen.

»Das ist nix gut«, sagt er. So hilft ihm François, einen Schneehügel über den kleinen Leichnam aufzuschaufeln. Sophie hat aus zwei Stückchen Holz mit einem Heustrick ein Kreuz gebunden. Die Mahlenberger sind jetzt alle zusammen gekommen und stehen um das kleine Grab aus Schnee und Eis. Sophie reicht der verzweifelten Mutter das Kreuz. Doch sie reagiert nicht, sondern schaut nur stumm weinend vor sich hin. Waltraud nimmt das Kreuz und steckt es vorn in den kleinen Schneehügel. Sophie und Lena stimmen das Lied »Jesu, meine Freude« an, und alle singen mit. Dann beten sie noch das »Vaterunser« und gehen anschließend mit gesenktem Kopf hintereinander zurück zum Strand. Still beginnen sie die Wagen umzuladen und zur Abfahrt vorzubereiten.

Gerade als es losgehen soll, kommt Oma Herta aufgeregt zu Heinrich.

»Sie wollen den Fritz nicht mit uns gehen lassen. Er kann doch nicht hierbleiben. Herr Jraf, können Se nicht helfen?« Oma Herta stampft energisch mit ihrem Stock auf.

»Kommen Sie mit, wir gehen zum Kommandanten.«

Heinrich fasst Oma Herta am Arm und führt sie zu der Baracke am Weg, der zum Strand führt. Der Kommandant des örtlichen Volkssturms sitzt erschöpft an einem wackligen Tisch und gießt sich gerade einen Tee ein. Seine dicken Brillengläser sind von der Wärme in der Hütte beschlagen. Mit einem ziemlich schmuddligen Taschentuch reibt er die Feuchtigkeit weg.

Oma Herta trägt ihre Bitte vor, doch er lehnt jedes Ansinnen, Fritz mitnehmen zu wollen, strikt ab. Müde, aber streng sieht er Oma Herta an.

»Der Junge muss bleiben. Ich brauche ihn hier.«

»Das is mir so was von ejal, was Se wollen. Der Fritz, der ist mein Enkel, und er bleibt mein Enkel. Der liebe Jott hat et so jewollt, dass ich ihn hier jefunden hab. Und jetzt nehm ich ihn mit, bevor der Russ' ihn kricht!«

Oma Herta redet sich in Rage und lässt dem Kommandanten keine Chance. Erst als sie Luft holt, kommt der Mann zu Wort.

»Ihr Enkel ist mir von der Partei als Hilfskraft zugeteilt.«

»Ihre Partei, Ihre Partei, zum Teufel mit Ihrer Partei. Die hat Se doch schon längst verraten und verkauft!«

Jetzt mischt sich auch Heinrich ein. In gerader Haltung und militärisch schneidendem Ton sagt er:

»Hören Sie, der Junge ist minderjährig. Er gehört zu seiner Volkssturmeinheit, und da es die nicht mehr gibt, gehört er jetzt zu seiner Familie, seiner Herrschaft. Und wenn Sie uns noch weiter aufhalten, dann werde ich Sie nach oben melden!«

Das wirkt! Der Kommandant gibt klein bei.

»Na, in Gottes Namen, dann nehmen Sie ihn eben mit.«

Glücklich stapft Oma Herta aus der Baracke.

»Schönen Dank, Herr Jraf.«

Heinrich lächelt der alten Frau zu, und gemeinsam gehen sie zurück zu ihren Leuten, wo der Junge schon wartet.

»Fritz, steig auf, du darfst mitkommen.«

»Danke. Und Heil Hitler, Herr Jraf.«

Fritz hebt die Rechte zum deutschen Gruß und steigt zu seiner Mutter auf den Kutschbock.

Dann gibt der Strandaufseher endlich den Befehl zum Losfahren. Es ist schon früher Nachmittag, und die Lichtverhältnisse werden schlechter.

»Immer nur ein Wagen, und Abstand halten, mindestens

zehn Meter. Dann der nächste Wagen. Und niemals stehen bleiben. Los! Der erste.«

Nacheinander fahren die Wagen nun im vorgeschriebenen Abstand auf das Eis. Die Pferde zeigen sich zunächst etwas unwillig, doch dann spüren sie, dass sie festen Grund unter den Hufen haben, wenn er auch ungewohnt glatt ist. Doch die scharfen Stollen krallen sich ins Eis und geben Halt. Die Räder knirschen auf dem Schnee, poltern über blanke Eisflächen. Überfrorene Wasserpfützen splittern und brechen unter der Last. Doch das Eis hält.

Es ist ein unheimlicher Zug, der sich da über die weite Fläche des Haffs bewegt, endlos, bis zum fernen Horizont eingemummte, schweigende Gestalten zu Fuß oder mit dem Fahrrad, Reiter, die sich gegen den Wind anstemmen, ihre Pferde weiß vom angewehten Schnee. Verwundete Soldaten in kleinen Gruppen, Frauen mit Kindern, die einen kleinen Schlitten hinter sich herziehen, oder einsame Alte, die sich mit wehendem Mantel allein vorwärtskämpfen. Ziel für alle ist das dunkle Band am Horizont, die Nehrung. Der Wind zerrt an den Aufbauten der Wagen, manchen hat es das Dach schon abgerissen. Und nun sitzen die Leute, dem Angriff der Kälte ungeschützt ausgesetzt, auf der Ladefläche. Man hört das knarzende Geräusch der Wagenräder, deren Radlager trocken laufen.

Die Ränder der Fahrrinne hat die Wehrmacht rechts und links mit Tannenbäumen und Fichtenstämmen markiert, damit niemand aus Versehen die Route verlässt. Aber auch so sind die Grenzen des befahrbaren Weges zu erkennen. Umgestürzte Wagen, verendete Pferde, weggeworfenes Gepäck, Möbel und die ersten Toten säumen den Weg. Vor allem Alte, Kinder und Kranke sind vor Erschöpfung irgendwann liegen geblieben und erfroren. Hier und da schimmert außerhalb der Abgrenzung eine dunkle Stelle im Eis, manchmal schaut noch der Kopf eines toten Pferdes heraus. An anderen dunklen Stellen ist gar nichts mehr zu sehen, und eine dünne Eisschicht bedeckt schon wieder das Loch. Eine ständige Mahnung an die Flüchtlinge, die in der endlosen langen Reihe über das Eis dahinschleichen, nicht vom markierten Weg abzuweichen.

Auf den Mahlenberger Wagen hocken die Menschen dicht aneinandergedrängt. Lena ist die paar Kilometer bis zur Pontonbrücke geritten, wo die Wagen zweieinhalb Stunden warten mussten, bis ihr Treck endlich an der Reihe war hinüberzufahren. Für den Rest der Überfahrt ist Lena dann zu Vicky und Sophie in den Wagen geklettert. Ihren Tassilo reitet jetzt Leszek. Am Anfang hat sie noch aus dem Schlitz in der Plane geschaut, doch bald konnte sie die schreckliche Szenerie nicht mehr ertragen und kuschelte sich mit Vicky und Sophie unter ein paar Decken. Ausgepolstert mit Heu und Stroh und den Futtersäcken, sind sie auf der Ladefläche trotz der beißenden Kälte draußen einigermaßen geschützt. Lena starrt auf die Holzstreben, die die graue Plane halten. Die angebundene Petroleumlampe schwankt hin und her, hin und her. Jeder Meter bringt uns weiter weg von zu Hause, denkt sie.

Sophie döst vor sich hin, und Vicky ist fest eingeschlafen.

Heinrich reitet dem Treck der Mahlenberger voraus, mühsam versucht er, mit den Augen den aufkommenden Nebel und das fahle weiße Licht zu durchdringen, um die Tragfähigkeit des Weges, des Eises vor ihnen zu prüfen. Sein Militärmantel schützt ihn nicht vor der Kälte. Aber er spürt sie kaum noch, so sehr konzentriert er sich auf seine Aufgabe. Seine Aufmerksamkeit ist die Lebensversicherung für alle, das ist ihm bewusst, und sein Pflichtgefühl gibt ihm die notwendige Energie, die Kälte zu ertragen.

François ist ununterbrochen unterwegs, er steigt nacheinander auf alle Wagen, prüft beim ersten, ob alles in Ordnung ist, springt wieder ab, läuft mit wenigen Sprüngen zum nächsten, steigt wieder auf. Bei Neumanns löst er für einige Zeit den Fahrer ab, damit der sich hinten aufwärmen kann. Bei Stubers setzt er sich zur weinenden Sonja und redet leise auf sie ein. Dann besteigt er Linda und reitet zu Leszek, der hinten mit Tassilo das Schlusslicht bildet.

Lena ist gerade eingedöst, als dröhnendes Motorgeräusch sie wieder weckt. Und dann schreit jemand draußen:

»Achtung, Flieger! Flieger!«

Lena fährt hoch, hechtet zur Heckklappe und springt vom Wagen. Sie bleibt stehen und schaut zum Himmel. Neun schwarze Punkte, die schnell größer werden. Dann hört sie Heinrich schreien:

»Lena, runter, nach unten, alle runter, unter die Wagen. Schnell, schnell!«

Lena rast zurück zum Wagen, greift nach Vicky und zerrt sie am Mantel von der Ladefläche. Sophie springt hinterher. Mit einem Satz und einem Schliddern sind sie unterm Wagen, und Lena wirft sich über Vicky. Paul Wagner, der Kutscher, steht vorn zwischen den beiden Pferden, versucht sie zu halten und gleichzeitig in Deckung zu gehen. Gerade noch rechtzeitig, denn nun sind die Flugzeuge nahe genug herangekommen. Menschen und Tiere sind auf der flachen Eisfläche klar auszumachen und schutzlos dem ausgeliefert, was nun kommen muss. Die russischen Jäger greifen gnadenlos an. Sie stürzen sich im Tiefflug auf die Flüchtenden, ihre Bordkanonen knattern, Kugeln zischen, Eisstücke fliegen auf. Bomben schlagen ein und reißen Krater in die weiße Fläche. Wasserfontänen spritzen hoch. Menschen werden getroffen, liegen, um Hilfe rufend, in ihrem Blut oder fallen einfach ohne ein Wort tot um. Pferde liegen wiehernd und um sich schlagend auf dem Eis. Wagenführer versuchen, ihre panischen Tiere vom Durchgehen abzuhalten, und hängen in den Zügeln. François hat geistesgegenwärtig eine Decke über die Köpfe von Linda und Tassilo geworfen, die nun zwar unruhig sind, aber ohne Sicht nicht mehr panisch auszubrechen versuchen.

Nach zehn unendlich langen Minuten drehen die Flugzeuge ab. Aber Lena sieht, dass sie nur eine Schleife fliegen. Und schon stürzen sie sich erneut und unablässig feuernd auf das Gewirr der Wagen und Menschen unter ihnen. Ein Jäger verfolgt einen ausgebrochenen Pferdewagen, der im Galopp auf der Eisfläche dahinrast. Es dauert nur kurz, und das Pferd bricht tödlich getroffen zusammen, der Wagen überschlägt sich, Menschen und Gepäck werden aufs Eis geschleudert und bleiben regungslos liegen. Lena drückt Vickys Kopf an ihre Brust und hält ihr die Ohren zu. Das Eis unter ihnen erzittert, mit lautem Knall reißt ein langer Spalt quer zur Fahrrinne auf. Geistesgegenwärtig springt Lena auf, läuft zu den Pferden und hilft Wagner, sie aus der krachenden Fahrrinne zu führen. Die Flugzeuge drehen ab, überfliegen das angerichtete Gemetzel, werfen noch ein paar Bomben ab, die irgendwo hinter Lena einschlagen und das Eis erzittern lassen – dann sind sie verschwunden. Lena schaut sich um. Ihr Herz schlägt Sturm. Sie schnappt nach Luft. Schweiß rinnt ihr in die Augen. Um sie herum kriechen die Mahlenberger langsam unter den Wagen hervor. In ihren Gesichtern steht panischer Schrecken. Herr Neumann blutet am linken Bein, das Pferd vor dem Langanke-Fuhrwerk liegt tot in seinem Geschirr. Ein panischer Schrei lässt Lena herumfahren. Der Wagen der Stubers kippt. Wie in Zeitlupe beginnt er mit den Hinterrädern ins Eis einzubrechen. Der alte Stuber versucht, sein Pferd anzutreiben, doch es rutscht, von dem schweren Wagen gezogen, rückwärts. Da taucht der Kopf von Sonja Stuber hinter ihm auf. Mit weit aufgerissenen Augen ruft sie um Hilfe. Aus dem Heck kreischen der kleine Wilhelm und Monika. François und Leszek rennen hin, Heinrich dicht hinter ihnen. François zerrt Monika und Wilhelm aus dem Heck des sinkenden Wagens, während Leszek und Heinrich vorn den Schimmel antreiben. Sie ziehen und reißen an der Trense. Vergeblich. Der Wagen sinkt weiter. Jetzt schaut nur noch der Bock heraus. Herr Stuber steckt schon bis zum Oberkörper im Wasser und versucht sich verzweifelt zu retten. Mit einem Krachen bricht die Deichsel. Der Schimmel macht einen panischen Satz und schafft es auf das feste Eis. Ohne den Gegenzug versinkt der Wagen endgültig gurgelnd im schwarzen Wasser und reißt die Stubers mit sich. Dann tritt gespenstische Ruhe ein.

Erstarrt blicken alle auf das schwarze Loch im Eis. Leise kräuselt sich das Wasser und schwappt über den Rand. François steht mit dem unter Schock stehenden Wilhelm an der Abbruchkante.

»Mama, Mama! Oma ...!«

Der kleine Junge ist völlig verzweifelt. François kann ihn gerade noch abhalten, ins Loch zu rutschen, so nah steht er und blickt seiner Familie hinterher. Babette hat Monika und die kleine Lise vom nahen Rand weggezogen. Wilhelm dreht sich zu Vicky um, die an Lenas Hand ein paar Meter hinter ihm steht. Fragend schaut er sie an. In diesem Moment bricht das Eis unter ihm weg. François greift nach dem Jungen, doch er kann ihn nicht mehr packen. François rutscht ab, und beide versinken im Wasser und sind verschwunden.

Lena und Vicky rennen los. Beide schreien verzweifelt auf. Sophie greift nach Vicky, als sie an ihr vorbeisaust. Doch Lena läuft bis zur Abbruchkante. Sie sinkt auf die Knie und rutscht näher und näher an das dunkle Wasser. Sie schreit und weint und ruft nur einen Namen:

»François! François, François!« Mit der Faust schlägt sie dabei hart auf das Eis.

Alle starren abwechselnd auf das Wasser und auf die schreiende Lena. Keiner bewegt sich. Nur Leszek. Er spurtet zu einem der Wagen und reißt ein Brett von der Verstrebung, kommt zurück und hält das Brett ins Wasser.

Heinrich und Fritz ziehen die um sich schlagende Lena vom Eisrand. Einen langen, ewig langen Moment geschieht gar nichts. Keiner taucht auf. Das Wasser bleibt ruhig und glatt. Nur eine Mütze treibt obenauf.

Dann plötzlich erscheint François prustend und Wasser spuckend wieder an der Oberfläche und klammert sich an Leszeks Brett, um nicht wieder unterzugehen. Im Arm hat er Wilhelm. Leszek greift mit der freien Hand in François' Kragen. Andere springen hinzu, ziehen den leblosen Wilhelm aus dem Wasser. Und dann zerren Leszek und Wagner mit aller Kraft François aufs Eis, wo er erschöpft auf dem Rücken liegen bleibt. Sein Atem geht rasselnd, eine Pfütze breitet sich um ihn aus. Aber er lebt. Babette und Frau Neumann kümmern sich um Wilhelm. Sie heben ihn an den Füßen hoch und schütteln ihn, mit dem Kopf nach unten. Wasser läuft aus Mund und Nase. Nach ein paar Sekunden fängt er an zu spucken und schnappt laut nach Luft.

»Er lebt, der Junge lebt!«

Schnell tragen sie ihn zum Wagen, ziehen ihm die nassen Kleider aus und rubbeln ihn ab.

Lena ist das alles gleichgültig. Sie hat nur Augen für François. Sie steht da und kann sich nicht bewegen. Und sie sieht ihn an. Nur ihn. Die erstaunten Blicke der anderen, vor allem von Heinrich und Fritz, bemerkt sie nicht. Dann rappelt François sich auf, stützt sich auf Leszek. Bäche von Wasser rinnen an ihm herunter. François hebt den Kopf und erkennt Lena. Ihre Augen finden sich, und er lächelt sie erleichtert an.

Die Entscheidung

François wird von Leszek und den Frauen zum Wagen der Neumanns gebracht. Sie ziehen ihm die nassen Kleider aus und werfen sie aufs Eis, die Frauen wickeln ihn in noch mehr Decken.

»Geht, sucht in den Kisten dort vorn. Hosen, Jacken, was immer ihr finden könnt und was warm ist«, befiehlt Frau Neumann. Hunderte weggeworfener Koffer, Truhen und Kisten liegen auf dem Eis, die nun von einigen Mahlenbergern durchsucht werden. Schnell ist trockene Kleidung für François zusammengesucht. Sogar ein paar Schuhe sind dabei. Ein bisschen zu groß, aber in dieser Not ein wahrer Schatz, und mit ein wenig Heu ausgestopft, passen sie ihm. Ohne Schuhe schafft es niemand irgendwohin. Sophie hat eine Flasche Cognac aus ihrem Gepäck geholt. François zittert vor Kälte, und seine Zähne schlagen hart aufeinander, aber der Alkohol tut ihm gut.

»Das war eine mutige Tat, François. Wir dachten schon, wir hätten Sie verloren.«

Sophie zwingt ihn, noch einen Schluck aus der Flasche zu nehmen.

Draußen versuchen die Menschen, mit den Folgen des Luftangriffs auf den Treck fertig zu werden. Überall kümmern sich Leute um die Verwundeten. Die Toten werden an den Rand der

Fahrrinne gelegt. Beerdigen kann man sie hier nicht und mitnehmen geht auch nicht. Es ist keine Zeit und kein Platz.

Heinrich überprüft die Mahlenberger Wagen. Einige weisen Einschusslöcher auf, sind aber noch brauchbar. Die Menschen sind bis auf Herrn Neumann unverletzt. Sein Bein hat gottlob nur einen Streifschuss abbekommen. Mit ein paar Streifen von einem Bettlaken und ordentlich Cognac zur Desinfektion wird die Wunde verbunden. Das tote Pferd von Langankes ziehen sie mit vereinten Kräften aus dem Weg. Es ist das einzige, das getroffen worden ist.

»Leszek, hol den Stuber-Schimmel«, befiehlt Heinrich. »Der muss den Wagen jetzt ziehen.«

Pietät ist nicht das Gebot der Stunde. Es gilt, schnell alle Wagen wieder fahrtüchtig zu machen und rasch weiterzufahren. Der Flüchtlingszug setzt sich schon wieder in Bewegung. Stockend ziehen die Wagen an.

»Denkt an den Abstand, Leute, zehn Meter oder mehr. Und achtet auf die Bombenlöcher. Da ist das Eis besonders brüchig. Macht einen weiten Bogen.«

Heinrich übernimmt wieder die Führung, geht jedoch zunächst mit seiner Stute am Zügel zu Fuß voraus, den Blick fest auf das Eis vor sich gerichtet. Er darf jetzt keinen Riss oder Spalt übersehen.

Lena ist immer noch völlig durcheinander. Sie sitzt mit Vicky und Wilhelm im Wagen und versucht, den kleinen Freund ihrer Tochter zu trösten. Er hat seine gesamte Familie verloren, alle sind im kalten dunklen Nass versunken. Der Junge begreift langsam, dass er sie nie wiedersehen wird, und weint ununterbrochen.

»Wilhelm, komm. Leg dich neben Vicky. Es wird alles gut. Wirst sehen. Ich kümmere mich um dich. Und Vicky auch.«

»Ja, schau. Asta ist auch da und will zu dir.«

Der Dackel drängelt sich zwischen die beiden und stupst Wilhelm an. Als wüsste sie, dass jetzt ihr Einsatz gefragt ist. Die beiden Kinder legen sich zusammen mit dem Dackel hin, und der kleine Wilhelm beginnt den Dackel zu streicheln. Es dauert nicht lange, und er hört auf zu schluchzen.

Lena lehnt sich gegen den Wagenrand und schließt die Augen. Sie ist völlig erschöpft. Die Aufregung und die Panik während des Angriffs und der tiefe Schreck, als François im Eisloch versank, haben sie völlig aufgezehrt. Gleichzeitig verspürt sie ein brennendes Glücksgefühl und ungeheure Erleichterung darüber, dass François gerettet ist. Sie hätte es nicht ertragen, wenn er ertrunken wäre. Plötzlich aber denkt sie: Es muss aufgefallen sein, wie ich verzweifelt nach François gerufen habe. Das ist ganz bestimmt aufgefallen! Bei Heinrich hat es den Verdacht, den er ja wohl schon hatte, gewiss bestätigt. Was mache ich jetzt bloß? Und Fritzchen, die alte Petze, ist auch dabei gewesen. Ob er etwas gemerkt hat? Lena versucht sich zu beruhigen. Immerhin hat François lange genug in Mahlenberg gearbeitet, dass sie geschockt reagieren durfte, als er im Wasser versank. Oder etwa nicht?

Lena zwingt sich, ruhig zu atmen. Ich darf mir jetzt darüber keine Gedanken machen. Es wird schon gut gehen. Alles ist gut. François lebt, und alles Weitere wird sich zeigen. Aber Vorsicht, unbedingte Vorsicht ist geboten!

Wilhelm und Vicky sind eingeschlafen. Wilhelm hustet. Lena legt ihm die Hand auf die Stirn: er glüht. Der Junge hat Fieber. Aber ist das ein Wunder? Sie legt noch eine Decke über ihn. Nur jetzt keine Lungenentzündung.

Vorsichtig kriecht Lena von der Ladefläche und läuft drei Wagen vor bis zu Neumanns: Sie steckt den Kopf zwischen den Schlitz in der Plane. Drinnen sitzt Sophie mit Monika, Lise und Babette. Zwischen ihnen liegt unter einem dicken Federbett und mehreren Decken und mit einem Sack als Kopfkissen François.

»Wie geht es ihm?«, fragt sie leise.

Sophie legt den Finger auf die Lippen.

»Er schläft. Ist total erledigt. Aber das wird schon.«

»Und wie geht es dem Bein von Herrn Neumann?«

»Der ist zäh. Sitzt schon wieder auf dem Bock.«

»Sophie, kannst du mitkommen? Wilhelm hustet und fiebert. Hoffentlich hat er keine Lungenentzündung.«

Sophie kriecht zum Ausgang, und Lena hilft ihr hinunter aufs Eis. Nicht ganz einfach auszusteigen, während der Wagen weiterfährt. Doch Sophie schafft es. Lena wirft einen letzten verstohlenen Blick auf François, dann laufen die beiden Frauen zusammen zurück zu dem Wagen, in dem die Kinder schlafen, und steigen auf. Sophie befühlt prüfend Wilhelms heiße Stirn.

»Wir können nicht viel mehr tun, als ihn ordentlich warm zu halten und zu beten.«

»Bleibst du bei ihm? Ich muss schauen, ob bei den Leuten alles in Ordnung ist.«

»Lena, Liebe! Lass das ruhig Heinrich machen. Du musst dich ausruhen. Du siehst einfach furchtbar aus. Schlaf ein bisschen, danach hast du noch immer genug zu tun.«

»Du hast recht.«

Lena rollt sich in eine Decke und streckt sich neben Vicky aus. Kurz darauf ist auch sie erschöpft eingeschlafen. Die Wagenschlange bewegt sich jetzt in gleichmäßigem Trott. Die Nacht bricht herein, und die Dunkelheit legt sich schützend über das Haff. Schließlich können Flieger im Dunkeln nichts sehen. Doch die Beschaffenheit des Eises ist auch nicht mehr zu erkennen. Jeder orientiert sich jetzt an seinem Vordermann.

Elf Stunden später ist es geschafft. Im Morgengrauen taucht der bewaldete Dünenkamm der Nehrung auf. Wieder stauen sich die Wagen, denn die Wehrmacht hat zwar die dicken Eisschollen zur Seite geräumt, die sich am Ufer zusammengeschoben hatten, aber es geht nun ziemlich steil bergauf. Bloß nicht stehen bleiben auf dem Eis. Die Wagen fahren zum Ufer und reihen sich dort zu Hunderten auf. Wer hier einbricht, rutscht ins seichte Wasser, geht aber wenigstens nicht unter. Doch was ist, wenn die Russen-Flieger wiederkommen? Auch hier liegen überall zerschossene Wagen, tote Pferde und Menschen, die bei Fliegerangriffen umgekommen sind.

Heinrich reitet vor zum Posten.

»Wo sind wir hier? Ist das da drüben der Leuchtturm von Kahlberg?«

»Ja. Er liegt drei Kilometer südlich.«

Erleichterung breitet sich aus, aber es dauert dann noch zwei Stunden, bis alle Mahlenberger Wagen die Böschung mit vereinten Kräften hochgeschoben worden sind und oben am Rande der einzigen Straße stehen, die sich über die lange, enge Landzunge zieht. An manchen Stellen ist die Landzunge nur zweihundert Meter breit und mit Kiefern und Wacholder bewachsen. Tausende Wagen und Hunderttausende Menschen bewegen sich auf dieser einzigen Straße nach Süden. Sie kommen von ganz oben im Norden, von Pillau/Neutief und all den Stellen, an denen die gekennzeichneten Treckwege von Frauenburg und Alt-Passarge auf die Nehrung treffen. Das Durcheinander ist unbeschreiblich. Und zwischen all den Wagen und Menschen die Wehrmacht, Soldaten zu Fuß oder mit Wagen, die immer Vorfahrt haben. Die Flüchtlinge lagern unter freiem Himmel in den Wäldern und zwischen den Dünen, überall sind kleine Rauchfahnen zu sehen, die anzeigen, wo jemand Feuer gemacht hat. Verzweifelte Leute sitzen apathisch am Straßenrand auf ihrem Gepäck, kaputte Wagen, tote Pferde, erfrorene Menschen und dazwischen viele, viele herumirrende, weinende Kinder, die ihre Familien verloren haben. Kaum einer kann sich um sie kümmern. Manchmal erbarmt sich jemand dieser Unglücklichen und nimmt sie bis zum nächsten Ort mit, um sie dort beim Roten Kreuz abzugeben. Doch Zeit für ihre Notlage hat keiner. Alle wollen nur so schnell wie möglich zum Festland und weiter gen Westen gelangen.

Doch es geht kaum voran. Und wenn es vorwärtsgeht, dann im Schritttempo. Kaum ist man losgefahren, da kommt nach ein paar Metern alles wieder zum Stillstand. Oft warten die Wagen stundenlang an einer Stelle. Die Fahrrinnen im sandigen Untergrund sind von den Tausenden Gefährten derart ausgefahren, dass sich tiefe Furten gebildet haben. Pioniere der Wehrmacht und die Organisation Todt reparieren und schaufeln ohne Pause, um die Straße instand zu halten. Mit Baumstämmen versuchen sie, die tiefsten Löcher auszugleichen. Doch es dauert nicht lange, und alles ist wieder kaputt gefahren, und der endlose Zug kommt erneut ins Stocken. Leszek und die Mahlenberger Männer laufen dann nach vorn und helfen, die Wagen, eigene und fremde, durchzubringen.

François hat die gesamte Überfahrt geschlafen. Nun fühlt er sich ausgeruht und kräftig und packt wieder überall mit an. Stunden später erst erreichen sie endlich Kahlberg. Die zwei langen Molen, die weit ins Haff ragen, sind schwarz von Menschen. Im Sommer legen hier die Ausflugsdampfer aus Elbing an und bringen die Bade- und Kurgäste, jetzt dienen sie als zugige Lagerstelle.

Lena macht sich zusammen mit Heinrich auf, um irgendwo Unterkunft und Verpflegung aufzutreiben. Sie kennen Kahlberg, die »Perle der Frischen Nehrung«, gut, denn früher, als sie Kinder waren, verbrachten sie mit den Eltern in dem berühmten Ostseebad immer eine Woche im Hotel Kaiserhof an der Promenade. Die Seeluft sollte ihre Lungen stärken. Doch jetzt ist der Ort hoffnungslos überfüllt. Auf dem Kurplatz, im Park und in den Straßen, sogar in den Vorgärten der schönen Villen und auf den Promeniermeilen, am Strand und vor der Trinkhalle: Überall stehen Hunderte Wagen, Handkarren, Schlitten, Autos, Kinderwagen, und überall hasten, rennen, gehen und stehen Menschen.

»Versuchen wir's beim Kaiserhof, vielleicht ist da noch was zu haben«, schlägt Lena vor. Sie versuchen es, doch sie werden abgewiesen.

»Ja was glauben Sie denn? Haben Sie sich mal umgesehen? Alle Hotels, jede Villa und jedes Haus und die Jugendherberge sind vollgestopft mit Flüchtlingen, tut mir leid. Ich kann nicht mal mehr eine Maus unterbringen! Da müssen Sie sich woanders was suchen.«

Der Portier ist einer Ohnmacht nah.

»Heinrich, hier ist nix zu machen. Der ganze Ort ist belegt. Lass uns von hier wegfahren. Vielleicht finden wir ja weiter südlich was.«

Auf dem Weg zurück kommen sie am berühmten Hotel Zum Schwarzen Walfisch vorbei. Aber auch da ist jedes Zimmer, die Halle, die Kellerräume, die Schuppen, einfach jede Übernachtungsmöglichkeit vergeben.

Als sie wieder bei den Wagen sind, bleibt ihnen nichts anderes übrig, als sich erneut in den Treck einzureihen und weiter gen Süden zu ziehen. Irgendwo kurz vor Pröbbernau biegen sie in einen verschneiten Sandweg ein und finden ein paar Bretterbuden und eine Fischerhütte am Rand des Kiefernwaldes. Aber auch die sind schon mit anderen Flüchtlingen besetzt. Sie quetschen sich, wo es irgend möglich ist, noch mit dazu. Die meisten finden allerdings keinen Platz mehr und bleiben auf den Wagen. Leszek und François schirren die Pferde aus und binden sie an der windabgewandten Seite der Hütte an.

»Decken drauf, jeder ein paar Handvoll Hafer und ein Bund Heu nehmen. Mehr ist heute Nacht nicht drin. Herr Wagner, kannst du bitte für Wasser sorgen.«

»Klar. Ich versuch, ein Loch ins Eis zu schlagen, und wenn

das nicht gelingt, dann schmelzen wir Schnee, Frau Gräfin. Das kriegen wir schon irgendwie hin.«

Lena kontrolliert die Knoten an den Halftern und Stricken. Wenn uns die Pferde weglaufen, dann ist alles aus, denkt sie. Unglücklich hat sie den ganzen Tag die halb verhungerten Pferde beobachtet, die zwischen den Dünen und im Wald überall herumliefen und im Schnee vergeblich nach Futter suchten und an den harzigen Kiefernstämmen nagten. Von ihren Besitzern zurückgelassen, weil die Wagen kaputt gegangen sind oder weil sie eine andere, schnellere Mitfahrgelegenheit gefunden haben – oder weil sie tot sind. Zu dieser Jahreszeit, wo alles unter Schnee und Eis liegt, sind die armen Kreaturen dem sicheren Hungertod ausgeliefert, wenn sich keiner um sie kümmert. Lena kann den Gedanken nicht ertragen. Sie geht in die Hütte. Als sich ihre Augen an die Dunkelheit gewöhnt haben, erkennt sie die Menschen um sich herum, Fremde und Mahlenberger nebeneinander. Einfache Landarbeiter, Mägde, alte Knechte ohne Herrschaft, eine feinere Dame mit Pelzkragen und Muff, ein alter Bauer mit Kaiser-Wilhelm-Bart mit seiner Frau, eingewickelt in eine dicke Pferdedecke. Lauter versprengte heimatlose Menschen, vom Schicksal unfreiwillig vereint. Lena zählt durch: Zweiundzwanzig Alte und Junge hocken hier zusammengedrängt auf dem Boden, die Kinder nicht mitgezählt. Die liegen in einer Ecke unter Decken, die meisten schlafen schon. Auch Vicky, Monika, Lise und Wilhelm sind dabei. Und Asta natürlich, ihre gemeinsame Wärmflasche. Es ist kalt in der Hütte, und der Wind pfeift durch die Ritzen. Oben im Gebälk hängen Fischernetze und Tampen. Und es riecht nach Fisch. Lena setzt sich neben Babette und Fritzchen.

»Wie geht es Wilhelm?«, fragt Lena besorgt.

»Ach, das wird wieder. Hab ihm ein paar heiße Kartoffeln auf die Brust gelegt«, sagt Babette leise. »Die kann er dann später, wenn er aufwacht, essen. Der Husten ist zwar noch fest, aber mehr kann ich nicht machen.«

Frau Neumann hat draußen auf einem Feuer Schnee geschmolzen und Kartoffeln und Rüben gekocht. Sie kommt nun mit dem Pott zur Tür herein.

»Suppe ist genug da, nicht sehr dick, aber heiß.«

Und sie beginnt, an alle auszuteilen, auch an die Fremden. Und schon kommt Bewegung in die müde Gemeinschaft. Der eine zieht eine Speckseite aus seinem Rucksack und beginnt, dünne Streifen mit seinem Taschenmesser abzuschneiden, ein anderer hat ein Brot, das er den Kindern gibt. Flaschen werden rumgereicht, alles wird geteilt. François sitzt neben Heinrich, beide löffeln wortlos ihre Suppe. Lena versucht, nicht hinzuschauen. Aber jedes Mal, wenn sie doch verstohlen einen Blick riskiert, sieht François sie an.

Babette stellt ihren leeren Emailletopf vor sich auf den Boden.

»Vielleicht muss das alles sein, vielleicht ist das wichtig ... Wir Menschen zählen einfach nicht. Ob wir sterben oder leben.«

»Die Herrenrasse wird überleben, Mutter, weil sie stärker ist ... Wir werden sie ausrotten mit Stumpf und Stiel, die Iwans.«

»Papperlapapp. Sei froh, dass du überlebt hast, Fritz, und hör endlich auf, solch einen Unsinn zu reden.«

Lena kann dieses Nazigewäsch nicht mehr ertragen. Der Junge ist wirklich unverbesserlich. Kann er denn seine Augen nicht mal aufmachen? Wer ist denn schuld daran, dass sie hier alle in dieser grässlichen Situation sind? Lena steht auf und sieht nach den Kindern. Da entdeckt sie Sophie, die mit einem unbekannten Mann redet, der immer wieder leise stöhnt. Heinrich ist zu ihr gegangen

»Er hat schlimme Erfrierungen an Händen und Füßen.«

Sophie holt ein Morphiumfläschchen aus ihrer Manteltasche und gibt es dem stöhnenden Mann.

»Das ist Morphium, das betäubt den Schmerz, es wird Ihnen helfen.«

Sie deckt den Mann zu und will gehen, als Heinrich sie plötzlich und unvermittelt in den Arm nimmt.

»Weißt du, Mama, damit rettest du mich, damit rettest du uns alle. Du bist es, die uns Hoffnung gibt.«

Sophie sieht ihn verlegen an. Sie weiß nicht recht, wie sie mit dem plötzlichen Gefühlsausbruch ihres Sohnes umgehen soll. Sie lächelt und streicht ihm über den Kopf.

»Komm, mein Junge, hilf mir, den Mann hinzulegen.«

Lena lässt die beiden allein und geht hinaus. Sie braucht frische Luft und will noch einmal nach den Pferden und den anderen Mahlenbergern in den schäbigen Bretterbuden schauen.

Als sie ihre Runde beendet hat, geht sie hinunter zum Ufer, wischt Schnee von einem Boot, das dort kieloben liegt, und setzt sich drauf. Da sagt plötzlich eine Stimme hinter ihr:

»Warum läufst du vor mir weg?«

Lena springt auf und dreht sich um. François steht vor ihr. Lena schaut nach oben zur Fischerhütte.

»François, das ist zu gefährlich. Geh, geh wieder rauf. Es darf uns keiner zusammen sehen.«

Statt zu gehen, kommt er noch einen Schritt auf sie zu und steht jetzt ganz nah bei ihr.

»Ich verstehe, dass es nicht geht. Sie passen nicht zusammen, deine und meine Welt. Das ist es doch, was du denkst, oder?«

François nimmt Lena in die Arme und küsst sie. Lange und hingebungsvoll.

»Ich liebe dich, Lena«, flüstert er und sieht sie an. »Und du liebst mich auch, ich weiß es.«

Lena schüttelt den Kopf und versucht, sich aus seiner Umarmung zu winden.

»Doch, du liebst mich, du bist nur so in deinem Leben gefangen, deinen anerzogenen Zwängen ausgeliefert, dass du denkst, du kannst und darfst es nicht. Sag mir, dass du mich liebst, und ich gehe. Ich gehe und lass dich in Ruhe.«

Lena spürt Tränen aufsteigen, die sie wütend wegwischt.

François nimmt ihre Hand und entdeckt die Abschürfungen.

»Was hast du mit der Hand gemacht?«

Er küsst ihre Handfläche und jeden Finger einzeln. Aber Lena zieht ihre Hand zurück.

»Ich will nicht, dass du stirbst, ich will, dass du lebst, und deswegen musst du gehen.« Sie sieht sich nervös um. »Man darf uns nicht sehen, es ist zu gefährlich …«

François schaut sich ebenfalls um. Dann nimmt er ihr Gesicht in seine Hände.

»Ich lebe wahrscheinlich nur, um dir zu sagen –«

»François, bei meinem Leben, du musst jetzt gehen.«

»Seit Monaten habe ich nur diesen einen Gedanken, aber jetzt, jetzt habe ich Angst, Lena. Wahnsinnige Angst. Sag es, sag es nur ein einzigen Mal.«

Aber Lena kann es nicht sagen. Er wird nicht gehen, wenn ich es sage. Er wird bleiben und …«

»François, ich flehe dich an. Geh, du musst gehen.«

François hält sie fest umschlungen, küsst sie ein letztes Mal und will sie gerade aus der Umarmung entlassen, als oben die Tür der Bretterbude aufgeht. Babette kommt heraus und sieht sich um. Sie erkennt die beiden, die am Ufer zusammenstehen, nah, sehr nah zusammen. Und sie sieht ihren Sohn, der zu ihr herübersieht und dann schnell zu einem der Schuppen geht.

Lena macht sich los und rennt den Strand hinauf und an Babette vorbei in die Hütte. Babette bleibt kurz stehen, dann geht sie François entgegen.

»Das war dumm von euch. Alle haben gesehen, wie sie aufs Eis geschlagen und deinen Namen gerufen hat.«

François ist verwundert, aber seine Augen leuchten.

»Sie hat meinen Namen gerufen …«

»Gerufen? Geschrien hat sie ihn, immer wieder und wieder. Du bist in Gefahr, ihr seid beide in größter Gefahr. Ich hab eben

Fritz vorbeigehen sehen. Ich glaube, er hat euch beobachtet. François, du … du musst uns verlassen. Heute Nacht noch!«

François schaut Babette lange an, dann sagt er mit tiefer Stimme:

»Danke, Babette. Pass auf sie auf, bitte, pass auf sie auf!«

Dann dreht er sich um und verschwindet hinter den Wagen.

Lena ist aufgewühlt, völlig durcheinander. Sie hat sich wieder in die Runde gesetzt, neben Luise und Leszek. Heinrich hat seine Weinreserven spendiert, und Lena nimmt einen Schluck aus der Flasche. Sie versucht, so normal wie möglich zu wirken. Doch in ihrem Innern toben die Emotionen. Angst und ein irrsinniges Glücksgefühl wechseln einander ab. Doch am Ende überwiegt die Angst: Angst vor der Entdeckung, Angst um ihn. Sie werden ihn umbringen.

Gott, was sollen wir nur tun? Sie schaut Heinrich an, der ihr gegenübersitzt. Fritz ist hereingekommen, hat sich neben ihm niedergelassen und ihm leise etwas zugeraunt. Heinrich hat ihn unwillig abgewehrt:

»Jetzt nicht, später, Fritz.«

Lena versucht, in ihren Gesichtern zu lesen. Heinrich prostet ihr zu, aber er lächelt sie nicht an. Fritz weicht ihrem Blick gänzlich aus, wird rot und sieht auf seine Stiefelspitzen. Da kommt Babette zurück und sagt in die Runde:

»Es wird Zeit, schlafen zu gehen. Wir wollen doch bestimmt früh los, Graf Gernstorff, oder? Lena, für wann ist die Abfahrt geplant?«

»Recht so, Babette. Wie wäre es mit vier Uhr. Davor noch einen Tee und dann los. Bis zum Festland ist es jetzt nicht mehr weit.«

Heinrich steht auf und geht hinaus. Babette wirft Lena einen vielsagenden Blick zu und dreht die Petroleumlampe herunter. Doch Lena findet keine Ruhe. Sie fühlt sich wie in einem engen

Käfig. Das Geräusch der vielen schlafenden Menschen, der harte Boden, der beißende Geruch nach ungewaschenen Körpern, Nässe und Fisch. Sie kann einfach keinen Schlaf finden. Irgendwann steht Lena auf, wickelt sich ihre Decke um die Schultern und steigt vorsichtig über die Schlafenden. Das kleine Fenster der Hütte ist beschlagen. Zarte Eisblumen glänzen, vom Mondlicht erleuchtet, und bilden kleine Kunstwerke auf dem Glas. Ihre Mutter hatte damals, da war sie noch ganz klein, das Spiel erfunden, in den Eisblumen etwas zu entdecken: Elfen mit Flügeln, Tannenbäume mit Kerzen oder Pferdchen, die einen Schlitten ziehen.

Lena haucht die Scheibe an und beobachtet, wie sich die Eisblumen in Wassertropfen auflösen und am Glas herunterrinnen. Im Osten ist ein rotes Leuchten zu erkennen. Ist es der Sonnenaufgang oder der letzte große Kampf im Kessel von Ostpreußen? Plötzlich sieht Lena, wie jemand den Weg zum Strand hinuntergeht. Es ist François. Sie weiß es, noch bevor sie ihn an seinem aufrechten Gang erkennt. Er hat seinen Mantel bis oben zugeknöpft und die Ohrenschützer seiner Mütze heruntergeklappt. Ein Schal, Babettes rotbrauner Schal, flattert im Wind. Über der Schulter trägt er einen Militärrucksack. Ohne sich umzudrehen und mit weit ausgreifenden Schritten, biegt er bei dem Boot am Strand nach rechts und folgt dem Ufer. Dann ist er aus Lenas Blickfeld verschwunden.

»Lieber Gott, beschütze ihn auf seinem Weg«, flüstert Lena und beginnt leise zu weinen.

Der Weg nach Thüringen

Im morgendlichen Durcheinander fällt es außer Babette und Lena zunächst niemandem auf, dass François verschwunden ist. Lena ist erleichtert, und gleichzeitig versetzt es ihr einen Stich. Er ist weg!

Leszek ist als Einziger von François eingeweiht worden. Er hat ihm nachts gesagt, dass er allein weggehen werde, und sich von ihm verabschiedet.

Doch dann kommt Fritz zu Lena und fragt scheinheilig:

»Wo ist eigentlich der Franzos, Frau Gräfin? Ich glaube, der hat sich davon gemacht. Einfach abgehauen ist er.«

Lena kann ihre Abneigung gegen diesen kleinen hinterhältigen Spitzel kaum unter Kontrolle halten. Eisig antwortet sie, ohne ihren Blick von Tassilos Sattelgurt zu nehmen:

»Fritz, du solltest deine Nase nicht immer in das Leben anderer stecken. Das wird dir noch mal schlecht bekommen.«

»Ich mein ja nur! Kriegsgefangenen ist es verboten, sich abzusetzen. Das ist doch Flucht. Und die muss gemeldet werden.«

»Fritz, ich sage es nur noch ein einziges Mal. Kümmere dich um deinen Kram und nicht um Dinge, die dich nichts angehen.«

Lena steigt in den Sattel.

»Und jetzt los. Hilf den Leuten, alles fertig zu machen, oder willst du lieber hierbleiben?«

Beleidigt stapft Fritz davon.

Die Pferde haben die Nacht im Freien einigermaßen überstanden. Nun müssen sie all ihre Kraftreserven mobilisieren, denn die Straße wird immer schlechter, und es haben sich auch viele andere Flüchtlinge entschieden, früh aufzubrechen. Dicht an dicht kriechen die Trecks dahin. Pröbbernau, das nächste Dorf, durch das der Weg sie führt, besteht aus mehreren Teilen. Schottland, Schmirgel, Schellmühl und Langhaken steht auf kleinen Schildern. Man sieht den Dorfkrug, eine Meierei und einige reetgedeckte Fischerkaten. Bei einem Bauern in Schellmühl ergattert Frau Neumann einen Krug frische Milch. Die wird mit Wasser verdünnt und an die Kinder verteilt. Als Erstes bekommt Wilhelm ein paar Schlucke. Es geht ihm erstaunlich viel besser. Sein Husten ist nicht mehr quälend hart, und er beginnt, den Schleim abzuhusten, den er in hohem Bogen vom Wagen spuckt. Die heißen Kartoffeln als Brustbelag scheinen ihre heilende Wirkung getan zu haben. Vicky kichert amüsiert über Wilhelms ungehöriges Benehmen. Sie machen daraus ein Spiel: Wer kann am weitesten spucken.

Gegen Mittag erreichen sie in Bodenwinkel den Danziger Werder. Nun liegt die Nehrung hinter ihnen. Hunderttausende Menschen gelangen nach Westpreußen, manche ziehen gen Süden, nach Tiegenhagen und dann weiter nach Dirschau. Lena und Heinrich jedoch beschließen, an der Ostsee entlang in Richtung Danzig weiterzufahren, vorbei an Stutthof und durch Pasewark. In Nickelswalde und Bohnsack setzen sie mit einer Fähre über die Weichsel. Die Ortsleiter haben zusätzliche Fähren eingesetzt, die nun ununterbrochen überholen – auch nachts und trotz starken Eisgangs. Vor den Anlegern bilden sich riesige Staus. Wagen, Fußgänger, Reiter – alle warten ungeduldig, bis sie an der Reihe sind, über den breiten Fluss überzusetzen.

Die Westpreußen haben noch keinen Treckbefehl und sehen mit Sorge den langen Schlangen ihrer Volksgenossen aus Ostpreußen zu, die an ihren Häusern und Höfen vorbeiziehen. Sie ahnen, dass sie in nicht allzu ferner Zukunft das gleiche Schicksal treffen wird. Und als die ersten Elbinger ankommen, wird die Ahnung zur Gewissheit. Dennoch glauben die meisten, dass die deutsche Wehrmacht es schaffen wird, die Russen an der Weichsel aufzuhalten. An allen Brücken und am Westufer sind starke Verteidigungsstellungen zu erkennen, und Militärkolonnen verstopfen die Straßen. Einige sind für die Flüchtlingstrecks ganz gesperrt worden. Immer wieder stoßen die Mahlenberger auf Straßenkontrollen, die ihre Papiere und Treckerlaubnis prüfen. Südlich von Danzig finden sie etwas abseits der Straße einen freundlichen Großbauern, der ihnen ein Nachtquartier bietet. Menschen und Pferde finden Platz in einer der großen Scheunen, und die Bäuerin hat sogar einen großen Topf Erbsensuppe und heiße Milch bereitet. Keiner spricht über das Verschwinden von François. Selbst Fritz hält endlich den Mund. Nur Sophie, die Lenas bedrückte Stimmung beobachtet hat, nimmt ihre Hand und sagt:

»Er wird es schon schaffen, Lena. Da bin ich ganz sicher.«

Heinrich erwähnt François mit keinem Wort, und Lena ist nicht klar, ob er wirklich etwas weiß. Ob Fritz ihm irgendetwas gepetzt hat? Heinrich behandelt sie wie immer, höflich zuvorkommend und trotz der Situation stets als Gentleman. Er hilft ihr aufs Pferd und wieder herunter, und er bringt ihr und Sophie etwas zu essen, bevor er sich selbst versorgt.

Rund um Danzig bewegen die Trecks sich plötzlich in alle Richtungen. Viele fahren nach Gotenhafen und Danzig-Neufahrwasser, um von dort mit Schiffen nach Westen zu gelangen. Andere biegen hinter Danzig nach Norden auf die Ostsee-Küstenstraße ab in Richtung Stolp und Swinemünde. Heinrich hat in Erfahrung gebracht, dass die Küstenstraßen zunehmend vom Militär vereinnahmt werden und ohnehin voll sind. So beschließen die Mahlenberger, die südlichere Route zu nehmen, am Rande der Kaschubei entlang, nach Berent und Bütow und weiter nach Neustettin in Pommern. Da leben die Kleists, und dort hat Rüdiger einen der Treffpunkte bestimmt. Wie lange sie bei dieser Witterung und diesen Straßenverhältnissen bis dahin brauchen werden, steht in den Sternen. Doch es geht weiter, immer weiter. Ein Tag nach dem anderen. Schneesturmtage folgen auf wunderbare weiße Wintertage mit Sonne und glitzernder Kälte. Die Mahlenberger fahren meistens nachts und rasten am Tag. Dann sind die Straßen nicht ganz so überfüllt, und es gibt keine Fliegerangriffe. Allerdings kann nur tagsüber die Verpflegung für Mensch und Tier organisiert werden. Und das wird zunehmend schwieriger, denn die Bauernhöfe und Orte, die direkt an und auf der Route liegen, sind im wahrsten Sinne des Wortes leer gefressen.

Lena bestimmt, dass abwechselnd immer zwei Wagenbesatzungen nach Verpflegung suchen müssen. Vor allem für die Pferde, die Alten und die Kinder muss regelmäßig Nahrung besorgt werden. So werden am Straßenrand Rüben- und Kartoffelschütten aufgebrochen, und in Ställen und Scheunen wird nach Heu und Hafer gesucht. Oft ohne Erfolg. Nur die vom Fluchtweg weiter abseits liegenden Höfe haben noch Vorräte. Lena und Leszek reiten mit Heinrichs Karte die Nebenwege ab und bitten die Bauern um Hilfe. Sie treffen dabei auf sehr unterschiedliche Reaktionen: die einen geben gerne, was sie entbehren können, andere wiederum lassen den Hofhund von der Kette. »Sehen Sie zu, dass Sie weiterkommen, wir haben nix zu verschenken …« Manchmal werden sie beschimpft und geschmäht, und oft kehren sie mit leeren Händen wieder zum Treck zurück. In den Ortschaften, durch die sie kommen, brauchen sie sich erst gar nicht zu bemühen. Hunderttausende

Flüchtlinge vor ihnen haben bereits alles mitgenommen, was übrig war.

Drei Wochen sind sie jetzt schon unterwegs. Für das Elend am Wegesrand hat kaum noch einer einen Blick. Abgestumpft fahren die Menschen an erfrorenen Säuglingen und Kleinkindern vorbei, die wie kleine Puppen kalt und steif im Straßengraben liegen. Ihre armen Mütter hatten wie Sonja Stuber noch nicht einmal Zeit, ihre Kinder würdig zu begraben. Auch die Toten der immer wieder von Feindfliegern zusammengeschossenen Trecks bleiben liegen, wo sie im Kugelhagel starben. Hier liegen sie nun zusammen mit ihren toten Pferden und überall verstreutem Gepäck. Hier und da sieht man Leute, die sich mit Messern Fleisch aus den verendeten Pferden schneiden. Das verbietet Lena ihren Leuten.

»Denkt dran, das halb verweste Fleisch macht krank, und dann müssen wir euch zurücklassen. Also bitte, lasst das sein.«

Bisher halten die Mahlenberger sich noch an die Anweisung, aber bisher muss auch noch keiner von ihnen wirklich hungern.

Bütow, die erste große Stadt in Pommern, erreichen sie am 18. Februar. Die Tage werden länger, die Temperatur ist gestiegen, es beginnt zu tauen und regnet ununterbrochen. Alles ist nass und kann ohne warme Quartiere nicht mehr richtig trocknen. Zum Glück ist in Bütow alles fast wie in Friedenszeiten. Die Läden sind geöffnet, Post und Ämter tun ihren Dienst. Ja sogar die Friseure schneiden den Bütowern noch die Haare. Das Rote Kreuz teilt Suppe und Tee aus, und Parteigenossen kümmern sich im Auftrag des Bürgermeisters um die Unterbringung der Flüchtlinge.

Lena ruft die Frauen zusammen.

»Sammelt eure Lebensmittelkarten, und dann gehen wir in die Stadt. Mal sehen, was wir ergattern können.«

Die Männer bleiben bei den Wagen, und die Frauen ziehen gemeinsam zum Marktplatz. Lange Schlangen vor den Geschäften und leere Auslagen. Nach ewigem Anstehen haben sie vier Kohlköpfe, ein Kommissbrot, drei Runkelrüben und eine Handvoll Kartoffeln ergattert. Fleisch oder Milch gibt es nicht. Lena geht zur Apotheke, aber die hat nichts außer Salmiakpastillen und Abführmittel.

Heinrich hat sich zur Militärkommandantur durchgefragt. Er ist schon seit Tagen unruhig. Auf der Straße hat er zwar ab und an eine Patrouille angehalten, aber außer widersprüchlichen Nachrichten über den Frontverlauf keine verlässliche Einschätzung der Lage erhalten. Klar ist nur: Teile der Roten Armee stoßen nun auch von Süden vor, und das sehr viel schneller als erwartet. In der alten Ordensritterburg findet Heinrich die Parteizentrale und den Ortskommandanten. Die Meldungen sind alles andere als beruhigend.

»Die erste und zweite Weißrussische Front unter den Befehlen von Shukow und Konew haben die südliche Grenze von Pommern überschritten. Warschau ist gefallen. Starke Kampfhandlungen bei Posen, unterhalb von Landsberg, und bei Küstrin. Unsere Zweite Armee steht kurz davor, eingeschlossen zu werden.«

Lena und Sophie sind entsetzt.

»Aber das ist ja nur hundertfünfzig Kilometer von uns entfernt.«

Heinrich nickt.

»Wir müssen uns beeilen. Keiner kann sagen, wie lange die Russen noch aufgehalten werden können, und mit ihren Panzern kommen sie schnell vorwärts.«

»Dann nichts wie los.«

Schnell sind alle zusammengetrommelt, und der Mahlenberg-Treck ist wieder unterwegs. Die rund sechzig Kilometer zu den

Kleists am malerischen Vilmsee schaffen sie in knapp zwei Tagen. Doch die Hoffnung, dort Rüdiger und den Gernstorff-Treck anzutreffen, erfüllt sich nicht. Elisabeth von Kleist steht im Seidenkostüm in der Haustür, ihre braunen Haare frisch frisiert und mit einem fröhlichen Lächeln, und sie begrüßt ihre Gäste, als kämen sie auf eine Einladung zum Abendessen.

»Kommt rein, meine Lieben. Schön, dass ihr endlich da seid. Gleich gibt's einen Tee. Aber vielleicht wollt ihr euch erst einmal frisch machen. Walter zeigt euch die Zimmer.«

In der Halle übergibt sie Sophie einen Brief und sagt:

»Er hat einen Tag auf euch gewartet und ist dann vorgestern weiter.«

Sophie öffnet den Brief, liest und sagt dann laut zu den anderen:

»Rüdiger fährt nach Thüringen zu den Seelmannseggs, wie besprochen. In Stettin über die Oder und dann nach Südwesten. Je nach Lage weiß er noch nicht, ob südlich oder nördlich um Berlin herum. Er lässt alle sehr herzlich grüßen und freut sich auf ein schnelles Wiedersehen.«

Bei den Kleists werden alle herrschaftlich untergebracht. Lena, Vicky, Sophie und Heinrich können zum ersten Mal wieder baden und schlafen in richtigen Betten mit Leinenbezügen und weichen pommerschen Daunenkissen. Die Mahlenberger sind auf die Leutehäuser verteilt oder in den Mädchenkammern unterm Dach untergebracht. Um die Schallers, Babette, Fritz und Leszek kümmert sich die Frau des Verwalters. Das große pommersche Gut der Kleists mit Blick auf den See hat ausreichend Platz. Keiner muss in der Scheune schlafen. Die Pferde werden ebenfalls fürstlich versorgt. In zwei großen Offenställen ist eine dicke Strohlage eingestreut, und sie können sich zum ersten Mal seit vier Wochen zum Schlafen wieder hinlegen. Hafer und Rübenschnitzel gibt es reichlich.

Die Hausmädchen der Kleists kümmern sich um die schmutzigen Kleider, alles wird gewaschen und über Nacht zum Trocknen in den Heizungskeller gehängt.

Es ist nahezu wie im Paradies.

»Man weiß das alles nur richtig zu schätzen, wenn man es nicht mehr hat. Ich hatte schon fast vergessen, wie es sich anfühlt, in einem richtigen Bett mit Matratze zu schlafen«, meint Lena.

Zum Abendessen ist ein Büfett für alle im Esszimmer aufgebaut. Es gibt Hirschragout mit Weinkraut und mehrere Flaschen besten Rotwein und sogar Pudding zum Nachtisch. Vicky und die anderen Kinder sind begeistert. Die Stimmung ist gelöst, und es kommt sogar ein bisschen Fröhlichkeit auf. Nach dem Essen aber verschwinden die meisten schnell in ihren Betten. Lena und Heinrich haben die Abfahrt für sechs Uhr am nächsten Morgen angesetzt. Zusammen mit der Hausfrau und Sophie ziehen sie sich noch für ein letztes Glas an den Kamin ins Rauchzimmer zurück.

»Elisabeth, die Lage ist brenzlig. Die Russen stehen schon bei Küstrin an der Oder. Es dauert bestimmt nur noch Tage, bis sie hier sind. Willst du dich uns nicht morgen anschließen?«

»Nein, Heinrich, das geht nicht. Wir haben hier noch keine Treckerlaubnis. Die reden hier immer noch vom Endsieg und der ominösen Wunderwaffe. Die Wagen sind fertig gepackt, aber ohne Treckerlaubnis können wir nicht los! Du weißt ja, was dann passieren kann. Die hängen uns doch glatt an den nächsten Baum, wenn sie uns erwischen. Zumal uns ja hier jeder erkennt, wenn wir vorbeifahren.«

»Aber die Zeit wird knapp, meine Liebe. Wo ist denn Wilhelm?«

Sophie hat sich neben Elisabeth gesetzt.

»Er kämpft irgendwo am Rhein. Die letzte Nachricht kam vor einer Woche. Wenn die Treckerlaubnis da ist, versuchen wir erst mal, uns nach Celle durchzuschlagen. Da sitzt meine Schwester.«

Elisabeth lässt sich nicht überreden mitzukommen.

Nach einer köstlichen Nacht in den warmen, weichen Betten stehen im Morgengrauen alle wieder mit neuem Lebensmut auf dem Hof. Elisabeth von Kleist hat die Vorräte aufgestockt, der Futterwagen für die Pferde ist mit Hafersäcken und Heuballen gefüllt. Nach einer schnellen Verabschiedung rollt der Treck vom Gutshof. Heinrich und Lena haben Elisabeth vorher noch einmal dringend ans Herz gelegt, sich sehr bald selbst auf den Weg zu machen. Der Regen hat über Nacht aufgehört, und es ist wieder etwas kälter geworden. Nebelschwaden stehen auf dem See, und es riecht nach feuchten Blättern und Erde. Die Pferde sind ausgeruht und legen sich erfrischt in die Riemen. Über Falkenburg und Dramgard führt sie der Weg Richtung Stettin. Bei Stargard ist die Straße wieder überfüllt. Von Süden und Norden stoßen Trecks dazu, und die Wehrmacht zieht hier, nahe der Oder, starke Verteidigungskräfte zusammen. Der Treck stockt immer wieder, ein Stau folgt auf den nächsten. Nachdem sie einen halben Tag für nur ein paar Kilometer gebraucht haben, biegen die Mahlenberger schließlich auf eine kleinere Straße ab, um das Durcheinander in der Stadt zu vermeiden. Nur eine knappe Stunde in nördlicher Richtung, und die Autobahn Stettin–Berlin liegt vor ihnen. Hier wird der Weg leichter. Schon bald überqueren sie die Oderbrücke. Unter ihnen das graue Band des Flusses, der mit der einsetzenden Schneeschmelze sehr viel Wasser führt. Die Autobahn ist zweigeteilt, die linke Spur ausschließlich den Militärtransporten vorbehalten. Kolonnen von Soldaten marschieren Richtung Osten, Versorgungslaster und Kübelwagen und Tigerpanzer rattern mit ihren schwarz gekleideten Besatzungen vorbei. Manche Landser lassen sich eine Weile mitnehmen und sitzen auf den Kotflügeln.

Auf der rechten Doppelspur fahren die Flüchtlingstrecks in Vierer- und manchmal in Sechserreihen nebeneinander, zwischendrin immer wieder Fußgänger und Radfahrer. Kilometerlang sieht Lena nur noch eine Masse Mensch, die sich vor ihr und hinter ihr in die den Militärs entgegengesetzte Richtung bewegt. Gegen Abend wird es ein wenig leerer, viele Wagen fahren von der Autobahn ab, um irgendwo ein Nachtquartier zu suchen. Andere fahren einfach auf den Seitenstreifen und bleiben stehen. Die Mahlenberger nutzen die Chance und fahren weiter. Lena kramt die *DDAC-Straßenkarte von Deutschland, Mitglieder-Ausgabe von 1941* aus ihrer Satteltasche. Die hatte Berthold ihr vor der Abreise noch zugesteckt. Beim nächsten Halt beschließen sie, erst mal bis Eberswalde vor Berlin zu fahren und dort zu erkunden, wie die Lage in der Reichshauptstadt aussieht.

Sie haben gerade das Abfahrtsschild *Prenzlau* hinter sich gelassen, da kommt Vicky angerannt.

»Mami, Mami. Komm mal schnell. Die Waltraud, der geht es gar nicht gut. Frau Neumann hat gesagt, du sollst mal schnell kommen.«

Lena springt vom Pferd und läuft den Treck zurück, im Slalom vorbei an einer Gruppe Frauen mit Handkarren. Hinten im vorletzten Wagen liegt Waltraud. Sie hat Schweißperlen auf der Stirn und stöhnt entsetzlich. Frau Neumann sitzt an ihrem Kopf und wischt ihr die Stirn mit einem Tuch ab. Babette hockt daneben und schiebt ihr ein Kissen unter den Rücken.

»Was ist los? Waltraud, was hast du?«

Und an Babette gerichtet:

»Hat sie sich den Magen verdorben?«

»Nee«, antwortet Babette mit breitem Grinsen. »Waltraud bekommt ein Kind. Die Wehen haben eingesetzt.«

»Ein Kind! Wieso? Ein Kind, wie ist denn das möglich?«

Lena bleibt die Luft weg. Dass Waltraud ziemlich pummelig

war, das war ihr aufgefallen, aber schwanger? Das hat sie unter ihren weiten Röcken aber gut zu verbergen gewusst!

»Na, Lena. Das wirst du doch noch wissen, wie so was passiert«, sagt Babette, die sich kaum einkriegen kann vor Lachen.

»Ja, aber ... Von wem ist es denn?«

Waltraud schaut gequält von ihrem Kissen auf und fängt an zu weinen.

»Das kann ich nicht sagen ... Darf nicht sein, ist doch verboten«, schluchzt sie. Babette lehnt sich zu Lena und flüstert:

»Louis ist der Vater. Du weißt doch, es ist den Deutschen verboten, mit Kriegsgefangenen und anderen fremdländischen Subjekten ...«

»Dann lass das man bloß nicht Fritz erfahren«, flüstert Lena zurück. Laut sagt sie:

»Ich geh Sophie holen.«

Und nach wenigen Minuten kehrt sie mit Sophie und einem Korb zurück. Sophie steigt auf den Wagen und setzt sich zu Babette.

»Wie oft? Wie häufig kommen die Wehen jetzt?«

»Alle fünf Minuten.«

»Na, dann dauert es noch.«

Da schaut plötzlich Heinrich durch das Loch in der Plane.

»Was ist denn hier los?«

»Waltraud bekommt ein Kind. Verschwinde!«

Schnell zieht Heinrich den Kopf wieder zurück. Kurz darauf ist er wieder da und reicht eine Flasche Rotwein in den Wagen. Den Korken hat er schon gezogen.

»Sehr aufmerksam, mein Sohn. Zum Glück hast du den dabei.«

Sophie lächelt Heinrich vielsagend an. Der wurstelt noch ein paar kleine silberne Becher aus seiner Manteltasche, gießt ein und reicht sie Lena, die einen an Waltraud weitergibt.

»Kein Alkohol! Ich will nicht.«

Babette zwingt ihr den Becher an die Lippen.

»Los, Waltraud, wirst schon nicht von sterben. Rotwein beruhigt …«

»Und entspannt. So, mein Sohn, und jetzt verschwinde. Das hier ist Frauensache.«

»Ihr habt ja so recht, ihr Frauen. Was wären wir ohne euch!«

Es dauert noch eine knappe Stunde, dann hält die erschöpfte Waltraud ein kleines schreiendes Bündel im Arm: eine Tochter. Sophie schneidet mit ihrer Nagelschere die Nabelschnur durch, und alle lehnen sich entspannt zurück. Lena, Babette und Frau Neumann sind schweißgebadet. Die junge Mutter schaut glücklich in die Runde.

»Vielen Dank, Frau Gräfinnen. Ich nenn sie Lena Sophie, nach Ihnen zwei.«

Alle müssen lachen und lassen die Rotweinflasche kreisen.

»Prost, auf das kleine Autobahnkind.«

In den nächsten viereinhalb Wochen kämpft sich der Treck quer durch Deutschland. Sie ziehen nun an Berlin vorbei durch das südliche Brandenburg, über Zerbst und Köthen westlich in das Gebiet von Halle. In Salzmünden geht es über die Saale und weiter gen Süden über die Unstrut und hinein nach Thüringen. Der Winter ist vorüber, die Tage werden länger und wärmer. Wer weiß, ob die Flüchtlinge die große Kälte noch länger ausgehalten hätten. Da ist es schon einfacher, das wechselhafte Wetter zu ertragen. Nach heftigen Frühjahrsstürmen mit Eisregen und feuchtkaltem Wetter über Tage hat endlich wirklich der Frühling Einzug gehalten. Die Bäume tragen ihr zartes Grün, Weidenkätzchen blühen an den Wegrändern, und die Bauern haben begonnen, ihre Felder zu pflügen.

Für die Millionen Flüchtlinge, die sich überall im Reich auf Straßen und Feldwegen bewegen, ist die Situation leider nicht besser geworden. Überall sind sie unerwünscht. An vielen Häusern und Ortsschildern hängen handgeschriebene Pappen mit der klaren Aussage: Wir wollen keine Fremden. Verpflegung zu bekommen wird immer schwieriger. Die Versorgung der Bevölkerung ist überall miserabel, und dann will und kann natürlich auch kaum einer noch Flüchtlinge durchfüttern. So haben sich viele aufs Klauen verlegt, was allenthalben »Organisieren« heißt. Das fördert den Ruf der Flüchtlinge nicht sonderlich. Aber was bleibt ihnen übrig?

Nur das Los der Pferde hat sich ein wenig gebessert. Bei jedem Halt werden sie ausgespannt und können das sprießende frische Grün an den Wegen und auf den Wiesen fressen. Die braven Tiere haben unter den widrigsten Umständen weit über tausendfünfhundert Kilometer zurückgelegt – und ihren dankbaren Besitzern das Leben und ein wenig ihrer Habe gerettet.

Irgendwo bei Udestedt, einer Ortschaft zwischen Weimar und Erfurt, die an einem kleinen Flüsschen liegt, haben die Mahlenberger angehalten. In der Nähe hat Babette einen Bauernhof gesehen und wandert nun mit Frau Neumann hin, um nach Essen zu fragen. Die Sonne scheint, und bis die beiden wiederkommen, nehmen alle ein Bad und waschen sich in dem noch ziemlich kalten Wasser. Die Pferde sind ausgeschirrt, und Leszek und die Männer stehen mit ihnen im Fluss. Das ist gut für die Beine und Gelenke. Das haben sie zu Hause in Ostpreußen nach einem langen Arbeitstag auf dem Feld auch so gehalten. Und warum sollte es jetzt anders sein.

Lena steht mit Luise und Vicky mitten in einem gelben Narzissenfeld und pflückt Blumen.

»Sie stinken ein bisschen, aber sie sehen wunderbar aus«, meint Vicky.

Sophie liegt unten auf einer Decke und hält die Füße ins Wasser, neben ihr sitzt Waltraud und stillt ihr Baby, das braune Augen und pechschwarzes Haar hat.

»Kinder, könnt ihr vielleicht mal was Essbares herbeischaffen?«

Sophie hält sich den knurrenden Magen.

»Babette ist ja schon los. Mal sehen, ob sie was mitbringt. Sonst bleiben uns nur die Blumen und das Gras.«

Lena tut so, als könne man wie ein Hase die Narzissen essen, und lacht.

Mit Vicky an der Hand läuft sie den Hohlweg entlang und den Frauen entgegen, die schon auf dem Rückweg sind. Babette hat ihre Schürze voller Äpfel und Kartoffeln, und Frau Neumann schwenkt eine Kanne mit Milch.

»Ich hab die Milch sogar rechtmäßig erworben.«

»Mit den Kohlen, die Fritz gestern geklaut hat?«

»Wer zu viel hat, soll was abgeben«, meint Babette und schwenkt ihre Schürze.

»Das nennt man Mundraub«, erklärt Lena. »Und du vergisst das mal ganz schnell wieder, Vicky.«

Sie gehen zusammen zurück und sind bester Stimmung. Da stockt Babette, die vorangegangen ist, plötzlich.

»Da kommt wer«, sagt sie erschrocken.

Drei junge Soldaten in Wehrmachtsuniform und mit dem Gewehr über der Schulter stehen auf dem Weg. Abgekämpft und verwahrlost sehen sie aus. Unsicher gucken sie die Frauen an.

»Wo wollt ihr denn hin?«, fragt Lena und schiebt Vicky behutsam hinter sich.

»Nach Weimar. Wir gehören zum Landesschützenbataillon 413 … Aber das ist uns abhanden gekommen.«

»Alle getürmt, und uns haben sie vergessen. Jetzt suchen wir irgendeine Einheit, der wir uns anschließen können.«

Babette tritt ein paar Schritte vor.

»Solange ihr keine Deserteure seid und nicht stinkt wie die Pest, kein Problem. Euch füttern wir auch noch durch. Kommt mit.«

Fröhlich wandern alle zusammen zum Fluss. Herr Wagner und Herr Neumann haben auf einem Dreibein Feuer gemacht, und das Wasser kocht bereits. Schnell ist die »Beute« zerkleinert, und zusammen mit einem Kohlkopf und zwei Rüben entsteht unter den geübten Händen von Köchin Luise eine Suppe, die eigentlich schon keiner mehr sehen kann, weil es sie seit Wochen gibt. Aber keiner murrt. Es ist, wie es ist, Hauptsache, es gibt überhaupt etwas. Zum Nachtisch verteilt Babette an jeden einen halben Apfel.

Dann geht es weiter. Die Soldaten sitzen fröhlich auf einem der Treckwagen und versuchen, sich in einem winzigen Spiegel zu rasieren. Wilhelm und Vicky beobachten sie dabei und quietschen vor Vergnügen über die übertriebenen Grimassen, besonders von dem einen, der Adolf heißt.

Vor dem Treck reiten Lena und Heinrich nebeneinander.

»Hast du kontrolliert, ob sie einen Marschbefehl haben?«

Lena ist erstaunt, so was Blödes kann auch nur Oberstabsrichter Heinrich fragen.

»Natürlich nicht. Wenn sie auf der Flucht wären, würden sie sich ja wohl anders verhalten. Ich glaube ihnen.«

Die Sonne versinkt gerade hinter den Hügeln, als die Mahlenberger am nächsten Abend auf dem Schlosshof von Seelmannsegg anhalten. Lena springt von Tassilo, und alle steigen von ihren Wagen. Endlich angekommen! Endlich da! Zehn Wochen und ungefähr eintausendsiebenhundert Kilometer liegen hinter ihnen.

Das mittelalterliche Schloss mit seinen Zinnen und Türmen, dem dunklen Granitmauerwerk und seinem Fachwerkumgang auf halber Höhe ist eindrucksvoll. Oben auf dem höchsten Turm weht die Fahne mit den hellblau-weißen Hausfarben. Die Mahlenberger Leute stehen ein bisschen kleinlaut herum. So etwas Imposantes kennen sie aus Ostpreußen nicht. Da sind alle Gebäude, die sie je gesehen haben, aus rotem Backstein, auch die alten Ordensburgen. Hier hingegen sieht es aus wie im Märchenbuch. Wenn nicht in der einen Ecke des Hofes ein paar tarnfarbengraue Militärfahrzeuge parkten.

Nicht lange und die riesige eisenbeschlagene alte Schlosstür geht auf, und Rüdiger steht auf der Freitreppe. Er stürzt die Stufen herunter und nimmt Lena in den Arm, tanzt mit ihr im Kreis herum. Tränen laufen über seine Wangen.

»Oh, wie schön. Ihr seid da, ihr seid da.«

Dann hebt er Vicky hoch und küsst sie. Heinrich und Sophie kommen hinzu, und nach einem kurzen Innehalten umarmt Rüdiger seine Frau und hält sie ganz fest.

»Meine Liebe, schön, dass du endlich wieder bei mir bist.«

Er küsst ihr erst die Wange, dann hebt er ihre Rechte und gibt ihr einen vollendeten Handkuss. Schließlich umarmt er auch seinen Sohn und klopft ihm dabei väterlich auf den Rücken.

»Vater, du siehst gut aus! Seit wann bist du hier?«

»Seit einer Woche. Ich hab alles für euch vorbereitet. Die Pferde und Wagen sollen unten zum Wirtschaftshof. Unterbringung ist für euch im Haus, für die Leute auch im Wirtschaftshof. Der Verwalter, der heißt Braun, der zeigt ihnen, wo sie hinsollen. Aber erst mal gibt's im Haus Tee für alle.«

Im Salon wartet Tante Caroline, um ihre Verwandtschaft und die Gäste zu begrüßen. Die kleine alte Dame sitzt, gekleidet in Witwenschwarz und mit einem weißen Spitzenkragen, in einem rosa Sessel. Sie hat ihre Linke auf einen Stock mit Silberknauf gestützt und wirkt sehr zerbrechlich, ihre Haut ist sehr hell, fast weiß. Ihr Alter, sie müsste fast achtzig sein, sieht man ihr wirklich nicht an, denkt Lena.

Sophie begrüßt sie mit einem Kuss. Dann geht Lena wohlerzogen hin und gibt ihr die Hand und haucht ihr einen Kuss rechts und links über die Schulter. Sie ist ganz erstaunt, wie tief die Stimme der kleinen Tante von Rüdiger ist, als diese sagt:

»Guten Abend, mein Kind. Ich bin froh, dass ihr endlich da seid. Es muss ja eine schreckliche Reise gewesen sein.«

»Das kann man so sagen«, antwortet Lena höflich. Sie findet die Formulierung der Tante ein wenig grotesk. Dann schiebt sie Vicky nach vorn, die einen Knicks macht und der alten Dame auch einen Handkuss gibt.

»Das ist meine Tochter Vicky, Tante Caroline.«

»Ich freue mich, meine Kleine. Aber du heißt doch wahrscheinlich Victoria. Oder irre ich mich?«

»Ja, Tante Caroline, das stimmt, aber alle sagen Vicky zu mir. Das darfst du auch ruhig tun.«

Lena stupst ihre Tochter leise von hinten an, und Vicky fügt schnell hinzu:

»Aber du musst nicht. Wenn dir Victoria lieber ist, ist das auch gut.«

Lena muss innerlich laut lachen. Die Tante stammt noch aus dem letzten Jahrhundert, ihr ältester Bruder war der Vater von Rüdiger. Zu ihrer Zeit hatten kleine Mädchen hübsch artig und schweigend im Hintergrund zu bleiben. So ein vorlautes Kind goutiert sie sicher nicht. Aber Tante Caroline lässt sich nichts anmerken.

Heinrich gibt ihr einen Handkuss, den sie huldvoll entgegennimmt.

»Heinrich, mein Lieber, schön, dass du da bist. Wir haben den hiesigen Divisionskommandeur im Haus. Vielleicht willst du ihn später begrüßen. Gerhard, würden Sie bitte jetzt den Tee servieren. Ich glaube, wir sind alle da.«

Gerhard, der Diener, ungefähr siebzig, wie Lena glaubt, mit gestreiften Hosen und einem Spenzerjäckchen mit goldenen und weißen Streifen auf der Weste, schiebt den Teewagen an den Tisch. Darauf eine schwere silberne Teekanne und ein Tablett mit etwas bröseligem Kuchen.

Auf Schloss Seelmannsegg

Heinrich hält es nicht lange in dieser Runde. Er trinkt nur schnell seinen Tee, steht auf und entschuldigt sich bei Tante Caroline.

»Ich werde mal dem Kommandanten einen Besuch abstatten.«

Lena fühlt sich nicht wohl in dieser vornehmen Schlossatmosphäre, die so gar nicht zu der Wirklichkeit draußen passt. Auch sie verabschiedet sich mit der Bemerkung:

»Ich muss nach meinen Leuten schauen.«

Sie findet Babette und die anderen Frauen im Leutetrakt im Untergeschoss. Auch sie haben Tee und Kuchen bekommen. Die Mahlenberger freuen sich, ihre Nachbarn aus Gernstorff wiederzusehen. Alles redet durcheinander, die Leute berichten, wie es ihnen auf der Flucht ergangen ist. Bei vielen kommen erst jetzt, als sie wieder mit den Menschen aus ihrer Heimat zusammentreffen, ihre Gefühle zum Ausbruch. Menschen, die sie kennen, Menschen, die wissen, worum es geht, Menschen, die ebenfalls alles verloren haben. Jetzt erst löst sich die Anspannung. In dieser vertrauten Gemeinschaft müssen sie nicht mehr tapfer sein, sich nicht mehr zusammenreißen und ums Überleben kämpfen. Sie lassen die Tränen fließen.

Auch Lena ist betroffen, ihre Augen werden feucht, und sie spürt einen dicken Kloß im Hals. Gleichzeitig fühlt sie sich als Eindringling. Die ehemalige Herrschaft gehört trotz der gemeinsam bestandenen Gefahren nicht so richtig dazu. Und so hören, als sie dazukommt, die Gespräche auf. Schnell besinnt sie sich auf das Naheliegende.

»Wo sind denn die Männer?«

»Die versorgen im Hof die Pferde und packen die Wagen aus.«

»Na, dann geh ich ihnen mal helfen!«, sagt sie schnell.

Die Frauen schauen sich an, und ohne ein Wort stehen die Mahlenbergerinnen und Martha Schaller auf und folgen Lena im Gänsemarsch nach draußen. Im Hof finden sie die Männer am Brunnen. Sie waschen sich die Gesichter und Arme und fangen gerade eine Wasserschlacht an, als die Frauen sie entdecken. Die Männer spritzen sich gegenseitig nass und laufen lachend und ausgelassen um den Brunnen herum. Als sie Lena und die anderen Frauen kommen sehen, versuchen sie, sich zu beherrschen und sich wieder wie erwachsene Männer zu benehmen.

»Das Kind im Manne, es lebt!«, lacht Babette. »Aber sie haben es sich auch wirklich verdient.«

Als Einziger fehlt Fritz. Der kommt erst ein paar Minuten später aus dem Rentamt. Hinter ihm ein Offizier und Heinrich. Dann folgen die drei Soldaten, die die Mahlenberger am Fluss getroffen haben, und zwei Wachen. Sie werden zu einem der Militärlaster geführt und müssen aufsteigen. Der eine, der Adolf heißt, schaut sich nach seinen Reisegenossen am Brunnen um, zuckt mit den Schultern und setzt sich. Die beiden anderen blicken traurig zu den anderen hinüber.

»Klären Sie die Sache jetzt erst mal. Wird schon stimmen, was die erzählen«, sagt Heinrich zu dem Major. Dann fährt der Lastwagen auch schon ab.

»Der Graf wird jetzt Richter, beim Standgericht«, erklärt Fritz mit bedeutender Miene, als er beim Brunnen ankommt. Augenblicklich hört das fröhliche Spiel auf. Alle starren Fritz an. Dann fragt Babette:

»Welches Standgericht denn?«

»Na, die drei Soldaten. Die können nicht beweisen, dass sie nicht desertiert sind. Die haben keine Marschbefehle. Deshalb kommen sie jetzt vor ein Gericht.«

»Aber wie sollen die denn Marschbefehle haben, wenn ihre ganze Einheit sich aufgelöst hat. Das ist doch Blödsinn«, sagt Babette empört, und die anderen grummeln zustimmend.

»Die armen Schweine, was können die denn dafür.«

»Auf Desertieren steht die Todesstrafe«, erklärt Fritz. »Und der Graf ist doch Richter. Der wird das schon feststellen, ob die abgehauen sind oder nicht.«

Die anderen hören ihm nicht weiter zu, unterhalten sich erregt über diesen Vorfall. Wütend, dass man ihn nicht ernst nimmt, verschwindet Fritz in Richtung Dorf.

Die anderen schauen sich ratlos an. Dann geht jeder schweigend seiner Wege, die einen in den Stall zu den Pferden, die anderen in die Leutequartiere zum Auspacken. Lena bleibt am Brunnen stehen und schaut ins dunkle Wasser, das tief unter ihr leise schwappt.

»Das kann doch nicht sein. Das wird er nicht tun«, sagt sie laut und schubst einen Kiesel vom Rand hinunter.

Zum Abendessen lässt sich Lena entschuldigen. Sie ist müde und deprimiert und will nicht Konversation machen, nur um den Schein zu wahren und sich »richtig« zu benehmen. Sie bringt Vicky ins Bett und lässt sich eine heiße Wanne einlaufen. Sie badet und wäscht sich das Haar. Sie hat das Gefühl, sie müsse den ganzen Schmutz der vergangenen Zeit auf einmal abwaschen. Und sie ist froh, endlich mal die Verantwortung für das Wohlergehen der Mahlenberger abgeben zu können. Anstatt nach einer halbwegs warmen Unterkunft, Futter für die Pferde und Essen für die Leute suchen zu müssen, kann sie, so lange sie will, einfach unbegrenzt im Wasser liegen, die herrliche Wärme spüren und den Geruch der feinen Seife einatmen, die auf den flauschigen Handtüchern bereitlag. Purer Luxus! Lena schließt die Augen.

Und dann sieht sie plötzlich das Gesicht von François vor sich und fühlt, wie ihr Herz schneller schlägt. Alle Mächte des Himmels und hier unten auf der Erde, macht, dass es ihm gut geht!, denkt sie. Ob er es geschafft hat? Ob er schon wieder im Elsass angekommen ist? Wird sie je wieder von ihm hören, ihn jemals wiedersehen? In ihr breitet sich eine schmerzliche Sehnsucht aus, die jede Faser ihres Körpers erfasst. Dieses Mal geht sie nicht dagegen vor. Sie lässt es zu und gibt sich ganz der wehmütigen Erinnerung an ihn hin.

Erst als ihre Haut schon ganz schrumpelig ist, steigt Lena aus der Wanne, trocknet sich ab und kriecht unter ihr Plumeau. Ihre Füße ertasten etwas wabbelig Weiches, Wunderbares. Eine Wärmflasche! Kaum zu glauben, es gibt hier sogar eine Wärmflasche.

Lena fährt erschrocken aus dem Schlaf. Sie quält ein ungutes Gefühl. Der Mond scheint durch das Fenster, und als sie auf die Uhr sieht, ist es kurz vor zwei. Sie nimmt ihren Bademantel, der auf einem Sessel liegt, und geht barfuß den langen Flur hinunter bis zur Treppe. Es ist dunkel, aber unten sieht sie einen Lichtschein unter der Tür vom Salon.

Sie öffnet die Tür und tritt ein. Vor dem Kamin sitzt Heinrich in einem Sessel. Er hat immer noch seine Uniform an, aber die oberen Knöpfe seiner Jacke sind offen. Er raucht eine Zigarre. Im Kamin glimmt noch ein Holzscheit. Heinrich blickt erstaunt zu ihr auf.

»Was machst du denn hier noch um diese Uhrzeit und auch noch ohne Schuhe? Du holst dir den Tod.«

»Heinrich. Bitte, Heinrich, ich muss mit dir reden.«

»Ist etwas passiert?«

Lena geht vor ihm auf und ab, bleibt stehen und streicht sich das Haar aus dem Gesicht.

»Du darfst diese Männer morgen nicht zum Tode verurteilen. Hörst du, du darfst das nicht tun ...«

Heinrich reibt sich die Augen und lehnt sich in seinem Sessel zurück.

»Deswegen tauchst du hier mitten in der Nacht auf?«

»Heinrich, das sind doch noch halbe Kinder! Ich glaube ihnen.«

Er sieht sie verständnislos an.

»Sie werden nach geltendem Recht abgeurteilt, ob von mir oder von jemand anderem, ist vollkommen egal. Die Anklage wird auf jeden Fall, schon um ein Exempel zu statuieren, zur Abschreckung auf Todesstrafe plädieren.«

»Aber ihr könnt doch nicht einfach so weitermachen wie bisher, drei unschuldige Kinder, es ist doch längst vorbei, die Amerikaner, die Russen sind hier, es ist vorbei!«

Heinrich steht auf, geht zu Lena und fasst sie an den Schultern.

»Es geht dir doch um etwas ganz anderes. Warum sagst du es mir nicht?«

»Ja und nein, Heinrich. Es geht um dich, um mich, um diese Jungs.«

»Seit Wochen gehst du mir aus dem Weg. Wegen Ferdinands Tod, du glaubst immer noch, es ist meine Schuld. Nicht wahr, das glaubst du doch?«

»Nein. Vielleicht ja ... Ich muss es wissen. Ich muss wissen ...« Lena steht jetzt ganz nah bei ihm.

»Heinrich, hättest du ihn verraten, hättest du ihn angezeigt?«

Heinrich schaut sie lange an, bevor er antwortet:

»Wenn es rausgekommen wäre, wären wir alle dran gewesen. Man hätte uns alle erschossen.«

Lena beißt sich auf die Lippen.

»Das heißt, du hättest deinen eigenen Bruder angezeigt?«

Heinrich schweigt.

»Sag es mir!«

»Schließlich hätte er dich und mich und die Eltern in Gefahr gebracht.«

Lena holt tief Luft.

»Und François? Was ist mit François? Hättest du ihn auch angezeigt?«

Heinrich schaut sie an, ernst und unglücklich.

»Dann hätte ich doch gleichzeitig auch dich angezeigt, oder?«

Er wendet sich ab, setzt sich wieder und starrt in die verlöschende Glut.

»Lena, in extremen Situationen passieren extreme Dinge, ich hab das schon oft erlebt. Und wenn man Glück hat, geht es vorbei.«

»Und? Wenn es nicht vorbeigeht?«

»In diesem speziellen Fall? Da hätte ich Fritz erschossen.«

Lena versteht nicht.

»Warum Fritz?«

»Wenn Fritz auf die Idee gekommen wäre, dich und ihn wegen Rassenschande ... Wenn er es auch nur ausgesprochen hätte, hätte er eine Kugel von mir im Kopf gehabt.«

Lena setzt sich in den Sessel Heinrich gegenüber und zieht die Füße unter den Schlafrock. Heinrich redet weiter.

»Und weißt du, warum? Weil mein einziger Gedanke seit Jahren, seit ich denken kann ... Es geht immer nur um dich ...«

Jetzt schaut er Lena geradeheraus an.

»Du musst mich nicht so lieben wie ich dich. Diese Liebesehen, die machen nur unglücklich, weil es nie wirklich passt. Zu viele Erwartungen, zu viele Verletzungen. Aber wir haben es doch geschafft, Lena ... Für mich war es eine Abmachung, ein Versprechen, ich war fest entschlossen, alles zu tun, für dich da zu sein, dich zu begleiten, dich und deine Tochter.«

Lena springt auf.

»Heinrich, was redest du da? Ich war doch immer nur der gesellschaftliche Komment, die Trophäe, erst für deinen Bruder und dann für dich. Wir als Paar. Das war doch nur das, was alle von uns erwarteten.«

Jetzt steht auch Heinrich auf und kommt zu ihr, schaut ihr in die Augen.

»Nein, Lena, du bist mein Leben. Du warst immer mein Leben.«

»Aber du hast alles zerstört. Alles.«

Sie nimmt seine Hände und schüttelt sie.

»Sei doch einmal nicht perfekt, nicht der brave, brave Heinrich, der immer alles richtig macht. Sprich die Jungen nicht schuldig.«

»Lena, das kann ich nicht. Ich bin doch nur ein kleines Rädchen im Getriebe. Wenn ich es nicht tue, macht es ein anderer.«

»Du willst sie nicht verschonen, Heinrich, nicht mal mir zuliebe?«

Lena lässt seine Hände los, lässt Heinrich stehen, verlässt den Salon und rennt hinauf in ihr Zimmer. Sie legt sich ins Bett und verkriecht sich in ihre Kissen. Sie ist so verzweifelt, dass sie nicht einmal weinen kann.

Früh am nächsten Morgen steht Heinrich in voller Stabsrichteruniform mit Mütze und Mantel auf der Treppe vor dem Schloss. Sophie kommt heraus, nimmt ihn am Arm.

»Heinrich, tu's nicht. Bleib hier. Es ist doch alles fast vorbei. Warum willst du das jetzt noch tun?«

»Weil es meine Pflicht ist, Mutter. Als Jurist und Offizier. Geh wieder ins Haus. Ich bin bald zurück.«

Er steigt die Treppe hinab, in den Kübelwagen, den ein Unteroffizier steuert, und fährt vom Hof.

Im Saal vom Bürgermeisteramt steht ein Tisch. Davor in einigem Abstand drei Stühle. Heinrich nimmt am Tisch in der Mitte Platz, neben ihn setzen sich ein Major, ein Leutnant und ein Gefreiter, die als Geschworene und Beisitzer fungieren. Und ein junger blonder Leutnant als Verteidiger, der ein wenig abseits an einem eigenen kleinen Holztisch sitzt. Heinrich hat den Vorsitz.

Die drei jungen Soldaten werden von einer Wache hereingeführt und müssen sich auf die Stühle setzen. Man sieht ihnen ihre Angst an. Sie sind bleich, und ihre Augen wandern unentwegt von einem der Offiziere zum anderen, zu ihrem Verteidiger und wieder zurück. Der eine hat seine Hände ineinander gefaltet, der andere hat sie zu Fäusten geballt.

Heinrich hat Papiere vor sich, obenauf liegen die Wehrpässe. Die Verhandlung ist kurz.

»Sie sind alle drei vom Landesschützenbataillon 413?«

Die drei jungen Soldaten nicken gleichzeitig.

»Wo haben Sie zuletzt gestanden?«

»Rothenburg an der Neiße«, antwortet Adolf militärisch knapp.

»Sie haben keinen Marschbefehl vorzuweisen?«, fragt Heinrich in sachlichem Ton und wendet das Blatt Papier, das vor ihm liegt.

Die drei schütteln den Kopf. Der junge Verteidiger steht auf.

»Einheit wurde bei Abwehrkämpfen aufgerieben. Männer versuchten, neuen Anschluss zu finden, als sie aufgegriffen wurden.«

»Hundert Kilometer hinter der Front irgendwo im Wald? Mir scheint, die Sache ist doch wohl eindeutig.«

Der Major, Ritterkreuz und Verwundetenspange an der Brust, lehnt sich in seinem Stuhl zurück. Der Verteidiger setzt sich wieder hin und sieht die drei Männer, die noch jünger sind als er, unglücklich an.

Dann sagt Heinrich ohne weitere Verzögerung:

»Meine Herren: Ihr Urteil bitte!«

Einer nach dem anderen antwortet: Schuldig, schuldig, schuldig.

Die drei Jungs müssen aufstehen, und Heinrich verkündet das Urteil:

»Wegen unerlaubten Entfernens von der Truppe und Feigheit vor dem Feind werden Sie zum Tode verurteilt. Das Urteil wird sofort vollstreckt.«

Starr vor Schreck und ohne ein Wort stehen die Verurteilten da. Eine Wache führt sie hinaus. Die Verhandlungsteilnehmer verlassen bis auf Heinrich den Saal. Er bleibt am Tisch sitzen, mechanisch füllt er die Papiere aus, setzt einen Stempel auf ein Tintenkissen, stempelt die einzelnen Durchschläge ab und unterschreibt. Der Füller kratzt auf dem Papier. Als er die Unterlagen zusammenschiebt und aufsteht, krachen im Hof Schüsse. Heinrich hält inne, stützt sich mit den Händen auf den Tisch und verweilt so einige Minuten. Dann setzt er sich seine Mütze auf, nimmt Haltung an und geht zurück zum Wagen.

Zwei Tage später räumen die Offiziere ihr Quartier im Schloss, und abends um sechs rückt in aller Eile die Wehrmacht aus dem Dorf ab. Am nächsten Morgen – es ist der 12. April – fahren ein amerikanischer Jeep und mehrere Lastwagen vor dem Schloss vor. Die Amerikaner sind da. Der Krieg in Seelmannsegg ist zu Ende. Die Truppen des VIII. US-Korps besetzen ohne Gegenwehr Schloss, Dorf und Umgebung. Aus den Fenstern der Häuser werden in Sekundenschnelle Bettlaken und weiße Tischtücher herausgehängt. Bewohner und Flüchtlinge im Dorf und im Schloss laufen auf die Straße und sehen, zunächst vorsichtig und ängstlich, den Truppen mit ihren grünen Kampfanzügen und Stahlhelmen beim geordneten Ein- und Durchmarsch zu. Langsam macht sich Jubel breit – und Erstaunen. Kinder und Erwachsene sehen zum ersten Mal in ihrem Leben Amerikaner, darunter sogar welche mit dunkler Hautfarbe. An die begeistert herumspringenden Kinder verteilen die Sieger Schokolade und Kaugummis.

Vicky, Wilhelm, Monika und Lise kommen stolz mit ihrer Beute zum Schloss gerannt.

»Mami, schau, so viel Schokolade, und der Mann, der sie uns gegeben hat, war ein Neger! Und dieses da soll man kauen, aber nicht runterschlucken. Ist doch komisch, oder?«

Lena steht mit Babette am Brunnen und beobachtet das Durcheinander.

»Ja, das ist wirklich komisch. Geht mal lieber rein ins Haus. Hier draußen ist es jetzt zu gefährlich mit all den Lastern und so.«

Babette schaut sich vorsichtig um.

»Ich hab Fritz gesagt, er soll sofort seine HJ-Uniform ausziehen und die Armbinde verbrennen. Sonst nehmen sie ihn noch fest. Und jetzt ist er ganz verschwunden. Hoffentlich macht der Junge keine Dummheiten.«

Lena fährt der Schreck in die Glieder: Heinrich! Wo ist Heinrich?

»Hast du Heinrich irgendwo gesehen? Der ist auch verschwunden.«

Wenig später taucht zumindest Heinrich wieder auf. Er hat sich umgezogen: braune Hose, blaues Hemd und eine grüne Tweedjacke. Nur sein akkurater kurzer Haarschnitt weist noch auf den deutschen Offizier hin.

»Wir sollten uns alle in der Bibliothek versammeln. Es wird nicht lange dauern, und die Amis kommen herein.«

Sie gehen ins Haus und setzen sich. Nervös und mit unguten Gefühlen warten sie. Jeder hängt seinen Gedanken nach. Was werden sie wollen, was werden sie tun, was verlangen? Wenig später fliegt die Tür auf, und eine Gruppe amerikanischer Offiziere betritt das Zimmer. Zwei von ihnen gehen sofort auf Rüdiger zu.

»Sind Sie der Hausherr?«, fragt der eine in fließendem Deutsch.

»Nein. Ich bin nur Gast. Die Hausherrin ist meine Tante.«

Rüdiger führt die Offiziere zu Tante Caroline, die höflich aufsteht. Obwohl klein und zierlich, ist sie mit ihrem schwarzen Seidenkleid, dem Spitzenkragen und dem Stock mit Silberknauf eine beeindruckende Erscheinung.

»Darf ich vorstellen, Gräfin Caroline von Seelmannsegg.«

Der Dolmetscher übersetzt dem amerikanischen Offizier simultan, was Rüdiger sagt, und ebenso, was der Colonel antwortet.

»Das ist Colonel McNeill, ich bin Lieutenant Wallace. Dieses Haus ist requiriert. Wie viel Menschen sind hier?«

»Weiß ich nicht genau, aber mit dem Personal, Rüdiger, was denkst du?«

Tante Caroline wendet sich an Rüdiger. Der antwortet:

»Ich würde sagen, zwanzig im Haus. Mit den beiden Flüchtlingstrecks aus Ostpreußen haben wir auf dem Hof rund zweihundertdreißig Menschen hier.«

Der Lieutenant unterhält sich kurz mit dem Colonel.

»Die Räumlichkeiten sind ja weitläufig genug. Wir benötigen einige Räume unten und fünf Schlafzimmer.«

»Kein Problem, Herr Colonel McNeill«, sagt Tante Caroline. »Wir werden die Räume für Sie bereitstellen und ziehen in den linken Flügel. Dann werden Sie nicht gestört. Dieses Haus ist von 1240 und gehört meiner Familie seit sechsundzwanzig Generationen. Bitte achten Sie darauf, dass Ihre Männer sich entsprechend benehmen. Abendessen ist um sieben.«

Damit steht sie auf, grüßt freundlich und geht gerade und vornehm am Arm von Rüdiger aus dem Zimmer.

Die Amerikaner richten sich ein, schleppen Kisten und Kästen, Schreibmaschinen und alles mögliche Gerät in den Gartensaal und den Salon. Adjutanten und Sekretärinnen machen es sich in den angrenzenden Räumen bequem und richten die Kommandantur ein. Vor dem Portal stehen zu jeder Zeit zwei GIs mit Maschinenpistolen. Tante Caroline und die anderen dürfen in ihren Schlafzimmern bleiben und die Bibliothek weiter benutzen.

»Wider Erwarten benehmen sich die Amerikaner einigermaßen erträglich«, befindet Tante Caroline nach ein paar Tagen, »und für die Küche gibt es sogar einige Zuteilungen, die uns allen zugute kommen. Ein bisschen weniger Unruhe im Haus wäre zwar schön, aber das kann man ja wohl nicht verlangen.«

In der Halle und den requirierten Räumen ist ein ständiges Kommen und Gehen. Auf dem Hof parken Fahrzeuge aller Art, die mit erheblichem Geräuschpegel an- und abfahren. Heinrich wird am nächsten Tag um neun Uhr zur Vernehmung gebeten, ebenso Rüdiger und alle Männer aus Ostpreußen und die vom Seelmannsegg'schen Betrieb. Alle finden sich ein. Nur Fritz bleibt verschwunden.

Heinrich gibt wahrheitsgemäß seinen Dienstgrad und seine Tätigkeit als Oberstabsrichter an und wird, nachdem ihm Gelegenheit zum Packen von ein paar Sachen gelassen wurde, mit anderen Männern aus dem Dorf in ein Kriegsgefangenenlager irgendwo bei Passau abtransportiert.

»Wenigstens liegt es in der amerikanischen Zone. Macht euch keine Sorgen. Ich bin bestimmt bald wieder da, spätestens wenn der Krieg zu Ende ist, und das kann ja nicht mehr lange dauern.«

Er umarmt seine Mutter, den Vater, Vicky und Lena und steigt auf den bereitgestellten Lastwagen zu den Kriegsgefangenen, die dort schon warten. Dann fahren sie ab.

Hoffentlich behandeln sie ihn in dem Lager gut, denkt Lena. Ein wenig schämt sie sich über die Erleichterung, die sie verspürt, weil er nicht mehr da ist. Sie sieht Sophie an und gewinnt den Eindruck, dass es ihr ähnlich geht.

Die anderen Männer und Rüdiger haben wegen ihres Alters und weil sie keine Soldaten waren, nichts zu befürchten. Sie werden eingehend nach ihrer Parteizugehörigkeit befragt, müssen ihren Oberarm frei machen und durch das Fehlen der eintätowierten Blutgruppe beweisen, dass sie nicht zur SS gehörten. Dann sind sie frei.

»Sie dürfen sich aber ohne Genehmigung nicht aus der Umgebung des Dorfes und des Gutes entfernen«, erklärt Colonel McNeill.

Jetzt, wo die Amerikaner die Befehlsgewalt übernommen haben, überlegen Rüdiger und Lena zusammen mit Tante Caroline, wie es im täglichen Leben weitergehen soll.

»Also. Klar ist erst mal, dass ihr alle gerne hierbleiben könnt. Aber klar ist auch, dass nun der Betrieb wieder in Gang kommen muss. Ihr müsst Sorge tragen, dass alle etwas zu essen haben und es auf Seelmannsegg weitergeht. Die Felder müssen bestellt werden. Könnten wir das nicht mit euren Leuten und Pferden machen?«

»Das ist eine gute und nützliche Beschäftigung, und außerdem müssen wir ja zusehen, dass es im Herbst wieder eine Ernte gibt.«

»Und es lenkt vom zu vielen Nachdenken und Trauern ab«, sagt Lena. »Wie sieht es denn mit deinem Saatgut aus, und habt ihr im Herbst noch irgendetwas ausgebracht, Tante Caroline?«

Rüdiger ist sofort bei der Sache und wieder ganz Landwirt. Er hat schon viel zu lange untätig herumgesessen.

»Danach musst du mal im Rentamt fragen. Den Oberinspektor haben sie ja eingezogen, aber der zweite Mann ist geblieben. Inspektor Braun. Der weiß alles, und mit dem kannst du alles besprechen.«

Und so geschieht es. Die Frauen aus Mahlenberg und Gernstorff beginnen, sich um den verwahrlosten Garten zu kümmern.

Sie jäten Unkraut, graben und pflanzen Gemüse, Salat und Merrettich. Die Männer spannen die Pferde an die alten Pflüge und gehen auf die Felder. Die Traktoren bleiben im Schuppen. Benzin erhalten sie von den Amerikanern nicht. Also wird die Arbeit wie in alten Zeiten mit den treuen Pferden verrichtet. Alle sind froh, wieder etwas zu tun zu haben und abends müde vor Anstrengung in die Betten zu fallen.

Lena, Rüdiger und Inspektor Braun arbeiten Hand in Hand. Jeden Morgen gibt es eine Tagesbesprechung.

»Wir sind doch ein tolles Team, findest du nicht, mein Kind?«

»*Yes, Sir!*« Rüdiger muss über Lenas englische Wortwahl lachen.

Vicky und die anderen Kinder sind begeistert von den Amerikanern. Vor allem der dicke schwarze Sergeant hat es ihnen angetan. Das ist kein Wunder, denn er beschenkt sie ständig mit Süßigkeiten. In seiner Freizeit bringt er Vicky und Wilhelm Englisch bei. »*I love you, sweetie.*« – »*Me too*«, rufen sie sich zu, wenn sie sich treffen.

»Kann ja nicht schaden, wenn die zwei auf diese Art Englisch lernen«, meint Lena. Sophie ist sich da nicht so sicher:

»Findest du nicht, dass Vicky sich zu oft im Dorf aufhält und zu viel mit den Amerikanern unterwegs ist? Ich mach mir da ein bisschen Sorgen. Es laufen ja nicht nur nette Typen draußen rum, und dann der viele Verkehr!«

»Ach, die passen schon auf sich auf, und Vicky kennt doch den Autoverkehr aus Berlin.«

Und dann zeigt der Kalender hinter dem Tisch des Wachhabenden in der Halle den 30. April. Colonel McNeill hat schon beim Mittagessen erzählt, dass in der Reichshauptstadt schwere Kämpfe toben und die Rote Armee schon bis in die Innenstadt rund um den Potsdamer Platz vorgedrungen ist. Schweigend haben sie zugehört. »Es kann nicht mehr lange dauern«, hat Rüdiger den Frauen zugeflüstert.

Zum Tee versammeln sie sich wie jeden Tag in der Bibliothek und verbringen eine gemütliche Stunde zusammen. Sophie legt an einem Spieltisch Patiencen mit kleinen abgegriffenen Karten, Lena liest Vicky aus dem *Fliegenden Klassenzimmer* von Erich Kästner vor. Vicky hat das »verbotene« Buch im Regal gefunden. Tante Caroline stichelt an einem kleinen Stickrahmen und unterhält sich mit Rüdiger über alte Zeiten.

Plötzlich kommt der Diener ins Zimmer, geht wortlos zum Radio vor dem Fenster und schaltet es ein. Ein Sprecher sagt: »Aus dem Führerhauptquartier wird gemeldet, dass unser Führer Adolf Hitler heute Nachmittag bis zum letzten Atemzuge kämpfend für Deutschland gefallen ist.«

Dann wird der Trauermarsch von Beethoven gespielt. Alle Anwesenden schauen sich an. Niemand kommentiert die Todesnachricht. Tante Caroline befiehlt: »Gerhard, bitte schalten Sie das ab.«

Acht Tage später beginnen im Dorf plötzlich die Glocken zu läuten, und Leszek kommt zu Lena gerannt, die gerade mit den Frauen im Gemüsegarten die Himbeersträucher hochbindet.

»Frieden, es ist Frieden. Die Deutschen haben kapituliert!«

Er springt auf dem Hof herum und rennt zu den Amerikanern. Die feuern in die Luft und beginnen einen Freudentanz. Die Frauen schauen sich etwas unsicher an. Sollen sie sich freuen, oder ist das der Beginn der nächsten Katastrophe?

»All dieses ganze Leid, um am Ende zu kapitulieren!«

Babette bückt sich, nimmt einen Bindfaden und befestigt einen Ast.

»Aber Babette, es kann doch jetzt nur noch besser werden. Du wirst sehen. Nach allem Furchtbaren gibt es immer einen Neuanfang!«

Den Abend verbringen die Deutschen vorsichtshalber zurückgezogen in ihren Quartieren. Die überschwängliche Freude und die alkoholisierten Festivitäten der Sieger sind ihnen unheimlich, und aus vergangenen Zeiten weiß man, dass so etwas auch schnell in Aggression umschlagen kann. Doch der Jubel lässt in den darauffolgenden Tagen nach, und die Normalität kehrt zurück. Die amerikanischen Offiziere haben ihre Männer im Griff. Ausschreitungen irgendwelcher Art werden nicht gemeldet. Jetzt heißt es einfach nur abwarten, was die Alliierten für das daniederliegende Deutschland beschließen.

Wie aus dem Nichts ist am nächsten Tag auch Fritz wieder da. Ohne Erklärung erscheint er plötzlich im Pferdestall. Zuerst erkennt Lena ihn kaum wieder: Ohne HJ-Uniform und mit längerem Haar sieht er aus wie ein ganz normaler Sechzehnjähriger.

»Wo bist du denn die ganze Zeit gewesen?«

Aber Lena erhält keine Antwort, nur einen merkwürdigen Blick.

Auf Seelmannsegg beginnt die Heuernte. Der erste Schnitt wird in Angriff genommen. Immer noch gibt es kein Benzin, deshalb schärfen die Männer die Sensen und gehen in langen Reihen über die Wiesen. Ende Juni taucht plötzlich ein Mann in abgewetzten Hosen und mit einer grünen Jacke über der Schulter am Waldrand auf. Vicky sieht ihn zuerst.

»Heinrich, Onkel Heinrich ist wieder da!«

Großes Hallo, alle umringen ihn und reden durcheinander.

»Bin ich froh, wieder bei euch zu sein. Es war kein Zuckerschlecken, das kann ich euch sagen.«

»Du bist ja so dünn, Junge, komm, wir besorgen dir erst mal etwas zu essen«, sagt Sophie.

Sie hakt sich bei Heinrich unter, und die beiden lassen sich von Herrn Neumann zum Schloss fahren. Nach dem Abendessen und nachdem Vicky im Bett ist, erzählt Heinrich von seiner Zeit im Gefangenenlager.

»Hunderttausend Mann, aus allen Teilen der Wehrmacht und der SS. Alle auf einem großen Feld. Egal, bei welchem Wetter. Baracken gab es nur wenige. Die sanitären Verhältnisse: grauenhaft und zu Anfang kaum Verpflegung. Und krank wurden die Männer, Typhus und Ruhr, Hungerödeme ..., schrecklich, viele sind gestorben. Aber ich will euch nicht mit scheußlichen Geschichten quälen. Ich bin wieder da und habe einen offiziellen Entlassungsschein. Jetzt kann ich mir Arbeit suchen.«

»Aber was willst du denn machen? Du kannst doch sehr gut hierbleiben. Mach dich in der Verwaltung nützlich. Seelmannsegg kann dich brauchen.« Tante Caroline ist ganz begeistert von ihrer Idee.

»Liebe Tante, vielen Dank. Aber ich muss erst mal nachdenken.«

»Und du musst dich erholen, so wie du aussiehst. Alles andere hat Zeit.«

Sophie klopft ihm besorgt auf die dünnen Schenkel.

»Und das kannst du am besten hier bei uns in der frischen Landluft. Zu essen haben wir auch.«

Lena lächelt Heinrich an. Sie ist froh, dass er die Gefangenschaft überstanden hat.

Ende Juni erscheint Rüdiger eines Abends leichenblass zum Essen.

»Schlechte Nachrichten. Ich hab vorhin mit McNeill einen Whisky getrunken. Und er hat angedeutet, dass sie demnächst abziehen –«

»Das ist doch keine schlechte Nachricht, Rüdiger«, fällt ihm Tante Caroline ins Wort.

»Wart's ab! Ihr habt doch von der Konferenz von Jalta gelesen. Damals haben die Engländer und die Amerikaner mit den

Russen unser schönes Deutschland aufgeteilt. Wie eine Torte. Und Stalin hat Thüringen und Sachsen bekommen. Nun waren die Amis aber schneller hier und haben Thüringen besetzt. So weit, so gut.«

Sophie ist ungeduldig.

»Rüdiger, komm mal zum Punkt.«

»Tu ich ja. Stalin will Thüringen aber trotzdem haben, und in Berlin haben sie am 5. Juni die alte Einteilung der Besatzungszonen noch einmal bestätigt. Die Amis ziehen in den nächsten Tagen ab, und die Russen übernehmen.«

»Was soll das heißen?« Tante Caroline versteht nicht recht.

»Das heißt, dass Seelmannsegg in nicht allzu ferner Zukunft zur russischen Besatzungszone gehört.«

»Wann soll das passieren?«

Lena ist entsetzt aufgesprungen und geht nervös neben dem Tisch auf und ab.

»Was machen wir jetzt?«

»Also, ich mache gar nichts«, erklärt Tante Caroline. »Ich bleibe hier. Die Suppe wird bestimmt nicht so heiß gelöffelt, wie sie gekocht wurde. Das ist mein Zuhause. Wo soll ich denn hin? Die Russen werden auch nicht viel schlimmer sein als die Amerikaner.«

»Aber Tante Caroline. Das sind Kommunisten. Glaubst du, sie lassen dich als Gräfin Seelmannsegg behalten? Und was sie in Ostpreußen gemacht haben, weißt du doch!«

»Magdalena, ich werde mich arrangieren. Das habe ich mein ganzes Leben lang getan.«

Sophie, Heinrich, Rüdiger und Lena schauen sich sprachlos an. Rüdiger nickt mit dem Kopf in Richtung Bibliothek. Die Geste ist klar. Diskussion später am Kamin!

Nachdem sich Tante Caroline zurückgezogen hat, beginnt das Gespräch aufs Neue. Heinrich findet, dass sie sofort nach Bayern gehen sollten. Rüdiger fühlt sich verantwortlich für seine Tante.

»Wenn sie hierbleibt, muss ich auch hierbleiben. Ich kann sie doch nicht den Russen überlassen. Sophie, was denkst du?«

»Ich bin ratlos. Ich finde auch, wir sollten uns in die amerikanische Zone absetzen.«

Lena kann nicht sitzen bleiben. Sie geht unruhig auf und ab. Dann bleibt sie stehen.

»Also, ich bleibe auf keinen Fall. Auf gar keinen Fall. Ich habe eine Tochter. Und ich habe gesehen, wozu die Russen fähig sind. Habt ihr vergessen, was sie in Nemmersdorf ... Was sie Babette und Frau Meister angetan haben? Und habt ihr vergessen, dass sie auf uns, Frauen, Kinder und alte Leute, Jagd gemacht haben auf dem Haff? Die vielen Toten zu Hause. Ich kann nicht hierbleiben. Ich muss weg. Ich will weg, so schnell wie möglich. Und ich sage euch, von den Mahlenbergern will es auch keiner darauf ankommen lassen, ob die Russen nicht vielleicht plötzlich doch anständig sind.«

Nach stundenlangem Hin und Her vertagen sie die endgültige Entscheidung auf den nächsten Tag.

Erst mal drüber schlafen. Was soll das denn bringen?, denkt Lena. Ich weiß, was ich tun werde. Morgen muss ich die Leute einweihen. Sie können, müssen dann selbst entscheiden ... Beim Frühstück am nächsten Morgen sitzt Lena deprimiert am Tisch und starrt in ihre Kaffeetasse. Rüdiger kommt rein, nimmt sich ein Brot und Rührei.

»Kind, du siehst ja furchtbar aus.«

»Ich hab auch die ganze Nacht nicht geschlafen.«

»Wie wär's, lass uns ausreiten. Die frische Luft wird uns das Hirn freipusten.«

Lena sieht ihn dankbar an. Er kommt wirklich immer auf gute Ideen.

»Das ist herrlich, ja, lass uns das machen. Treffen wir uns in einer halben Stunde im Stall?«

Lena flitzt nach oben in ihr Zimmer, zieht Reithosen und Stiefel an und rennt zu den Pferden. Sie sattelt Tassilo und dann den Schimmel von Rüdiger. Und kurz darauf sind die beiden Ostpreußen auf dem Rücken ihrer geliebten Pferde unterwegs. Nach einer kurzen Aufwärmphase galoppieren sie nebeneinander über ein gemähtes Feld und biegen auf einen Sandweg ein, der sie durch einen Buchenwald führt. Die Pferde sind ausgeruht und legen ordentlich Tempo vor. Am Ende des Waldes gelangen sie an einen See. Ein paar Enten fliegen auf.

Rüdiger zügelt seinen Schimmel.

»Lena, mach mal langsam. Ich bin ganz aus der Puste.«

Lena pariert, dreht um und schließt zu Rüdiger auf.

»Es ist fast wie zu Hause, findest du nicht?«

»Es riecht anders. Und es gehört nicht uns.«

Rüdiger reitet sein Pferd zum Seeufer. Dann steigt er ab und setzt sich auf einen umgefallenen Baumstamm. Lena springt ebenfalls aus dem Sattel und setzt sich neben ihn.

»Weißt du, ich habe mir immer gewünscht, dass eines meiner Kinder so ist wie du. Dass sie nicht das tun, was ich von ihnen erwarte.«

»Das stimmt nicht, du hast immer von allen verlangt, so zu sein, wie du dir das vorstellst.«

»Auch wahr! Aber sie hätten sich ja wehren können. Wie oft habe ich mir gewünscht, dass einer von ihnen mir alles vor die Füße knallt und sagt: Ich pfeif auf alles, auf dein Geld und Gut und das ganze Drumherum.«

Lenas Wangen sind vom Ritt gerötet, ihre blonden Locken zerzaust. Hübsch sieht sie aus, denkt Rüdiger. Laut sagt er:

»Heinrich und du ... Ich hätte eine Frau wie dich nie gehen lassen ... Mir wärst du auch nicht weggelaufen.«

Lena lacht etwas verlegen. Rüdiger streicht ihr übers Haar.

»Ich habe Berthold immer beneidet. Du hast dich nie um die anderen geschert und hast getan, was du für richtig hieltst. Oft mit dem Kopf durch die Wand.«

»Du siehst mich viel zu positiv. Ich bin manchmal so unzufrieden mit mir. Ich ärgere mich über mich selbst und mein angebliches Selbstvertrauen, das ist oft auch nur ein Schutz, eine Fassade, sonst nichts. Das sieht nach außen nur so aus, ich bin gar nicht so stark, wie die Leute denken.«

Lena sagt dies in traurigem Ton. Sie meint es ehrlich. Kaum je hat sie in den letzten Monaten, ja Jahren die Gelegenheit gehabt, so offen mit jemandem zu reden. Rüdiger nimmt ihre Hand.

»Hör auf, so hart zu dir zu sein. Ich konnte mir und anderen nie verzeihen. Das ist mein größtes Versäumnis.«

Lena sieht ihm fest in die Augen.

»Ferdinand hat das nie begriffen. Er hat mich schier wahnsinnig gemacht. Um ihn hatte ich immer die meiste Angst.«

Rüdiger atmet schwer.

»Nicht Heinrich war schuld. Ferdinand ist an mir, an seinem Vater, gescheitert. Ich konnte ihm nicht zeigen … Er hat nie begriffen, dass ich ihn liebte. Schlimmer noch: Er meinte, er müsse auch seine Mutter vor meiner angeblichen Kälte schützen.«

Sein Atem geht stockend. Besorgt fragt ihn Lena:

»Was hast du. Geht's dir nicht gut?«

»Doch, doch. Alles in Ordnung. Bin nur ein bisschen kurzatmig in letzter Zeit.« Rüdiger schaut Lena liebevoll an. »Werde bloß nie so rechthaberisch wie ich.«

»Wieso, findest du, dass ich rechthaberisch bin?«

»Ich sag ja nicht, dass du es schon bist, aber du hast genauso viel Angst und gleichzeitig genauso einen Sturschädel wie ich. Und damit überforderst du dich und auch die anderen. Glaub einem alten Mann. Gib dich auch ab und zu mal deinen Gefühlen hin.«

Lena blickt ins Wasser, das in kleinen Wellen auf den Sand rollt. Vor sich sieht sie ein Gesicht. Es ist das von François.

»Lass uns zurückreiten, Rüdiger.«

Sie steht auf und gibt ihm einen Kuss.

»Weißt du, ich habe dich immer geliebt. Du warst immer mein Freund.«

Zurück in Seelmannsegg, sucht Lena ihre Leute. Sie sitzen alle zusammen im Eßzimmer, haben gerade ihr Mittagessen hinter sich. Waltraud hockt in einer Ecke auf der Bank und stillt ihr Baby. Lena erklärt ihnen die Situation. Überall geschockte Blicke und entsetztes Schweigen. Und dann stellt Lena die entscheidende Frage:

»Wer geht mit nach Bayern? «

Alle heben den Arm – bis auf Babette.

»Was ist denn mit dir los, bist du verrückt geworden. Du willst doch wohl nicht noch mal unter die Russen fallen!«

Frau Neumann kann es nicht glauben. Babette schaut in die Runde.

»Ich weiß nicht …?«

»Aber du hasst doch die Russen,« insistiert Luise.

»Ja, ich hasse sie. Aber ich hasse auch die Deutschen, Leszek hat erzählt, wie die SS in seinem Dorf Frauen und Kinder in die Kirche getrieben und angezündet hat. Ihn hat man vergessen, weil er mit seinem Opa auf dem Feld war, und als drei Tage später die Wehrmacht durch das Dorf kam, haben sie ihn gefangen genommen.«

»Das ist doch alles Propaganda. Kommunistengeschwätz, die wollen doch nur ihre eigenen Taten klein machen.«

Fritz sieht empört seine Mutter an. Lena haut auf den Tisch.

»Hört endlich auf. Man kann nicht das eine gegen das andere aufrechnen. Habt ihr vergessen, dass wir die anderen überfallen haben. Aber das ist auch jetzt nicht das Thema. Ich will, dass ihr euch entscheidet, ob ihr hier in Seelmannsegg bleiben wollt oder mit mir und Vicky nach Bayern geht. Viel Zeit habt ihr nicht. Es geht sehr bald los. Also überlegt es euch. «

Der letzte Ritt auf Tassilo

Alles geschieht viel schneller als erwartet. Am Abend, es ist der 2. Juli, ziehen die amerikanischen Truppen ohne weitere Vorankündigung ab. Innerhalb von zwei Stunden haben sie alles zusammengepackt, ihre Jeeps und Laster beladen.

Vicky und Wilhelm verabschieden sich von ihrem Sergeant.

»*We go to Bayern! Bye, bye, sweetie, see you!*«

Der Sergeant ist ganz gerührt und schenkt den beiden eine große Handvoll Schokolade. McNeill und seine Offiziere verabschieden sich höflich bei den Erwachsenen. Sie entschuldigen sich für den überstürzten Abzug und raten Rüdiger eindringlich:

»Verlieren Sie keine Zeit. Gehen Sie zu Ihren Verwandten nach Bayern. Sie sollten schnell packen!«

Genau das tun die Mahlenberger, die Gernstorffer und auch die Leute vom Seelmannsegger Schlosshof in dieser Nacht. Die Wagen werden im Schein von Petroleumlampen aus den Scheunen gezogen und erneut reisefertig gemacht. Heu und Hafer werden aufgeladen. Leszek prüft alle Eisen an den Pferdehufen, beschlägt mit Inspektor Brauns Hilfe einige Pferde neu. Der alte Stuber hat mit Herrn Neumann in der gutseigenen Schmiede das Feuer angefacht. Bis weit nach Mitternacht hört man sie hämmern. Die Frauen packen währenddessen ihre Sachen wieder ein und schleppen das Gepäck zu den Türen. Luise und die beiden anderen Köchinnen stopfen Esswaren in Körbe und Kisten. Auch Lena und Heinrich packen. Um die Kinder aus dem Weg zu haben, wurden alle in die Betten gesteckt. Sie sind die Einzigen, die in dieser Nacht schlafen.

Nach Sonnenaufgang soll es losgehen.

Doch daraus wird nichts. Gerade als die Männer auf dem Hof dabei sind, die Pferde anzuspannen, sind Motorengeräusche zu hören. Fritz kommt angelaufen.

»Die Russen! Die Russen sind da!«

Babette lässt alles fallen und erstarrt. Lena und Heinrich nehmen sie unter den Arm, die Frauen greifen die Kinder, und alles rennt zurück zum Schloss. Das große alte Doppeltor zum Innenhof wird zugeschoben, der lange dicke Eichenbalken von innen davorgemacht. Er rastet in seine eisernen Haken ein.

Nach einigen Minuten sind Schläge zu hören, die an den dicken Mauern widerhallen. Und eine Stimme ruft:

»Aufmachen, sofort aufmachen! Sonst wird das Tor gesprengt!«

Tante Caroline ist erstaunlich klar und gefasst und befiehlt:

»Los, alle in die Halle, die Leute in die Küche, Magdalena: die Kinder in die Bibliothek. Gerhard und Heinrich, würdet ihr bitte das Tor wieder öffnen. Das hat doch keinen Sinn.«

Die beiden rennen über den Hof und ziehen den Balken aus seiner Verankerung. Schon schieben sich die beiden schweren Flügel auseinander, und eine Truppe russischer Soldaten stürmt in den Innenhof. Die Gewehre im Anschlag und nach allen Seiten sichernd. Nachdem sie auf jedes Fenster gezielt, in jede Ecke und auch in den Brunnen gesehen haben, schreit der anführende Offizier irgendetwas, und die Soldaten bleiben stehen, wo sie gerade sind. Durch das Tor schreitet eine Gruppe Offiziere geradewegs auf die Haustür zu. In der Halle erwarten sie Tante Caroline in der Mitte, neben ihr Rüdiger, und auf der anderen Seite Sophie und Lena.

Der höchste Offizier mit zwei Begleitern und drei Soldaten, die ihre Gewehre im Anschlag haben, betritt die Halle. Abschätzend bleiben die Russen stehen. Dann spricht der Offizier, und ein Dolmetscher übersetzt in barschem Ton:

»Michail Chodorkowski, Achte Gardearmee der siegreichen sowjetischen Streitkräfte. Dieses Haus ist beschlagnahmt. Alle Personen haben sich im Hof einzufinden.«

Tante Caroline, Rüdiger, Sophie und Lena erhalten den Befehl: »Mitkommen!« Sie werden von zwei Bewaffneten in den nächstliegenden Raum, das Esszimmer, kommandiert. Chodorkowski und sein Dolmetscher gehen voraus, gefolgt von anderen Russen. Alle werfen ihre Mützen auf den Tisch und ziehen sich einen Stuhl heran.

»Name?«

Rüdiger ergreift das Wort und nennt ihre Namen. Wie zuvor schon bei den Amerikanern stellt er Tante Caroline als Besitzerin des Hauses vor, bekommt aber dieses Mal die unfreundliche Antwort:

»Das sehen wir noch!«

Dann diskutieren die Militärs einige Minuten auf Russisch. Der Dolmetscher wendet sich an Rüdiger und reicht ihm einen Bogen Papier.

»Hier ist ein Dokument der Militärverwaltung. Sie überschreiben das Haus und Gut jetzt und hier, und dann können Sie gehen.«

Tante Caroline tritt einen Schritt vor und sagt mit ausgesuchter Höflichkeit und fester Stimme:

»Herr General, wenn hier einer was unterschreibt, bin ich das. Und warum sollte ich Ihnen irgendwas überschreiben. Dieses Haus gehört meiner Familie seit siebenhundert Jahren.«

Der Dolmetscher übersetzt, und der General lacht laut.

»Jetzt nicht mehr. Die Achte Gardearmee unter dem Befehl von Marschall Wassili Tschuikow, siegreich in Stalingrad und

Berlin, wird diesen Besitz jetzt in das Eigentum des großen Sowjetischen Reiches überführen, meine Dame. Die feudalen Zeiten Ihrer Familie sind Geschichte.«

Und der Dolmetscher fügt hinzu:

»Es ist besser für Sie, wenn Sie unterschreiben.«

Tante Carolines Augen fangen an zu blitzen. Sie schaut ihre Verwandtschaft und Lena an, dann wendet sie sich an den General. Den Dolmetscher übersieht sie.

»Ich unterschreibe nur, wenn Sie versprechen, nicht alles kaputt zu schlagen und sich wie anständige Menschen zu benehmen. Und eines sag ich Ihnen, Herr General der russischen Gardearmee: Wenn Sie nicht in der Lage sind, unsere Frauen vor Ihren Bestien zu schützen, dann werde ich Sie verfluchen, wie Ihre eigene Mutter und Großmutter Sie verfluchen wird ...«

Rüdiger und die anderen sind über Tante Carolines Worte genauso erstaunt wie der Dolmetscher, der eilig übersetzt. Zum Schrecken der Anwesenden springt der General auf, nimmt Haltung an und sagt:

»Ich entschuldige mich im Namen des russischen Volkes für etwaiges ungebührliches Benehmen der siegreichen Armeen. Mögen die Millionen Toten von euch und von uns nicht auf ewig zwischen uns stehen und unsere Seelen vergiften.«

Er verneigt sich vor der Tante, setzt sich wieder hin und wird sachlich.

»Beginnen wir noch mal von vorn. Das Haus wird requiriert, so oder so. Wenn Sie unterschreiben, gebe ich Ihnen bis morgen Mittag Zeit, ein paar Sachen einzupacken, alles, was Sie mitnehmen wollen. Pferde, Wagen und Maschinen bleiben aber hier, das Gepäck wird kontrolliert. Um zwölf Uhr eins geht dieses Haus in russisches Eigentum über. Das ist mein letztes Angebot.«

»Macht zumindest einen klaren Eindruck, der Mann«, meint Tante Caroline trocken zu Rüdiger. Sie schaut den General lange an. Dann sagt sie mit fester Stimme:

»Ich unterschreibe. Aber ich möchte, dass Sie eins wissen: Es geschieht nicht freiwillig.« Sie nimmt den hingereichten Füller und unterschreibt das Papier, auf dem auf Kyrillisch irgendetwas steht. Eine Übersetzung fehlt. Auch eine Kopie bekommt die Tante nicht. Sie steht auf, lächelt den General höflich an und sagt:

»Rüdiger, ich möchte mich zurückziehen. Bringst du mich bitte auf mein Zimmer.«

Der General steht auf, dann brüllt er seine Leute an, die alle ebenfalls aufspringen und strammstehen. Lena schaut unsicher in die Runde, stupst Sophie an, und sie gehen schnell hinaus.

Sophie und Lena rennen zu den Leuten in der Küche. Ohne Umschweife wiederholt Lena, was der General bestimmt hat.

»Also, wir haben dreißig Stunden, um uns fertig zu machen. Packt nur das Nötigste ein und denkt dran, das Gepäck wird kontrolliert.«

Inspektor Braun und Leszek fragen gleichzeitig:

»Und was ist mit unseren Pferden und Wagen?«

Lena schüttelt den Kopf.

»Sie lassen uns nur mitnehmen, was wir selbst tragen können. Keine Pferde.«

Alle rufen durcheinander, protestieren, fangen an zu schluchzen.

»Aber Lena, wie sollen wir denn ohne Pferde wegkommen? Und alle unsere Sachen hierlassen? Das geht doch nicht. Dann haben wir ja wirklich gar nichts mehr!«

Babette ist empört. Oma Herta ist die Einzige, die völlig klar ist und die Lage begriffen hat. Sie sagt:

»Aber unser Leben haben wir noch. Dann gehen wir eben zu Fuß.«

Lena stellt noch einmal die Grundfrage:

»Wer unter diesen Umständen lieber hierbleiben will, kann

das natürlich tun. Es muss jeder selbst entscheiden, ob er sich auf die Russen einlassen will oder nicht. Alle anderen treffen sich bitte morgen Mittag um zwölf Uhr am Brunnen. Da ist es noch lange genug hell zum Marschieren.«

Als Nächstes geht Lena in die Bibliothek zu den Kindern. Die Russen in der Halle halten sie nicht davon ab.

»Vicky, Wilhelm und alle anderen, passt mal gut auf. Jetzt wird es ernst. Jeder geht sofort zu seiner Mami und bleibt da. Kein Herumgerenne im Haus oder Spielen auf dem Hof. Morgen Mittag verlassen wir das Schloss. Bis dahin seid leise und benehmt euch.«

Alle Kinder gehen still mit Frau Neumann hintereinander hinaus. Die Größeren nehmen die Kleinen an der Hand, wie sie es in Ostpreußen in der Schule gelernt haben.

Mit Wilhelm und Vicky an der Hand geht Lena nach oben in ihr Zimmer.

»Ihr bleibt jetzt erst mal hier. Ihr könnt irgendwas spielen, da sind ein paar Bücher und Malstifte. Ich muss zu Tante Sophie. Und ihr bleibt hier im Zimmer. Versprecht mir das.«

Die beiden Kinder scheinen den Ernst der Lage begriffen zu haben. Konzentriert schauen sie Lena an.

»Ja, Mami, versprochen. Ich pass auf Wilhelm auf.«

Lena rast den Gang entlang zu Rüdigers und Sophies Schlafzimmer. Die beiden sitzen nebeneinander auf dem kleinen Sofa am Fenster.

»Rüdiger, was machen wir jetzt? Sollen wir versuchen, heute Nacht noch abzuhauen, und die Pferde mitnehmen?«

»Kind, du glaubst doch nicht, dass das klappt. Es ist vorbei. Alles ist zu Ende. Die Russen werden überall Wachen aufstellen. Nein, wir packen das Nötigste, und dann gehen wir zu Fuß. Die Oeringens hatten uns angeboten, zu ihnen zu kommen. Die haben irgendeinen Hof bei Regensburg, auf dem wir unterkommen können. Hatten sie jedenfalls damals angeboten, als ich mit ihnen noch von zu Hause telefonierte. Das sollte jetzt erst mal das Ziel sein.«

»Und Tante Caroline, wie sollen wir sie denn zu Fuß mitnehmen? Das schafft sie doch nicht mehr.«

»Nein, will sie auch gar nicht. Sie hat beschlossen hierzubleiben. Gerhard bleibt bei ihr. Daran ist nicht mehr zu rütteln. Sie wollen ins Verwalterhaus ziehen. Inspektor Braun bleibt auch.«

»Aber das müssen wir ihnen doch ausreden!«

»Das habe ich versucht, das kannst du mir glauben. Aber sie ist fest entschlossen, und du kennst ja den Gernstorff'schen Dickschädel. Ich fürchte, da ist nichts mehr zu machen.«

Rüdiger sitzt zusammengesunken und mit hängenden Schultern neben seiner Frau. Alle Energie scheint aus ihm gewichen. Alt und müde sieht er aus. Lena sucht besorgt Sophies Blick. Die lächelt sie an und sagt:

»Ich glaube, wir fangen dann mal an umzupacken. Es wird ja sicher bald eine Art Mittagessen geben, und bis dahin ruhen wir uns erst mal aus.«

Lena verlässt die beiden. Auf dem Flur bleibt sie kurz stehen, überlegt, was als Nächstes zu tun ist. Inspektor Braun und die Pferde! Tassilo! Die Wagen, das schon aufgeladene Gepäck ...!

Geraden Schrittes geht Lena zum Stall. Der Hof wimmelt von russischem Militär, sogar zwei T-24-Panzer mit Sowjetstern und kyrillischen Buchstaben auf dem Turm stehen an der Zufahrt. Lena spürt Hunderte von Augen, die ihr nachschauen. Sie bekommt eine Gänsehaut, und die Härchen an ihren Armen richten sich auf. Doch sie lässt sich nichts anmerken. Kein Russe belästigt sie oder ruft ihr irgendwelche Worte nach. Der General hat seine Leute anscheinend im Griff. Das lässt hoffen, denkt sie, und die Hoffnung stirbt bekanntlich zuletzt!

Die Ostpreußen sind bei ihren Wagen; sie laden ab und schleppen ihre Sachen wieder zurück in die Wohnungen. Keiner sagt ein Wort. Nur ängstliche Blicke. Im Stall haben Leszek und der Inspektor die Zugpferde bereits zurück in ihre Boxen gestellt.

»Inspektor Braun, sehen Sie irgendeine Möglichkeit, einige oder wenigstens eins der Pferde rauszuschmuggeln?«

»Gar keine, Frau Gräfin. Alles ist bewacht.«

»Aber könnte nicht vielleicht Leszek, als Pole, meine ich, könnte er nicht als Verbündeter mal beim General anfragen?«

Leszek schaut sie zweifelnd und ängstlich an.

»Ich mit den Russen reden … Was ist, wenn wütend werden. Zu gefährlich.«

»Aber versuch es doch mal. Ich komme auch mit.«

Leszek überlegt, dann sagt er:

»Gut. Wenn Gräfin mitkommen, ich gehe fragen.«

Der Übersetzer findet das Ansinnen völlig abwegig. Er will auch erst nicht mit Lena und Leszek zum General gehen. Aber Lena insistiert. Und als er erkennt, dass sie sich nicht abwimmeln lassen will, sagt er:

»Na gut. Dann kommen Sie mit.«

Der General lacht laut heraus, als sein Dolmetscher ihm den Wunsch übermittelt.

»Aber sind denn die Polen nicht Ihre Verbündeten? Haben sie nicht auch unter uns Deutschen gelitten und an Ihrer Seite gekämpft? Leszek ist jahrelang Kriegsgefangener gewesen. Er müsste doch als Verbündeter auch ein Stück von der Beute verdient haben. Oder etwa nicht?«

»Die Belohnung können sich unsere polnischen Verbündeten in Ostpreußen und Pommern abholen, werte Frau. Und dieser Pole hier gilt bei uns als Kollaborateur. Und Sie wissen ja, was alle Armeen dieser Welt mit Kollaborateuren machen!«

Doch dann fügt er etwas milder hinzu:

»Ich kann es ja verstehen, dass Sie versuchen, Ihre Pferde zu behalten. Meine Familie züchtet am Don selbst Pferde. Gute, schnelle Pferde! Aber es tut mir leid, da ist nichts zu machen. Ihre Pferde bleiben alle hier.«

Der General widmet sich wieder seinen Papieren. Damit ist die Unterredung beendet. Aber einen letzten Vorstoß macht Lena doch noch. Jetzt ist schon alles egal.

»Herr General. Bitte! Sie wissen als Pferdemensch doch, wie sehr man an seinem Tier hängt. Bitte, darf ich wenigstens noch einmal mit meinem Hengst ausreiten? Ein allerletztes Mal. Er hat mir so viele Jahre treu gedient und ich möchte mich verabschieden. Ich gebe Ihnen mein Wort, ich komme zurück.«

Der General sieht von seinen Papieren auf. Überlegt kurz, und mit so etwas wie einem Lächeln sagt er:

»Ich bin erstaunt, Gräfin. So viel Gefühl für ein Pferd ... Ich erlaube es Ihnen. Auf Ihr Ehrenwort, aber bei Sonnenuntergang sind Sie wieder da.«

»Danke, General, vielen Dank.«

Leszek ist vollkommen aus dem Häuschen.

»Gräfin Mahlenberg. Das ist ja wohl ein Wunder. Ich dachte schon, der lässt mich verhaften. Und jetzt ... Aber es ist so, hat mein Vater auch immer gesagt: Wer Pferde liebt, kann kein schlechter Mensch sein!«

Zurück im Stall, überlässt Lena es Leszek, dem Inspektor zu berichten, wie das Gespräch verlaufen ist und was die Antwort war. Sie geht ohne ein Wort zu Tassilo, sattelt ihn, steigt auf und reitet an den Soldaten, den Panzern und dem ganzen russischen Tross vorbei den Weg zum Feld hinunter. Keiner hält sie auf. Übers Feld in den Wald, wo sie gestern schon mit Rüdiger war. Ihr Herz ist so schwer, und vor lauter Tränen sieht sie kaum, wohin es geht. Sie redet leise mit dem Hengst, und er spielt mit den Ohren, als würde er zuhören.

»Mein alter Freund, nun geht unsere gemeinsame Zeit also zu Ende. Ich darf dich nicht mitnehmen. Du hast mir mein Leben gerettet. Und das von Babette und François. Ich danke dir dafür.«

Sie reitet um den See und wieder durch den Laubwald. Im freien fliegenden Galopp geht es über die Wiesen, und als die Sonne langsam sinkt, kehren sie um. Zurück zum Schloss. Vor dem Stall steht schon Leszek und wartet. Er nimmt die Zügel, und Lena springt ab. Ein letzter Blick auf das schöne Tier. Dann dreht sie sich weg und geht, ohne sich noch einmal umzusehen, ins Haus. Es zerreißt ihr fast das Herz. Ein Abschied für immer. Aber vielleicht muss Tassilo ja nicht mit nach Russland. Vielleicht kann er ja bei Inspektor Braun bleiben. Der wird sich kümmern, ihn für irgendwelche Arbeiten einsetzen. Und vielleicht ist die Situation ja schon bald wieder eine andere, und sie kann ihn abholen kommen. Wer weiß? Mit diesem tröstenden Gedanken versiegen Lenas Tränen.

Beim Abendessen sind alle schweigsam. Lena und Rüdiger gehen noch einmal zu den Leuten, schauen, wie weit sie mit dem Packen sind. Von den Gernstorffern haben sich einige entschieden, in Seelmannsegg zu bleiben.

»Wir gehen nirgends mehr hin. Die Russen oder die Amis«, erklären sie, »neu anfangen müssen wir irgendwo sowieso. Hier kennen wir keinen, und in Bayern auch nicht. Dann bleiben wir doch lieber hier bei unseren Sachen und bestellen eben für die Russen die Felder, das macht doch keinen Unterschied.«

Rüdiger kann seine Leute von diesem Entschluss nicht abbringen und will es auch nicht weiter versuchen.

»Sie müssen es selbst wissen. Und vielleicht haben sie ja recht.«

»Aber Rüdiger ...«

»Lass mal gut sein, Lena. Jeder darf seine eigene Meinung haben. Wer bin ich, ihnen da reinzureden.«

Lena ist betroffen. So kennt sie Rüdiger gar nicht. Aufgeben ist doch sonst nicht seine Art. Aber sie begreift, dass es keinen Sinn hat, und lässt das Thema fallen.

»Ich geh in die Bibliothek und schau mir die Karte für morgen an. Gute Nacht, Rüdiger.«

Sophie hat alles fertig gepackt. Zwei kleine Köfferchen stehen an der Tür, als Rüdiger zu ihr kommt. Seine Frau liegt schon im Bett und blättert in einem Buch.

»Das ist also alles, was uns noch gehört.«

»Tante Caroline hat mir ihren ganzen Schmuck gegeben, eingenäht in die Jacke da, und das Silberbesteck ist in dem zweiten Koffer.«

»Zum Bezahlen der Banditen und Wegelagerer? Das pack mal lieber wieder aus. Ist viel zu gefährlich, das mitzunehmen.«

Sie schaut ihn an und sagt liebevoll:

»Jetzt komm endlich ins Bett, dir geht es nicht gut. Das sehe ich doch!«

Er setzt sich aufs Bett und nimmt ihre kleine Hand in seine große mit den langen, schönen Fingern.

»Weißt du, ich mag einfach nicht mehr ...«

Sophie setzt sich auf. Sie nickt, sie weiß es. Die beiden schauen einander lange an.

»Du bist mein Leben. Ich konnte und kann ohne dich nicht sein, Sophie. Das war immer so. Ich existiere nicht ohne dich ... Ich hoffe, du verzeihst mir, dass ich dir so selten gezeigt habe, was du mir bedeutest.«

Statt einer Antwort nimmt sie das Gesicht ihres Mannes in beide Hände und küsst ihn. Rüdiger legt seinen Kopf an ihre Schulter. Kurz nur bleibt er so sitzen. Dann steht er auf, geht zum Fenster und schaut hinunter in den Schlosshof.

»Es ist nicht mehr mein Leben, ich fühle mich wie ein Kopf ohne Körper, verstehst du, als wäre ich gar nicht richtig da.«

Sophie nickt.

»Das verstehe ich schon. Aber weißt du, die Seele braucht immer etwas länger, um hinterherzukommen.»

»Ich will nicht im Garten stehen und rumbuddeln, und schon gar nicht will ich das Haus von jemand anderem führen. Ihr Frauen seid da viel anpassungsfähiger, viel lebenstüchtiger.«

»Aber du könntest doch die Schlösser von all diesen Langweilern verwalten und ertragreich machen.«

Rüdiger starrt weiter in den Hof.

»Die Angelegenheiten der anderen haben mich nie wirklich interessiert. Das hast du immer gehasst. Nicht wahr ... Dieses abgezirkelte Leben zu Hause. Aber dafür hast du es ziemlich lange mit mir ausgehalten, findest du nicht?«

Er lächelt Sophie an.

»Ich muss noch mal zu Lena runter in die Bibliothek. Sie tüftelt den Weg für Morgen aus. Ich werd ihr helfen.«

Er bläst ihr eine Kusshand zu und schließt die Tür leise hinter sich.

Als Rüdiger in den Salon kommt, sitzt Lena an einem Tisch, die Karte vor sich ausgebreitet. Es ist dunkel, nur eine kleine Lampe brennt. Heinrich wollte ihr helfen, aber sie hat dankend abgelehnt. So sitzt er mit einem Buch vor dem Kamin und lässt sie machen.

»Schau mal, Rüdiger, sollen wir über Plauen und Hof oder lieber weiter südlich gehen.«

Rüdiger blickt auf die Karte, beugt sich vor und stützt die Ellenbogen auf.

»Du verdirbst dir die Augen, Lena. Ich kann so gar nichts erkennen. Hast du eine Lupe?«

»Hier!« Lena zieht Bertholds Lupe unter der Karte hervor. Rüdiger schaut durch, geht langsam über das Blatt.

»Besser ist über Plauen und Hof. Das schafft man in zwei, drei Tagen. Sieh mal, hier ist der Oeringen-Hof!«

Er geht zum Kamin und gießt zwei Cognacs ein. Ein Glas bringt er Lena, dann setzt er sich in einen Sessel. Aufmunternd sieht er Lena an.

»Du schaffst das schon alles. Und jetzt geh schlafen, mein Kind. Morgen wird ein harter Tag für uns alle.«

Am frühen Morgen wird Lena von Gerhard geweckt. Ernst steht er vor ihrem Bett.

»Frau Gräfin, Sie müssen aufstehen. Graf Gernstorff ist heute Nacht gestorben. Herzversagen.«

Lena springt aus dem Bett, zieht sich eilig an und ist schon auf dem Weg zu Sophie. Durch die offene Tür sieht sie Tante Caroline neben Sophie und Heinrich am Bett stehen. Rüdiger liegt da, als würde er schlafen. Friedlich sehen seine Züge aus. Noch im Tod ist er ein schöner und stattlicher Mann. Und seinem Sohn Ferdinand so ähnlich. Lena nimmt schweigend Sophie in den Arm, die sie gefasst, aber mit rot geweinten Augen ansieht.

»Er ist einfach nicht mehr aufgewacht.«

Dann dreht sie sich zu Heinrich und umarmt auch ihn. Tante Caroline schneuzt sich leise in ein kleines Spitzentaschentuch.

»Ich hab Gerhard gesagt, er soll den Pfarrer holen und den Organisten. Trauerfeier in der Kapelle in zwei Stunden. Inspektor Braun bringt gleich den Sarg.«

Lena geht, um den Leuten Bescheid zu sagen. In der Halle trifft sie Gerhard wieder.

»Ich habe die traurige Nachricht schon überbracht. Die Leute kommen nachher in die Kapelle. Die Frauen sind im Garten und holen Blumen. Dem General habe ich ausrichten lassen, was geschehen ist. Er hat die Beerdigung erlaubt.«

»Gerhard, Sie sind ein Juwel.«

Die Kapelle liegt am Ende des rechten Schlossflügels. Um zehn Uhr finden sich alle zur Trauerfeier ein. Ein schlichter Holzsarg steht vor dem kleinen Altar. Eine einzige weiße Rose liegt auf dem Deckel. Den Altar und den Raum haben die Gernstorffer Frauen mit frischen Blumen und grünen Zweigen geschmückt. Alle sind gekommen und füllen die kleine Hauskapelle. Heinrich, Tante Caroline und Sophie sitzen kerzengerade in der ersten Bank, Lena, Vicky, Wilhelm und Gerhard direkt dahinter. Leises Schluchzen ist zu hören und das Rascheln von Taschentüchern.

Der Pfarrer hält eine kurze Trauerrede. Dann beginnt die Orgel zu spielen, und alle singen Rüdigers Lieblingslied:

So nimm denn meine Hände und führe mich
Bis an mein selig Ende und ewiglich.
Ich mag allein nicht gehen, nicht einen Schritt:
Wo du wirst gehn und stehen, da nimm mich mit.

In dein Erbarmen hülle mein schwaches Herz
Und mach es gänzlich stille in Freud und Schmerz.
Lass ruhn zu deinen Füßen dein armes Kind:
Es will die Augen schließen und glauben blind.

Wenn ich auch gleich nichts fühle von deiner Macht,
Du führst mich doch zum Ziele auch durch die Nacht:
So nimm denn meine Hände und führe mich
Bis an mein selig Ende und ewiglich!

Lena laufen die Tränen über die Wangen, und auch Vicky weint und hat die Hand ihrer Mutter ganz fest in die ihre genommen. Gemeinsam nehmen sie Abschied von diesem alten Ostpreußen und großherzigen Mann, Freund und Vater. Aber sie weinen auch um all das, was sie zurückgelassen haben, als sie vor fünf Monaten ihre Heimat verließen.

Der Sarg wird von sechs Gernstorffer Männern in das warme Sonnenlicht hinausgetragen. Am Fuß der Treppe wartet Rüdigers Schimmel vor einer schwarzen Stafette mit dem Seelmannsegg'schen Wappen. In langer Prozession folgen alle dem Sarg auf den Familienfriedhof im Park. Nach der Aussegnung beten sie das »Vaterunser« und gehen schweigend zurück zum Schloss.

Es bleibt nicht mehr viel Zeit. Nur noch eine Stunde, dann ist die Frist abgelaufen, die der General ihnen gegeben hat. Im Esszimmer gibt es eine heiße Suppe und für jeden ein halbes Brot und Äpfel als Wegzehrung.

»Holt jetzt euer Gepäck, und dann treffen wir uns am Brunnen.«

Lena, Vicky, Heinrich und Sophie verabschieden sich von Tante Caroline.

»Pass auf dich auf. Wir werden dir irgendwie eine Nachricht schicken, wo wir sind, dann kannst du ja nachkommen, wenn es sich hier unangenehm gestaltet.«

»Nun geht schon. Ich bleibe hier. Ich hasse Abschiede. Und diesen ganz besonders. Geht!«

Heinrich, Lena und Sophie umarmen und küssen die kleine, aber so resolute alte Tante und gehen hinaus zu den anderen. Gerhard und Inspektor Braun stehen am Brunnen und geben jedem die Hand. Als Vicky und Lena an der Reihe sind, sagt der Inspektor:

»Gräfin Mahlenberg, Gott mit Ihnen. Sie werden es schaffen.«

Dann drückt er Lena einen in einen Lappen eingewickelten Gegenstand in die Hand.

»Es soll Ihnen Glück bringen, hat er gemeint.«

Als Lena es auspackt, ist es ein Hufeisen. Tassilos Hufeisen. Was für ein wunderbarer, einfühlsamer Mann, denkt sie, und mit Tränen in den Augen umarmt sie den alten Inspektor.

»Wir werden uns wiedersehen. Ganz bestimmt. Und bis dahin passen Sie auf Tassilo und die Tante gut auf.«

Der Inspektor grinst ein bisschen verlegen, antwortet dann aber mit Nachdruck: »Versprochen, Frau Gräfin!«

Unverhofftes Wiedersehen

Es ist schon später Abend, als sie in einem Wäldchen ein Lager aufschlagen. Leszek und die Männer suchen Holz und zünden ein Feuer an. Die Frauen und die Kinder sind so müde, dass sie nur noch ihre Decken ausbreiten und sich hinlegen. Und schon bald sind die meisten tief und fest eingeschlafen. Leszek und Heinrich teilen sich die Nachtwache. Lena fühlt sich trotzdem nicht sicher, denn die Männer mussten alle ihre Waffen bei Colonel McNeill abgeben. Also bleiben ihnen jetzt zur Verteidigung nur noch die Knüppel, die sie sich am Wegesrand gesucht haben.

»Wie Zigeuner sind wir hier unterwegs. Aber wenigstens ist Sommer und es ist warm«, meint Babette.

Sie liegt auf dem Rücken und schaut in die Sterne. Lena und Vicky liegen auf einer Decke neben ihr.

»Nach meiner Karte müssten wir übermorgen Abend in der Nähe von Hof sein. Wenn das Wetter so bleibt und es nicht regnet, dann schaffen wir an die dreißig bis vierzig Kilometer am Tag. Leider hat sich Rüdiger mit seiner Zeitvorgabe ziemlich verrechnet. Wir brauchen mindestens eine Woche bis zu den Oeringens.«

»Von den Gernstorffern wollen einige nicht mit dahin. Sie haben Verwandtschaft oder Bekanntschaft bei Frankfurt und hoffen, dort unterzukommen.«

»Lass uns erst mal bis Hof kommen, dann sehen wir weiter. Gute Nacht, Babette.«

»Gute Nacht, ihr zwei.«

Insgesamt brauchen sie fast drei Tage bis in die Gegend von Hof. Aber sie haben Glück und treffen auf keine der räuberischen russischen Patrouillen, vor denen sie Vorbeiziehende gewarnt haben. Auf den Straßen sind immer noch Tausende Flüchtlinge unterwegs und dazu viele Soldaten, die aus der Kriegsgefangenschaft nach Hause zurückkehren. Im Vorbeigehen tauschen sie mit ihnen Meldungen aus, erfahren das Neueste über Kontrollstellen oder über freundliche Bauersleute, die Flüchtlingen etwas zu essen geben. Aber es ist auch von Dörfern die Rede, die man besser meiden sollte, weil die Einwohner keine Fremden dulden. Mit diesen lebenswichtigen Hinweisen ziehen sie weiter.

An einer Kreuzung finden sie einen zusammengebrochenen Leiterwagen, der von einem Konvoi übrig geblieben ist. Die Männer reparieren ihn, und so können nun die Kinder und Teile des Gepäcks von ihnen gezogen werden. Dadurch kommen sie viel schneller voran.

Als sie Thüringen und damit die russische Zone endlich hinter sich gelassen haben, atmen alle befreit auf. Jetzt sind sie wieder bei den Amerikanern. Beweis dafür sind die Jeeps und Laster mit fröhlichen GIs, die plötzlich auf der Landstraße an ihnen vorbeifahren. Bei jedem schwarzen GI schreit Vicky: »*You know Sergeant Miller?*« Aber außer ein paar Süßigkeiten, die von oben auf sie herabregnen, und einem »*Sorry, sweetheart!*« hat sie keinen Erfolg. Sie findet den Freund aus Seelmannsegg nicht wieder.

In Hof verabschiedet sich der größte Teil des Gernstorff-Trecks. Es fließen Tränen, man umarmt sich, verspricht, einander eines Tages wiederzusehen.

Sophie sagt allen einzeln Auf Wiedersehen. Menschen, deren

Vorfahren jahrhundertelang zusammen den gleichen Acker bewirtschaftet haben, die zusammen gelebt, gearbeitet und gelitten haben – nun trennen sich ihre Wege. Auf einer staubigen, von der Sonne heißen Kreuzung mitten in einem ihnen allen fremden Land.

»Wenn wir irgendwo untergekommen sind, suchen wir Kontakt, das Rote Kreuz wird dabei helfen. Viel Glück!«

Eine Woche später erreicht der Rest des Trecks dann endlich den Hof der Oeringens. Doch was für eine Enttäuschung. Die Familie hat das Kriegsende in ihrem Chalet in der Schweiz abgewartet und ist noch nicht zurückgekehrt, weil die US-Armee Ende März das Schloss requiriert und dort ihr Headquarter aufgeschlagen hat. Alle Höfe und Gutsgebäude sind besetzt.

»Wir sind bis unters Dach voll mit Flüchtlingen«, erklärt der Verwalter. »Sie werden uns vom Bürgermeister zugeteilt, und wir müssen sie aufnehmen. Tut mir sehr leid, Gräfin Gernstorff.«

»Keiner will uns heimatlose Gesellen. Das hat Vater immer vorhergesagt: Keiner nimmt uns freiwillig auf.«

Lena ist deprimiert. Sie hatte so fest damit gerechnet, dass Rüdigers Plan aufgehen würde.

Waltraud findet das nicht weiter schlimm, sie singt ihrem Töchterchen ein Lied vor, hört mittendrin auf und sagt:

»Wir brauchen von niemandem ein Bett und auch keine fremden Läuse, die haben wir doch selber schon.«

»So ein Quatsch, Waltraud, soll dein Kind auf der Landstraße bleiben? Natürlich brauchen wir eine Unterkunft.«

Babette ist sich mit Oma Herta und allen anderen einig.

Die Leute sind erschöpft, hungrig und am Ende ihrer Nerven. Eine Nacht gesteht ihnen der Verwalter in der großen Heuscheune auf dem Besitz der Oeringens zu. Aber am nächsten Tag müssen sie weiter. Nur wohin?

Noch in der Nacht entscheiden sich viele Mahlenberger und alle restlichen Gernstorffer dafür, nach Regensburg zu gehen und dort ihr Glück zu versuchen. Wieder gibt es ein Meer von Tränen zum Abschied und Versprechungen auf ein baldiges Wiedersehen.

Lena schmerzt jeder Händedruck. Sie muss nun endgültig loslassen. Und sie spürt, dass mit jedem, der geht, ein kleiner Teil der alten Heimat verschwindet.

Lena und Sophie besuchen noch einmal den Verwalter.

»Haben Sie nicht eine Idee, irgendeine, wo wir vielleicht unterkommen könnten? Wir sind jetzt nur noch sechzehn Leute, und auf einem Bauernhof, wo wir auch mitarbeiten, müsste doch Platz genug sein.«

»Frau Gräfin, da fällt mir wirklich nichts ein ... Aber doch! Warten Sie mal. Hatte Ihnen die Frau Baronin nicht mal die Huber Resi zum Haushaltsjahr geschickt? Die ist jetzt mit dem Semmler Peter verheiratet, und die haben einen großen Hof bei Mengkofen. Ich zeig's Ihnen auf der Karte. Ist nicht weit. Da könnten Sie es doch mal probieren.«

»Ich erinnere mich. Einen Versuch ist es wert.«

Sophie und Lena schöpfen wieder Hoffnung und gehen ihrem kleinen Trupp voraus.

Ein weiterer Tagesmarsch, und sie stehen vor dem Semmler-Anwesen. Ein typischer bayerischer Hof: drei Seiten Gebäude, Geranien am umlaufenden Holzbalkon, vor den Fenstern des Bauernhauses weiß gekalkte Wände und ein schwarzes Dach. Misthaufen hinter dem Kuhstall, ein Teich mit Gänsen und ein Obstgarten mit Apfel- und Pflaumenbäumen und Gemüsebeeten. Auf der Wäscheleine flattert Bettwäsche im Sommerwind. Vom Krieg ist hier kaum etwas zu sehen, nur die Leiterwagen und Gepäckstücke, die vor dem Nebenhaus stehen, sind ein sicherer Hinweis, dass schon andere Flüchtlinge da sind.

»Hoffentlich ist das kein schlechtes Zeichen«, sagt Lena skeptisch.

Aber Sophie ist schon durchs Tor gegangen und bewegt sich nun auf eine stämmige Frau mittleren Alters in blauem Kleid und Blümchenschürze zu. Ihr braunes Haar hat sie mit einem Tuch hochgebunden, die Schleife sitzt etwas schief auf ihrer schwitzenden Stirn. Sie steht an einem Hackklotz und hält in der einen Hand ein zappelndes Huhn ohne Kopf, in der anderen eine blutige Axt.

Als sie die Mahlenberger kommen sieht, ruft sie ungehalten:

»Wir brauchen ka Fremde. Mir ham scho genug Preißen, es langt allweil, es langt …« Sie dreht ihnen den Rücken zu und will gehen. Da ruft Sophie ihr freundlich hinterher:

»Resi Huber? Guten Tag, ich bin Sophie Gernstorff aus Ostpreußen!«

Die Bäuerin dreht sich um, schaut ungläubig und sagt:

»Die Frau Gräfin, Hochwohlgeboren. Ja des, wenn i des gwusst hätt. Kommts nur, kommts nur rein. Für Frau Gräfin machen wir natürlich noch irgendwo Platz frei.«

»Danke, Resi. Das ist nett von dir.«

Sophie dreht sich zu Lena um und zwinkert verschmitzt mit den Augen.

»Siehste, Lena, man muss nur dran glauben.«

Sie folgen Resi Semmler ins Bauernhaus.

»Ich hab da noch die Wohnung von den Schwiegereltern im Altenteil, die sind vergangnes Jahr gestorben: vier Zimmer und den Heuboden. Das können Sie haben. Aber eng wird's scho werden mit so viel Leuten!«

»Resi, das ist mehr, als wir uns erträumt haben, wir kriegen das schon hin.«

Fritz, Heinrich und Leszek schleppen nun das Gepäck in den

ersten Raum, eine richtige schöne Wohnküche. Dann besehen sich alle die restlichen Zimmer, und Lena verteilt gleich die Schlafplätze.

»Leszek, Heinrich und Fritz und die Männer auf den Heuboden. Waltraud mit den Kindern, Babette und Oma Herta in die rechte Stube. Ich geh mit Sophie, Vicky und Wilhelm – und natürlich Asta – hier rein. Die Wagners, Neumanns und Schallers teilen sich die linke Stube. Die Küche nutzen wir als Gemeinschaftsraum. Solange es nicht regnet, haben wir da Platz genug.«

Es dauert eine Weile, bis sich alle zurechtgefunden und eingerichtet haben. Resi Semmler bringt Decken und Bettlaken, Kopfkissen und Handtücher. Mit ein paar Heustricken, die sie durchs Zimmer ziehen, teilen sich die Ehepaare kleine Abteile ab, damit es ein wenig Privatsphäre gibt – wenigstens andeutungsweise. Aber nach der langen Odyssee ist keiner mehr besonders anspruchsvoll. Alle sind nur froh, wieder ein Dach über dem Kopf zu haben und einen trockenen, nicht zu harten Schlafplatz.

Am nächsten Tag besprechen Lena und Sophie mit der Bäuerin die Modalitäten für ihren Aufenthalt.

»Resi, deine Gastfreundschaft in allen Ehren, wir würden gern bezahlen, aber das können wir nicht. Ich finde, wir sollten, solange dein Mann noch nicht wieder da ist, uns wenigstens auf dem Hof nützlich machen. Die Männer können dir bei der Ernte helfen, und wir Frauen machen Haushalt und Garten, Kühe und was halt so anfällt.«

Resi nimmt das Angebot gerne an, und so ist es abgemacht. Die Sommertage sind heiß, und auf dem Hof ist für alle genug zu tun. Abends sitzen sie zusammen und lassen den Tag Revue passieren, während Sophie bügelt, Babette die Unordnung der Kinder beseitigt, Lena Schuhe putzt oder die letzten Teller abtrocknet und wegräumt und die beiden Bäuerinnen Martha Schaller und Resi Semmler Kinderkleidchen oder die Hosen und Hemden der Männer flicken. Oma Herta erzählt den Kindern alte ostpreußische Geschichten.

Nur Heinrich ist unruhig und kann sich in die bäuerliche Idylle nicht recht hineinfinden. Lena und er gehen einander möglichst aus dem Weg, auf so engem Raum keine einfache Sache.

Eines Abends sucht Lena ihren Rückzugsort unterm Apfelbaum auf. Hier auf der Bank kann sie ab und zu allein sein und in Ruhe nachdenken. Es hat den ganzen Tag geregnet und erst nach dem Essen aufgehört, und weil die Kinder nicht draußen spielen konnten, war die Küche wie ein Ameisenhaufen. Lena ist von dem Tohuwabohu in der engen Wohnung völlig erschöpft. Mit dem Rücken am runzligen Stamm, schaut sie in die Abenddämmerung, lauscht den Bienen und Vögeln. Im Stall klirren die Ketten der Kühe, und irgendwo bellt ein Hund. Da kommt Heinrich und setzt sich zu ihr.

»Ich fahre morgen nach München, ich werde mir dort eine Arbeit suchen.«

»Und was soll das sein?«

»Na, ich mache das, was ich immer wollte. Ich gehe in den Staatsdienst. Ich habe mich bereits erkundigt: Die brauchen jetzt erfahrene und unbestechliche Leute. Und irgendwann werde ich Richter am Obersten Gericht.«

Lena schaut ihn an und atmet tief durch.

»Richter am Obersten Gericht!«

»Lena, begreif doch, wir sind so kleine Rädchen, da kann man die Geschichte nicht aufhalten. Ich hab mich nie, aber auch nie außerhalb des vorgeschriebenen geltenden Rechts bewegt.«

Lena platzt der Kragen, sie ist so ärgerlich, dass ihr fast die Stimme überschlägt.

»Du verstehst es einfach nicht. Genau damit hast du doch diesem verbrecherischen Regime die Absolution erteilt! Du hast dich gemeingemacht mit ihnen, du bist einer von ihnen geworden. Ist dir das denn nicht klar?«

Lena hat Tränen in den Augen. Heinrich schaut sie bedauernd und traurig an.

»Lena, du erwartest zu viel von mir. Der Held, den du immer wolltest, der bin ich einfach nicht.« Er will sie umarmen, aber sie wendet sich ab.

»Heinrich, es ist zu spät. Vorbei. Vielleicht werden wir ja irgendwann wieder Freunde sein können.«

»Wenn ich irgendwann Richter bin … Eines Tages wirst du mich verstehen.«

Lena steht auf und geht unendlich traurig zurück zum Haus. Hinter sich hört sie Heinrich trotzig rufen:

»Irgendwann wirst du mich verstehen, Lena, irgendwann …«

Lena weiß genau, dass dieser Tag nie kommen wird. Am nächsten Morgen ist Heinrich verschwunden.

Und dann ist wieder Badetag. Einmal in der Woche werden die Holzbottiche mit heißem Wasser gefüllt und die Kinder ordentlich abgeschrubbt. Leszek hackt einen Tag lang Holz, damit sie das Wasser heiß machen können. Es gibt ein riesiges Geplansche, so dass die ganze Küche schwimmt. Hinterher werden die Köpfe nach Läusen abgesucht. Dann sitzen sie alle da, aufgereiht wie die Affen im Zoo, und die Frauen sehen sich die nassen Haaransätze genau an.

»Ich glaub, das wird so nichts. Da nützt alles Baden nichts, die Biester sind einfach nicht wegzukriegen.«

»Nimm den Kamm, damit geht es besser.«

Sophie hat die kleine Lise auf dem Schoß.

»Ehrlich gesagt, ich glaube, da hilft nur Abschneiden.«

»O ja, Tante Sophie, das ist toll!«

Vicky und die anderen Kinder sind begeistert von der Idee, und mit der großen Schere von Resi Semmler fangen sie an, sich gegenseitig die Haare abzuschneiden. Lena passt auf, dass sie sich im Eifer des Gefechts nicht die Finger abschnippeln. Vorsichtshalber nimmt sie die Schere und schneidet selbst weiter. Alle haben Spaß, nur Fritz nicht. Der hockt missmutig neben seiner Mutter, die mit Waltraud mal wieder über Politik redet. Das heißt, Babette hält Monologe, während Waltraud sich mit ihrem Säugling beschäftigt.

»Ich wollt ja immer nur ein Leben, wo alle gleiche Chancen haben, wo selbst mein Fritz 'nen Aufstieg hat. So was muss es sein, so ein Sozialismus ohne National... Mehr will ich ja gar nicht. Die Kommunisten, die glauben auch daran. Wenn's mir hier bei den Amis nicht passt, dann gehen Leszek und ich wieder zurück nach Weimar, weil, wenn die da wirklich was aufbauen, wo alle gleiche Chancen haben, verstehst du. Mehr wollte ich ja nie.«

Fritz springt auf, sein Kopf ist hochrot.

»Aber Mama, die Kommunisten, das ist der Feind. Die Russen, die sind doch Untermenschen, die unseren Lebensraum besetzen, genau wie die Polen. Sind denn hier nur feige Schweine und Verräter? Mutter, und jetzt du auch noch!«

Wütend rennt er hinaus, bleibt kurz in der Tür stehen, sieht Leszek und rast zu ihm, packt ihn am Kragen und schüttelt ihn.

»Warum erzählst du ihr so einen Dreck. Alles Lügen, alles Schwachsinn. Er hat Deutschland groß gemacht ... Er hat unsere Feinde vernichtet ... zu Recht ..., und all die, die uns verachten.«

Babette ist hinter ihrem wie irre tobenden Sohn hergerannt, zerrt ihn von Leszek weg und gibt ihm eine schallende Ohrfeige.

Oma Herta kommt, von dem Geschrei angelockt, aus dem Garten angehumpelt. In der Hand hält sie einen Bund Karotten, in der anderen ihren Gehstock.

Babette brüllt ihren Sohn an und hält ihn am Arm fest.

»Haben sie dich denn mit dem Klammerbeutel gepudert, oder was? Bist du denn vollkommen übergeschnappt?«

»Auch du, Mutter, auch du hast ihn verraten. Wir waren ihn nicht wert, den Führer.«

Er reißt sich los, tritt gegen den Holzstapel und rennt aus dem Hoftor. Babette schaut verzweifelt ihrem Sohn nach.

»Die Saat, die du gesät hast … Wen wundert es, mein Kind.«

Oma Herta dreht sich um und bringt die Karotten in die Küche.

Babette bricht heulend auf der Eckbank zusammen. Lena geht zu ihr und nimmt sie in den Arm.

»Babettchen, lass gut sein, der wird sich schon wieder beruhigen.«

Aber Fritz beruhigt sich nicht. Er geht und kommt nicht wieder. Auch am nächsten und am übernächsten Tag nicht. Babette und Oma Herta finden sich damit ab, und der Name Fritz wird nicht mehr genannt. Lena ist nicht unfroh, den ewigen kleinen Nazi aus dem Weg zu haben. Wer weiß, was der noch alles angestellt hätte. Doch das kann sie Babette natürlich nicht sagen. So schweigt auch sie zu diesem Thema.

Als die sechste Woche auf dem Hof der Semmlers vergangen ist, setzt sich Lena mit Sophie zusammen.

»Jetzt haben wir schon zwei von unseren Männern eingebüßt, Sophie. Und ich finde, es wird Zeit, dass wir uns nach etwas umsehen, wo wir auf Dauer bleiben können. Und ich muss versuchen, irgendwo als Lehrerin zu arbeiten. Wir brauchen Geld und eine Wohnung.«

»Im Moment ist es doch alles ganz in Ordnung, Lena. Wo willst du denn was finden? Es sind doch Millionen auf Arbeitssuche, und die Städte sind alle zerbombt.«

»Ich werde nach Regensburg gehen und dort beim Schulamt nachfragen. Mal sehen. Vielleicht habe ich Glück.«

Zwei Tage später macht sich Lena zu Fuß auf den Weg. Sie hat ihr altes Reisekostüm angezogen und eine Bluse, die noch halbwegs passabel ist, von Sophie geliehen. Auf dem Hinweg kann sie bei einem US-Offizier eine Mitfahrt ergattern. Er spricht ein wenig Deutsch, und da Lena gut Englisch kann, wird die Fahrt recht unterhaltsam. Der Amerikaner fährt sie durch die Stadt, und Lena sieht sich erstaunt um. Vom offenen Jeep aus hat sie eine gute Sicht. Zum ersten Mal seit Langem ist sie wieder in einer richtigen größeren Stadt. Die Straßen sind voller Menschen.

»Vor allem Sudetendeutsche und schlesische Flüchtlinge haben hier Unterkunft gefunden«, erklärt der Offizier. »Die Altstadt ist kaum zerstört, obwohl die alte Bischofsresidenz einige Bombennächte mit unserer Air Force erlebt hat.«

Lena äußert sich dazu lieber nicht. Der nette Offizier setzt sie mitten in Regensburg ab und zeigt ihr sogar noch, wo das Schulamt ist. Aber der Besuch ist umsonst. Keine Chance auf eine Stelle. Der Beamte sagt:

»Lehrerinnen gibt es reichlich und für jeden Jahrgang. Außerdem haben bei uns die Bayern Vortritt.«

Enttäuscht verlässt Lena das Amt und macht sich auf den Rückweg. Ohne Geld kann sie nichts einkaufen, und nach einer Wohnung braucht sie nicht zu fragen, sie kann sie ja sowieso nicht bezahlen.

Der Rückweg nach Mengkofen ist lange nicht so angenehm wie die Herfahrt. Zunächst kann Lena noch auf einen Laster aufspringen, der sie bis Ergoldsbach mitnimmt, aber den Rest muss sie laufen. Auf den sechsundzwanzig Kilometern in ihren Stadtschuhen läuft sie sich dicke Blasen. Auf den letzten zehn Kilometern nimmt sie sie in die Hand und geht barfuß. Mit schwarzen Fußsohlen und offenen Blasen an den Hacken kommt sie am Abend wieder auf dem Semmler-Hof an. Nachdem sie von ihrem enttäuschenden Ausflug berichtet hat, sitzt sie in der Küche auf einem Schemel und hält die schmerzenden Füße in eine Schüssel mit Kamillenwasser. Kleine gelb-weiße Blüten, die Waltraud auf der Wiese gepflückt und aufgebrüht hat, schwimmen obenauf.

»Ich hasse Fußbäder.«

»Weil Madame la Comtesse lieber richtig badet.«

Lenas Herz macht einen Aussetzer. Sie schaut hoch, und da ist er: François! Er steht in der Tür. Und sieht sie an, ernst und mit einem feinen Lächeln. Seine blaugrauen Augen schimmern ein wenig. Er trägt eine französische beigefarbene Uniform, hat sein Barett in der Hand und ganz kurzes Haar. François! Sie springt auf, die Schüssel mit dem Blümchenwasser fällt um. Minutenlang stehen sie einfach nur so da und schauen sich in die Augen. Lena ist ganz schwach, ihre Knie fühlen sich wie Gelatine an.

»Hallo«, sagt er leise mit seiner etwas kratzigen, tiefen Stimme.

Lena kann ihren Blick nicht von ihm wenden, aber bewegen kann sie sich auch nicht. Da schreien plötzlich die Kinder im Hof, und Babette schimpft irgendwas. Lenas Starre löst sich. François streckt die Hand aus.

»Komm, wir gehen ein Stück!«

Und dann sind sie auf dem Sandweg hinter dem Hof. Lena weiß gar nicht, wie sie dahin gekommen ist. Immer noch barfuß geht sie neben ihm her.

»Ich hab mir so gewünscht, dass du lebst. Dass du es schaffst. Und gleichzeitig ...« Lena redet nicht weiter. Er kommt ihr trotz seiner Nähe so weit entfernt vor.

»Was ›gleichzeitig‹?«

»Bin ich fast gestorben vor Kummer. Und Angst, weil ich dich verloren hatte.«

François bleibt stehen und schaut zu ihr hinunter.

»Man erkennt oft erst durch den Schmerz des Verlusts, dass man etwas nicht mehr hat.«

Er geht weiter. Lena folgt ihm, holt ihn wieder ein.

»Wie hast du uns gefunden?«

»Ich hab dich gesucht. Die Amerikaner haben dann geholfen. Colonel McNeill, der bei euch in Seelmannsegg war, wusste, wo ihr hinwolltet. Ich war in dem Schloss bei Regensburg. Aber da warst du nicht. Der Verwalter hat mir aber erzählt, wo er euch hingeschickt hat.«

Sie gehen schweigend nebeneinanderher. In der Ferne grummelt es, grauschwarze Wolken ziehen sich am Himmel zusammen: Ein Gewitter kündigt sich an.

»Und, François. Wie geht es jetzt weiter?«

»Ich habe im Rheinland meine Leute getroffen. Bin Verbindungsoffizier und werde helfen, die Schuldigen von den Unschuldigen zu unterscheiden.«

Lena bleibt stehen. Die ersten Tropfen fallen vom Himmel.

François schaut hoch, nimmt Lena bei der Hand und läuft mit ihr zu einer riesigen alten Kastanie. Sie stellen sich unter das weite grüne Blätterdach und beobachten den Sturzregen, der eingesetzt hat und das Land wäscht. Leise sagt Lena:

»Ich will dich nicht noch einmal verlieren.«

François dreht sich zu ihr, streicht ihr über die Wange, und dann küsst er ihr die Regentropfen von der Haut. Zart, so zart wie ein Schmetterling: ihre Augen, ihre Schläfen, ihren Mund.

»Das wirst du auch nie mehr, Lena! Ich liebe dich, und ich will, dass du bei mir bleibst.«

Lena wirft sich in seine Arme. Sie küssen sich, atemlos, gierig, eng aneinandergepresst. Sie spüren den warmen Körper des anderen. Als sie endlich voneinander lassen, sagt Lena:

»Ich liebe dich. Ich liebe dich so sehr, dass es wehtut.«

François drückt ihren Kopf an seine Schulter und nimmt sie fest in den Arm. Eng umschlungen stehen sie da und schauen in das hügelige Land. Sie spürt seinen warmen Atem, und sie hört, wie sein Herz schlägt. Stark und regelmäßig. Und sie weiß es, jetzt weiß sie es:

Sie ist angekommen.